Joyce Summer
Tod mit Tiefgang

AF287779

Über den Autor

In der Nibelungenstadt Worms geboren, faszinierten Joyce Summer seit Kindertagen Geschichten und Sagen. Was lag da näher, als sich irgendwann ganz dem Schreiben zu widmen? Politik und Intrigen kennt sie nach jahrelanger Arbeit als Managerin in verschiedenen Banken und Großkonzernen zur Genüge: Da fiel es ihr nicht schwer, dieses Leben hinter sich zu lassen und mit Papier und Feder auf Mörderjagd zu gehen.Die Nähe zu Wasser hat es der Hamburger Autorin angetan. Sei es in ihren Krimiserien um den madeirensischen Comissário Avila, dem rugbyspielenden Captain Pieter vom Kap der Guten Hoffnung oder in der hier vorliegenden neuen Ostseekrimiserie.

JOYCE SUMMER

TOD MIT TIEFGANG

Stine Janssen ermittelt #1

Bibliografische Information der Deutschen Bibliothek

Die Deutsche Bibliothek verzeichnet diese Publikation in der Deutschen Nationalbibliografie; detaillierte bibliografische Daten sind im Internet über die Adresse http://dnb.ddb.de abrufbar.

Die automatisierte Analyse des Werkes, um daraus Informationen insbesondere über Muster, Trends und Korrelationen gemäß §44b UrhG („Text und Data Mining") zu gewinnen, ist untersagt.

September 2024
Copyright Text
© 2024 Joyce Summer

Umschlaggestaltung:
Joyce Summer
Bildmaterial: Pixabay
CC BY 2.0 – https://creativecommons.org/licenses/by-sa/2.0/

Verlag: BoD • Books on Demand GmbH, In de Tarpen 42, 22848 Norderstedt
Druck: Libri Plureos GmbH, Friedensallee 273, 22763 Hamburg

ISBN: 978-3-7583-7384-8

Für Heinz

Personenverzeichnis

Holtenauer und Neu-Holtenauer

Stine Janssen – Kommissarin aus Hamburg auf der Suche nach Sinn und Veränderung in ihrem Leben.

Jan – Ermittler aus Südafrika, der mehr verbirgt als es den Anschein hat und Rugby spielt.

Henri Tiemann – Stines Onkel und ehemaliger Marineoffizier, der glücklich über die Ankunft seiner Nichte ist.

Leonhard Anders – Rückkehrer aus der Ferne, ehemaliger Crew Kamerad von Henri.

Lilly Anders – Leonhards Schwester, die sich in keine Schublade stecken lässt.

Maik Wolfhart – ehemaliger Jugendfreund von Stine mit großer Schwäche für sie.

Leif Küppers – Leiter der historischen Helmtauchgesellschaft in Holtenau.

George Caruso – schrulliger Nachbar mit einer Vorliebe für Verschwörungstheorien.

Astrid Küppers – Leifs Frau, deren aktive Helmtauchzeit vorbei ist.

Inge – Sitzyogafreundin von Lilly, schwimmt gerne im Seebad.

Stines Mädelsclique und Anhang

Svenja – Freundin von Stine mit Rugby gestählter Figur.

Kristen – Freundin von Stine mit durchdringendem Blick, der so schnell nichts entgeht.

Ute – Freundin von Stine und Expertin in Beziehungsfragen.

Falk – Svenjas große Liebe, ebenfalls Rugbyspieler, der Svenja auf Händen trägt.

Weitere Personen

Nils – Präsident des Hamburger Rugbyverbandes und Gelegenheitsbarkeeper.

Dachpfanne – Rugbyfreund von Jan und Falk mit einem gesegneten Appetit.

Oberkommissar Aaron Jäger – ermittelt mal mehr, mal weniger im Fall des Toten aus dem Seebad.

Prolog

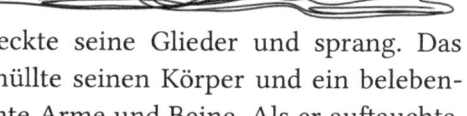

D er alte Löwe streckte seine Glieder und sprang. Das kalte Wasser umhüllte seinen Körper und ein belebendes Prickeln durchströmte Arme und Beine. Als er auftauchte, schüttelte er die Wassertropfen aus seiner Mähne und atmete tief die salzige, nach Algen riechende Luft ein. *Fast wie im Herbst zu Hause*, dachte der Mann. *Nur ist die Ostsee wärmer als der Atlantik im Schatten des Tafelberges.* Er rückte seine Schwimmbrille zurecht und setzte zum Freistil an. *Mal sehen, wie viele Bahnen ich heute schaffe. Achte auf deine Wasserlage, die Phasen des Armzuges und die Rotation des Körpers*, zitierte er seinen alten Schwimmtrainer bei der Marine und begann das Morgentraining.

Sein Körper glitt mühelos durch das Wasser. *Für einen alten Mann wie mich gar nicht schlecht. Gleich bin ich am Anschlagbrett.* Die nächsten langen Züge. Er schaute kurz nach vorne, um sich zu orientieren. Dann atmen nach links. Als er den rechten Arm ins Wasser tauchte, fühlte es sich an, als ob er seine Hand in Watte steckte. *Hmm, heute scheint mir die Kälte doch etwas mehr zuzusetzen als erwartet.* Ein Krampf zog sich durch seinen linken Fuß und kroch langsam die Wade hoch. Sofort reduzierte er seinen Beinschlag, um die beanspruchten Beinmuskeln zu entlasten. Seine Schläfen begannen zu pochen und sein Kopf fühlte sich an, als steckte er in einem überdimensionalen Schraubstock, der langsam immer fester gezogen wurde. *Die verfluchte Kälte!* Plötzlich war das Schwimmen kein Spaß mehr. Jeder Zug wurde zum Kampf. Aber Aufgeben kam nicht infrage. *Was würde der Löwe tun? Das Vorgehen anpassen und sich dem Kampf stellen.* Wieder hob er leicht den Kopf, um sich zu orientieren. Das Anschlagbrett war kaum nähergekommen.

Was ist nur mit mir los?, fragte er sich, während sein rechter Ellbogen aus dem Wasser auftauchte. Er drehte den Kopf nach rechts, um Luft zu holen, und öffnete den Mund. Tausend Nadeln stachen in seine Brust. Kein angenehmes Prickeln wie beim Eintauchen in das kalte Wasser, sondern purer Schmerz. Anstatt belebender Luft schluckte er salziges Ostseewasser. Aus seinem Magen suchte der Frühstückskaffee mit einem sauren, beißenden Geschmack seinen Weg nach oben. Er stoppte und versuchte sich umzudrehen, zurück zum Steg zu schwimmen, zu den Menschen, die dort gerade ihre Utensilien auf der Plattform aufbauten. Das klare morgendliche Blau des Himmels und des Wassers verschwammen zu einem dumpfen Gelb-Grün. Als wäre er in einem alten Farbfilm gelandet, dessen Farben durch das Alter verblasst und verändert waren. Seine Glieder wurden schwer und zogen ihn nach unten. Anstatt eines Schreis entwich ihm nur ein leises Gurgeln. Kraftlos glitt er in Richtung Meeresboden. Wieder umhüllte ihn das kalte Wasser. Nur diesmal würde es kein Auftauchen für ihn geben.

Seebadeanstalt Holtenau

Die grün-graue Welt breitete sich vor ihr aus, ihre Sicht getrübt und durch das kleine Fenster begrenzt. In klobigen, schweren Stiefeln stapfte sie langsam über den Grund. Einzelne zarte Pflanzen, zerdrückt durch ihre Masse, zierten als traurige Überbleibsel ihren Pfad.

Als wäre ich eine große orange-gelbe Walze, die hier alles platt macht, was sich mir in den Weg stellt.

Sie widerstand dem Drang, Schwimmbewegungen zu machen, um endlich an die Oberfläche zu gelangen. So lange war sie noch nie unter Wasser gewesen und sie fühlte sich immer beklommener in ihrer Lage. Von wegen hier würde sie das Gewicht der Ausrüstung nicht mehr spüren. Es war zwar nicht so schwer wie über Wasser, aber sie empfand Hilflosigkeit. Sie wedelte mit den Armen, um voranzukommen und das an ihr zerrende Gewicht der Bleischuhe zu verringern.

Um sie herum blubberte und zischte es. Luftblasen entwichen dem historischen Kupferhelm, der fest an ihrem Anzug verschraubt war. Als Leif vor zehn Minuten mit einem riesigen Schraubenschlüssel ankam, um den Helm zu befestigen, hielt sie das zunächst für einen Witz. Aber das hier war keiner. Die lebensnotwendigen Schläuche lagen hinter ihr auf dem Grund, und jeder Schritt war ein Kampf gegen den Widerstand des Wassers. *Bestimmt bin ich, wenn ich wieder aus diesem kalten Wasser komme, nass geschwitzt vor Anstrengung. Diese wollene Unterwäsche, die sie mir wegen der Kälte aufgedrängt haben, hätte ich gar nicht gebraucht. Wahrscheinlich ist das nur für Berufstaucher gedacht, die bei solchen*

Tauchgängen nicht unter Adrenalin stehen, sondern die ganze Zeit tiefenentspannt sind. Sie drehte langsam den Kopf, und Michael, ihr Sicherungstaucher, erschien vor der Scheibe. Im Gegensatz zu ihr war er nicht mit Schläuchen an die Außenwelt gebunden, sondern tauchte mit Pressluft. Fast neidisch beobachtete sie, wie er sich ohne das schwere Gerödel schwebend über den Boden bewegte. Michael machte irgendwelche Zeichen mit den Armen.

Was will er mir damit sagen?

Sie schaute an sich herunter. Ihre Arme standen beinahe im rechten Winkel zu ihrem Körper und der Anzug war dick aufgeblasen. Verdammt, sie hatte die letzten Minuten vergessen, über das Ventil im Helm Luft abzulassen. Wenn sie so weiter machte, würde sie wirklich gleich nach oben treiben. Stine neigte den Kopf zur Seite und betätigte das Ventil. Mit der entweichenden Luft schmiegte sich der Anzug wieder an. Endlich gelang es ihr, die Arme zu senken. Michael nickte ihr zu und formte das Okay-Zeichen mit Daumen und Zeigefinger.

Zu dem Zischen im Helm kam ein Knacken und die metallene Stimme von Leif hallte im Helm wider.

»Alles okay bei dir, Stine? Versuch mal, die Arme nicht nach oben zu strecken, dadurch strömt Luft über die Armmanschetten in die Handschuhe. Und die werden dir dann von den Händen geblasen. Das willst du nicht. Also schön regelmäßig Luft ablassen. Pass außerdem ein bisschen auf die Versorgungsleitung auf, damit du dich darin nicht verheddderst. Wenn du irgendwo lang gehst, immer schauen, wo die Leitung ist und den Rückweg immer daran entlang.« Seine Stimme klang ruhig, aber Stine meinte, Sorge darin zu hören.

Denkt er auch, dass ich lieber oben geblieben wäre und den anderen bei ihrem Helmtauchversuch zugeschaut hätte?

Ihr Blick folgte dem Luftschlauch. Leif hatte ihr gezeigt, dass nichts passieren konnte, wenn sie aus Versehen darauf trat, weil der Schlauch mit Stahldraht verstärkt war. Aber sie wollte nichts riskieren. Sie ging weiter, den Blick leicht nach hinten auf den Schlauch gerichtet. *Bloß nicht verheddern,* dachte sie, als ein dumpfes »Klong« in ihrem Helm dröhnte und sie gegen ein Hindernis stieß. Holzplanken ragten vor ihr auf. Von hinten klopfte ihr Michael auf die Schulter.

Wieder ertönte Leifs Stimme: »Du bist jetzt direkt unter uns. Vielleicht solltest du die Richtung wechseln, wenn du nicht unter der Seebrücke feststecken möchtest. Hier gibt es auch nicht viel Interessantes zu sehen, glaub mir. Lass dich von Michael in Richtung Anker führen. Den wollen wir später noch bergen. Du kannst ja schon mal die Lage erkunden. Achte beim Zurückgehen darauf, dass du an der Versorgung entlanggehst, damit du sie nicht um die Pfähle wickelst.«

Stine tastete sich an dem Balken entlang. Vor ihren Augen tauchte eine Plastikdose auf, die sich anscheinend dort verklemmt hatte.

Auch in der Ostsee gibt es schon überall Müll, sinnierte sie, als sie wieder Michaels Hand auf ihrer Schulter spürte. Mit sanftem Druck korrigierte er ihren Kurs in die entgegengesetzte Richtung. Dankbar bemerkte sie, dass er sie keinen Moment aus den Augen ließ. Ihr Puls beruhigte sich ganz langsam und sie fing an, die Unterwasserlandschaft zu beobachten. Kleine abgerissene Fetzen von Algen und Seegras schwammen um sie herum. Ab und zu nahm sie das silberne Glitzern eines Fisches wahr. Eine große Feuerqualle glitt vor ihr durch das Wasser. Als Schwimmerin hätte sie jetzt das Weite gesucht, aber geschützt durch den Anzug konnte sie in Ruhe die Schönheit dieses Lebewesens beobachten. Rot und Orange schimmerte sie in dem Licht, das von der Wasseroberfläche in die Tiefe fiel. Die Tentakel streiften Stines Sichtfenster und sie konnte sogar die Organe der Qualle erkennen. Ein Schwarm kleiner Fische zog direkt an ihr vorbei. Er und Michaels fester Griff leiteten sie in Richtung Anschlagbrett der Seebadeanstalt. Wieder tauchten Holzpfähle vor ihr auf. Das musste das Brett sein, welches für die Schwimmer des

Seebades die 50 Meter begrenzte. Als sie sich näherte, konnte sie kleine Krebse sehen, die sich, festgeklammert an den Pfählen, vom Wasser umspülen ließen. Direkt unter dem Steg wiegte sich etwas Weißliches im Wasser. *Ein großer Plastikbeutel? Oder eine Boje? Kann sich das Plastik an dem ominösen Anker verfangen haben?*

Sie räusperte sich und sofort ertönte wieder Leifs Stimme: »Du müsstest gleich bei dem Anker sein. Geht es dir gut? Kein Schwindel so weit?«

»Ja, alles gut. Magst du mir noch mal sagen, warum wir den Anker suchen? Stellt er eine Gefahr für die Schiffe dar?«

Eine kurze Pause folgte, dann hörte sie jemanden im Hintergrund lachen.

»Nein, keine Gefahr für die Schiffe. Aber es ist gut, wenn wir das Ding bergen.«

Eine zweite Stimme meldete sich. Es klang nach Astrid, Leifs Frau. »Leif will nur nicht zugeben, dass er ›grabbeln‹ will.«

»›Grabbeln‹? Was soll das sein?«

Sie hörte Astrid erneut lachen. »Das bedeutet, dass mein Mann noch mehr unnützes Zeug vom Meeresboden bergen und zu seiner Sammlung zu Hause packen will. Du musst bei Gelegenheit mal bei uns vorbeikommen und dir sein Museum ansehen.«

Stine überlegte kurz, ob sie umkehren sollte, da der Notfall des am Boden liegenden Ankers ja keiner mehr war. Aber dann siegte ihre Neugier, und sie setzte ihren Weg fort, Michael immer in ihrer Nähe wissend. Wann würde sie wieder die Gelegenheit haben, am Boden der Ostsee entlangzulaufen? Sie war keine Taucherin, Schnorcheln konnte sie so leidlich, aber das war kein Vergleich mit dieser Erfahrung. Sie tat den nächsten Schritt und versuchte, durch die kleine Scheibe die gesamte Umgebung im Auge zu behalten. Diesmal wollte sie keine Holzpfähle rammen. Keine Sekunde später blieb ihr rechter Fuß hängen und ihr Körper bewegte sich in Richtung Boden. Nur die Trägheit hinderte ihren Fall. *Dieses beschränkte Sichtfeld macht mich wahnsinnig! So muss es sich anfühlen, wenn man alt wird.* Angeblich soll man dann ja auch alles nur noch ausschnittweise wahrnehmen können. *Was musste das für eine Belastung sein?* Stine merkte, wie ihr Herz immer heftiger klopfte. *Ich möchte zurück, raus aus diesem Anzug! So langsam wird es mir hier unter Wasser unheimlich.*

»Hast du was gesagt, Stine?« Leif wieder.

Habe ich laut vor mich hin gebrabbelt? Hoffentlich nicht.

»Nein, nein. Alles okay hier. Aber ich glaube, ich möchte wieder zurück zum Steg. Lass lieber einen von den erfahrenen Tauchern nach dem Anker suchen. Ich ...« Sie stockte. Während sie sich auf das Gespräch mit Leif konzentrierte, war sie viel zu nah an die Unterwasserbauten des Anschlagbretts geraten.

So ein Mist, schimpfte sie. *Notiz für mich: Unter Wasser bin ich definitiv nicht multitasking-fähig.*

Die weißliche Masse, die sie von weitem schon gesehen hatte, schob sich in ihr Gesichtsfeld.

Das war keine Plastiktüte. Das Gesicht eines Mannes starrte sie mit weit aufgerissenen Augen an.

Sechs Wochen zuvor

Frau Janssen, es tut mir leid, aber wir können Sie nicht zur Personenschützerin befördern.« Der dicke Mann verzog das Gesicht hinter seinem massiven, dunklen Schreibtisch, offensichtlich bemüht, möglichst verständnisvoll zu wirken.

»Das ist jetzt nicht Ihr Ernst!«

Stine spürte, wie sich ein unangenehmes Gefühl in ihrem Magen ausbreitete und ihr Kopf sich seltsam leicht anfühlte. Der Personenschutz war ihre Chance gewesen, endlich in eine höhere Besoldungsstufe aufzusteigen und den Seilschaften in der Abteilung zu entkommen. Zu lange hatte sie schon als Kommissarin gearbeitet, mit einem Einkommen, das kaum Extras erlaubte. Etwas Schönes zum Anziehen kaufen oder mit ihren Freundinnen in den Urlaub fahren, ohne nebenbei in einem Café oder einer Bar jobben zu müssen, schien unerreichbar. Nachdem sie den Fitnesstest als eine der Besten bestanden hatte, hatte sie sich schon ausgemalt, wie sie Ute, Svenja und Kirsten zum Essen einladen würde, um ihren Erfolg zu feiern. Schick und stilvoll in dem neuen Restaurant in Eppendorf, ohne danach eine Woche lang nur Spaghetti mit Ketchup essen zu müssen.

»Aber ich habe doch den Fitnesstest bestanden.«

Sie schüttelte ungläubig den Kopf. Der karge, weiß gestrichene, Raum begann sich zu drehen. *Was ist los mit mir? Kreislauf? Ich hätte doch heute Morgen zu dem Kaffee etwas essen sollen.* Der Raum drehte sich immer schneller und schneller. Krampfhaft versuchte sich Stine auf das Gespräch zu konzentrieren.

»Das haben Sie tatsächlich, Frau Janssen.« Der Mann warf einen kurzen Blick auf die Liste vor sich. »Sogar mit hervorragender Leistung. Aber leider haben wir ein Problem wegen der Planstellen.«

»Planstellen? Das verstehe ich nicht. Die Stelle beim Personenschutz war doch ausgeschrieben und müsste dementsprechend eingeplant sein?«

Das blau-weiß karierte Hemd ihres Gegenübers nahm langsam eine graue Farbe an und in Stines Ohren begann es leise, tief zu brummen.

»Um die Stelle geht es auch nicht, sondern um Ihre derzeitige beim LKA1.«

Er holte ein Taschentuch aus der Hose und wischte sich über die Stirn. *Dieser Mann wird wahrscheinlich keinen Fitnesstest überstehen. Fraglich, ob er überhaupt jemals im aktiven Dienst war. Aber so, wie es mir gerade geht und der Raum sich dreht, sieht es für mich auch nicht gut aus. Was passiert mit mir?* Stine umklammerte die Tischplatte.

»Können Sie mir das bitte genauer erklären?«

Sie versuchte ruhig zu bleiben, obwohl das Brummen in ihren Ohren immer lauter wurde und ihr Kopf sich anfühlte, als wäre er aus Watte.

»Sie sind derzeit beim LKA1, der Abteilung für Regionale Kriminalitätsbekämpfung, tätig. Wenn Sie zum Personenschutz wechseln, sind Sie nicht mehr dem Landeskriminalamt zugeordnet, sondern der Schutzpolizei.«

»Ja, das weiß ich. Aber wo liegt das Problem?«

»Ihre Planstelle beim LKA würde dann an die Schutzpolizei fallen. Das wäre für uns ein Problem, da wir dann Ihre Stelle nicht nachbesetzen können. Und das bei unserem Personalmangel.«

»Aber es war doch bekannt, dass ich mich für die Stelle als Personenschützerin bewerbe. Jeder wusste, dass es dazu kommen würde, wenn ich die Aufnahmetests bestehe.«

Ihr Gegenüber begann unter ihrem Blick nervös auf seinem Stuhl hin und her zu rutschen. Erneut wischte er sich über die Stirn.

In diesem Moment wurde es Stine klar. *Die haben es von Anfang an gewusst. Sie haben gehofft, dass ich die Prüfungen nicht bestehe, um dieses Gespräch heute zu vermeiden. Was für Schweine.* Sie merkte, wie Übelkeit in ihr aufstieg. Der ganze Raum war auf einmal farblos, als wäre sie in einem alten Schwarz-Weiß-Film gefangen.

»Frau Janssen? Hören Sie mir zu? Ihr Chef, Hauptkommissar Meier, und ich möchten unser Bedauern ausdrücken. Auch wegen des Aufwandes, den Sie hatten, als Sie sich auf die Prüfung vorbereitet haben. Aber versuchen Sie es mal so zu sehen: Der nächste Fitnesstest ist dann quasi schon bestanden, oder nicht?« Ein dröhnendes Lachen kam aus seinem Mund und erschütterte den Bauch, der sich über seinen Stuhl wölbte.

Stine spürte kleine Schweißperlen auf ihrer Oberlippe und den nassen Film, der ihren Rücken herunterlief.

Ich muss hier raus. Etwas Saures stieg ihre Speiseröhre hoch. Sie schob den Stuhl zurück und stand auf. Überrascht schaute er sie an.

»Ich denke, ich gehe jetzt.« Sie ging in Richtung Tür. Im Türrahmen musste sie sich kurz festhalten. Das Aufstehen und die Drehung hatten genügt, um den Raum in ein Karussell zu verwandeln. *Was ist nur mit mir los? Bekomme ich gerade einen Infarkt?* Stines Herz fing an zu rasen.

Sie steuerte rechts den Gang hinunter auf die nächste Toilette zu. Mehrmals stieß sie dabei wie betrunken gegen die Wände, zum Glück unbemerkt von den Kollegen, die größtenteils bereits in der Mittagspause waren. Als sie den fensterlosen Raum mit dem zerkratzten Waschbecken betrat, vergewisserte sie sich, dass keine der Kabinen besetzt war. Sie stützte ihre Hände auf das Becken und versuchte, ihr Spiegelbild zu fixieren. Es gelang ihr nicht. Alles drehte sich. Schneller und schneller. Mit letzter Kraft öffnete sie eine der Kabinen und erbrach sich in die Kloschüssel.

Die nächste Stunde verbrachte Stine zusammengekauert auf den kalten Fliesen. Jedes Mal, wenn sie versuchte aufzustehen, musste sie erneut spucken. Zu ihrer Überraschung kam in dieser Zeit niemand herein. Sie wusste nicht, ob sie dankbar dafür sein sollte, dass niemand sie in diesem elenden Zustand sah, oder ob sie doch Hilfe brauchte.

Irgendwann gelang es ihr endlich aufzustehen. Das Gefühl von Watte im Kopf war immer noch da und auch das tieffrequente Brummen hatte nicht nachgelassen. Aber zumindest rumorte ihr Magen nur noch leise. Wieder ging sie zum Waschbecken, um sich etwas zu erfrischen.

Ein nicht mehr ganz junges Gesicht mit Sommersprossen, grau-blauen Augen und einer praktischen Kurzhaarfrisur sah sie an. Die Bräune, die sie in den letzten Wochen durch ihre Wochenendarbeit im Beachclub bekommen hatte, war verschwunden. Blass und abgekämpft sah sie aus. Im Moment wirkte sie nicht wie Mitte dreißig. Scharfe Falten hatten sich um ihren Mund gebildet und die Zornesfalte zwischen ihren Augen glich einem zerklüfteten Canyon. *Was passiert, wenn ich mich heute krankmelde? Ich sollte versuchen, einen Termin beim Arzt zu bekommen und mich krankschreiben zu lassen.* Innerlich sträubte sich alles in ihr. *Jeder wird denken, ich tue das nur, weil ich den Job nicht bekommen habe.* Abermals schaute sie sich im Spiegel an. *Nein, so wie ich gerade aussehe, wird niemand glauben, dass ich simuliere. Und wenn, ist es auch egal.*

Zwanzig Minuten später saß sie in der um diese Zeit leeren U1 und fuhr die eine Station zu sich nach Hause. Es war heiß in Hamburg. Die schmalen Klappfenster in der U-Bahn waren alle auf Kipp gestellt, dennoch hätte man die Luft schneiden können. Das lag sicher auch daran, dass die U-Bahn zwischen Norderstedt und Kellinghusenstraße ganz entgegen ihrem

Namen eben nicht unterirdisch fuhr, sondern in der prallen Sonne verkehrte.

Gott sei Dank steige ich gleich aus. Mir wird schon wieder schwindelig. Noch auf dem Weg zur U-Bahn war es ihr gelungen, ihren Hausarzt zu erreichen. Leider hatte man sie sofort abgewürgt und ihr gesagt, so ein Schwindel sei etwas für den Halsnasenohrenarzt. Erstaunt stellte sie fest, dass ihr Schwindel beim Spezialisten durchaus ernst genommen wurde und sie sofort zur Notfallsprechstunde erscheinen sollte.

Als Stine über den Marktplatz zum Arzt ging, blieb sie wie immer bei Marius, dem Verkäufer der Obdachlosenzeitung, stehen. Seitdem er ihr nach einem Fahrradsturz direkt vor ihm wieder auf die Beine geholfen und sie mit Wasser zum Abspülen der Wunde versorgt hatte, verging keine Woche, in der sie ihm nicht mehrmals Geld und manchmal auch Lebensmittel zusteckte.

Sie kramte einen Fünf-Euro-Schein aus ihrem Portemonnaie.

»Vielen Dank und eine schöne Woche«, wünschte ihr Marius mit leiser Stimme. Er stockte. »Geht es Ihnen gut?«

»Alles gut.«

Stine versuchte sich an einem Lächeln. Ihr kam es nicht richtig vor, Marius mit ihren Problemen zu belasten. Das musste sich für einen Obdachlosen doch nach Hohn anhören.

Kaum zwei Stunden später war sie wieder zu Hause und nicht wirklich schlauer als zuvor. In der Praxis hatten sie ein paar Tests mit ihr gemacht, die alle negativ ausgefallen waren. Das tiefe Brummen war verschwunden, die Ursache für ihren Schwindel nicht geklärt. Als nächstes hieß es jetzt, eine Kopf-MRT zu machen.

»Nur um auszuschließen, dass es sich um einen Tumor handelt«, hatte der Arzt ihr gesagt und sie dabei beruhigend angelächelt. »Ich denke aber, es ist eine Durchblutungsstörung oder eine Virusinfektion. Hatten Sie in letzter Zeit Stress?«

Als sie nickte, meinte er nur: »Das wird es sicher sein. Oder hatte jemand in Ihrer näheren Verwandtschaft auch Schwindel? Es gäbe noch andere Ursachen, aber ich möchte Sie zu diesem Zeitpunkt nicht beunruhigen. Wir warten einfach die MRT ab. Und solange versuchen Sie zur Ruhe zu kommen und Stress zu vermeiden. Ich schreibe Sie erst einmal diese und die nächste Woche krank. Dann sehen wir weiter.«

Jetzt saß sie auf einem Strandlaken auf ihrem Balkon, im Rücken ein dickes Sofakissen, neben sich einen großen Becher Eis, der langsam in der Sonne vor sich hinschmolz. Ihre Hände fegten über das Smartphone, auf der Suche nach den Ursachen für Schwindel. Spätestens nach der dritten Online-Medizin-Seite verstand sie, warum ihr Arzt die Möglichkeiten nicht weiter ausgeführt, sondern auf die MRT verwiesen hatte. Neben einem Tumor wurde auch Morbus Menière als mögliche Ursache aufgeführt. Dazu würde passen, dass sie ein tiefes Brummen bei dem Anfall wahrgenommen hatte. Das, was Stine über diese Krankheit las, war mehr als beunruhigend. Es hieße, dass sie sich dann mit den Schwindelattacken abfinden musste und im schlimmsten Fall den Führerschein verlieren würde. Was das für Auswirkungen auf ihren Beruf haben würde, wollte sie gar nicht wissen. Wahrscheinlich bedeutete das nur noch Schreibtischarbeit, keine Außeneinsätze mehr.

Sie startete das Messenger-Programm und stellte fest, dass mehrere Nachrichten ihrer Freundinnen dort warteten. Sie alle hatten die letzten Wochen mitgefiebert und genau wie Stine heute ein positives Ergebnis erwartet. Sollte sie ihnen schon Bescheid geben? Keine war online. *Kein Kunststück, es ist ja auch gerade kurz nach 15 Uhr an einem Dienstag. Ute, Svenja und Kirsten müssen arbeiten. Wie ich ja eigentlich auch.* Nur ein grünes Lämpchen zeigte die Anwesenheit einer ihrer Kontakte im Messenger an. Henri, ihr Lieblingsonkel, schien online zu sein. Schon fingen ihre Finger an, ihm eine Nachricht zu tippen, aber nach den ersten Worten hielt sie inne. Er kam mit dem Messenger nicht gut zurecht. Es wäre sicher besser, ihn anzurufen. Normalerweise saß er um diese Zeit bei seiner Cousine Helga im Café in Holtenau und las die Tageszeitung. Aber Helga war vor einem Monat gestorben und es war noch nicht klar, was jetzt aus dem Café, das in dem Fachwerkhaus direkt an der Schleusenstraße untergebracht war, werden sollte. Henri hatte das Café mit Helga geführt und haderte seitdem damit. Er war mehr der stille Teilhaber im Hintergrund gewesen, niemand, der gerne hinter der Theke stand oder sich um sonstige Belange des Cafés kümmerte. Im Moment war sein Plan, das Haus zu vermieten und möglichst auch gleich das Café an den Mieter zu verpachten. Aber es war gar nicht so einfach, jemanden passenden zu finden, der sich in dem kleinen Holtenau eine neue Zukunft aufbauen wollte. Sie stutzte. Ein Gedanke stieg in ihr auf. Wieso eigentlich nicht? *Ich soll doch Stress vermeiden.* Ihre Hand wischte über das Telefon, als sie Henris Nummer heraussuchte.

Ruderclub Hamburg Alster

Ist nicht wahr! Du hast was?« Svenja starrte Stine ungläubig an, eine Gabel mit Kaiserschmarrn vor ihrer Nase balancierend.

»Ich habe meinen Chef, Hauptkommissar Meier, gefragt, ob ich eine längere Auszeit nehmen kann. Mein Arzt hat mir geraten, vorerst Stress zu vermeiden.«

»Dein Arzt? Geht es dir nicht gut?« Ute hörte auf, den Schaum ihres Latte macchiato zu löffeln. »Mir ist schon aufgefallen, dass du einen Minztee bestellt hast, statt deinem üblichen Latte macchiato. Bist du krank?«

»Es ist nichts Schlimmes. Aber ich pass im Moment ein bisschen auf, was ich esse und trinke.« Sie berichtete ihren Freundinnen von dem Schwindelanfall vor ein paar Tagen.

»Warum hast du uns nicht angerufen? Wir hätten doch die letzte Woche für dich eingekauft und hätten im Wechsel bei dir geschlafen, falls dir wieder schlecht wird.«

Utes Angebot folgte das zustimmende Nicken von Kirsten und Svenja. Stine war gerührt.

»Es ist wohl nur eine Entzündung im Gleichgewichtsorgan«, versuchte sie, ihre Freundinnen zu beruhigen.

»Hast du schon eine MRT gehabt? Gibt es Schwindel in deiner Familie?« Kirsten schob ihre Brille hoch und musterte Stine.

»Der Termin ist nächste Woche. Es wird schon nichts sein.«

»Eine Freundin von mir hatte ähnliche Probleme. Es stellte sich heraus, dass es an den Kristallen im Ohr lag«, ergänzte

Svenja mit vollem Mund. »Es fing nach dem Rugbytraining an. Der Arzt hat wilde Drehungen mit ihr gemacht, bis die Kristalle wieder an Ort und Stelle waren.«

»Das ist es leider nicht. Und bevor du fragst: Es hat auch nichts mit meiner Halswirbelsäulenverletzung vor ein paar Jahren beim Training zu tun.«

»Dann hoffen wir mal, dass dein Arzt recht hat, meine Liebe. Aber wenn du wieder eine Schwindelattacke bekommst, dann ruf uns an. Du weißt ja, wie es in dem Lied heißt: ›Gemeinsam ist man nicht allein.‹«

»Genau, das Lied von den ›Fabelhaften Vier‹«, machte sich Ute über Kirstens beschränktes Wissen der deutschen Rap-Kultur lustig.

»Das ist doch nun wirklich nebensächlich. Was ich nur sagen wollte: Auch wenn es nachts ist, eine von uns ist spätestens eine halbe Stunde nach einem Anruf bei dir.«

»Hmm, das wird etwas schwierig.« Stine legte den Kopf schief und schaute ihre Freundinnen an.

»Jetzt kommen wir zu dem Teil mit der Auszeit«, schlussfolgerte Kirsten.

»Genau. Die erste Idee meines Chefs war, dass ich in einem Jahr ein Sabbatical machen könnte, wenn ich bis dahin auf einen Teil meines Gehalts verzichte.«

»Bei deinem Gehalt, das sowieso nicht reicht?« Ute verschluckte sich fast.

»Genau das habe ich ihm auch gesagt. Wie er sich das vorstelle, dass ich mit einem reduzierten Kommissarinnen-Gehalt das Jahr über die Runden komme. Außerdem bräuchte ich *jetzt* den Abstand und die Ruhe.«

»Und was hat er dazu gesagt?« Svenja hatte sich nur scheinbar dem großzügig vom Frühstücksbuffet des Clubs gefüllten Teller gewidmet.

»Zuerst hat er ziemlich rumgedruckst. Nach dem Motto: ›Wir haben doch Personalnotstand.‹ Aber ihm ist schon bewusst, dass sie mich mit dieser Stelle bei der Schutzpolizei ziemlich verarscht haben. Kurz dachte ich, er bietet mir eine Beförderung zur Oberkommissarin an ...«

»... die ja mehr als überfällig ist. Du schmeißt den Laden doch quasi im Alleingang!« Wie immer hielt Ute mit ihrer Meinung nicht hinter dem Berg.

»Aber das hat er nicht?« Kirsten rückte ihre Brille zurecht und musterte Stine mit ihrem Psychologinnenblick durchdringend.

»Nein, natürlich nicht. Hätte ich mir auch denken können. Er hat die letzte Oberkommissarstelle mit seinem Kumpel besetzt, der noch nicht einmal halb so viele Dienstjahre hat wie ich.«

»Was für ein Schwein!« Stines Mädels waren sich einig.

»Vielleicht ist es besser so. Solange ich nicht weiß, wie es mit dem Schwindel weitergeht, wäre eine Beförderung sowieso nicht ideal.«

»Nenn mir einen Mann, der so denken würde. Aber ich sehe es ähnlich.« Ute tätschelte Stines Hand. »Eine Beförderung würde deinen Stress nur erhöhen.«

»Wir haben aber eine Lösung gefunden. Mit einem Blick in meine Akte – ich habe fast 500 Überstunden und außerdem noch 25 Tage Resturlaub – haben wir uns geeinigt. Dazu hänge ich noch unbezahlten Urlaub ran und am Ende werde ich drei Monate nicht arbeiten.«

Auf der Terrasse des Klubs an der Alster herrschte Stille. Drei weit aufgerissene Augenpaare fixierten Stine.

Ute fand als erste ihre Sprache wieder. »Das ist nicht dein Ernst?«

»Doch! Mein voller Ernst. Nach drei Monaten sieht die Welt dann vielleicht wieder anders aus.«

»Geht es jetzt auf Weltreise?« Svenja hatte sich mit ihrem Freund Falk vor kurzem einen Camper angeschafft und war jetzt »voll auf dem Reisetrip«, wie ihre Freundinnen es nannten.

»Das wird leider nicht gehen. Zum einen möchte ich so einen Schwindelanfall, wie ich hatte, nicht allein irgendwo im Ausland haben. Zum anderen sind meine Finanzen nicht gerade üppig. Aber ich brauche unbedingt Abstand von der Arbeit, um mir über einiges klarzuwerden.«

»Aber was willst du denn in der Zeit machen? Als private Ermittlerin arbeiten, um etwas Geld zu verdienen?« Ute war ein großer Fan von Vorabend-Krimiserien.

»Nein, so etwas kommt für mich nicht infrage. Ich brauche wirklich Abstand von allem, was mit Kriminalität zu tun hat.«

»Du hast wohl schon einen Plan.« Kirsten schob erneut ihre Brille hoch und musterte Stine eindringlich.

»Ja, habe ich.«

Bewusst hielt sie inne, um ihre Freundinnen noch ein bisschen auf die Folter zu spannen. Sie sah zum Steg des Ruderclubs, wo gerade ein Vierer ohne Steuermann startete. Der einzige Haken an ihrer spontanen Entscheidung war, dass es schwieriger sein würde, ihre monatliche Frühstücksrunde an der Alster aufrechtzuerhalten. Aber ganz aus der Welt war sie ja nicht.

Sie drehte sich wieder zu den Dreien: »Habe ich euch von Tante Helgas Tod erzählt?«

»War das die mit dem Café in Holtenau? Wo wir vor Jahren mal Kaffee getrunken hatten, nachdem wir in der Ostsee gebadet haben? Das war schön.« Svenja ließ den Blick verträumt über die in der Mittagssonne schimmernde Alster schweifen.

Wahrscheinlich sieht sie gerade die großen Obstkuchen von Helga vor sich, für die das Café berühmt war. Svenja liebte Kuchen und hatte ihr Essverhalten, das sie sich in den Jahren als erste Reihe im Sturm von St. Pauli Rugby angewöhnt hatte, bis heute nicht abgelegt. Das hatte eine Hummeltaille zur Folge, die Svenja entspannt zur Schau stellte. Diäten oder Einschränkungen beim Essen kamen für sie nicht infrage.

»Ja, genau die«, bestätigte Stine. »Sie hat meinem Onkel Henri ihr Haus hinterlassen. Da ihm aber schon das Nachbarhaus gehört und er darin glücklich ist, wollte er das Haus mit dem Café vermieten.« Stine machte eine Pause und nahm einen großen Schluck Minztee. Selbst Svenja hatte es mittlerweile aufgegeben, sich den Köstlichkeiten auf ihrem Teller zu widmen, sondern fixierte sie sichtlich neugierig.

Kirsten war am schnellsten in ihrer Auffassungsgabe. »Sag jetzt nicht, du hast …?«

Stine nickte. »Doch, das habe ich.«

»Was hat sie?« Ute schaute ratlos von Stine zu Kirsten und wieder zurück.

»Ich vermiete meine Wohnung hier in Hamburg für drei Monate und gehe nach Holtenau.«

Holtenau, Schleusenstraße

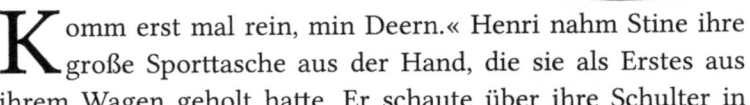

K omm erst mal rein, min Deern.« Henri nahm Stine ihre große Sporttasche aus der Hand, die sie als Erstes aus ihrem Wagen geholt hatte. Er schaute über ihre Schulter in Richtung Auto.

»Das ist alles, was du mitgebracht hast?« Er deutete auf die drei Kartons und im offenen Kofferraum.

Stine nickte. »Fast. Auf der Rückbank liegt noch ein großer Koffer. In meiner Wohnung habe ich ein paar Sachen umgeräumt und die wertvollsten Dinge im Arbeitszimmer eingeschlossen. Dann habe ich mir über das Nachbarschaftsforum online einen Untermieter gesucht. Nur den Nachsendeantrag habe ich vergessen. Ich muss meinen neuen Untermieter bitten, mir Bescheid zu geben, wenn Post kommt.« Stine dachte an den Bericht von der MRT, der noch ausstand.

»Online? Nachbarschaftsforum? Was soll das sein?« Henri schüttelte mit dem Kopf. »Was ihr jungen Leute heute so macht. Früher haben wir einfach einen Aushang ans Schwarze Brett der Uni geheftet: ›Untermieter gesucht‹.«

»Ja, heutzutage führt wohl kein Weg mehr am Computer oder Smartphone vorbei. Aber das hat auch seine Vorteile.« Stine dachte daran, wie lange es wohl gedauert hätte, einen Untermieter über einen Aushang zu finden. Gab es das überhaupt noch? Die Studenten erledigten doch heutzutage auch alles elektronisch.

»Hauptsache, du hast jemand Nettes gefunden. Möchtest du gleich rübergehen oder hier noch einen Kaffee trinken?«

»Wenn du nichts dagegen hast, würde ich mir das Haus ansehen. Und ich habe mir sagen lassen, dass im Café eine richtig edle Espressomaschine steht.« Stine lachte. »Wenn du willst, kann ich uns dort einen Latte macchiato zaubern.«

Seitdem Stine sich entschieden hatte, erst einmal nicht ins Polizeipräsidium zurückzukehren, hatte sie keinen schweren Schwindelanfall mehr gehabt. Der Schwindel hatte sich zwar als leichtes Unwohlsein im Hintergrund eingenistet, aber das versuchte sie zu ignorieren.

»Ich habe mir schon gedacht, dass du das vorschlägst, und den Schlüssel eingesteckt. Gestern war meine Hilfe drüben bei Helga im Haus und hat geputzt. Das kann ich ja leider nicht mehr.«

»Das wäre ja noch schöner, wenn du für mich putzen würdest.« Stine nahm Henri in den Arm. Trotz seines Alters, das ihn etwas gebeugt gehen ließ, überragte er sie um fast einen Kopf.

Er lachte leise. »Ich freue mich so, dass du hier einziehst, auch wenn es nur für ein paar Monate ist. Manchmal ist es schon einsam.«

»Aber du hast doch sicher viele Freunde hier?«

Er schüttelte den Kopf. »Nicht viele, eher eine Handvoll. Mit dem ein oder anderen habe ich mich morgens immer im Café zum Schnacken getroffen, aber seitdem das ›Achter de Slüüs‹ geschlossen ist, bleibt nur noch der morgendliche und abendliche gemeinsame Gang mit unseren Hunden.«

»Das wird sich jetzt ändern!« Stine hakte sich bei ihm unter. Gemeinsam gingen sie die vier Meter bis zur Pforte des kleinen mintfarbenen Holzzaunes, der den mit Kopfsteinpflaster belegten Innenhof ihres neuen Zuhauses von der Straße abgrenzte. Der Duft von Rosensträuchern, die Helga im Hof gepflanzt hatte, wehte herüber und vermischte sich mit dem Salz der Ostsee. Ein paar Deckchairs luden zum Sonnenbaden mit Blick auf die große Schleuse und das Treiben unten am Tiessenkai ein. Die beiden großen halbrunden grünen Flügeltüren, hinter denen Helga vor Jahren eine Fensterfront hatte einbauen lassen, standen offen und gewährten Einblick auf die Tische und Stühle des Cafés. Mit wenigen Handgriffen war es möglich, die Fenster beiseite zu schieben und so im Sommer einen großzügigen und luftigen Café-Eingang zu schaffen. »Möchtest du?« Henri reichte ihr einen kleinen Schlüsselbund mit einem Affenfaust-Anhänger. Stine erinnerte sich daran, dass er diesen dekorativen Knoten für Helga geknüpft hatte. Sie schluckte. Ihr Verhältnis zu Helga war nie so eng gewesen wie zu Henri, dennoch war es traurig, dass die alte Dame nicht mehr da war.

Als Stine den Schlüssel ins Schloss der kleinen Eingangstür rechts neben den Fenstern steckte, hörte sie hinter sich Stimmen. Ein älteres Paar war auf den Hof gekommen und beobachtete neugierig, was sie da tat.

»Öffnen Sie das Café? Wir hätten gerne einen Becher Filterkaffee und einen Espresso macchiato.« Bevor Stine etwas sagen konnte, schob sich die alte Dame an ihr vorbei und steuerte zielstrebig auf den Tisch links von der großen Fensterfront zu. Hilfesuchend schaute Stine zu Henri hinüber, der das Schauspiel mit einem verhaltenen Lächeln beobachtete. Kannte er die beiden? Die Frau passte so gar nicht in das beschauliche Holtenau: Sie trug einen engen fliederfarbenen Pulli, eine weiß-fliederfarben karierte Marlene-Hose und pinkfarbene Sneakers. Die Haare waren raspelkurz, zartrosa gefärbt und auf ihrer linken, mit Permanent-Make-up gezeichneten Augenbraue klebte ein pinkfarbener kleiner Schmetterling. Der Mann neben ihr machte dagegen einen sehr durchschnittlichen Eindruck: Über einem hellen Polohemd trug er eine beigefarbene Weste, dazu eine passende Hose. Seine Augen hinter der randlosen Brille musterten Stine.

»Sie müssen Henris Nichte Stine sein. Er hat erzählt, dass Sie eine Zeit lang in Helgas Haus einziehen. Öffnen Sie auch das Café? Das ist ja großartig. Ich hoffe, wir sind nicht zu früh?« Er deutete eine leichte Verbeugung an. »Darf ich mich kurz vorstellen? Ich bin Leonhard Anders und das ist meine Schwester Lilly.«

Stine überlegte kurz, ob sie das Geschwisterpaar wieder aus dem Café komplimentieren sollte. Dann fiel ihr Blick auf die große Kaffeemühle, die noch zur Hälfte mit dunkelbraunen Bohnen gefüllt war. Direkt daneben glänzte die große italienische Espressomaschine. Das gleiche Modell, das sie die letzten Monate beim Jobben in dem Café in Winterhude bedient hatte. Sie zuckte mit den Schultern. *Wieso eigentlich nicht?*

»Wenn Sie anstatt eines Filterkaffees auch mit einem Caffè Americano zufrieden sind? Kuchen oder ähnliches kann ich Ihnen aber heute nicht anbieten.«

Die beiden nickten. Stine ging hinter den kleinen Tresen und schnappte sich die schwarze Schürze, die dort an einem Haken hing. Henri schaute sie kurz mit hochgezogenen Augenbrauen an, dann lachte er und öffnete die großen Flügelfenster. Er schob zwei Tische mit Stühlen nach draußen.

»Wenn du möchtest, kann ich schauen, ob Helga noch ein paar ihrer Torten eingefroren in der Kühltruhe hat. Ist zwar nicht das Gleiche, aber dann kannst du zumindest heute Nachmittag etwas anbieten«, schlug er vor. Dankbar nickte Stine, während sie den mit Wasser verlängerten Espresso zubereitete. Zu ihrer Freude funktionierten sowohl die Kaffeemühle als auch die Espressomaschine ohne Probleme.

»Kann ich noch ein Wasser haben? Aber bitte nicht zu kalt«, rief Lilly. Mehr hängend als sitzend hatte sie sich auf einem der dunkelrot gepolsterten Stühle niedergelassen, im Rücken die olivfarbene Motivtapete mit Dschungelszene. Lillys sorgfältig manikürten Hände spielten mit ihrem Portemonnaie.

»Ich weiß nicht, ob wir noch Wasser haben. Bitte geben Sie mir ein paar Minuten, ich schaue gleich nach.«

Henri tauchte wieder auf, in seiner Hand zwei Torten balancierend. »Wir haben Glück, es sind auch noch Macarons dort unten. Bei der Wärme heute taut das bestimmt im Nu auf. Soll ich den Kühlschrank mit Kaltgetränken bestücken? Helga hat im Keller noch ein paar Kisten stehen.«

Eine Viertelstunde später war die Kuchenauslage mit Torten und den Macarons gefüllt und mit einem Schild »Torten ab 15 Uhr« versehen. Der Kühlschrank brummte leise vor sich hin und bot den Gästen eine gute Auswahl an Getränken. Zusätzlich hatte Henri einen Anruf in der örtlichen Bäckerei getätigt. Demnächst würden Croissants und Bagels geliefert werden, die Stine mit Helgas selbst gemachter Marmelade als süßes Frühstück anbieten wollte.

Ein weiteres älteres Paar kam herein. Diese entsprachen mehr Stines Bild von den Rentnern, die sie hier in Holtenau erwartete. Die Frau in ihrer weiten altrosafarbenen Bluse und der sandfarbenen Hose schob vorsichtig ihren Rollator vor sich her. Sie steuerte in Richtung Tresen, wo sie kritisch die Kuchenauslage in Augenschein nahm. Der alte Mann ging zu Henri, der mittlerweile an seinem Tisch mit einer Zeitung und einem großen Milchkaffee vor sich Platz genommen hatte.

»Moin Henri, wieso hast du uns nicht erzählt, dass du das Café wieder öffnest? Ist die bezaubernde junge Dame hinter dem Tresen deine Nichte?«

»Vielen Dank für das ›jung‹«, rief Stine als Antwort hinüber. »Was kann ich Ihnen bringen?«

Als sie kurz hinaus aus dem Fenster auf die Ostsee schaute, stand zum ersten Mal seit fast zwei Wochen ihre Welt still.

# Holtenau, an der Schleuseninsel

Die untergehende Sonne malte Glitzerlichter auf das Wasser. Stine streckte ihre Füße von sich. Sie lag auf einer der neuen geschwungenen Holzbänke, die die Gemeinde an der alten Brücke zur Schleuseninsel aufgestellt hatte. Hierher verirrten sich um diese Zeit selten Touristen. Auch die kleine Fähre »Adler 1«, die den Kieler Stadtteil Wik mit Holtenau verband, fuhr jetzt in einem niedrigeren Takt, sodass nur wenige Passagiere auf ihrem Weg in Richtung Tiessenkai vorbeikamen. Reste eines Holzpontons lagen in dem linken Seitenarm des Kanals, der den Anleger für kleinere Jachten beherbergte. Ein paar Schwäne suchten mit ihren langen Hälsen auf dem Grund nach Essbarem. Ab und zu erklang der schrille Schrei einer jungen Mantelmöwe, die versuchte, bei den Altvögeln Futter zu erbetteln. Ansonsten war es ruhig. Hier an dieser Stelle war kaum Wind und die See kräuselte sich nur leicht. Ganz anders als hinter dem Leuchtturm auf der Holtenauer Reede, wo Stine zuerst nach einem Platz für ihren Sundowner gesucht hatte. Dort fegte der Wind und die Wellen schlugen gegen das Ufer. Dagegen war dieser Platz perfekt. Er hatte noch einen weiteren Vorzug: Auf dem Jachtanleger befanden sich Toiletten für die Segler, die nicht versperrt und sehr sauber waren. So musste Stine nicht frühzeitig den Weg nach Hause antreten. *Perfekt, um mit Svenja, Ute oder Kirsten einen Cider oder zwei zu genießen,* überlegte sie. *Aber dann müssen wir auf dem Weg zur Toilette aufpassen. Der Steg, der zum Damenwaschraum führt, ist doch ziemlich*

schmal. Ein Cider zu viel und gerade Kirsten mit ihrer einge-
schränkten Sicht könnte Bekanntschaft mit der Ostsee machen.
Ein älteres Ehepaar ging langsam die Kanalstraße entlang
und blieb kurz vor Stines Liegebank stehen. Die ältere Dame
deutete auf die zweite, noch freie Liege, aber ihr Mann schüttelte den Kopf.
»Das macht mein Rücken nicht mit. Wenn ich mich darauf
setze, kriegst du mich nachher nicht mehr hoch. Lass uns lieber die Bank da vorne nehmen und diese Liegewiese den jungen Leuten überlassen.« Er zwinkerte Stine kurz zu und schob
dann seine Frau in Richtung der kleinen Bank neben der
Informationstafel zum Nordostseekanal.

Welche jungen Leute? In Hamburg würde mich kaum
jemand als jung bezeichnen. Das war schon das zweite Mal,
dass man sie in Holtenau so nannte. Aber es passte hierher.
Das Altersgefüge war älter, wie Stine tagtäglich an den
Stammgästen im Café bemerkte. Da gab es Henri und seine
Freunde, zu denen im weitesten Sinne auch die exzentrische
Lilly und ihr Bruder gehörten. Dieser war erst vor kurzem aus
dem Ausland in seine Heimatstadt zurückgekehrt. Er hatte
sich aber, auch dank seiner Schwester, schnell in die »Rentnergang«, wie Henri sie nannte, eingefügt. Natürlich kamen
auch die Touristen oder Segler, die über den Nordostseekanal
zur Ostsee reisten, gerne in das gemütliche kleine Café. Aber
Einwohner in Stines Alter verirrten sich eher selten dahin. Als
Kind hatte sie Henri und Helga oft in den Ferien besucht und
die ein oder andere Freundschaft mit Nachbarskindern
geschlossen. Aber diese alten Spielkameraden waren im Laufe
der Jahre verschwunden. Stine vermisste ihre Hamburger
Freundinnen. Der Abstand zu ihrer Arbeit als Polizistin tat ihr
gut, daran bestand kein Zweifel. Zwar machte sich ihr
Schwindel noch bei abrupten Bewegungen, wenn sie im Café
schnell zwischen Theke, Kaffeemühle und Espressomaschine
hin und her fegte, bemerkbar. Aber es war kein Vergleich mit
der völligen Hilflosigkeit, als sie auf den kalten Fliesen gele-

gen hatte und ihre gesamte Welt sich angefühlt hatte, als würde sie einstürzen. Eigentlich sollte sie hier in Holtenau glücklich sein. Aber abends kamen die Leere und Einsamkeit, die auch ihr lieber Onkel mit seiner Fürsorge nicht füllen konnte. Ihre Mädels fehlten ihr. Dazu wartete sie immer noch auf die Ergebnisse der MRT, die leider auf sich warten ließen. Ihr Handy klingelte. *Kirsten.* Sie nahm ab.

»Das muss Gedankenübertragung sein! Gerade habe ich an euch gedacht.«

»Svenja und ich sitzen direkt neben Störtebeker in der HafenCity und trinken Cider. Da dachten wir, wir müssen dich anrufen. Was machst du so?«

»Ich schaue gerade auf die Förde und trinke eine Rhabarberschorle.«

»Sag nicht, bei euch gibt es keinen anständigen Cider?«

Stine konnte Svenja fast vor sich sehen, die großen braunen Augen angesichts dieser Möglichkeit vor Entsetzen weit aufgerissen.

»Doch, doch. Wir haben sogar extra das Kaltgetränke-Angebot im Café dahingehend erweitert«, beruhigte Stine sie. »Aber irgendwie war mir mehr nach Schorle. Vielleicht liegt es auch daran, dass ich ohne euch hier sitze.«

Ein lang gezogenes, einstimmiges »Ohhh« war die Antwort.

»Meine Liebe, geht es dir gut?« Kirsten klang besorgt. »Ist es vielleicht doch zu viel Stress, dass du jetzt ein Café schmeißt, anstatt auszuspannen? Was macht der Schwindel?«

»Alles gut. Keine Schwindelanfälle. Nur wenn ich über Kopfsteinpflaster gehe oder mich schnell drehe, schwankt es ein bisschen.« Stine versuchte ihrer Stimme einen fröhlichen Klang zu geben, obwohl gerade ein Kloß in ihrem Hals wuchs. Wie gerne wäre sie jetzt bei den beiden. »Ich bin nur heute etwas müde. Es war viel zu tun im Café.«

»Aber es tut dir nicht leid, dass du nach Holtenau gegangen bist, oder?« Kirsten ließ nicht locker.

»Nein, nein. Ich genieße es jeden Tag, das Café aufzuschließen und Gäste zu empfangen. Auch Henri tut es gut. Er kümmert sich um den Einkauf und organisiert alles. Schließlich hat er so etwas früher im Beruf auch gemacht.«

»Ich dachte, er war beim Militär?«

»War er auch. Aber da war er für die Beschaffung zuständig. Wer wäre also besser für den Einkauf geeignet als er? Er hat sämtliche alten Zulieferer von Helga kontaktiert und teilweise noch bessere Verträge ausgehandelt als vorher. Es ist einfach großartig! Bestimmt wird es unter den Umständen für ihn leicht sein, einen neuen Pächter zu finden, sobald ich wieder in Hamburg bin.«

»Aber irgendetwas bedrückt dich doch, oder?« Kirstens Berufskrankheit, das »Bohrer-Syndrom«, wie ihre Freundinnen es nannten, kam wieder durch.

Stine seufzte: »Ja, erwischt. Es ist albern, aber ich fühle mich wie damals, als ich nach dem Studium nach Hamburg kam. Es war so schwer, Anschluss zu finden. Hier in Holtenau sind lauter feste Strukturen und für Neue in meinem Alter scheint da wenig Platz. Selbst der örtliche Sportverein bietet vor allem Kurse für Ältere an. Ich habe mir gerade den Aushang angeschaut. Ich hätte die Wahl zwischen Sitzyoga, Bauch-Beine-Po oder CardioFit. Oder ich schließe mich dem Tanzkurs für Senioren an. Die suchen anscheinend noch dringend Mittänzer.«

»Warst du nicht früher oft die ganzen Sommerferien da? Vielleicht triffst du irgendwann Bekannte aus der Zeit.«

»Wieso seid ihr eigentlich nur zu zweit?«, überging Stine Svenjas Vorschlag. »Wo treibt Ute sich rum?«

»Rumtreiben ist eine gute Bezeichnung.« Kirsten lachte. »Sie hat über eine Dating-App einen Kerl kennengelernt und trifft sich heute Abend mit ihm.«

Sofort erwachte Stines innere Polizistin: »Was weiß sie denn über den Typen? Trifft sie sich an einem öffentlichen

Ort? Wisst ihr, wo sie ist, und habt ihr mit ihr einen Zeitpunkt zur Prüfung vereinbart, ob alles okay ist?«

»Ja, Frau Polizistin. Haben wir alles brav gemacht. Was glaubst du, warum Svenja und ich hier am Magdeburger Hafen sitzen? Ute ist mit ihrem Date gegenüber in einem der neuen Restaurants an den Elb-Arkaden. Wir haben sie die ganze Zeit fest im Blick.«

»Sagen wir besser, ich habe sie im Blick. Kirstens Sehstärke ist ja nicht die beste, wie allgemein bekannt ist.« Svenja kicherte.

»Ach, ist das so? Dann erzähle Stine mal, wer von uns beiden gemerkt hat, dass die beiden schon unter dem Tisch füßeln«, trumpfte Kirsten auf.

»Unsere Ute, nicht zu stoppen!« Stine musste lachen. »Dann hoffen wir mal, dass es diesmal was Längerfristiges wird.«

»Sie schaut sich wenigstens um. Wie lange ist es denn bei dir her, dass du ein Date hattest?«

»Eine gefühlte Ewigkeit«, gab Stine zu. »Vielleicht sollte ich auch mal auf eine Dating-App zurückgreifen. Obwohl mir das ja widerstrebt.«

»Fang doch wieder an, Rugby zu spielen«, schlug Svenja vor. »Bei mir hat es doch auch geklappt. Mein Liebster ist einfach nur perfekt.«

»So einen wie deinen Liebsten gibt es bestimmt kein zweites Mal.«

Svenjas Freund spielte beim FC St. Pauli Rugby in der ersten Reihe Sturm und war ein echter Schatz. Svenja betonte gerne, dass sie sich einen Mann ausgesucht hatte, der sie mit ihren 90 Kilo auf Händen tragen konnte.

»Nein, einen wie ihn bekommst du wahrscheinlich nicht. Zu dir würde aber auch eher ein *Wing* oder *Fullback* passen, die sind so schön schnittig.« Svenja lachte laut. »Weißt du noch, wie du vor zehn Jahren für den Captain der Springboks geschwärmt hast? Oder diesen *Fullback* der Iren? Wie hieß der noch?«

»Lass mal, über so eine Schwärmerei bin ich schon lange hinweg.«

»Bist du. Aber sag nicht, dass du einem knackigen Rugbyspieler abgeneigt wärst«, neckte jetzt auch Kirsten.

»Jaja, ich gebe es ja zu. Aber lasst euch wegen meines nicht vorhandenen Liebeslebens nicht von eurer Aufgabe ablenken, Ute zu beobachten« mahnte Stine.

»Da sieht es ganz harmonisch aus. Ich glaube, sie haben gerade die nächste Runde beim Kellner bestellt. Zumindest von weitem macht der Typ einen netten Eindruck. Ist angeblich ein Chirurg am UKE.«

»Der hat bestimmt sehr feinfühlige Hände.« Svenja lachte dreckig.

»Dann wollen wir mal hoffen, dass Ute nicht auf die Idee kommt, das heute noch auszuprobieren. Nie Sex beim ersten Date!«, meldete sich Kirstens Stimme der Vernunft.

»Zumindest nicht, wenn man etwas Festes will«, steuerte auch Svenja eine der typischen Single-Frauen-Weisheiten bei.

»Wie lange hat es denn bei deinem Männe und dir gedauert?«, wollte Stine wissen, obwohl sie die Antwort schon kannte.

»Ach, bei uns war es etwas anderes. Besondere Umstände und viel Alkohol bei der Aufstiegsparty für seine Mannschaft. Da sind wir uns halt näher gekommen ...«

»... und gleich am ersten Abend in der Kiste gelandet«, vollendete Kirsten den Satz. »Aber nicht jede von uns hat so ein Glück. Bei mir waren die Typen nach einem One-Night-Stand am nächsten Tag immer weg. Und Stine schießt doch schon jeden ab, bevor es in Richtung Horizontale geht.«

»Ich bin halt vorsichtig«, rechtfertigte sich Stine. »Wenn ihr wüsstet, was alles passieren kann. Gut, dass ihr auf Ute aufpasst.«

»Apropos: Wir müssen jetzt einen Standortwechsel machen. Die beiden haben doch nichts bestellt, sondern bezahlt. Kirsten und ich machen uns an die Beschattung.« Ohne weitere Worte unterbrach Svenja die Verbindung. Stine saß noch eine ganze Weile auf der Liege und blickte in die zunehmende Dunkelheit. Der Seewind wurde langsam von der herannahenden Nacht verdrängt. Es war immer noch angenehm warm. Ein paar Möwen liefen vor ihr auf der kleinen Wiese und untersuchten, was die Spaziergänger am Tag hinterlassen hatten. Die Luft roch leicht salzig und ab und zu konnte Stine das Läuten hören, mit der die Öffnung und Schließung der großen Nordostseeschleuse angekündigt wurde. Diese war anders als die kleinen Schleusen in Hamburg 24 Stunden in Betrieb. Henri hatte erzählt, dass der Kanal eine der befahrensten Wasserstraßen der Welt war. Beim Anblick der großen Containerschiffe und der vielen Segler, die nur in den letzten zwei Stunden ein- und ausgeschleust waren, konnte sie sich das sehr gut vorstellen. Die abwechselnd roten, weißen und grünen Lichter des Leitsystems konnte sie auch noch abends von ihrem Schlafzimmer aus sehen. *Ich muss jeden Tag dankbar sein, dass ich an so einem schönen Ort sein darf. Soll ich meine Mädels zu einem Wochenende hier oben einladen? Dann lässt vielleicht auch das Heimweh ein bisschen nach.* Eine leicht gebückte, große Gestalt mit schlurfendem Gang kam die Kanalstraße herunter. Stine hörte Krallen über den sandigen Boden ratschen. Ein kleiner schwarz-weißer Kopf tauchte neben ihr auf und schnüffelte an ihrer Hand. Wieder erklang der Schrei einer jungen Möwe. Sofort suchten die schwarzen kleinen Augen den Uferbereich nach dem Verursacher des Schreis ab.

Sie lachte. »Victor, die Möwe tut nichts. Du kannst dich entspannen.«

Sie tätschelte dem kleinen Mischlingsrüden den Kopf und drehte sich ihrem Onkel Henri zu, der jetzt auch bei ihrem Platz angekommen war. »Abendrunde?«

»Ja, Victor muss doch schauen, ob noch alles in Ordnung ist. Wir hatten eigentlich gedacht, wir finden dich am Leuchtturm, aber als uns der Wind dort so entgegen blies, war klar, dass du dir eine ruhigere Stelle gesucht hast.« Vorsichtig ließ sich Henri neben ihr auf der Liege nieder. Dabei vermied er es, mit dem Hintern in die Kuhle zu rutschen. *Wahrscheinlich befürchtet er genauso wie der alte Herr vorhin, dass er sonst nicht mehr aufstehen kann.*

»Diese Bänke hier sind ganz neu.« Henri strich über das glatte Holz, welches, aufgeladen durch die Sonne des Tages, noch eine angenehme Wärme ausstrahlte. »Willst du hier noch ein bisschen sitzen? Oder kommst du mit uns nach Hause?«

Henri vermied es, den fürsorglichen Onkel zu spielen. Aber Stine wusste, dass er sich Sorgen machte, solange das Thema mit ihrem Schwindel nicht vollständig geklärt war.

»Ich glaube, es wird Zeit fürs Bett. Morgen wird wieder ein anstrengender Tag im Café. Außerdem will ich noch zwei Kuchen backen. Ich habe bestimmt zwei Taschen Birnen und ÄpfelFallobst von der Streuobstwiese aufgesammelt. Das möchte verarbeitet werden.« Sie deutete auf die zwei großen Stoffbeutel neben der Liege, die prompt von Victor in Augenschein genommen wurden.

»Hättest du was gesagt ... Ich weiß nicht, ob das Bücken für dich so gut ist.« Henri betrachtete seine Nichte mit zusammengekniffenen Augen.

Stine vermied es, Henri zu berichten, dass ihr zweimal kurz schwarz vor Augen geworden war, als sie sich vom Bücken aufgerichtet hatte. Darüber würde sie bei Gelegenheit mit ihrem Arzt reden. Aber jetzt sollte Henri nicht beunruhigt werden.

Anscheinend war das überreife Obst für Victor nicht besonders interessant, denn er ließ sich durch einen erneuten Möwenschrei ablenken. Henri holte die Leine aus der Tasche seiner Weste und befestigte sie an Victors Halsband. »Wir wollen doch nicht, dass eine von den kleinen Möwen deinem Jagdtrieb zum Opfer fällt«, sagte er und wendete seine Aufmerksamkeit wieder seiner Nichte zu. »Gut, dass du das Obst der Streuobstwiese verarbeitest. Deine Tante und ich haben die letzten Jahre beobachtet, dass immer weniger Leute Interesse an den schönen Äpfeln, Birnen und Pflaumen hatten. Daher hat sie ja auch angefangen, Obstkuchen und Marmeladen für das Café zu machen und einen Großteil des Erlöses für den Erhalt des alten Leuchtturms und anderer Baudenkmäler hier in Holtenau zu spenden.«

»Die Tradition werde ich auf jeden Fall fortführen. Obwohl das Sammeln lebensgefährlich ist. Zweimal hätte mich vorhin fast eine Wespe oder Biene gestochen.« Stine lachte und schüttelte die Neige ihrer Flasche kurz aus, bevor sie sie in ihren Rucksack steckte. Dann traten sie zu dritt den kurzen Weg nach Hause an.

Vormittags,
Café »Achter de Slüüs«

D eine Obsttorte ist ganz hervorragend, meine Süße«,
lobte Lilly, während sie sich das letzte Stück der Birnen-
torte, die Stine noch mit Walnüssen und Zimt gepimpt hatte,
in den sorgfältig mit Lippenkonturstift und pinkem Lippenstift akzentuierten Mund schob. »Deine Tante Helga wäre
stolz auf dich.«

»Danke dir, Lilly.« Stine räumte den leeren Teller ab.
»Möchtest du noch einen Iced Latte macchiato?«

Lilly hatte vor zwei Wochen verkündet, dass sie Stine jetzt
adoptiert hätte, und ihr das Du angeboten. Normalerweise
fand Stine es seltsam, jemanden fast im Alter ihrer Großmutter zu duzen, aber bei der schrillen Lilly passte es irgendwie.

»Nein, lass mal. Ich bin mit einer Freundin zum Sitzyoga
verabredet. Wenn die Blase zu voll ist, ist das nicht gut. Die
Lehrerin bekommt immer schlechte Laune, wenn jemand von
uns die Übung unterbricht, um aufs Töpfchen zu gehen.« Lilly
pflegte ihre unverblümte Sprache, die Stine jedes Mal ein
Schmunzeln entlockte.

Es raschelte. Henri senkte seine Zeitung. »Wenn es dir
keine Umstände macht, würde ich mich über ein Glas Latte
macchiato freuen. Aber vergiss bitte ...«

»... den Zuckerstreuer nicht«, vollendete Stine den Satz für
ihren Onkel. Henri liebte seinen Kaffee süß und mit viel
Milch. Selbst bei Eiskaffee konnte aus seiner Sicht ein Löffel
Zucker nicht schaden. Trotz dieser Vorliebe waren seine Blut-
werte bis auf einen leichten Eisenmangel, der ihn auch bei der

Hitze dieses Sommers schnell frösteln ließ, erstaunlicherweise in Ordnung.

»Sag Leonhard bitte, dass ich ihn nachher zu Hause treffe.« Lilly hob ihre pinke Sporttasche hoch und schickte sich an, aus dem Café zu gehen.

»Wo du es gerade sagst, warum ist Leonhard denn heute früh nicht bei dir?«, wollte Henri wissen.

»Er meinte, er müsse eine alte Freundin besuchen. Hat sogar ein paar Blumen aus meinem Beet gepflückt. Versuch nachher mal rauszufinden, wen er meint, Henri. Vielleicht erzählt er dir etwas. Mir gegenüber ist er immer verschlossen wie eine Auster.« Lilly winkte noch einmal und wollte gerade hinausgehen, da betrat ein großer, massiger Mann das Café. Er ging zu Stine an den Tresen.

»Moin. Sie müssen die neue Betreiberin sein. Ich bin Leif, Leif Küppers. Ihre Tante war die letzten Jahre so freundlich und hat mich immer die Ankündigungen für mein Helmtauchseminar hier in der Seebadeanstalt aushängen lassen.« Er strich sich über die vollen, raspelkurz geschnittenen grauen Haare und blinzelte Stine aus stahlblauen Augen freundlich an.

»Äh, davon weiß ich nichts. Wie genau sah das denn mit den Ankündigungen aus?« Sie fand Leif auf Anhieb sympathisch, obwohl sie sich kaum vorstellen konnte, dass er mit seiner beeindruckenden Gestalt in einen Tauchanzug passen könnte.

»Wir haben immer eines von meinen Plakaten direkt in das große Fenster gehängt und eines hier neben den Tresen.« Er deutete auf die Glasfront, die die Kuchenauslage von den Besuchern trennte.

»Dann machen wir das doch wieder so. Ich muss nur noch schauen, wo meine Tante den Tesa aufgehoben hat.« Stine streckte die Hand nach den Flyern aus. »Nur so aus Neugier, wie genau muss ich mir so ein Helmtauchseminar vorstellen?«

»Historisches Helmtauchseminar, um ganz genau zu sein. Ich habe einige alte Tauchgerätschaften zu Hause und zweimal im Jahr müssen die auch benutzt werden, finde ich. Außerdem hilft es mir, diesen Geräten vor meiner Frau Astrid eine Daseinsberechtigung in unserem Haus zu geben.« Ein erneutes Zwinkern. »Sie beklagt sich des Öfteren, in einem vollgestopften Museum zu wohnen.«

Stine schaute auf den Handzettel, auf dem das Foto eines Tauchers in gelblichem Gummianzug und mit einem großen Helm abgebildet war. Sie versuchte sich Leifs Haus vorzustellen. Ob man dort im Wohnzimmer anstatt einer Stehlampe so einen Anzug komplett mit Helm vorfand?

Leif räusperte sich. »Aber um auf Ihre Frage zurückzukommen, wie wäre es denn, wenn Sie einfach vorbeischauen und es selbst einmal ausprobieren? Tauchkenntnisse sind nicht notwendig. Die Versorgung des Tauchers erfolgt komplett über Land durch Schläuche. Sie müssen noch nicht einmal schwimmen können, weil die Bleischuhe Sie am Grund der Ostsee halten.«

Am Grund der Ostsee? Trotz der sommerlichen Wärme lief Stine ein Schauer über den Rücken. Für sie gab es kaum etwas Schlimmeres als den Gedanken, über sich und um sich dunkles Wasser zu haben. Und was wäre, wenn sie ausgerechnet dann einen Schwindelanfall hätte? Wie sollte sie dann wieder aus dem Wasser kommen?

»Ich weiß nicht, ob ich die Zeit finde. Das Café ist samstags immer gut gefüllt«, suchte sie eine Ausrede.

»Für zwei Stunden könnten Henri und ich auch dein Café übernehmen«, bot Lilly zu ihrem Schrecken an, die neugierig dem Gespräch gelauscht hatte. Offensichtlich fand sie das Gespräch zwischen Stine und Leif interessanter, als mit ihren Freundinnen Sitzyoga zu machen.

»Dann sehen wir uns also nächsten Samstag!« Leif lachte. »Astrid wird sich freuen. Dann kann sie auch gleich ihre berühmte Rhabarber-Erdbeertorte einer fachkundigen Bäckerin zum Probieren geben.«

Torte beim Sport und dann noch im Wasser? Stine wunderte sich. Beim Rugbytraining hätte es nie Torte gegeben, weder vorher noch hinterher. Aber anscheinend stand bei diesem Helmtauchen mehr die Geselligkeit im Vordergrund. Ja, vielleicht sollte sie wirklich dorthin gehen. Möglicherweise lernte sie so mal ein paar andere Leute kennen als die Älteren und Touristen, die Tag für Tag in ihr Café strömten. Und zur Not könnte sie sich auch vor dem Helmtauchen drücken. Bestimmt würde Leif auch nicht begeistert sein, wenn sie ihm von dem Schwindel erzählte.

Zwei Stunden vor dem Helmtauchgang

Ich glaube, das ist eine ganz dumme Idee.« *Wo ist nur dieser verdammte Badeanzug? Ich kann doch nicht in Unterwäsche in diesen Tauchanzug steigen. Wird das eigentlich nass da drin?* Stine ärgerte sich, dass sie die letzten Abende nicht wenigstens ein bisschen gesurft hatte, um zu sehen, wie so ein Helmtauchgang ablief. Dabei hatte ihr Leif netterweise sogar noch einen Link für ein YouTube-Video geschickt, welches bei einem früheren Event aufgenommen worden war. Aber die letzten Tage war im Café so viel los gewesen, dass Stine abends nur noch todmüde ins Bett gefallen war.

»Stine, wo finde ich die Hafermilch?«, rief Lilly von unten. Sie hatte im Erdgeschoss bereits das Regiment übernommen und kommandierte Henri fröhlich herum. Dieser schien aber genau wie Lilly Spaß an der Aufgabe zu haben. Anders als Leonhard, Lillys Bruder, der heute Vormittag nur kurz hereingeschaut und sich dann mit den Worten, er müsse noch ein bisschen Sport machen, verabschiedet hatte.

Endlich! Ganz hinten im Schrank lag der Badeanzug. Sie hatte ihm beim hektischen Auspacken nach ihrem Spontaneinstieg ins Café wohl einfach nur in den Schrank gepfeffert. Kritisch beäugte ihn Stine. Nicht gerade der letzte Schrei. Sie hatte ihn irgendwann auf die Schnelle bei einem Discounter gekauft. Damals hatte ihr der schwarz-weiße Anzug ganz gut gefallen. Wie sie aber zu Hause feststellte, war das Teil eher für durchschnittlich große Frauen gedacht und für ihre fast eins achtzig viel zu kurz geschnitten. Unsicher hielt sie den Anzug in der Hand. Auf dem Regal fiel ihr etwas Pinkes ins

Auge. Einer ihrer Sport-BHs, der im Moment wegen Sportmangel ein tristes Dasein fristete.

Dazu habe ich doch eine passende Bikini-Hose gekauft, um nach dem Training im Stadtpark noch schnell eine Runde im See zu schwimmen. Irgendwo muss die sein. Oder habe ich sie nicht eingepackt?

Sie fing wieder an zu wühlen und wurde schließlich fündig. *Besser,* beschloss sie. *Nur für den Fall, dass sich doch Dating-Material bei dem Helmtauchkurs findet. Man weiß ja nie.*

Sie zog die Bikini-Kreation an, um sich das Umziehen am Steg zu ersparen, stopfte frische Wäsche mit einem Handtuch in ihre Sporttasche und ging über die Treppe hinunter ins Café. Auf dem Tresen standen schon ein Apfelkuchen, den sie gleich mit in die Badeanstalt nehmen wollte, und ein großer Thermobecher mit Milchkaffee.

»Kommt ihr wirklich ohne mich zurecht?« Sie schaute prüfend von Henri zu Lilly und zurück.

»Henri und ich haben hier alles im Griff, meine Süße! Die Hafermilch haben wir übrigens auch gefunden.« Lilly wischte sich energisch die Hände an Stines schwarzer Schürze ab, die sie gleich beim Eintreffen heute Morgen okkupiert und über ihr heutiges Outfit, schwarze Leder-Hotpants mit einer Netzstrumpfhose und kniehohen Stiefeln, gebunden hatte. »Amüsier dich ruhig und lass die Alten machen! Wenn du Leonhard siehst, sag ihm, ich habe ihm das letzte Stück Mohn-Apfelkuchen beiseitegelegt.«

»Ist Leonhard auch beim Helmtauchen?« Stine war verwirrt.

»Nein, aber in der Seebadeanstalt. Er ist einer der hundert Glücklichen, die im letzten Jahr einen Schlüssel gewonnen haben, sodass er jederzeit dort schwimmen gehen kann. Deswegen verstehe ich ja auch nicht, warum er ausgerechnet heute, wenn wir ihn hier im Café hätten brauchen können, schwimmen gehen musste.« Der kleine Marienkäfer, der heute die fein tätowierten Augenbrauen schmückte, wanderte in Richtung Stirn.

»Ich hätte auch bei der Verlosung mitmachen sollen«, beklagte sich Henri, der gerade in halb gebückter Stellung die Spülmaschine einzuräumte.

»Die nächste Verlosung läuft. Du musst dir nur eine Postkarte im Lottogeschäft bei Ulrich oder direkt im Büro der Lighthouse Foundation abholen. Die füllst du aus und schmeißt sie bei der Lighthouse Foundation in den Briefkasten«, klärte Lilly ihn auf. Sie drehte sich zu Stine um. »Vielleicht solltest du auch gleich mitmachen. Es sind nicht nur alte Leute wie meine Freundin Inge, im Seebad auch die jungen gehen dahin. Dann hättest du gleich Anschluss.«

»Ich bin doch nur ein paar Monate hier«, widersprach ihr Stine. »Kein Grund, jemand anderem die Chance auf einen Schlüssel wegzunehmen. Es wäre etwas anderes, wenn ich hier leben würde. Dann würde ich sofort bei der Verlosung mitmachen«

»Wie du meinst.« Lilly zuckte mit den Schultern und beendete das Gespräch, indem sie die elektrische Espressomühle betätigte, um den Siebträger zu füllen.

»Bitte sei vorsichtig«, ermahnte Henri seine Nichte. »Ich weiß ganz genau, dass du immer noch Schwindel hast. Gerade gestern musstest du dich kurz am Tresen festhalten, als du die Milch unten aus dem Schrank hochgeholt hast. Bitte erzähl Leif davon. Er kann sicher beurteilen, inwieweit das gefährlich werden könnte.«

»Mach dir keine Sorgen. Ich habe es Leif schon erzählt, als ich mich angemeldet habe. Er meinte, wenn ich keinen akuten Schwindelanfall habe, sei es kein Problem.«

Auf dem Weg zur Seebadeanstalt ging Stine den Tiessenkais entlang, der sich langsam mit Touristen füllte. Ein paar Angler, denen der einsetzende Trubel zu viel wurde, packten ihre Ruten ein und nickten Stine freundlich zu.

»Und, heute was gefangen?«, fragte sie den Größeren der beiden, den sie aus ihrem Café kannte. Er holte sich meistens nach dem Angeln einen Americano, bevor er in sein Auto stieg und in Richtung Kiel davonfuhr.

Er schüttelte den Kopf. »Nein, heute waren alle Fische entweder zu klein oder zu groß. Beim nächsten Mal.«

Stine ließ die erfolglosen Angler hinter sich. Vor ihr erhob sich der berühmte historische Leuchtturm, das Wahrzeichen von Holtenau. Aber heute hatte sie keine Zeit, den alten Backsteinturm zu bewundern. Es war schon kurz nach elf Uhr und nach dem groben Zeitplan, den Leif ihr genannt hatte, müssten die Vorbereitungen zum Tauchgang schon fast abgeschlossen sein. *Mit etwas Glück wollen gleich so viele Leute Tauchen, dass für mich kein Platz mehr frei ist.* Stine seufzte. *Ich bin echt ein Schisser. Das passt so gar nicht zu dem Bild einer taffen Kommissarin. Aber seitdem ich den Schwindel habe, fühle ich mich so hilflos. Will ich mich wirklich in eine Situation begeben, in der ich total von anderen abhängig bin?*

Nach der Kurve tauchte auf der linken Seite die neue Wohnanlage mit ihrem unverbaubaren Blick auf die Ostsee auf. Von dort war es nur ein Katzensprung zur Seebadeanstalt, die genau gegenüber lag, nur durch eine schmale Straße und einen kleinen Grünstreifen getrennt. Wie jeden Vormittag hatten sich mehrere Hundebesitzer mit ihren Vierbeinern vor dem kleinen Backsteinhaus, der Seelotsen-Versetzstation, versammelt. Anscheinend war die Morgenrunde vorbei und sie waren zum gemütlichen Klönen übergegangen.

»Wir haben Henri und Victor heute Morgen vermisst«, rief ein älterer Herr, den Stine als einen von Henris »Rentnergang« identifizierte.

»Henri ist heute für das Café verantwortlich«, entschuldigte sie ihren Onkel.

»Im ›Achter de Slüüs‹? Dann weiß ich ja, wo ich jetzt gleich hingehe. Ich muss doch sehen, wie sich der alte Henri hinter der Espressomaschine macht.« Der Mann leinte seinen Hund an und verschwand in Richtung Schleusenstraße.

Stine ging weiter über den kleinen Steg, um kurz darauf vor dem verschlossenen Tor der Seebadeanstalt zu stehen. Dahinter führte der Steg auf das L-förmige Bad. Zur Landseite hin schützten Aufbauten die Schwimmer vor neugierigen Blicken. In diesem Fall verbargen sie aber auch Stine vor Leif und seinen Leuten, die sie aus der Ferne vom Ufer aus gesehen hatte. Sie wählte die Handynummer, die ihr Leif gegeben hatte. Niemand antwortete. Wie sollte sie jetzt auf das Gelände gelangen?

Sie ging wieder zum Gittertor und schaute sich prüfend um. Die Stahlkonstruktion war breiter als der Steg und zudem mit langen Metallstacheln umgeben. Allerdings war Stine groß. Mit etwas Glück und ihren langen Beinen könnte sie vielleicht ... Sie legte ihre Sporttasche auf dem Steg ab und stieg über das weiße Holzgeländer.

»Das würde ich an Ihrer Stelle nicht tun!«, erklang eine ernste tiefe Stimme hinter ihr.

Sie hielt in ihrer Bewegung inne. An den Fahrradständern vor dem Steg stand ein großer, bärtiger Mann.

Wie peinlich, dass ausgerechnet ich bei so etwas erwischt werde. Wird der Typ jetzt die Polizei rufen?

»Es ist so, ich sollte eigentlich schon seit einer halben Stunde dort auf dem Steg sein, aber leider ist das Tor verschlossen«, rechtfertigte sie sich.

»Verstehen Sie mich nicht falsch, ich wollte nur verhindern, dass Sie sich ernsthaft verletzen.« Das klang schon netter als seine vorherigen Worte.

Sie nahm ihre Sporttasche hoch und schlenderte betont lässig zu ihm hinüber. Als sie näher kam, stockte sie. Irgendetwas an seinen braunen Augen kam ihr bekannt vor. Viel mehr ließ der sorgfältig getrimmte Vollbart allerdings nicht erkennen.

»Könnte es sein, dass wir uns kennen?«

Als sie vor ihm stand, fiel auf, wie groß er war.

»Ich glaube ni-« Jetzt musterte auch er sie eindringlich.

»Obwohl, kann das sein? Stine, bist du das?«

»Ja, genau die bin ich.«

Wieso war er jetzt zum Du übergegangen?

Ihr Gegenüber strich sich verlegen durch die Haare. Bei dieser Geste fiel es ihr wieder ein. Das war doch ...

»Maik? Maik Wolfmann?«

»Wolfhart, aber fast.« Er lachte laut und hielt ihr seine Hand hin.

Sie übersah die Hand und nahm ihn einfach in den Arm. Als sie sich von ihm löste, meinte sie, eine leichte Röte in seinem Gesicht zu erkennen.

»Meine Güte, Maik, wie lange ist das her? Ich habe mich schon die letzten zwei Wochen gefragt, ob ich irgendeinen meiner alten Freunde aus den Ferien wiedertreffe. Wie schön, dass du noch hier bist.«

»Du hast Glück. Ich wohne erst seit ein paar Monaten wieder hier.«

»Mein Onkel Henri hat mir mal erzählt, du wärst Ausbilder bei der Bundeswehr geworden«, erinnerte sich Stine.

Jetzt konnte sie eindeutig sehen, dass er rot wurde. Irgendwie niedlich, ein gestandener Mann wie er ... Da fiel ihr wieder ein, dass er damals, als sie beide Teenager waren, in ihren letzten gemeinsamen Ferien eine Schwäche für sie entwickelt hatte. Auf einmal war sie nicht mehr Kumpel Stine gewesen, mit der man am Tiessenkai angelte oder sich heimlich auf das Gelände der Nordostseeschleuse schlich, sondern Stine, das Mädchen, das langsam Brüste bekam und ihre Haare länger wachsen ließ. Das war auch der letzte Sommer gewesen, in dem sie sich gesehen hatten. Kurz darauf war er nach der mittleren Reife von der Schule abgegangen und hatte, nach einem längeren Auslandsaufenthalt, bei der Bundeswehr angefangen. Wo war er noch gewesen?

»Das hat dir Henri erzählt? Stimmt, ich war viele Jahre im Ausland. Aber in letzter Zeit ging es meiner Großmutter sehr schlecht und ich habe eine Möglichkeit gesucht, nach Hause zurückzukommen. Als dann eine passende Stelle hier in Kiel-Ellebek frei wurde, habe ich gleich zugeschlagen. Ist zwar auf der anderen Seite der Förde-Linie, aber wenn man vorher in der ganzen Welt unterwegs war, ist das ein Katzensprung nach Hause.«

»In der ganzen Welt, sagst du? Das klingt interessant.«

»Ist es gar nicht«, winkte er ab. »Viel mehr möchte ich wissen, warum du hier die Einbrecherkönigin gibst.« Wieder das tiefe Lachen.

»Ich wollte bei dem Helmtauchkurs in der Seebadeanstalt mitmachen.«

»Ach, das veranstalten die heute. Ich hatte mich schon gefragt, was der Auflauf soll. Normalerweise sind nach Saisonende nur Schwimmer im Bad, die einen Schlüssel haben.«

»Ich glaube, Leif hat eine Genehmigung von dem Verein, der das Seebad betreibt.«

»Genau, die habe ich.« Hinter den beiden war Leif aufgetaucht. »Hier steckst du also, Stine. Wir hatten dich schon vermisst. Zum Glück ist Astrid aufgefallen, dass das Tor zugefallen ist. Wie schaut es aus: Willst du beim nächsten Tauchgang dabei sein? Das Wasser ist noch ziemlich warm, hat zumindest der ältere Herr erzählt, der vorhin losgeschwommen ist. Da er nur eine Badehose anhatte und noch nicht wieder zurück ist, glaube ich ihm das mal.« Er hielt das Tor auf und machte eine einladende Handbewegung.

Verlegen schaute Stine zu Maik und dann in Richtung Tor.

»Geh nur, ich will dich nicht aufhalten.«

»Wie wäre es, wenn du in den nächsten Tagen mal bei mir im Café vorbeikommst?«

»Bei dir im Café? Sag nicht, du hast Tante Helgas Café übernommen?«

»Nur zeitweise. Wenn du dir nicht zu viel Zeit mit einem Besuch lässt, bin ich da« versprach Stine, während sie Leif folgte. »Der erste Kakao geht aufs Haus!«

Maik grinste. »Kakao trinke ich nicht mehr, aber bestimmt hast du auch einen guten Espresso.«

Eine Stunde vor dem Fund, Seebadeanstalt

Stine lief hinter Leif über den Holzsteg. Erstaunt sah sie, dass die kleine Plattform, von der eine Holztreppe hinunter ins Wasser führte, voller Gerätschaften war. Mehrere Männer werkelten eifrig an Gasflaschen und ähnlichem. Auch sonst war einiges los in der Badeanstalt.

Ein Typ in einem Tauchanzug schraubte an einem größeren würfelförmigen Kasten herum. Ob das wohl eine Unterwasserkamera war? Vor der hölzernen Wand, die die Schwimmer vor den neugierigen Blicken der Passanten vom Ufer aus schützte, waren mehrere Kuchenbleche, Kaffeekannen und sogar Sektflaschen aufgebaut. Zwei Frauen saßen in einem Strandkorb. Ihre Füße bequem hochgelegt, gut gefüllte Sektflöten in der Hand, hatten sie ihren Blick nicht auf die Männer an der Badetreppe, sondern geradeaus gerichtet. Etwas abseits auf der Bank vor der hölzernen Wand saß ein dunkelhäutiger muskulöser Mann mit Dreitagebart in einer enganliegenden Badeshorts. Ein beeindruckendes Sixpack und breite Schultern waren anscheinend der Grund, warum das Geschehen an der Badetreppe für die beiden Damen im Strandkorb uninteressant war. Ob dieser Adonis auch zu der Tauchtruppe gehörte? Irgendwie passte er für Stine nicht so richtig ins Bild.

Die kleinere der beiden Damen löste bei Stines Ankunft ihren Blick von dem Modellathleten. Sie stand auf und ging mit ausgestreckter Hand auf Stine zu.

»Du musst Stine sein. Ich bin Astrid, die bessere Hälfte von Leif. Er hat mir erzählt, dass du unbedingt heute einen Spaziergang auf dem Grund der Ostsee machen möchtest.«

Von »*unbedingt*« *kann eigentlich keine Rede sein*, dachte Stine. *Soll ich jetzt erzählen, dass ich Angst vor einer Schwindelattacke habe?*

»Na ja«, antwortete sie zögerlich. »Ich wollte es mir zumindest einmal ansehen. Wann bekommt man schon die Chance dazu?«

»Die Männer sind bestimmt ganz entzückt, wenn du ihre Spielzeuge ausprobierst.« Astrid lachte. »Meine Freundin Jutta und ich werden uns heute mehr auf das Beobachten konzentrieren. Wir sind einfach schon zu lange mit diesen Kerlen zusammen und haben unsere aktive Helmtauchzeit beendet.«

»Aktive Helmtauchzeit?« Leif lachte dröhnend, sodass sein beachtlicher Körper vibrierte. »Wann war die denn?«

Astrid verdrehte in gespielter Empörung die Augen und verzog sich wieder in den Strandkorb.

Leif wandte sich an Stine.

»Am besten schaust du erst mal zu, was wir hier so machen. Der Typ dort hinten in dem Tauchanzug, der mit seiner neuen Unterwasserkamera herumspielt, ist Michael. Er ist die ganze Zeit als Sicherungstaucher dabei.«

»Sicherungstaucher?«

»Das bedeutet, er taucht mit dir zusammen, allerdings nicht mit Helm, sondern mit Pressluft. So ist er immer neben dir und kann das sehen, was mir vom Steg aus nicht auffällt.«

Stine merkte, wie sie ruhiger wurde. Leif wusste eindeutig, was er tat, und hatte die Organisation fest im Griff.

»Da unten auf der Plattform ist noch Ray, ein alter Tauchkumpel, mit fast so vielen Stunden unter Wasser wie ich. Der junge Mann daneben in dem stylishen orange-roten Anzug hat heute auch seinen ersten Helmtauchgang. Eigentlich ist sein Metier mehr das Feuer; er ist Feuerwehrmann. Aber heute darf es mal das Wasser sein. Ihn muss ich gleich noch mit den Versorgungsleitungen verbinden, ihm den Gürtel anlegen und die Gewichte anhängen. Leider hast du nicht mitbekommen, wie wir ihn vor zehn Minuten durch die Halsmanschette in den Anzug bekommen haben. Ohne Hilfe von Jan«, er deutete mit Kopf in Richtung des Modellathleten, »hätten wir es nicht geschafft. Man braucht immer vier Leute, da wir dann Ellbogen an Ellbogen stehen. Je nach Figur des Tauchers ist dann mal mehr, mal weniger Kraft gefragt.« Er musterte sie von oben bis unten. »Bei dir muss ich mir wegen Materialermüdung auf jeden Fall keine Gedanken machen. Du bist keine Herausforderung an die Dehnbarkeit der Halsmanschette.«

»Sagt der Mann, der allgemein als ›Entgegner‹ für Halsmanschetten bezeichnet wird.« Der Sicherungstaucher war die Stufen hoch zu Stine und Leif gestiegen.

»Ab und zu muss ich das Material schließlich auch an die Grenzen bringen. Aber natürlich nur, wenn es nicht meins ist. Schließlich habe ich keine Lust, Tage mit der Reparatur zu verbringen.« Erneut bebte Leifs Körper. »Aber für Materialtests der Kollegen opfere ich mich gerne und greife dafür reichlich beim Essen zu. Apropos, wenn du nach dem Tauchen eine Stärkung möchtest: Du siehst, meine Frau hat für eine ganze Kompanie gebacken und gekocht. Die ›Frikadösen‹ sind übrigens ganz großartig.«

»Ich habe auch was mitgebracht.« Stine hob den Apfelkuchen hoch, den sie in der linken Hand balancierte.

»Mhhh, der sieht gut aus.« Fachmännisch beäugte Leif den Kuchen. »Ich darf ja eigentlich schon essen, schließlich muss ich nicht ins Wasser.«

»Aber du solltest vorher noch dem jungen Mann im Helm die letzten Anweisungen geben«, mahnte ihn Astrid.

»Jaja. Meine Frau, die Stimme der Vernunft. Also, dann wollen wir mal.« Zusammen mit Ray fing er an, den jungen Feuerwehrmann für seinen Spaziergang fertigzumachen. Er legte ihm den Gürtel um.

»Wir müssen den jetzt nach unten sichern, damit du nicht aus dem Anzug gedrückt wirst. Ich hoffe, du hast heute Abend nichts mehr vor.« Er lachte dreckig, während er den Gürtel fest im Schritt hochzog.

Astrid und Jutta winkten Stine zu sich.

»Setz dich doch erst einmal zu uns. Bis der junge Mann wieder aus dem Wasser ist, können wir dir auch schon ein paar Dinge übers Helmtauchen erzählen.«

»Das heißt, ihr seid beide schon in so einem Ding getaucht?«

Beide Frauen nickten. »Ist schon eine Weile her, aber ja.«

»Ich muss zugeben, ich habe schon ein bisschen Manschetten vor dem Tauchgang.« Stine schüttelte dankend den Kopf, als Jutta mit der Prosecco-Flasche auf sie zeigte. »Außerdem hatte ich vor ein paar Wochen einen sehr schlimmen Schwindelanfall mit Erbrechen und ich habe Angst, dass es mir unter Wasser passiert.«

»Das mit dem Schwindel kenne ich auch. Bei mir sind es die Hormone. Ich bin ja schon ein paar Jahre älter als du. Aber keine Angst. Leif passt schon auf, dass dir nichts passiert.«

Jutta nickte. »Es ist ja auch nicht so, dass du ein Mundstück wie beim Pressluftauchen benutzt. Im Helm ist es etwas anderes. Und solange dir jetzt nicht schwindelig ist, ist das alles kein Problem. Sobald dir komisch wird, sagst du Bescheid. Leif hat ein Telefon, mit dem ihr die ganze Zeit miteinander sprechen könnt.«

»Und Michael taucht die ganze Zeit neben dir und beobachtet alles«, ergänzte Astrid.

»Wenn Michael in seinem Tauchanzug steckt und unter Wasser ist, lässt er sich nicht ablenken. Da könnte über Wasser eine Bombe hochgehen, er wäre immer noch seiner Faszination für die Unterwasserwelt gefangen.« Jutta lachte. »Ich muss es wissen, ich bin seine Frau. Und ich habe schon so manchen Urlaub an wunderschönen Sandstränden alleine verbracht, weil mein Mann gefühlt den ganzen Tag unter Wasser war. Dass er noch keine Schwimmhäute zwischen den Zehen und Fingern hat, grenzt an ein Wunder.«

Stine merkte, wie sie ruhiger wurde und ihre Angst vor dem Schwindel und dem Tauchgang schwand. Vielleicht war es am Ende doch eine gute Idee. Die letzten Wochen hatte sie sich ständig dabei erwischt, dass sie den Schwindel als Ausrede genommen hatte. Keine abendliche Laufrunde, kein Schwimmen in der Ostsee. Immer war eine kleine Stimme in ihrem Ohr gewesen, die sagte: *Du bist allein. Was machst du, wenn du eine Schwindelattacke bekommst?* Sie atmete tief ein. Die salzige Meeresluft kitzelte angenehm in ihren Lungen. Stine schaute zum Steg.

»Geht dieser Jan dort auch noch ins Wasser?«

»Du meinst den hübschen dunklen Typ dort? Der gehört nicht zu uns.« Aus Astrids Stimme war das Bedauern deutlich zu hören. »Der war schon hier, als wir kamen. Scheint einer der Schwimmer zu sein, die hier regelmäßig baden gehen. Wenn ich nicht schon vergeben wäre, würde ich mich ranhalten. Habt ihr diese Bauchmuskeln gesehen? Ich möchte gerne wissen, was der für einen Sport macht.«

»Tauchen wird es wohl eher nicht sein, wenn ich mir unsere Prachtexemplare von Männern ansehe.« Jutta musste wieder lachen und verschluckte sich an ihrem Prosecco.

Leif hielt kurz in seinem Vortrag inne und schaute mit zusammengekniffenen Augenbrauen herüber.

»Pssst«, mahnte Astrid. »Nicht, dass ich mir zu Hause wieder anhören muss, ich nehme das hier nicht ernst genug.« Sie winkte ihrem Mann zu, der sich mit einem Achselzucken wieder den Instruktionen widmete.

»Vielleicht sollte ich doch lieber hingehen und zuhören?«, fragte Stine vorsichtig. »Dann muss Leif nicht alles zweimal erklären.«

»Tu das ruhig. Dann gibt es Prosecco und Kuchen nach deinem Tauchgang.« Astrid und Jutta prosteten sich erneut zu, während Stine in Richtung der Männer steuerte

»... und diese zweite Strippe gehört zum Telefon«, hörte Stine Leif sagen. »Lass dich von dem alten Äußeren des Apparates nicht täuschen. Ich habe die Technik drinnen komplett neu gemacht.«

»Wie funktioniert das mit dem Telefonieren unter Wasser?«, wollte Stine wissen. »Halte ich einen Hörer an den Helm? Kann ich so überhaupt unter Wasser etwas hören?«

»Genau, du musst die Scheibe runter kurbeln, steckst den Hörer in den Helm und wir telefonieren dann.« Leifs Lachen dröhnte über den Steg. »Na, das wär noch was. Nein, du als Helmtaucherin bist grundsätzlich über diese Leitung hier zu hören.« Er deutete auf einen der vielen Schläuche auf dem Steg. »Der ist mit dem Helm verbunden. Wenn ich dir etwas erzählen will, dann muss ich auf die Sprechtaste drücken und schon solltest du mich klar und deutlich in deinem Helm hören.« Leif hob einen riesigen Schraubenschlüssel vom Boden auf und wandte sich wieder dem Feuerwehrmann zu. »So, junger Mann, dann wollen wir dir mal den Helm aufsetzen. Sobald er aufgeschraubt ist, fang bitte an, regelmäßig über das Ventil an der Seite Luft abzulassen. Sonst siehst du gleich wie ein Michelin-Männchen aus, weil die Luft in den Anzug geht.«

»Und im schlimmsten Fall platzt dann Leifs gutes Stück«, ergänzte Ray.

Staunend beobachtete Stine, wie *Ray* und Leif mit geübten Griffen letzte Hand an den angehenden Helmtaucher legten. Unter dem Gewicht der Ausrüstung wankend machte dieser sich schließlich über die kleine Holztreppe auf den Weg in die Ostsee. Michael wartete schon im Wasser auf ihn.

»Freust du dich schon?«, fragte Leif, während er die Flasche überprüfte, die die Versorgungsleitung speiste.

»Ich bin noch etwas unsicher«, gab Stine zu. »Es sieht schon gefährlich aus.«

»Du als Kommissarin bist sicher ganz anderes gewöhnt. Da dürfte dir so ein kleiner Helmtauchgang nichts ausmachen.« Er drückte auf die Telefonsprechtaste. »Und, alles in Ordnung da unten? Was mir noch einfiel: Sag Bescheid, wenn die Scheibe beschlägt. Das heißt, dass du zu viel CO_2 im Helm hast. Dann müssen wir hier oben ein bisschen nachsteuern.«

Die nächsten zwanzig Minuten versuchte Stine, sich ein möglichst genaues Bild darüber zu machen, wie gut Leif und seine Freunde die Sicherheit unter Wasser im Griff hatten. Die meiste Zeit lehnte Leif über der Holzbalustrade. Er machte einen sehr entspannten Eindruck, hatte aber die ganze Zeit seine Gerätschaften und den Helmtaucher fest im Blick. Zwischendurch gab er noch Tipps über das Telefon und dirigierte ihn an die interessanten Stellen unter Wasser.

Vielleicht sollte ich es wirklich versuchen. Wann habe ich noch einmal so eine Möglichkeit? Hauptsache, ich stelle mich nicht zu dämlich an. Vorsichtig äugte Stine hinüber zu Jan. Dieser schien komplett uninteressiert an den Helmtauchern zu sein, sein Blick war starr auf die Ostsee in Richtung des kleinen Anschlagbretts gerichtet. Was er da wohl sah? Der Helmtaucher konnte es ja nicht sein, der war gleich wieder an der Treppe. Vielleicht war das auch eine mentale Vorbereitung auf das Schwimmen. Jetzt, Anfang Oktober, musste man schon wirklich schwimmen wollen, um die Kälte der Ostsee zu ertragen.

»So, meine Hübsche«, unterbrach Leif ihre Gedanken. »Damit du unter Wasser nicht frierst, solltest du jetzt diese stylishe Unterwäsche anziehen.« Er deutete auf ein Set naturweiße wollene Unterwäsche, die über der Reling in der Sonne hing.

»Die soll ich anziehen?« Stine merkte, wie ihr vor Verlegenheit heiß wurde.

»Ich weiß, dass diese Wollunterwäsche etwas unbequem aussieht, aber vertrau mir, sie wird dich beim Tauchen warmhalten. Also zieh sie dir unter, bevor wir dich in den Tauchanzug stecken.«

Stine überlegte kurz, ob sie in die Umkleidekabine gehen sollte, dann merkte sie, dass auch Jan jetzt den Blick vom Wasser genommen hatte und zu ihr sah.

Dann soll er mich wenigstens im Bikini gesehen haben, bevor ich in diesen Liebestötern stecke, dachte sie trotzig und zog sich den Pullover über den Kopf. *Gut, dass ich für den Fitnesstest so hart trainiert habe und die Kuchenreste-Vernichtung abends im Café noch nicht so angeschlagen hat.*

Als sie auch die Jeans von ihren Hüften gestreift hatte, ging sie betont locker zu Leif hinüber, um ihm die Unterwäsche abzunehmen. Sie bemühte sich, den Bauch ein- und die Schultern nach hinten zu ziehen. Dabei kam ihr der alte Spruch ihrer Großmutter in den Sinn: »Bauch rein, Brust raus. Wozu habt ihr all die hübschen Sachen?«

Wenn ihre Großmutter sie jetzt sehen würde, sie würde sicher die Hände über dem Kopf zusammenschlagen. Helmtauchen in der Ostsee wäre nicht ihr Ding gewesen.

»Ist das ein Bikini?«, fragte Jutta, als Stine bewaffnet mit der Wollunterwäsche am Strandkorb vorbeiging.

Was soll diese Frage? Macht sich Jutta über meine Bikini-Interpretation mit dem Sport-BH lustig?

Laut antwortete Stine: »Ja, ist es.«

»Den solltest du nicht unterziehen«, verkündete Jutta und Astrid nickte.

»Wieso? Wo ist das Problem?«

»Trockentaucher ziehen keine Badesachen unter. Es bringt Unglück.« Juttas Stimme klang todernst.

Verwundert schaute Stine an sich runter und dann wieder zu den beiden Frauen, die sie mit ernsten Gesichtern musterten. Es wirkte nicht so, als ob sich die beiden einen Scherz erlaubten.

Okay, ist zwar seltsam, aber dann tue ich ihnen den Gefallen und ziehe eben die Unterwäsche an, die ich mitgenommen habe. Der Anzug sollte ja dicht sein, sodass das kein Problem ist.

Nachdem Stine ihre Unterwäsche aus der Sporttasche gekramt hatte, nur um festzustellen, dass sie auf die Schnelle den weißen Baumwollschlüpfer gegriffen hatte, widmete sie sich den Wollsachen. Leider gestaltete sich das Anziehen der kratzigen langen Unterhose und des Oberteils nicht so aufreizend, wie sie es sich erhofft hatte. Das lag auch daran, dass die Dinger eindeutig für männliche, deutlich kräftigere Zeitgenossen ausgelegt waren und dementsprechend an den unmöglichsten Stellen beulten und schlabberten. Sie bückte sich, um die Hose über die Fußgelenke zu ziehen.

»Du hast deine Stockings vergessen«, sagte eine dunkle Stimme mit stark englischem Akzent. Eine kräftige Hand hielt ihr ein paar lange Wollstrümpfe unter die Nase. Als sie sich aufrichtete, schaute sie in das grinsende Gesicht von Jan.

Die Hitze schoss ihr vor Verlegenheit in den Kopf. Sie senkte den Kopf und zog sich die Strümpfe über.

»Sexy«, flüsterte Jan ihr ins Ohr. Als sie den Kopf hob, sah sie, dass er lachte. *Er hat hübsche Grübchen*, stellte sie fest. Sie nickte betont locker in seine Richtung und versuchte, sich auf das Hochziehen der verdammten Strümpfe zu konzentrieren, anstatt auf sein Gesicht.

Mit hoch erhobenem Haupt und so viel Restwürde, wie sie unter diesen Umständen noch hatte, ging Stine hinüber zu Leif.

Mit der Hilfe von Jan und Ray wurde der Feuerwehrmann aus seinem Anzug befreit. Er strahlte über das ganze Gesicht, als sie ihn von Helm und Anzug befreiten. *Scheint wirklich Spaß zu machen*, dachte Stine. Jetzt war sie an der Reihe.

Vorsichtig stieg sie mit beiden Füßen in die Halsmanschette.

»Jetzt die Beine möglichst schon komplett in die Hosenbeine stecken und den Anzug ein Stück hochziehen.«

Das gestaltete sich mit dem sperrigen Material des Anzuges schwieriger als gedacht. Stine merkte, wie sie bei der

Sonne zu schwitzen begann. *Warum habe ich mir nur die dämliche Wollunterwäsche aufschwatzen lassen?*

»Bist du so weit? Dann kommen jetzt die Stiefel.« Ray hielt sie fest, während sie vorsichtig die beiden Füße in die klobigen Ungetüme stellte.

Leif, der junge Feuerwehrmann und frisch gebackene Helmtaucher, Ray und Jan platzierten sich zu viert um sie, wobei Jan den Platz wählte, bei dem er Stine direkt in die Augen sah.

»Jetzt Ellbogen an Ellbogen, Hände in die Manschette«, dirigierte Leif. »Stine, du musst dich eigentlich nur ein bisschen schütteln und mit den Armen dann in die Armöffnungen zielen. Alles andere machen wir.«

Die Männer fingen an, an der Manschette zu ziehen und den Anzug langsam von unten über ihren Körper zu schieben. Jan hielt Stines Blick mit seinen braunen Augen fest. Ihr wurde noch heißer. Die Anstrengung, ihren Körper durch die enge Halsmanschette zu quetschen, die Hitze der Verlegenheit und die Wärme der Liebestöter ließen Stine noch mehr schwitzen.

»Gleich hast du es geschafft«, beruhigte sie Leif.

Sie nickte und atmete tief durch. Ihre Hände fanden die Öffnungen für die Arme und kurze Zeit später hatte sie den Anzug an. Die vier Männer lösten sich von ihr.

»Have fun«, flüsterte Jan, drehte sich um und sprang mit einem eleganten Hechtsprung in die Ostsee.

Leif räusperte sich.

»Habe ich deine Aufmerksamkeit, Stine?« Seinem Grinsen war deutlich anzusehen, dass er ganz genau wusste, wem Stines Aufmerksamkeit die letzten Minuten gegolten hatte.

»Jetzt kommt der Schrittgurt. An den hängen wir zwei Gewichte. Jedes davon hat etwa siebzehn Kilo. Wunder dich nicht, wir ziehen jetzt den Schrittgurt schön stramm. Da wird dir noch mal richtig warm ums Herz.«

»Warum muss der so fest sitzen?«

»Damit du auch schön in deiner Position im Anzug bleibst, selbst wenn sich dieser stark mit Luft füllt. Michael, weißt du noch vor ein paar Jahren bei dem Helmtauchgang, als der Schrittgurt gerissen ist? Zum Glück war das nicht mein Material.«

»Was ist da passiert?«

Warum haben die Knaller mir solche Geschichten nicht erzählt, bevor sie mich in diesen Brutkasten gesteckt haben?

»Der Typ hat nur gerufen: ›Ich seh nix mehr‹. Mensch habe ich einen Schreck gekriegt.« Michaels Augen waren weit aufgerissen bei der Erinnerung. »Es war heftig, ich habe im Helm niemanden mehr gesehen. Der Typ steckte komplett im Anzug. Ist dann im Komplettpaket nach oben geschwebt. Gott sei Dank hat der Anzug nicht nachgegeben, sonst wäre es gleich wieder für ihn abwärts gegangen. Er hatte ja noch die Bleischuhe an den Füßen.«

»Kann mir das auch passieren?« Stine wurde schlecht.

»Eigentlich nicht. Außerdem haben wir hier nur fünf Meter Wassertiefe maximal. Alles nicht so schlimm.«

»Wie mache ich das eigentlich mit dem Druckausgleich?«

»Gar nicht drum kümmern. Entweder geht es von alleine oder gar nicht.« Leifs Ruhe war unerschütterlich.

»Platzen mir dann nicht die Trommelfelle?«

»So schnell geht das nicht. Mach dir mal nicht zu viel Sorgen. Michael ist die ganze Zeit bei dir und ich passe von oben auf.«

»Das Ventil von der einen Pressluftflasche pfeift so komisch.« Stine war nicht beruhigt.

»Da mach dir mal keinen Kopf. Zur Not mache ich ›Russische Reparatur‹: Einmal draufkloppen, hilft immer.« Leif und Ray schienen sich köstlich zu amüsieren.

Stine holte tief Luft.

»Dann setzt mir jetzt den verdammten Helm auf, bevor ich es mir anders überlege und ihr mich wieder aus dem Anzug rausholen müsst.«

Eine halbe Stunde nach dem Fund

E igentlich müsste ich dir jetzt einen Schnaps anbieten, aber vielleicht tut es auch Prosecco?« Astrid sah Stine besorgt an und hielt ihr ein Glas hin.

»Das ist ganz lieb von dir, aber mir wäre ein heißer Tee lieber.« Stine kramte in ihrer Tasche nach den kleinen weißen Tabletten, die ihr der Arzt verschrieben hatte. Erst hatte sie gezögert, das Rezept einzulösen, weil es homöopathisch war. Mittlerweile nahm sie die Tabletten aber beim kleinsten Anzeichen und es half ihr. Somit war es egal, ob sie aufgrund der Einbildung wirkten oder nicht.

»Hier ist der heiße Tee.« Jutta drückte Stine einen Becher mit dampfender Flüssigkeit in die Hand.

Vor ihnen auf dem Steg war es jetzt voll. Zwei Feuerwehrleute und ein Polizist ließen sich von Leif die Situation erklären. Direkt neben den Aufbauten des Anschlagbretts hatte das kleine Schiff der Schleusentaucher festgemacht, eine Art schwimmende Plattform mit Aufbau. Dort machten sich zwei Taucher bereit, um die Leiche zu bergen.

Michael hatte erst versucht, den Körper an die Wasseroberfläche zu bringen, aber Stine hatte ihn davon abgehalten. Routinemäßig hatte sie im Kopf überschlagen, dass der Tote mindestens seit einer Stunde unter Wasser sein musste, da sie ungefähr seitdem im Seebad war. Dementsprechend gab es keine Chance mehr, ihn wiederzubeleben.

Es war erstaunlich, wie ihre Gemütslage seit Entdeckung der Leiche gewechselt hatte. Von der verängstigten Neu-Helmtaucherin war nichts mehr übrig. Die Kommissarin war zum Vorschein gekommen. Noch unter Wasser hatte sie Leif Instruktionen gegeben, was jetzt zu tun sei. Als sie dann aus dem Wasser stieg, konnte sie schon die Sirene der Feuerwehr hören, die kurz darauf mit dem jungen Polizisten im Schlepptau auf dem Steg erschien. Anhand seiner Uniform konnte Stine sehen, dass er zu den niedrigeren Rängen bei der Schutzpolizei gehörte. Somit zeigte er sich dankbar, dass sie ihn als Kommissarin vom LKA unterstützte. Seine Kollegin war gar nicht erst mit auf den Steg gekommen, sondern sperrte gerade die komplette Umgebung der Badeanstalt ab.

»Hier ist normalerweise nicht so viel los«, bemerkte er gerade, als die Taucher die Leiche auf ihre Plattform hoben. »Deswegen haben sie auch 2016 die Polizeistation in Holtenau geschlossen. Wir vom 1. Polizeirevier sind nun zuständig. Aber in Hamburg haben Sie bestimmt schon öfter Wasserleichen gesehen.«

»Zum Glück weniger, als man annehmen könnte. Aber ich bin auch in einer anderen Abteilung.«

... in der ich fast nur am Schreibtisch sitze, ergänzte Stine in Gedanken.

»Danke aber trotzdem. Ihr Tipp, dass die Taucher erst einmal Fotos von der Auffindungssituation machen ...«

»Reine Routine. Sie wollen sich nicht später von der Kriminalpolizei und der Rechtsmedizin sagen lassen, dass Sie das vergessen haben.«

Sie erwähnte nicht, dass in Hamburg die Rechtsmedizin sogar ausdrücklich darauf bestand, so früh wie möglich gerufen zu werden, damit sie sich auch einen Eindruck am Fundort machen konnten.

»Der Kollege von der Kripo müsste bald hier sein. Er wohnt in Heikendorf und fährt nur einmal um die Förde rum. Wenn er alles gesehen hat, wird die Leiche zur Rechtsmedizin nach Kiel gebracht.« Der junge Polizist fingerte mit den Händen an seiner Uniform. »Ich denke, ich fange aber schon mal an, die Personalien von allen aufzunehmen.«

Etwas unsicher kramte er einen Block und Stift aus der Hosentasche und steuerte die ersten Anwesenden an. Die Digitalisierung hatte hier definitiv noch nicht Einzug gehalten.

Auch Jan war mittlerweile von seiner Schwimmrunde zurückgekehrt und gab Auskunft. Stine hätte zu gerne gehört, was er angab. Leider war das durch den lärmenden Motor des Tauchschiffs und die Entfernung nicht möglich.

Das Schiff der Schleusentaucher steuerte auf den Steg zu und jetzt konnten sie alle die Leiche deutlich erkennen. Erst jetzt begriff Stine, dass es niemand Fremdes war. Auf der Plattform lag Leonhard, nur mit einer Badehose bekleidet.

»Achter de Slüüs«, zwei Stunden nach dem Fund

Du hast es bestimmt schon gehört.« Stine betrat das leere Café. Ihr Onkel stand hinter der Theke und säuberte die Espressomaschine.

»Ja. Die Polizei war vorhin hier und hat Lilly abgeholt. Dabei habe ich ein paar Worte aufgeschnappt«, bestätigte er und legte das Handtuch beiseite. »Sie sprachen davon, dass eine junge Frau die Leiche beim Helmtauchen entdeckt hat. Lass mich raten: Das warst du?«

»War ich.« Stine erzählte Henri, wie sie Leonhard gefunden hatte. »Der Oberkommissar hat gleich gesagt, es wäre in dem Alter sicher ein Herzinfarkt gewesen. Äußere Anzeichen für Gewalt waren auf den ersten Blick nicht erkennbar. Wahrscheinlich hat er recht. Aber das wird dann die Rechtsmedizin feststellen.«

Stine setzte sich an einen der Tische direkt vor dem Tresen und schaute ihren Onkel nachdenklich an.

Er schüttelte den Kopf. »Ich habe Leonhard in den letzten Monaten als sehr fitten Mann erlebt. Er ist fast täglich in der Seebadeanstalt schwimmen gegangen, nachdem er einen der Schlüssel bekommen hat. Allerdings war er lange im Ausland und was weiß ich, wie gut dort die medizinische Versorgung und vor allem Vorsorge war. Schon möglich, dass er irgendwelche Vorerkrankungen hatte. Aber eigentlich war er sein Leben lang sehr sportlich.«

»Du kanntest Leonhard von früher?«

»Tatsächlich ja. Wir waren nach der Grundausbildung beide im Schnellbootgeschwader. Habe ich dir das noch nicht erzählt?«

»Nein, das wusste ich gar nicht. Ich hatte angenommen, ihr habt euch erst durch Lilly kennengelernt.«

»Eher andersherum. Vorher kannte ich Lilly nur vom Sehen, schließlich fällt jemand wie sie in einem kleinen Ort wie Holtenau auf.«

»Glaub mir, eine Lilly würde auch in Hamburg auffallen.«

»Wahrscheinlich hast du recht. Jedenfalls habe ich sie in all den Jahren nie mit meinem alten Crewkameraden in Verbindung gebracht. Eines Tages stand Leonhard mit ihr im Café. Ich las gerade die Tageszeitung auf meinem Stammplatz, als sie kamen. Er ist gleich auf mich zu und meinte nur: ›Tiemann, bist du das?‹ Ich hätte ihn im Leben nicht erkannt. Wahrscheinlich auch, weil ich nie damit gerechnet habe, ihn hier in Holtenau zu treffen. Wir waren nie dick befreundet, aber nett war es schon, mit ihm über alte Zeiten zu reden. An dem Tag habe ich auch Lilly offiziell kennengelernt.«

»Wie hat Lilly vorhin auf den Tod ihres Bruders reagiert?«, wollte Stine wissen.

»Es war eine Mischung aus Trauer, Wut und Unverständnis. Ich glaube, sie wird einige Zeit brauchen, um das zu verarbeiten.«

Henri hatte mittlerweile die letzten Arbeiten hinter der Theke verrichtet und schnitt zwei große Stücke Kuchen ab.

»Hatten die beiden ein enges Verhältnis?«, fragte Stine.

»Das kann ich dir nicht genau sagen. Leonhard hat mir erzählt, er hätte sein Leben in Südafrika aufgegeben, weil er Sorge hatte, dass Lilly nicht mehr alleine zurechtkommt.«

»Klingt komisch. Lilly kommt mir sehr selbstständig vor.«

»So sehe ich es auch«, bestätigte Henri. »Ihre Version der Geschichte ist nämlich, dass Leonhard die Schnauze voll von Afrika hatte und zurück in seine alte Heimat Kiel wollte.« Er stellte die beiden Teller mit den Kuchen vor Stine ab und setzte sich zu ihr an den Tisch.

»Das kann ich mir gut vorstellen«, sagte sie. »Es ist bestimmt nicht leicht in Südafrika. Gerade, wenn man älter wird. Da ist es natürlich das Beste, zurückzukehren.«

»Vielleicht war es auch eine Mischung aus beidem. Lilly kann durchaus manchmal den Eindruck machen, sie sei nicht von dieser Welt und könne Hilfe gebrauchen, auf den Boden der Tatsachen zurückzukehren. Und sei es nur, um ihr bei der Auswahl der passenden Garderobe zu helfen.« Henri grinste.

Trotz der Situation musste auch Stine lächeln. »Du hast recht; der Modegeschmack von Lilly ist schon speziell. Wer würde vermuten, dass eine Achtzigjährige mit Leder-Hotpants und Netzstrumpfhosen herumläuft?«

»Oder mit den Glitzerbildern im Gesicht? Unsere Lilly ist wirklich ein Original.«

»Wollen wir nur hoffen, dass sie nicht an dem Verlust ihres Bruders zerbricht.«

»Ich will nur hoffen, dass sie nicht etwas Dummes anstellt. Vielleicht sollten wir heute Abend mal nach ihr schauen. Sie fühlt sich sicher etwas verloren in dem Penthouse.«

»Penthouse?«

»Leonhard hat für sie beide die komplette obere Etage von einer der Neubauten gekauft, die gegenüber der Seebadeanstalt liegen. Wusstest du das nicht? Der große Balkon mit dem riesigen Strandkorb; das ist es. Um sich das zu leisten, muss er ziemlich viel Geld in Südafrika verdient haben. Aber er wusste schon als junger Kadett, wie man Dinge organisiert ...«

Winter 1960, irgendwo in der Ostsee

Tiemann, Wachablösung. In der Kombüse wartet ein heißer Grog auf dich.«

Henri wandte seinen Blick von den Wellenbergen der grau-schwarzen Ostsee ab, die er die letzten vier Stunden von seinem Aussichtspunkt in der Nock, hoch über der Brücke, nicht aus den Augen gelassen hatte.

»Bist du das, Anders? Hab dich mit deinem Troyer gar nicht erkannt. Meinst du nicht, du übertreibst es mit der Tarnung als Fischer? Fehlen nur noch der Vollbart und der Kapitänshut und jeder hält dich für Haddock.«

»Haddock? Du meinst den Kapitän bei ›Tim und Struppi‹? Dann fehlt mir aber eine große Flasche schottischer Whiskey als Verpflegung für die Nacht. Ich glaube nicht, dass unser Kommandeur das gutheißen würde.« Leonhard Anders lachte laut. »Hast du irgendetwas da draußen ausgemacht?«

»Außer ein paar schwedischen Fischerbooten, nichts. Aber wir sind ja auch noch unterhalb der skandinavischen Küste. Wenn wir erst einmal Kurs in Richtung Finnischem Meerbusen nehmen, wird es wahrscheinlich anders aussehen.«

»Tja, ich hab dann wohl den interessanteren Teil der Wache.«

»Wenn du willst, leiste ich dir noch etwas Gesellschaft.«

»Ich würde ja einen Grog meiner Gesellschaft immer vorziehen, aber tu, was du nicht lassen kannst, Tiemann.«

Leonhard übernahm den Ausguck. Unten an Deck fing ein Teil der Mannschaft an, die Tarnung der zwei hochgefahrenen

Torpedorohre, die den Eindruck von Segelmasten vermitteln sollten, abzutakeln.

»Unser Kommandant hat wohl beschlossen, dass wir mit dem Versteckspielen aufhören. Meinst du, er erwartet Kontakt?« Leonhards Gesicht bekam den Ausdruck freudiger Erwartung.

Wieder einmal fragte sich Henri, was sie hier in der Ostsee eigentlich machten. Es wirkte auf ihn und die meisten Mannschaftskameraden wie ein Spiel, das immer nach einem ähnlichen Muster erfolgte. Vor dem Auslaufen wurde ihr Schnellboot mit den vier schweren Motoren mit insgesamt 12.000 PS als einfacher Fischkutter getarnt. Dafür wurden zwei Kanonen hochgefahren und mit allem möglichen Plünn mehr schlecht als recht als Segelmasten getarnt. Die schweren Motoren wurden auf die geringste Drehzahl runtergefahren, um den Eindruck eines Seglers zu verstärken. Auch die Besatzung trug zivile Seemannskleidung. Dass es kein Fischerboot mit solch schweren Motoren gab, wurde bei den Militär-Strategen, die sich diese Tarnung am Schreibtisch ausgedacht hatten, geflissentlich übersehen.

Dann ging es los über die Ostsee, um etwaige Kriegsvorbereitungen durch Länder des Warschauer Paktes frühzeitig zu erkennen.

Die schweren Maschinen dröhnten, während Leonhard und Henri der Wind mit eisigen Klingen in die unbedeckten Stellen des Gesichtes schnitt.

»Hast du schön gehört? Nächste Woche soll es wieder in Richtung Bretagne gehen. Im Geschwader. Die ›Wolf‹, die ›Tiger‹ und die ›Löwe‹ sind auch mit dabei. Mit etwas Glück kann ich ein paar Austern und Rotwein organisieren.«

»Austern? Rotwein? Bist du verrückt?«

»Reg dich nicht auf, Henri. Kriegst vielleicht eine Flasche ab.«

»Und was machst du, wenn du erwischt wirst?«

»Wer soll mich denn erwischen? Siehst du nicht das große ›VS‹-Zeichen am Bug? Du weißt doch, was das heißt: Der Zoll darf hier nicht rein … Und wenn doch, habe ich dafür gesorgt, dass niemand mich mit der Ware in Verbindung bringen kann.«

Henri schüttelte den Kopf, ließ es aber, Leonhard weiter ins Gewissen zu reden. Es würde eh nichts ändern. Die letzten Monate hatte er ein paar Mal bemerkt, wie Leonhard die ›Panther‹ für seine kleinen Schmuggelaktionen nutzte, und versucht, seinen Kameraden davon abzubringen. Ohne Erfolg. Natürlich konnte Henri dem Kommandanten einen Tipp geben, aber so war er nicht. Wozu auch? Es waren nur Kleinigkeiten, keine Drogen, und somit schadeten sie auch niemandem.

Dunkle Umrisse tauchten in der Ferne auf. Kein Licht; nur ein dunkleres Grauschwarz vor dem grauen Himmel.

»Denkst du das Gleiche wie ich?« fragte Leonhard. Ohne Henris Nicken abzuwarten, griff er zum Sprechfunkgerät und meldete an die Brücke: »Mehrere große Objekte Achtern voraus. Erwarte Sichtkontakt in fünf Minuten.«

Nur einige Minuten später stand ihr Kommandant neben ihnen in der Nock. Aus dem Dunst tauchten mehrere schwere Kreuzer auf.

»Russische Osa-Klasse. Was für schöne Schiffe«, bemerkte Henri.

Die Geschütze der Russen drehten langsam auf sie. An Bord der »Panther« wurden die Kanonen ebenfalls in Stellung gebracht.

Es herrschte völlige Ruhe, bis auf das Stampfen der Motoren und das Rauschen der Wellen. Weitere Besatzungsmitglieder stiegen hoch in die Nock, um einen besseren Blick zu erhaschen.

Als Sichtkontakt zu der russischen Besatzung des ersten Kreuzers bestand, grüßten der Kommandeur, Henri und Leonhard freundlich rüber. Kurze Zeit später kam ein genauso freundlicher Gruß vom anderen Schiff zurück.

»Ich glaube, die sehen das genauso als Spiel wie wir«, flüsterte Henri Leonhard zu.

»Oder sie haben das fette Grinsen auf deinem Gesicht gesehen.«

Frühmorgens, vorm »Achter de Slüüs«

Moin Stine. Ist das heute nicht ein wunderschöner Tag?« Karin, Stines Nachbarin, kletterte aus dem Fenster ihrer Wohnung im Mehrfamilienhaus nebenan und setzte sich auf den davorstehenden Stuhl. Sie hielt einen großen Becher mit dampfendem Kaffee in der Hand.

Stine, die gerade die drei Bistrotische im Innenhof abwischte, bevor gleich das Café öffnete, hielt kurz inne. Sie blickte über die Förde. Die Sonne war vor einer knappen halben Stunde auf der anderen Seite über Heikendorf erschienen. Erste Sonnenstrahlen tasteten sich über das Wasser, der Himmel war noch immer zartrosa gefärbt. In der Ferne kreischten ein paar Möwen.

»Was habe ich nur für ein Glück, dass ich an so einem Ort arbeiten darf«, sprach Stine ihre Gedanken laut aus.

Karin lachte: »Und was für ein Glück, dass du eine Nachbarin hast, die dich dazu bringt, bei der ganzen Arbeit auch einmal um dich zu schauen.« Sie schob ihre Sonnenbrille hoch und blitzte sie vergnügt aus ihren grünen Augen an.

»Recht hast du.« Stine schaute auf Karins Becher. »Und weißt du was? Die Tische sind sauber genug. Ich hole mir jetzt einen Tee und setze mich einen Moment zu dir.«

Karin blickte Stine überrascht an.

Wahrscheinlich wundert sie sich, warum ich mir als Cafébetreiberin keinen Kaffee hole. Hoffentlich fragt sie nicht. Ich möchte ihr nicht von meiner Schwindelattacke von heute Nacht erzählen.

Stine hatte gestern wieder mehrere Stunden unfreiwillig im Bad verbracht. Zum Glück hatte Tante Helga den Raum mit dicken plüschigen Vorlegern ausgestattet, sodass es nicht so eine kalte Angelegenheit wie im Polizeipräsidium geworden war. Abermals hatte es gedauert, bis ihr kompletter Magen geleert war. Kurz hatte Stine am Morgen überlegt, ob sie das Café geschlossen halten sollte, da alleine der Gedanke an Kaffee ihren Magen umdrehte. Aber das würde auch bedeuten, dass sie Henri von der Schwindelattacke erzählen musste und er sich Sorgen machen würde. Stattdessen wollte sie heute zwischendurch die Gelegenheit nutzen und bei ihrem Arzt nachfragen, was der aktuelle Stand war. Etwas, was sie schon längst hätte tun sollen, aber aufgrund des Ausbleibens der schweren Schwindelattacken immer wieder vergessen oder verschoben hatte. Auch der MRT-Befund wartete sicher schon in ihrer alten Wohnung auf sie. Stine ärgerte sich, dass sie das Thema in den letzten Tagen so erfolgreich verdrängt hatte. Sie ging ins Café und goss einen Beutel Pfefferminztee auf.

Ein paar Minuten später saß sie neben Karin.

»Was ich dich schon immer einmal fragen wollte: Warum steigst du eigentlich aus dem Fenster?«

»Ist das nicht offensichtlich? Wenn ich nur mal kurz die Morgensonne genießen möchte, müsste ich einmal komplett um das Haus herum. Da bevorzuge ich doch den kurzen Weg durchs Fenster.«

Karin nahm einen großen Schluck Kaffee. Die bitteren Aromen streiften Stines Nase. Schnell hielt sie den Kopf über ihren Tee, um die beruhigende Pfefferminze zu riechen.

Karin fuhr mit ihrer Erklärung fort: »Außerdem gibt es immer Gesprächsstoff mit Passanten oder der Nachbarin, die wissen wollen, warum ich das denn tue.« Sie zwinkerte ihr zu.

Stine musste grinsen. Karin war eine der wenigen Einwohner von Holtenau, die jünger waren als sie. Meistens war sie nur am Wochenende zu Hause, da sie als Unternehmensberaterin unter der Woche in Frankfurt arbeitete. Sie hatte Stine erklärt, dass ihr deswegen auch das Wochenende mit den kleinen Ritualen so wichtig war. Der morgendliche Kaffee, wenn möglich draußen in der Sonne. Und danach, außer im Winter, ein Bad in der Ostsee.

»Ich habe gehört, du hast Leonhard letztes Wochenende gefunden?« Karin hielt sich nicht lange mit Smalltalk auf.

Stine nickte. »Kanntest du ihn?«

»Kennen ist übertrieben. Wir haben uns ab und zu in der Seebadeanstalt getroffen. Nur war er meistens später dran als ich.« Karin zupfte ihre blonden, schulterlangen Haare zurecht.

»Hast du ihn auch letzten Samstag dort gesehen?«

»Tatsächlich ja. Ich wollte gerade das Tor hinter mir zuschließen, als er über die Straße Richtung Steg lief. Ich habe es dann für ihn offengelassen.«

»Was hat er für einen Eindruck auf dich gemacht?«

»So wie immer, würde ich sagen. Leonhard halt.« Karin zuckte mit dem Schultern und verzog leicht das Gesicht. »Er hat sich noch mit einem der Hundebesitzer unterhalten, glaube ich, bevor er dann zum Seebad ging. Ich war aber abgelenkt, da ziemliches Remmidemmi war. Leif und seine Helmtaucher waren schon dabei, alles für den großen Event vorzubereiten.«

»Warst du die einzige Schwimmerin an dem Morgen außer Leonhard?«

»Nein, da war noch so ein hübscher, durchtrainierter Farbiger. Leider hat der mich überhaupt nicht bemerkt, sondern die meiste Zeit nur aufs Wasser gestarrt.«

Dieser Jan muss wirklich ziemlich abgehärtet sein, wenn er Anfang Oktober für mehrere Stunden dort in Badehose gesessen hat. Irgendwie komisch.

»Hast du gesehen, mit wem genau sich Leonhard unterhalten hat?«

Karin runzelte die Stirn.»Nein, habe ich nicht. Aber warum fragst du? Das klingt ja fast so, als ob du nicht an einen Herzinfarkt glaubst, Frau Kommissarin?«

»Alte Berufskrankheit. Entschuldige. Es liegt wahrscheinlich auch daran, dass Leonhard mit Lilly die letzten Wochen so oft bei mir im Café war. Die Kripo und die Rechtsmedizin hier in Kiel werden es auf jeden Fall nicht …«

»Hello neighbours!« George, der wie Karin in dem Mehrfamilienhaus wohnte, war wieder auf seiner »Müllrunde«, wie Stine es nannte. Der Kanadier mit italienischen Wurzeln und seine Frau schienen sich hauptsächlich von Essen to go zu ernähren. Fast jeden Tag kam er bepackt mit mindestens zwei großen Mülltüten aus der Wohnung und machte sich auf den Weg zu den Abfallcontainern. Seitdem seine Frau hochschwanger war, waren die Fastfood-Mengen anscheinend noch gestiegen und er machte beinahe jeden Tag seinen Müllgang.

»Ich glaube, ich sollte anfangen zu arbeiten«, beeilte sich Karin zu sagen und schob den Stuhl wieder an die Wand.

Stine nickte wissend. Sie beide wussten, dass George auf dem Rückweg von den Containern gerne einen ausgiebigen Stopp für einen Plausch einlegte. Da sich die Themen dabei gerne um Politik, italienische Geschichte oder Sprachforschung drehten, versuchten die Nachbarn dieses Geplauder möglichst auf ein Minimum zu reduzieren.

»Hi Stine.« George war wieder da und sie sah nur noch den verlängerten Rücken und die langen Beine von Karin im Fenster verschwinden.

Sie drehte sich lächelnd zu ihm um. Er war ein netter Kerl und konnte nichts dafür, dass sie sich so gar nicht für seine Lieblingsthemen interessierte. Im Gegenteil, manchmal tat er ihr fast leid, wenn er in Ermangelung eines Gesprächspartners die Straße auf und ab ging.

Nur Henri ließ sich von seinem Gesprächsbedarf nicht aus der Ruhe bringen. Stine war sich aber nicht sicher, ob es bei ihm die Höflichkeit war oder wirkliches Interesse an Georges Geschichten.

»George, sei mir nicht böse, aber ich muss schnell ins Café. In fünf Minuten machen wir auf.« Sie sah, wie ein Ausdruck von Enttäuschung über sein breites Gesicht huschte. »Wie wäre es, wenn du nachher auf einen Espresso vorbeikommst? Henri freut sich bestimmt, dich zu sehen.«

Sofort war die Enttäuschung aus seinem Gesicht verschwunden. »Gerne. Ich habe gerade gestern einen sehr interessanten Artikel über die Bedeutung der deutschen Außenpolitik in den Zwanziger Jahren in Bezug auf die Entwicklung der Apartheid in Südafrika zur Mitte des 20. Jahrhunderts gefunden. Das interessiert Henri bestimmt!«

Am selben Abend, Innenhof des Cafés

Stine schob die Tische im Innenhof zusammen und sicherte sie durch die lange Eisenkette. Bevor sie sich gleich mit einem großen Glas Chai Latte und dem neuesten Madeira-Krimi ihrer Lieblingsautorin auf ihren Lesesessel verziehen würde, musste sie noch einen Gang machen, der ihr etwas bevorstand: Sie wollte bei Lilly vorbeischauen, um zu prüfen, dass es der alten Dame auch gut ging. Seitdem Leonhard gestorben war, hatte Lilly nur ein einziges Mal kurz im »Achter de Slüüs« vorbeigeschaut, um sich von Henri den Namen des Beerdigungsinstitutes geben zu lassen, das er mit der Beisetzung von Helga betraut hatte. Für ihre Verhältnisse war sie an dem Tag sehr trist angezogen gewesen. Keine bunten Glitzerbilder im Gesicht, einen hellbraunen langen Mantel über einer schwarzen, Lederhose. Auch ihre Haare strahlten nicht in einem hellen Pink, sondern waren weißgrau.

»Einer von uns muss heute Abend bei Lilly vorbeisehen«, hatten Henri und Stine daher beschlossen.

Natürlich hieß »einer von uns« am Ende Stine, weil es Henri unangenehm war, eine alleinstehende Dame am Abend zu besuchen. Man wüsste ja nie, wer ihn dabei sähe und Holtenau sei schließlich ein Dorf.

An der Ausrede hat er bestimmt den halben Tag gefeilt, dachte Stine, während sie die Tür des Cafés abschloss. Sie griff in ihre Jackentasche und spürte die beruhigende Ausbuchtung der Tablettendose. *Langsam entwickle ich eine Manie, was den Schwindel betrifft.*

Zu ihrem Leidwesen hatten heute die freien Minuten nicht ausgereicht, um jemanden in der Praxis zu erreichen. Hoffentlich klappte es morgen.

Ein kurzes Jaulen und das Kratzen von kleinen Krallen auf dem Kopfsteinpflaster des Innenhofes unterbrach ihre Gedanken. Sie drehte sich um. Hinter ihr stand Henri, mit einem aufgeregten Victor an der Leine, der die Gerüche der Gäste des Tages erkundete. Am Tag durfte er nicht ins Café, weil er, sehr zu Henris Leidwesen, nicht sehr verträglich mit anderen Hunden war.

»Eigentlich passt dieser Hund nicht zu dir«, hatte Stine schon öfter festgestellt. »Er verträgt sich nicht mit seinen Mithunden und kann nicht fünf Minuten stillsitzen. Er ist das genaue Gegenteil von dir.«

Das »Gegenteil« steckte gerade den Kopf in einen von Stines großen Blumentöpfen mit den cyclamfarbenen Hortensien.

»Nimm ihn lieber dort weg, ich glaube, eine Amsel hat dort ihren Schlafplatz«, warnte Stine, ehe sie auf die Uhr sah. »Was macht ihr denn hier draußen? Victors Runde ist doch erst in zwei Stunden.«

Henri fuhr sich durch die immer noch dichten grauen Haare. »Ich wollte dir Victor mitgeben. Er ist so unruhig heute und ich dachte, Lilly ...« Er ließ den Satz unvollendet.

»Das ist eine sehr gute Idee. Lilly liebt ihn und bestimmt wird er sie etwas ablenken.« Stine griff nach der Leine und wurde von Victor mit einem Schlecken über den Handrücken belohnt.

In der einsetzenden Dämmerung ging sie den Tiessenkai entlang. Stine liebte die Stimmung, wenn die Ostsee sich durch die untergehende Sonne langsam rosa färbte. Die Tagestouristen, die im Oktober an der Ostsee mit sinkenden Temperaturen rarer wurden, waren auf dem Weg nach Hause. Holtenau gehörte wieder den Einheimischen, zu denen sich Stine mittlerweile auch zählte. Ein großer Katamaran hatte seit Tagen am Kai festgemacht. Jedes Mal, wenn Stine vorbeikam, war es still an Bord. *So ein Ding muss ein Vermögen kosten,* dachte sie. *Wem dieses Schiff wohl gehört? Bei Gelegenheit muss ich einmal Henri fragen, ob er den Eigentümer kennt. Ihm und seiner Gassi-Gang entgeht selten etwas.*

Als sie gerade den alten Leuchtturm hinter sich gelassen hatte und das kleine rote Häuschen der Seenot-Versetzstation neben ihr auftauchte, sah sie im Dämmerlicht eine Bewegung im Wasser. Es musste unweit des Anschlagsbretts der Seebadeanstalt sein, ungefähr dort, wo sie Leonhard gefunden hatte. Die drei Pfeiler mit den weißen Markierungen hoben sich schwach gegen das grau-schwarze Wasser ab.

»Wollen wir uns das etwas genauer ansehen?«, fragte Stine Victor. Da er sofort in Richtung des hinter dem Häuschen befindlichen Steges der Seenotrettung steuerte, wirkte es tatsächlich so, als hätte der kleine Hund sie verstanden. Er strebte zu der weißen Balustrade, die die kleine Uferstraße von der Ostsee trennte. Als sie näher ans Wasser trat, schlüpfte er durch die weißen Streben und verschwand.

Warum habe ich Trottel ihn nicht angeleint?, schimpfte Stine mit sich, als sie sich über den Zaun lehnte und nach dem Hund suchte. *Wenn er jetzt in die Ostsee springt, darf ich ihn nachher in der Badewanne waschen, bevor ich ihn zu Henri zurückbringe. Ich kann ihm ja schlecht zumuten, den Hund zu säubern. Und aus unserem Besuch bei Lilly wird dann auch nichts.*

Zum Glück stand der kleine Ausbrecherkönig nur einen knappen Meter unter ihr an dem geschwungenen Steinwall und schnüffelte an einem großen schwarzen Gegenstand.

»Was hast du da?« Stine kramte ihr Handy aus der Hosentasche und schaltete die Taschenlampenfunktion ein.

Im Schein der Lampe konnte sie eine große dunkle Sporttasche erkennen. Wem die wohl gehörte? Sie leuchtete die Straße rauf und runter, aber niemand war dort. Hatte das womöglich doch mit der Bewegung am Anschlagbrett zu tun?

Schwamm dort jemand? Sie leuchtete über das Wasser. Aber aus dieser Entfernung konnte sie nichts sehen, außer die Wellen, die sich nur noch leicht kräuselten, da der Wind zum Abend nachgelassen hatte. Sie zögerte. In Hamburg würde man bei einer unbeaufsichtigten Tasche meistens etwas Schlimmes vermuten, wie eine Drogen- oder Waffenübergabe. Aber hier in Holtenau?

Blödsinn, ermahnte sie sich. *Aber trotzdem sollte ich nachschauen. Wenn jemand ein nächtliches Bad nehmen sollte und einfach nur die Tasche dort abgelegt hat, kann ich das so sicher feststellen.*

Sie schob ihr linkes Bein über den Zaun, dann hob sie das rechte. Sofort ließ Victor von der Tasche ab und sprang zu ihr. Fast wäre sie über den schwanzwedelnden Hund gestolpert, der seine Freude über das gemeinsame Abenteuer kaum bändigen konnte. Gerade noch konnte sie sich mit den Händen an der Balustrade festhalten, sonst wäre sie kopfüber in die Ostsee gestürzt. Wie auf Kommando fing die Welt wieder an, sich um sie zu drehen. Leider war keine Hand frei, um sich eine der Tabletten unter die Zunge zu schieben.

»Victor, du blöder Hund. Willst du, dass ich baden gehe?«

Der kurze Adrenalinschub lief heiß durch ihren Oberkörper. Zumindest bewirkte der Schrecken, dass sie jetzt vorsichtiger war. Ganz langsam tastete sie sich mit dem rechten Fuß voran die Böschung herunter. Dabei ging sie in die Knie und hielt so lange wie möglich den Kontakt zum Zaun. Victor gefiel es natürlich, dass sie sich auf sein Niveau hinunterließ, und belohnte diese Tatsache mit mehreren nassen Schleckern seiner Zunge durch ihr Gesicht.

Stine musste trotz der unbequemen Lage kichern. Wenn sie jetzt jemand sah, würde er sich bestimmt fragen, was für ein bescheuertes Spiel sie mit ihrem Hund spielte. Sie leuchtete wieder in Richtung der Sporttasche. Da war ein Aufkleber auf der Tasche. Ein gelbes Tier, darunter ein Schriftzug.

Irgendwie kam er ihr bekannt vor. Aber woher? *Ich muss näher heran, sonst kann ich nicht ...*

»Was machen Sie denn da? Kann ich Ihnen helfen?« Ein großer Schatten kam aus Richtung der Neubauten und der Seebadeanstalt zu ihr herüber. »Stine, bist du das?« Es war Maik. »Wieso treffe ich dich eigentlich immer, wenn du über irgendwelche Zäune steigst? Muss ich mir Sorgen machen?« Er lachte laut, als er an den Zaun trat.

Verlegen richtete Stine sich auf. Ihr linker Fuß rutschte auf den nassen Steinen weg. Das rechte Bein, welches auf einmal das ganze Gewicht tragen musste, schwankte und ihr Körper neigte sich in Richtung See. *Oh nein, bitte nicht!*

Im letzten Moment packte sie eine große Hand und Maik zog sie zu sich.

»Ich glaube, ich sollte dir lieber wieder festeren Boden unter den Füßen verschaffen.« Er half ihr über den Zaun. »Was hast du dort gemacht?«

Kurz überlegte Stine, ob sie ihm von der Tasche erzählen sollte, entschied sich dann aber dagegen. Er würde sie nur für krankhaft neugierig halten.

»Victor ist unter dem Zaun durchgeklettert und kam nicht zurück, da wollte ich ihn holen, bevor er in die Ostsee springt.«

»Victor? Meinst du den kleinen Racker, der direkt vor unseren Füßen sitzt?«

Tatsächlich war Victor wieder unter dem Zaun durchgeschlüpft und saß jetzt direkt vor ihnen. Dabei stellte er den Kopf leicht schief.

Wahrscheinlich erwartet er jetzt noch ein Leckerli, weil er ja so brav hier sitzt. Dabei wäre es für meine Geschichte besser gewesen, wenn er noch auf der anderen Seite vom Zaun wäre. Stine schüttelte innerlich den Kopf.

»Ja, genau den. Er ist furchtbar neugierig und muss immer alles inspizieren. Henri nennt ihn deswegen ›kleiner Polizist‹.

Ich denke, ich nehme ihn jetzt lieber an die Leine.« Sie hakte den Karabiner der Leine in das Halsband.

»Und wohin seid ihr beiden unterwegs? Nur eine abendliche Gassirunde?«

»Nicht ganz, wir wollen noch jemanden dort hinten in den Neubauten besuchen. Du hast bestimmt schon gehört, was hier letzte Woche los war?«

»Du meinst den Toten in der Seebadeanstalt?« Maik nickte. »Traurige Geschichte.«

»Ja, sehr traurig. Ich hatte ihn und seine Schwester im Café kennengelernt. Tatsächlich ist es sogar so, dass mein Onkel Henri Leonhard von früher kannte. Und jetzt fühlen wir uns beide ein bisschen verantwortlich für Lilly, die Schwester.«

»Ach, ich wusste gar nicht, dass der Tote eine Schwester hatte. Habe nur gehört, dass er aus Holtenau kam und beim Schwimmen einen Herzinfarkt bekommen hat.«

»Ja, so ist es wohl gewesen.« Stine beschloss, Maik nicht zu erzählen, dass sie es gewesen war, die den Toten gefunden hatte. Es hatte dann immer so einen angeberischen Beigeschmack, den sie nicht erwecken wollte.

»Dann will ich euch beide auch nicht weiter stören und dich nicht von deinem Beileidsbesuch abhalten. Ich weiß, wie schlimm es ist, wenn man jemanden verliert, und es ist schön zu hören, dass du dieser Lilly beistehst.«

Ehe Stine nachfragen konnte, von welchem Verlust er sprach, hatte sich Maik verabschiedet und war hinter dem roten Backsteinhäuschen verschwunden.

Selber Abend,
Holtenauer Reede

S tine ging, an der Seebadeanstalt vorbei, die Sackgasse über die an vielen Stellen ausgebesserte Fahrbahn hoch in Richtung des Wasser- und Schifffahrtsamtes. Kurz vor dem geschlossenen Tor war links ein kleiner Privatweg zur Wohnanlage, in der auch das Penthouse von Lilly und Leonhard lag. Normalerweise war der Zugang mit einer Eingangskarte gesichert, aber Leonhard hatte ihnen vorletzte Woche im Café erzählt, dass der Schließmechanismus zurzeit kaputt war und man das Tor einfach aufdrücken konnte. Tatsächlich öffnete sich das Gittertor auf Stines leichten Druck hin und sie ging mit Victor den auf der linken Seite mit Hagebuttenhecken gesäumten Weg entlang. Sie fand den Eingang und drückte die Klingel mit der Beschriftung »Anders«.

Über die Gegensprechanlage meldete sich Lilly. »Wer ist da bitte?« Ihre Stimme klang belegt.

Ob sie geweint hatte? Oder war das nur die Anlage?

»Hier sind Stine und Victor, wir wollten dich besuchen.«

»Stine, oh was für eine schöne Überraschung, meine Süße. Wenn du im Fahrstuhl ›311042‹ eingibst, kommst du zu mir hoch.«

Kurz überlegte Stine, ob sie für die vier Stockwerke die Treppe benutzen sollte, entschied sich aber mit Blick auf die kurzen Beinchen ihres Begleiters dagegen. Zu ihrer Überraschung erschien hinter der Aufzugstür im vierten Stock das strahlende Gesicht von Lilly.

»Der Aufzug hält direkt in deiner Wohnung?«

»Ja, ist das nicht toll? Leonhard hat das wunderbar für uns ausgesucht.« Das Strahlen auf Lillys Gesicht verschwand, als sie ihren Bruder erwähnte.

Stine streichelte über die knochigen Arme der alten Dame. Hatte sie noch mehr abgenommen?

»Ich habe dir ein großes Stück von deinem Lieblingskuchen mitgebracht.« Sie kramte in ihrer Tasche. »Außerdem ein paar Plätzchen. Aber bitte nimm das nicht zum Anlass, in nächster Zeit nicht bei Henri und mir im Café vorbeizuschauen.«

»Du bist ein Engel. Das Stück Kuchen würde ich auch gleich essen. Leistest du mir Gesellschaft? Nenn mich verrückt, ich habe die Hälfte meines Lebens alleine gelebt und war immer glücklich. Aber die letzten Monate mit Leonhard habe ich bemerkt, wie schön es ist, wenn man den Tisch nicht für sich alleine deckt.« Sie fuhr sich mit dem Handrücken über die Augen.

Stine schaute sich in der offenen Wohnküche um. Vor der großen Fensterfront stand eine cremefarbene Sitzgarnitur, die fast die Hälfte des Raumes einnahm. Die Mitte zierte eine verchromte Kücheninsel mit darüber schwebendem Abzug. An die rechte Seite des Raumes war eine langgezogene Arbeitsfläche mit einer dunklen Steinplatte gebaut. Dort stand eine ganze Batterie moderner elektronischer Geräte, von der Stine nur träumen konnte. Unter anderem auch ein stylisher silberglänzender Siebträger von einem namhaften italienischen Hersteller. Stine als Kaffeejunkie wusste, was diese Maschinen kosteten, und hatte sich immer gefragt, wer sich so einen Schatz hinstellte. Jetzt hatte sie ihre Antwort. Finanziell musste es Leonhard und Lilly wirklich sehr gut gehen.

»Wie wäre es, wenn ich mich an deiner Espressomaschine ausprobiere und uns einen schönen Latte macchiato zu dem Kuchen zaubere?«

»Das klingt wunderbar.« Lilly ließ sich auf eines der hellen Sofas sinken. »Ich komme mit diesem Ungetüm einfach nicht zurecht. Ich bräuchte etwas, was mir auf Knopfdruck einen Kaffee oder Milchkaffee ausspuckt. Irgendwo oben in dem Schrank müssten Kaffeebohnen sein. Einmal mit, einmal ohne Koffein. Bist du so lieb und machst einer alten Frau einen kastrierten Kaffee für die Nacht?« Sie lächelte kurz über ihren Witz.

Stine war froh, dass die Aussicht auf einen guten Kaffee die Lebensgeister von Lilly zumindest etwas weckte, und machte sich an die Arbeit. Der Mahlgrad der elektronischen Kaffeemühle, selbstverständlich im passenden Look zu der Espressomaschine, war bereits zu ihrer Zufriedenheit eingestellt.

Nur fünf Minuten später saß sie zusammen mit Lilly auf dem Sofa, das sich als wahrhaftige Wundertüte erwies. Aus den seitlichen Lehnen hatte Lilly für jede von ihnen kleine Tischchen hervorgezaubert, sodass sie bequem sitzen und den Blick auf die Ostsee genießen konnten.

»Du sollst auch was bekommen, mein Hübscher«, meinte Lilly beim Blick in Victors glasige Augen, die jeden Bissen der beiden verfolgten.

Sie stand auf und schlurfte zur Küchenzeile. Stine fiel auf, wie schwerfällig sie ging. Ihre Füße rutschten mehr über das helle Parkett, als dass sie sie anhob.

Hätten Henri und ich schon früher vorbeikommen sollen?

Sie schaute sich um. Zumindest machte die Wohnung einen aufgeräumten Eindruck. Wahrscheinlich hatte die alte Dame auch eine Haushaltshilfe, die sie unterstützte.

»Zum Glück habe ich eine Perle, die zweimal die Woche vorbeikommt«, erklärte Lilly, die Stines verstohlenen Blick durch den Raum offenbar bemerkt hatte. »Die Liebe hat auch für mich eingekauft. Es fällt mir doch sehr schwer, die Straße hoch zum Supermarkt zu gehen, und tragen kann ich mit meinen Rückenproblemen sowieso nicht.«

»Du kannst auch immer Henri oder mir Bescheid sagen, wenn du etwas brauchst. Für das Café kaufen wir gefühlt eh jeden Tag ein.«

Lilly drückte Stine dankbar die Hand, ließ sich wieder aufs Sofa fallen und bot Victor die Leckerlis an.

»Das ist sehr lieb von dir. Ich habe mir auch fest vorgenommen, ab nächster Woche zum Frühstück zu dir ins Café zu kommen. Dann startet der Tag gleich richtig.«

»Das freut mich zu hören. Ich habe dann auch den Mohnkuchen da, den du so gerne magst.«

»Leonhard hat den auch so geliebt. Dabei hat er hinterher immer geschimpft, dass der ganze Mohn zwischen seinen Dritten klebt.« Sie seufzte. »Ich muss wirklich aufhören, ständig an ihn zu denken. Ich darf nicht vergessen, dass der Schlawiner mich fast vierzig Jahre hier in Holtenau alleine gelassen hat. Als er sich letztes Jahr meldete und sagte, er käme zurück, konnte ich es kaum glauben. Unser Kontakt hatte sich bis dahin auf die üblichen Telefonate zu Geburtstagen und Weihnachten beschränkt. Es wäre also falsch, wenn ich von einem innigen Bruder-Schwester-Verhältnis sprechen würde. Im Grunde waren wir uns fremd.«

»Hast du ihn denn nie besucht?«

»In Südafrika? Bin ich verrückt? Nein, das war mir immer zu gefährlich. Außerdem ist Fliegen nie was für mich gewesen. Ich hatte früher ein tolles Mercedes Coupé, mit dem bin ich einmal im Jahr bis nach Monaco gefahren, quer durch Frankreich. Das war immer eine Show, wenn ich vorm Casino vorfuhr!« Sie schüttelte den Kopf. »Aber die Zeiten sind vorbei. Das Auto steht hier in der Tiefgarage und wird nicht mehr bewegt. Ich hatte schon überlegt, ob ich es verkaufe. Leonhard wollte sich eigentlich darum kümmern. Er meinte, er würde einen passenden Käufer finden. Das bleibt jetzt alles an mir hängen.« Sie trank einen großen Schluck Milchkaffee.

»Leider verstehe ich nicht genug von Autos, als dass ich dir da helfen könnte.«

»Ist schon gut, mein Kind. Das schaffe ich schon. Von früher habe ich noch ein paar Kontakte nach Hamburg. Könnte mir vorstellen, dass ich dort einen Käufer finde. Jetzt ist aber erst einmal die Beerdigung wichtig. Die Polizei lässt mich immer noch warten.«

»Wirklich? Sie müssten Leonhard doch schon längst freigegeben haben?« Stine runzelte die Stirn.

»Das könnte auch meine Schuld sein. Ich habe diesem Oberkommissar die Ohren voll geheult, dass Leonhard körperlich so fit war und gerade vom Arzt durchgecheckt worden ist. Er war ja drei Jahre jünger als ich und für Anfang siebzig noch verdammt fit.«

»Heißt das, sie wollen ihn genauer untersuchen?« Stine vermied es, von »der Leiche« zu sprechen.

Lilly nickte. »Es gab eine Leichenschau – sagt man das so? Und außerdem machen sie ein toxikologisches Irgendetwas. Du weißt bestimmt, was das ist? Das dauert anscheinend etwas länger.«

»Ein toxikologisches Gutachten?« Stine wunderte sich.

Ging die Polizei nicht mehr von »Tod durch Ertrinken« aus?

Drei Tage später, »Achter de Slüüs«

Guten Morgen, meine Süße! Ich brauche jetzt was Starkes. Hast du einen Brandy?« Lilly hatte schwungvoll die Café-Tür geöffnet und stand jetzt, ausgestattet mit ihrer schwarzen ledernen Shorts, Netzstrümpfen und Overknees, mitten im Raum.

Henri, der gerade die neuesten Nachrichten auf seinem Stammplatz las, Victor zu seinen Füßen, schaute überrascht auf.

»Ich hätte einen Gin da. Den könnte ich dir pur oder als Gin Tonic machen.« Stine musterte Lilly. Sie wirkte immer noch mitgenommen, aber um ihren grell rosa geschminkten Mund war ein trotziger Zug zu sehen.

»Dann einen Gin Tonic. Trinkt ihr einen mit mir mit?«

»Ich muss noch den ganzen Tag hier hinterm Tresen stehen ...«

»Henri, was ist mit dir? Auf deinen alten Crewkameraden Leonhard?«

»Okay, Stine, schenk uns beiden einen Kleinen ein«, brummte Henri versöhnlich. »Heißt das, du darfst ihn jetzt endlich beerdigen?«

Natürlich hatte Stine ihm von ihrem Gespräch mit Lilly und den Verdachtsmomenten der Polizei erzählt.

»Oh nein, im Gegenteil! Ich habe recht gehabt und heute Morgen war schon das LKA bei mir.« Lilly schnappte sich das Glas Gin Tonic von der Theke und drehte sich mit einer weit ausholenden Geste zu Henri. »Es sieht so aus, als wäre Leonhard nicht an einem Herzinfarkt gestorben. Jemand hat ihn umgebracht.«

Henri und Stine starrten Lilly an, die die beiden mit einem triumphierenden Ausdruck im Gesicht musterte.

»Ihr denkt jetzt bestimmt, die Alte ist verrückt geworden, oder? Aber so ist es nicht. Dieses Ende passt zu Leonhard, findest du nicht, Henri?«

Henri zuckte verlegen mit den Schultern.

»Zeit seines Lebens hat er sich mit kleinen Gaunereien durchgeschlagen und ich möchte nicht wissen, was er in Südafrika gemacht hat. Es musste ja so kommen, dass er mal jemandem auf die Füße tritt und der sich rächt.« Lilly nahm einen großen Schluck.

»Aber wie?«, wollte Stine wissen.

»Da rätseln sie noch. Ich weiß nur so viel, dass die Polizei mich heute gelöchert hat, ob Leonhard oder ich regelmäßig Medikamente nehmen. Redeten von möglichen Herzleiden oder Prostataproblemen in unserem Alter. Ich habe ihnen gleich gesagt, dass Leonhard und ich gute Gene haben und beide eine Enttäuschung für jeden Hausarzt sind, da wir sie nicht brauchen.«

Stine zog die Augenbrauen hoch. *Herzschwäche? Prostata?*

»Hat die Polizei dir nicht erzählt, was genau sie gefunden haben?«

»Irgendwelche Glykoside? Ich war so aufgeregt, weil sie unbedingt mein Bad durchsuchen wollten und ich doch gerade meine seidene Reizwäsche gewaschen hatte. Die sollten diese jungen Schnösel von der Polizei doch nicht sehen! Nachher haben die noch irgendwelche komischen Träume von mir.« Sie schüttelte missbilligend den Kopf.

Stine sah an Henris Blick, dass dieser gerade nicht wusste, was er verstörender finden sollte: Die Tatsache, dass Leonhard vergiftet wurde, oder die Reizwäsche von Lilly.

»Mehr hat die Polizei nicht gesagt?« hakte Stine nach.

»Nein. Nur von Glykosiden gesprochen. Wäre angeblich in irgendwelchen Herzmitteln enthalten. Ich hatte gehofft, dass du als Expertin mir da helfen kannst.«

»Stine arbeitet doch nicht im Morddezernat«, warf Henri ein, der seine Sprache wiedergefunden hatte.

»Das nicht, aber ich habe mich tatsächlich eine Zeit mit Giften beschäftigt.« Stine dachte an ihren damaligen Freund, der über ihr Interesse etwas beunruhigt gewesen war. »Ich glaube, sie meinten Herzglykoside. Hast du schon mal von Digitalis gehört? Agatha Christie hat es gerne in ihren Krimis verwendet.«

»Du weißt doch: Ich lese keine Krimis. Nur Kinderbücher, die sind immer so entspannend. Aufregung habe ich in meinem Leben genug gehabt.«

Tatsächlich hatte Stine schon ein paarmal beobachtet, wie Lilly zu den Kinderbüchern gegriffen hatte, die Stines Tante für ihre kleinen Gäste in dem großen Korb neben der Theke gelagert hatte. Oft hatte sie sich schon gefragt, warum sie nicht wie Henri die Tageszeitung las oder ein eigenes Buch mitbrachte.

»Digitalis ist das Gift aus dem Fingerhut, richtig? Ich glaube, sie hat es in ›Der Tod wartet‹ oder ›Tod am Nil‹ verwendet.« Im Gegensatz zu Lilly liebte Henri Krimis.

»Absolut richtig. Die Frage wäre aber, wie Leonhard das Gift zu sich genommen hat. Das haben sie dir nicht erzählt, oder?«

»Nein, natürlich nicht. Hast du nicht vielleicht die Möglichkeit, über deine Kontakte an Informationen zu kommen?«

»Nochmal Lilly, Stine hat sich eine Auszeit von der Polizeiarbeit genommen. Und das aus gutem Grund.« Henri schaute seine Nichte besorgt von der Seite an. Stine hatte ihn gebeten, niemandem in Holtenau von ihren Schwindelattacken zu erzählen. »Außerdem ist sie in Hamburg im Bereich der Kleinkriminalität tätig. Also weit entfernt von Mord.«

Stine wusste, dass Henri sie schützen wollte. Aber als sie in das enttäuschte Gesicht von Lilly schaute, tat ihr diese leid.

»Ich bin mir sicher, dass die Kollegen hier wissen, was zu tun ist. Da könnte ich sowieso nicht helfen.«

»Ich würde auch für deine Ausgaben aufkommen, meine Süße. Es ist nur so: Es würde mich sehr beruhigen, wenn jemand, dem ich vertraue, Leonhards Tod untersucht.«

Stine strich der alten Frau über den Arm.

»Ich würde dir ja gerne helfen, aber es ist wirklich nicht meine Baustelle. Ich kenne doch niemanden von diesen LKA-Beamten, die in deiner Wohnung waren. Wo sollte ich denn da ansetzen?«

»Oh, das wird sich in den nächsten Tagen ändern. Habe ich nicht erzählt, dass das LKA alle Zeugen aus der Seebadeanstalt noch mal auf dem Präsidium verhören will?« Ein listiges Grinsen glitt über Lillys Gesicht.

Am nächsten Tag, Schleuseninsel

Heißt das, du bist jetzt eine Verdächtige in einem Mordfall?« Ute verschluckte sich fast an dem Cider, den sie auf »Stines Bank«, wie sie die neu entdeckten geschwungenen Holzliegen vor der Schleuseninsel getauft hatten, im Abendlicht tranken.

Zu Stines Überraschung hatte sie heute Mittag im Café einen Anruf von Ute bekommen, die verkündete, es wäre jetzt an der Zeit, sich zu treffen. Deswegen würde sie in zwei Stunden in den Zug nach Kiel steigen, um das Wochenende dort zu verbringen. Stine sollte ihr nur sagen, wie sie dann vom Hauptbahnhof nach Holtenau käme. Schnell hatten sie sich darauf geeinigt, dass Ute die kleine Fähre, die von Kiel-Wik nach Holtenau fuhr, nahm. Stine würde sie dann direkt am Fähranleger abholen.

Da dieser an den bequemen Holzliegen vorbeiführte, hatte Stine kurzentschlossen zwei Flaschen Cider in ihren Rucksack gepackt und einen Zwischenstopp für einen Sundowner an der Schleusenbrücke vorgeschlagen, bevor sie weiter in Richtung Stines temporärem Zuhause gingen. Ute war, wie erwartet, begeistert. Nicht so begeistert war die Freundin allerdings von den neuesten Entwicklungen, die Stine ihr zwischen Schlucken kühlem Cider erzählte.

»Ich glaube nicht, dass sie mich als Verdächtige sehen. Eher als wichtige Zeugin. Schließlich habe ich Leonhard unter Wasser gefunden.«

»Das ist schon eine Ironie, dass du nach Holtenau gehst, um Abstand von dem Polizeizirkus zu bekommen, und mitten in einer Mordermittlung landest. Findest du nicht?« Wie zur Bekräftigung leerte Ute die Flasche Cider mit einem großen Schluck.

»Ich hätte uns doch mehr mitbringen sollen.« Bedauernd schaute Stine in ihren leeren Rucksack. »Willst du noch etwas von meinem?« Sie hatte, in Sorge vor einer neuen Schwindelattacke, sehr langsam getrunken und im Gegensatz zu Ute noch eine halb volle Flasche.

»Du trinkst langsamer als ich? Was ist mit dir los?« Ute lachte, dann wurde sie ernst. »Oder ist das immer noch dein Schwindel? Ich hab dich gar nicht gefragt, wie es dir geht.«

»Es geht schon wieder besser. Ich bin nur etwas vorsichtig.«

Ute strich Stine über den Arm. »Das kann ich gut verstehen. Wenn du heute nichts trinken möchtest, ist das auch kein Problem für mich.«

»Ich sage Bescheid, wenn es mir nicht gut dabei geht«, beruhigte Stine ihre Freundin.

Es tat ihr leid, dass sie das Thema angeschnitten hatte. Sie hatte dieses Wochenende unbeschwert, ohne den leidigen Schwindel genießen wollen. Nächste Woche würde sie sich darum kümmern und endlich beim Arzt anrufen. So lange, sagte sie sich, war es ja ein gutes Zeichen, dass der Arzt sich noch nicht bei ihr gemeldet hatte. Wenn es wirklich etwas Schlimmes wäre, hätte er doch sicher schon versucht sie zu erreichen.

»Wie wäre es, wenn wir uns gleich in den Innenhof von meinem Café setzen? Du kannst dich kurz frisch machen, während ich uns einen schönen Gin Tonic mixe. Ich habe einen Gin aus Tannennadeln aus dem Schwarzwald. Oder möchtest du lieber einen mit Kurkuma aus Hamburg? Ich muss nur schauen, ob ich das passende Tonicwater dahabe.«

»Ich wusste, du würdest mich nicht enttäuschen«, sagte Ute und wuchtete sich aus der Kuhle der Liege hoch.

Eine halbe Stunde später saßen die beiden Freundinnen zufrieden in den beiden Deckchairs im Innenhof und schauten auf die Ostsee. Die Lichter der Schleuse spiegelten sich im Wasser und beleuchteten die schwarzen Schatten der ein- und ausfahrenden Schiffe.

»Hier ist auch vierundzwanzig Stunden am Tag etwas los, richtig?«

»Der Nordostseekanal ist die meistbefahrene Wasserstraße Europas«, brachte Stine ihr von Henri erworbenes Wissen an.

»Oh, das hätte ich jetzt nicht gedacht. Aber nun genug mit den Schiffen. Was ist das mit diesem Mord? Die Mädels haben mir aufgetragen, ich soll alles rausfinden. Sind irgendwelche attraktiven männlichen Verdächtigen involviert?«

Stine lachte. »Das ist ja mal wieder typisch. Mord ist nicht so interessant, aber die Männer. Apropos, wie war es denn neulich mit deinem Date? Kirsten und Svenja hatten doch den Überwachungsspezialauftrag.«

Ute ließ die Eiswürfel im Glas klirren. »Nun ja, Dennis ist schon ein Netter ...«

»Ein Netter? So wie du das sagst, ist es aber mehr als das, oder? Was ist es?«

»Hmm, was weißt du?« Ute machte es spannend.

»Nur, dass du ihn über eine Dating-App kennengelernt und beim ersten Treffen Svenja und Kirsten als Backup im Hintergrund dabeihattest.«

»Dann weißt du doch schon einiges. Ich habe mich bei Lonelyheart angemeldet.«

»Lonelyheart? Ist das die App, bei der du irgendwelche Psychotests am Anfang machen musst?«

Nach einem frustrierenden Tag im Büro hatte Stine vor einiger Zeit die Dating-App-Landschaft durchforstet. Schnell hatte sie davon abgesehen, sich anzumelden, als sie gesehen hatte, wie viele persönliche Daten man dabei preisgab. Dann lieber einen Mann an der Kühltheke im Supermarkt kennenlernen, bevor man eine App mit seinen Vorlieben und Schwächen fütterte.

»Genau die. Da wirst du zum Beispiel gefragt, ob du, wenn du mit deinem Partner im Schlafzimmer bist und dich das offene Fenster nachts stört, es einfach schließt.«

»Und du hast natürlich geantwortet: ›Na klar tue ich das, ich will mich ja nicht erkälten.‹«

»Nein, habe ich natürlich nicht. Dann würde ich gleich den Stempel ›dominant‹ bekommen und am Ende meldet sich keiner.«

»Ja aber ist dann der Test nicht totaler Quatsch, wenn du dich verstellst, um möglichst ›vermittelbar‹ rüberzukommen?«

»Die Typen kann ich dann nachher immer noch aussortieren, wenn sie mir nicht passen«, rechtfertigte sich Ute. »Zumindest haben meine Antworten auf Dennis' Profil mit 120 Punkten gematcht.«

»Ist das viel?«

»Oh ja! Er hat dann auch noch vorgeschlagen, sich am Elbstrand zu treffen, um barfuß zu tanzen und zu picknicken. Das fand ich großartig.«

»Aber ihr habt euch doch in der Hafencity getroffen?« Stine wunderte sich nicht wirklich, denn eines war bei Ute immer der Fall: Alles änderte sich ständig.

»Das war nur, damit es für Kirsten und Svenja mit der Überwachung einfach wird. Außerdem ist es zurzeit immer fürchterlich voll am Elbstrand. Da war es mir dann doch unangenehm, dort vor allen Leuten zu tanzen«, erklärte sich Ute.

»Aber das mit dem Tanzen holt ihr noch nach?«

»Kann schon sein.« Ute grinste unschuldig und nahm einen großen Schluck Gin Tonic. »Jetzt aber genug von mir. Was ist jetzt mit attraktiven Verdächtigen? Oder noch besser – gibt es einen gutaussehenden Kommissar?«

»Deine Fantasie möchte ich haben! Nein, Oberkommissar Jäger ist nicht besonders attraktiv, um es vorsichtig auszudrücken.«

»Ein Oberkommissar mit Namen ›Jäger‹? Das ist schon witzig.« Ute kicherte. »Es gibt also kein brauchbares Flirtmaterial hier in Holtenau?«

»Wie sind wir jetzt eigentlich von Mord auf Flirten gekommen? Du hast auch immer nur Männer im Kopf.« Stine schüttelte grinsend den Kopf. Wie hatte sie das Geplänkel mit Ute vermisst. »Ich hatte sogar überlegt, ob ich hier in den Sportverein gehe. Aber die Aushänge sind nicht sehr vielversprechend. Ich sag nur: ›Sitzyoga‹, ›Cardio-Fitness‹ oder ›Seniorentanzen‹«

»Schon klar, dass das nichts für dich ist.« Ute setzte das Glas an und nahm einen Schluck, um dann mit einem gurgelnden Geräusch gleich wieder abzusetzen. Gin Tonic tropfte ihr vom Kinn. »Ohh, von wegen ›kein Material‹ ... Dunkel, groß, breite Schultern nähert sich am Kai aus 9 Uhr. Und soweit ich das im Restlicht erkennen kann: Dreitagebart, Army-Cut und hohe Wangenknochen.«

»Das kannst du alles erkennen? Du musst echt Ferngläser statt Augen haben.«

Unauffällig versuchte Stine an Ute vorbei in Richtung Kai zu schauen. Nicht unauffällig genug. Die Gestalt blieb stehen und sah zu ihnen hinüber. Er zögerte kurz, schlug dann den Weg in Richtung des Cafés quer über die Wiese ein.

»Uhh, er kommt! Das nenne ich mal einen schnellen Aufriss.«

Stine erwartete fast, dass Ute in die Hände klatschte.

»Das liegt daran, dass ich ihn kenne. Das ist Jan. Der war neulich auch im Seebad, als ich die Leiche entdeckt habe.«

Zu ihrer Verwunderung merkte sie, wie ihr das Blut ins Gesicht schoss. Das musste an Utes blöden Bemerkungen liegen.

»*Ahoy!* Wir kennen uns ... Stine, richtig?« Jan stand jetzt vor ihnen und lächelte beide an.

»Ja, das ist richtig«, bestätigte sie. Ein Ellenbogen traf sie in die Seite. »Und das ist meine Freundin Ute, sie ist gerade zu Besuch aus Hamburg.«

»Freut mich.« Jan lächelte und auf seinen Wangen zeigten sich wieder die zwei Grübchen.

Stine wurde trotz des kalten Drinks noch heißer.

»Möchtest du einen Gin Tonic mit uns trinken?«, spielte Ute mit einem kurzen Seitenblick auf Stine die Gastgeberin.

Jan schaute kurz Stine an, dann schüttelte er den Kopf. »Normalerweise sage ich zu Gin Tonic nicht nein, aber morgen habe ich ein wichtiges Spiel.«

»Ach, was spielst du denn?« Ute gab noch nicht auf.

»Rugby. Morgen ist Auswärtsspiel in Hamburg gegen St. Pauli Rugby.«

Diesmal war es Stine, die sich verschluckte. »Das ist ja verrückt. Unsere Freundin Svenja und ihr Freund Falk spielen bei St. Pauli Rugby.«

»Und Stine hat auch mal Rugby gespielt«, kam es sofort von Ute.

Wieder ein Blick von Jan hinüber zu Stine.

»Welche Position?«

»Fly-Half. Aber nur in meiner Jugend.«

»Das kann dann ja noch nicht so lange her sein«, ergänzte Jan charmant und grinste.

Verdammt, spätestens jetzt sieht er, dass ich rot werde. »Lieb von dir, aber es ist schon eine Ewigkeit her. Was für eine Position spielst du denn?«

»Fullback.«

Svenjas Worte klangen in Stines Ohren: *Zu dir würde aber auch eher ein »Wing« oder »Fullback« passen, die sind so schön schnittig.* Das war wirklich total verrückt.

»Sehr cool.« Ute nickte und tat so, als ob sie ihr Rugby-Wissen nicht nur aus dem gelegentlichen Zusehen der

Spiele ihrer Freunde bezog. »Stine und ich wollten sowieso morgen nach Hamburg fahren, um Svenja zu treffen. Vielleicht kommen wir ja zum Spiel vorbei.«

Stine schaute Ute überrascht an. Diesen Teil des Wochend-Plans kannte sie noch gar nicht.

»Das wäre großartig! Ich kann aber nicht versprechen, dass die Bar im Club einen anständigen Gin Tonic hat, den wir nach dem Spiel zusammen trinken können. Wenn nicht, holen wir das aber dann demnächst hier nach.« Jan deutete eine kleine Verbeugung an. »Dann sehen wir uns hoffentlich morgen. Macht euch noch einen schönen Abend.«

Als Jan um die Ecke verschwunden war, nahm Ute ihr Handy raus und tippte.

»Was machst du da?«

»Ich schreibe gerade Svenja, dass sie alle Verabredungen für morgen streichen muss, weil sie sich mit uns beim St. Pauli Rugby-Spiel trifft. Ah, sie fragt schon, wieso.« Ute grinste und tippte wieder.

»Was schreibst du?«

»Ich schreibe ihr, dass sie dann dein Sahneschnittchen von einem Fullback kennenlernen wird.«

Sonntag, 14 Uhr, Hamburg Stadtpark, St. Pauli Rugby

Und wo ist jetzt dieser Fullback?« Svenja stand mit Ute und Stine am Spielfeldrand. Einige Spieler der beiden Mannschaften machten sich gerade warm, indem sie schnelle Pässe spielten und ein paar Tackles setzten.

»Ich habe ihn noch nicht gesehen.« Ute zog bedauernd die Schultern hoch.

»Nach wem sucht ihr denn?« Hinter den Frauen tauchte Svenjas Freund Falk auf, der gerade mit seinem Einwurftraining fertig geworden war.

Stine stieß Ute in die Seite, allerdings zu spät.

»Den Fullback von der gegnerischen Mannschaft.«

»Von den Kielern, meinst du? Das ist ja ein Ding. Woher hast du denn davon erfahren? Die haben es tatsächlich geschafft, einen Südafrikaner zu bekommen. Zwar kein Springbok, aber die Clubs am Kap haben ein ziemlich hohes Niveau.«

»Südafrika?«

Daher also der Akzent. Stine hatte auf Niederländisch getippt. Also Südafrika. Das war ein seltsamer Zufall. Ob die Polizei wusste, dass Jan auch aus Südafrika kam? Sie musste unbedingt Lilly fragen, wo genau Leonard gewohnt hatte.

»Ja, aus Kapstadt, um genau zu sein. Wie habt ihr von ihm gehört?«

»Stine kennt ihn aus Holtenau«, sprudelte es Ute aus heraus.

»Vielleicht fängst du ja dann auch wieder mit dem Rugby spielen an.« Svenja bedeutete der Sport alles und sie konnte es bis heute nicht verstehen, dass Stine mit zwanzig Jahren wegen ihrer Ausbildung bei der Polizei aufgehört hatte, zu spielen.

»Ich weiß nicht.Mit dem Café habe ich so viel zu tun und wenn ich zurück in Hamburg bin, brauche ich wieder einen Nebenjob. Woher soll ich die Zeit fürs Rugbyspielen nehmen?«

»Ah, ich sehe, was Ute mit Sahneschnittchen meinte.« Svenja hatte Jan mit der Nummer 15 auf dem Trikot entdeckt. »Nicht schlecht. Und woher kennst du ihn genau? Sag jetzt nicht, den hast du über eine Dating-App kennengelernt wie Ute ihren Chirurgen.«

»Als Kommissarin lernt man so jemanden doch am Tatort kennen« stichelte Ute.

»Ist nicht wahr! Ist er einer der Verdächtigen?«

Stine zögerte. War Jan mit der Erkenntnis, dass er ebenfalls aus Südafrika kam, ein Verdächtiger? Morgen hatte der ermittelnde Oberkommissar sie noch einmal nach Kiel-Schreventeich zum LKA eingeladen. Spätestens dann sollte sie ihn darauf ansprechen, dass dieser Jan auch aus Südafrika kam. Ob er das bereits wusste?

Bevor Stine antworten konnte, knarzte eine Stimme aus den provisorischen Lautsprechern: »Moin zusammen. Das Spiel fängt in wenigen Minuten an. Wir begrüßen unsere Gäste aus Kiel!«

Svenja hatte schon im Vorfeld eine der wenigen Bänke am Spielfeldrand für sich und die Freundinnen reserviert. Um sie herum standen mehrere Kieler Fans mit Rasseln und Hupen.

Aber die lautstarke Unterstützung half den Gästen nicht viel. Nach den vierzig Minuten der ersten Halbzeit hatte St. Pauli bereits zwei Versuche gelegt und auch jeweils die Erhöhung geschafft, während Kiel mit einem Strafstoß und einem Versuch sechs Punkte hinten lag. Den Versuch hatte Jan gelegt. Der Südafrikaner hatte spektakulär den Ball ganz hinten gefangen, um ihn dann über das ganze Feld, Haken schlagend wie ein Hase, nach vorne zu tragen.

»Das nenne ich doch mal einen guten Stand für die Pause«, bemerkte Svenja zufrieden. »Wir sollten schauen, ob Nils etwas Anständiges zu trinken eingekauft hat. Oder wollt ihr beide wieder eine Aperol Spritz?« Sie standen auf und gingen die ausgetretenen Steinstufen hoch zum neuen Clubhaus. An der Bar wirbelte Nils, der Vereins-Vorsitzende, hinter dem Tresen.

»Warum bist du nicht draußen am Feldrand und siehst dir mit uns das Spiel an?«, wollte Stine wissen.

»Das halte ich nicht aus.« Nils schüttelte den Kopf. »Letzte Woche beim Auswärtsspiel der 1. Herren habe ich eine rote Karte bekommen.«

»Rote Karte? Verstehe ich nicht. Deine aktive Zeit ist doch schon längst vorbei?«

»Das schon, aber ich habe mich so aufgeregt, dass der Schiedsrichter mich des Platzes verwiesen hat.« Er zuckte entschuldigend mit den Schultern und ein Grinsen erschien auf seinem Gesicht. »Das wollte ich heute vor heimischem Publikum nicht schon wieder riskieren. Dann besser unseren fehlenden Barmann vertreten und mir von euch in der Halbzeit die Highlights erzählen lassen. Ich habe aber schon gehört, wir führen? Hätte ich nicht erwartet, seitdem ich von dem Fullback weiß.«

Svenja nickte anerkennend. »Der Versuch von ihm war schon ziemlich spektakulär.«

»Du meinst, wir haben mehr Glück als Verstand, dass wir noch führen?« Nils ließ die Flasche Aperol über den zwei Gläsern von Ute und Stine schweben, während er Svenja mit zusammengekniffenen Augenbrauen musterte. »Lass das nicht deinen Männe hören. Ich sag nur ›Immer nach vorn, niemals allein‹! Das ist unser Motto, weißt du doch.«

»Ich wollte auch nur sagen, dass noch alles offen ist. Aber natürlich hoffe ich auch, dass wir es den Kielern zeigen.«

Nils deutete auf die Uhr neben dem Tresen. »Ich glaube, ihr solltet zusehen, wieder rauszukommen. Die Pause ist gleich vorbei.«

Die Gläser mit der orange-roten Flüssigkeit balancierend zogen Ute, Stine und Svenja wieder ab. Vorsichtig nippte Stine an ihrem Aperol Spritz, bereit, das Glas bei dem ersten Anzeichen von Schwindel an eine ihrer Freundinnen weiterzureichen. Aber der Horizont tat ihr den Gefallen und bewegte sich nicht.

Die Mannschaften hatten die Seiten gewechselt und nun war Jan als Schlussmann der Kieler die meiste Zeit auf Höhe ihrer Bank. Als er zur Seite schaute und Stine dort sitzen sah, verpasste er fast einen hohen Ball, den der Fly-Half von Pauli weit in die gegnerische Hälfte kickte.

Natürlich bemerkten Svenja und Ute sofort, dass der Anblick von Stine zu einer Schwäche des Fullbacks geführt hatte, und überlegten wie man diese Tatsache nutzen konnte.

»Vielleicht solltest du diesen ollen Schlabberpulli ausziehen?«, schlug Ute vor. »Es ist doch so warm und im engen T-Shirt kommen deine Kurven viel besser zur Geltung.«

»Ihr habt doch einen Knall«, entgegnete Stine. Sie merkte, wie ihr heiß wurde. Was aber definitiv nicht an dem »ollen Schlabberpulli« lag. »Wahrscheinlich hat er schon wieder vergessen, dass wir auch zu dem Spiel kommen, und war einfach überrascht, mich zu sehen.«

»Das denkst du vielleicht. Ich sehe hier definitiv männliches Interesse.«

»Außerdem konzentriert er sich jetzt eindeutig auf unsere Seite des Feldes«, pflichtete Svenja Ute bei. »Vielleicht sollte ich unseren Kickern sagen, sie sollen versuchen, mehr auf die andere Seite zu kicken, da Jan seine Augen nicht von meiner Freundin lassen kann.«

Ute und sie fingen an zu kichern, während Stine sich am liebsten noch tiefer in ihren Pulli vergraben hätte.

Aber am Ende half auch die Ablenkung durch sie nichts. Die zweite Halbzeit lief für Pauli katastrophal und am Ende trug Kiel den Sieg heim.

Als die drei Frauen gerade aufstehen wollten, um Nils die traurige Botschaft zu bringen, lief Jan zu ihnen.

»Steht unsere Verabredung zum Gin Tonic noch? Oder wollen wir es doch auf morgen Abend in Holtenau verschieben?«

Svenja stieß Stine so unauffällig, wie es ihr möglich war, in die Seite. »Siehst du, er hat dich nicht vergessen«, flüsterte sie und sagte dann laut zu Ute gewandt: »Kannst du mal eben mit mir zum Auto kommen? Ich habe für Nils zwei Bleche mit Muffins vorbereitet, weil der Backofen kaputt ist. Ich brauch dich zum Schleppen.«

Ein verlegenes Schweigen entstand, nachdem Ute und Svenja fast fluchtartig die Szene verlassen hatten.

Ich fühle mich wie damals in der Disko, wenn meine Freundinnen verschwanden, sobald ein Typ Interesse an mir bekundete, um die ›Kontaktaufnahme‹ nicht zu stören.

»Ich habe Nils noch gar nicht gefragt, ob er einen anständigen Gin dahat. Aber ich könnte mir vorstellen, in den Tiefen seiner Bar finden wir einen«, antwortete sie.

»Dann ist es abgemacht.« Jan strahlte sie an. »Ich spring schnell unter die Dusche und dann treffen wir uns an der Bar.«

Zug nach Kiel,
gleicher Abend

Was für ein Tag. Vorsichtig bewegte Stine ihren Kopf. Sie hatte schon beim zweiten Gin Tonic bemerkt, wie ihr wieder schwindelig wurde, und ihn unauffällig zur Seite gestellt, um die ausgelassene Stimmung bei den anderen nicht zu stören. Sie durchwühlte ihre Tasche nach den kleinen Tabletten und stopfte sich eine unter die Zunge. *Warum bin ich Idiotin nicht vor dem Spiel noch in die alte Wohnung gefahren, um mir den MRT-Bericht zu holen?*

Der Zug hatte Hamburg und seine Vororte hinter sich gelassen und die Landschaft war jetzt fast pechschwarz, nur ab und zu unterbrochen von der spärlichen Beleuchtung einer entfernten Ortschaft oder eines Gehöfts. Gegenüber im Sitz schnarchte Ute leise. Im Gin-durchtränkten Übermut hatten die Freundinnen sich für Montagmorgen mit Jan zum Frühschwimmen in der Seebadeanstalt verabredet. Stine bezweifelte stark, dass Ute bis dahin wieder fit war, schließlich hatte sie mindestens zwei Gin Tonic mehr gehabt und zudem bei Nils auf die »Herrenmischung« bestanden.

Der Zug ruckelte über eine Unebenheit und Ute schreckte hoch.

»Sind wir schon da?«

»Nein, wir sind noch vor Bad Oldesloe. Du kannst noch ein bisschen dösen. Ich wecke dich rechtzeitig.«

»Schon gut, jetzt bin ich wach.« Ute streckte sich. »Hast du auch so einen Durst wie ich? Ich schau mal, ob ich im Bistro Wasser für uns organisieren kann.« Sie öffnete die Abteiltür.

Ute war nur ein paar Minuten verschwunden, da piepste Stines Smartphone. Zu ihrer Überraschung war es Svenja, die ihr eine Nachricht über den Messenger schickte.

»Falk und ich sind uns einig. Jan passt hervorragend zu dir. Solltest du unbedingt klar machen!«

Stine runzelte die Stirn. Was dachte sich Svenja wieder? Eine Beziehung mit einem Typen, den sie am Tatort eines Mordes kennengelernt hatte? *Aber es ist schließlich nicht dein Fall und soviel du weißt, ist Jan kein Verdächtiger,* korrigierte ihre innere Stimme ihre Polizistengrundsätze.

»Wer sagt denn, dass Jan überhaupt an mir interessiert ist?« tippte Stine in den Chat.

Ute betrat das Abteil, zwei Flaschen Wasser unter dem Arm und blickte sich irritiert um.

»Mit wem sprichst du?«

Mist, habe ich das tatsächlich laut gesagt?

»Mit niemandem, ich habe nur gerade eine Nachricht von Svenja bek-« Stine unterbrach sich, aber der Fehler war schon geschehen.

»Ach, und was schreibt sie? Lass mich raten: So rot wie du gerade bist, geht es um Jan.« Ute drehte vorsichtig ihre Wasserflasche auf und grinste breit.

»Ja, erwischt. Falk und Svenja finden ihn nett.«

»Nett? Das hat unsere Svenja bestimmt nicht geschrieben.« Anstatt eine Antwort abzuwarten, holte Ute ihr Handy aus der Tasche.

»Hi Svenja, ich hoffe, ich unterbreche Falk und dich nicht bei irgendetwas? Andererseits, wenn du Zeit hast, Stine Nachrichten zu schreiben, scheinen die zehn Minuten ja vorbei zu sein.« Sie lachte laut. Stine schüttelte den Kopf, musste dann aber auch lachen.

»Ach, Falk hat noch gar nicht angefangen?« Ute zwinkerte Stine zu. »Ich glaube, so genau wollte ich das jetzt auch nicht wissen … Ach so, ihr seid noch bei der Analyse des Spiels … Mhhmmm. Ich habe schon gehört, ihr findet Jan nett … Ach nee, hätte ich mir denken können, dass ihr das nicht gesagt habt. Da werde ich gleich mal mit Stine drüber reden. Ich denke, ich lasse euch jetzt in die nächste Phase des Abends übergehen. Bis dann!«

Mit einem triumphierenden Lächeln legte Ute auf.

»So, so, ›nett‹ ...«

»Okay. Aber ich denke, ihr übertreibt alle. Wer sagt außerdem, dass Jan an mir interessiert ist?« Stine fuhr sich durch die Haare.

»Wir alle sagen das. Wenn es nach ihm gegangen wäre, hätte er uns alle nach Hause geschickt, um mit dir den Abend zu verbringen. Das wäre auch passiert, wenn nicht die Kieler irgendwann mit dem Mannschaftsbus nach Hause hätten fahren müssen.«

»Aber es könnte durchaus sein, dass zwischen Leonhard und Jan eine Verbindung bestand. Wegen Südafrika.« *Außerdem habe ich gerade genug Probleme mit mir selbst. Solange die nicht gelöst sind, sollte ich mich nicht um mögliche Beziehungen kümmern.*

Ute war eindeutig anderer Meinung: »Du meinst, dieser Jan könnte der Mörder sein? Das glaubst du doch nicht wirklich. Obwohl, so ein ›Bad Guy‹ hat so einen Hauch des Verbotenen ...«

»Du hast eindeutig zu viele schlechte Filme gesehen.«

Viel zu früh am Montagmorgen, Kanalstraße

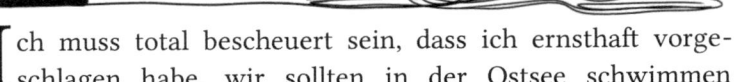

Ich muss total bescheuert sein, dass ich ernsthaft vorge-schlagen habe, wir sollten in der Ostsee schwimmen gehen.« Ute tauchte mit zugeschwollenen Augen und zerzausten Haaren unter der Decke hervor.

Stine, die einen ähnlichen Anblick zehn Minuten früher vor dem Spiegel gesehen und die schlimmsten Spuren des gestrigen Abends bereits beseitigt hatte, zeigte kein Mitleid. Sie zog ihrer Freundin die Decke weg.

»Glaub ja nicht, dass du dich jetzt drücken kannst. Jan steht spätestens in fünfzehn Minuten vor der Badeanstalt. Und du kommst mit, meine Liebe!«

Ute schlurfte ins Bad, um fünf Minuten später beneidenswert frisch aussehend wieder herauszukommen.

»Alles klar, lass uns losziehen«, verkündete sie.

Kaum weitere fünf Minuten später erreichten sie die See-badeanstalt. Wie so oft am Morgen wurde die Rasenfläche vor dem Bad schon von Henris Hunde-Gang bevölkert. Als sich Stine und Ute näherten, schoss ihnen auch sofort die kleine braun-schwarze Gestalt von Victor entgegen. Der Mischling führte sich auf, als hätte er Stine seit Jahren nicht gesehen.

»Wo ist denn dein Herrchen?« Stine schaute sich suchend nach ihrem Onkel um.

Wie immer hatte sich der umsichtige Henri, als er erfahren hatte, dass Stine übers Wochenende Besuch bekam, rar gemacht, um niemanden zu stören. Sie entdeckte ihn auf einer Bank mit freiem Blick auf die Ostsee neben einem seiner Freunde. Er winkte ihnen zu.

»Ute, ich wusste gar nicht, dass Sie noch da sind«, begrüßte er Stines Freundin, als sie sich den alten Herren näherten.

»Herr Tiemann, ich habe Ihnen doch gesagt, ich freue mich, wenn Sie mich weiter duzen. Schließlich kennen wir uns doch bald zwanzig Jahre. Und dann fühle ich mich nicht so alt.« Ute streckte ihm ihre Hand entgegen.

»Gut, machen wir das, Ute. Aber nur, wenn du auch Henri zu mir sagst«, bot er zu Stines Überraschung an. Der Umgang mit der unkonventionellen Lilly, die jeden duzte und von fast jedem geduzt wurde, färbte anscheinend auf ihn ab.

»Sehr gerne. Schade, dass ich heute Mittag wieder nach Hamburg muss. Sonst würde ich sagen, wir sollten darauf trinken.«

Ute scheint den Gin Tonic gut verkraftet zu haben. Allein bei dem Gedanken an Alkohol dreht sich mein Magen um und alles fängt an, sich zu drehen.

»Min Deern, es wird sich demnächst bestimmt wieder eine Gelegenheit finden.« Henri zwinkerte Ute zu. »Aber jetzt verratet mir mal, was ihr so früh hier macht?«

»Wir wollen gleich in der Ostsee schwimmen«, verkündete Ute selbstbewusst.

»Alle Achtung. Ich glaube, heute Morgen hat die Ostsee etwa vierzehn Grad. Helga und ich hatten die Regel, es müssen mindestens fünfzehn Grad sein, damit wir hineingehen.«

»Eine gute Regel«, bestätigte Stine, der es langsam richtig vor der Kälte graute.

»Guten Morgen, ihr zwei.« Jan schlenderte von der Versetzstation zu ihnen herüber.

Erleichtert stellte Stine fest, dass auch er nicht so munter und frisch wirkte wie gestern.

Seine nächsten Worte bestätigten ihren Eindruck: »Ich muss gestehen, wenn ich nicht mit euch beiden heute Morgen verabredet gewesen wäre, hätte ich mich noch einmal umgedreht.«

Stine fragte sich, was er wohl beruflich machte, das es ihm erlaubte, an einem Montagmorgen anstatt zur Arbeit erst einmal Schwimmen zu gehen.

»Das ging uns ähnlich«, meinte Ute.

Jan schloss das Tor mit dem Eisengitter auf und sie gingen auf dem hölzernen L-förmigen Steg in Richtung der Badestelle. Die ersten Sonnenstrahlen hatten bereits die lange Bank gegenüber dem Einstieg erfasst. Zwei ältere Damen, eingewickelt in flauschige Bademäntel, genossen die Herbstsonne.

»Das Wasser ist heute wieder wunderbar erfrischend«, verkündete die eine, die Stine bei näherem Hinsehen auf mindestens Mitte siebzig schätzte. Verstohlen schaute sie zu Ute und fragte sich, ob ihre Freundin das Gleiche dachte wie sie. Nämlich, dass die Anwesenheit der beiden älteren Wassernixen ihnen gerade die Möglichkeit genommen hatte, sich vor dem Wasser zu drücken.

Stine zog ihre Jacke, T-Shirt und Hose aus. Den Bikini hatte sie schon drunter. Ute tat es ihr nach. Auch Jan entledigte sich seiner Straßenkleidung, aber er hatte nicht vorgesorgt wie die beiden Frauen: Ute und Stine erhaschten einen Blick auf eine unbedeckte muskulöse Rückseite, als er sich die Badehose anzog.

Ute nickte anerkennend und begab sich dann, den Blick weiter auf Jan gerichtet, zu der Holztreppe, die Stine von ihrem Helmtauchgang bereits kannte.

»Puh, ist das kalt«, verkündete sie, nachdem ihre Beine bis zu den Knien im Wasser eingetaucht waren, und machte Anstalten, wieder zurückzugehen.

»Geh rückwärts rein, dann ist es nicht so frisch«, riet eine der alten Damen fachmännisch.

Neben Stine nahm Jan Anlauf und sprang mit einem flachen Köpper direkt in die Ostsee. Stine beschloss, den Rat der Damen anzunehmen und ließ sich glitt ohne langes Zögern rückwärts in die Ostsee. Dann tauchte sie schnell den Kopf unter, um von dem Tauchreflex des Körpers zu profitieren. Sie merkte, wie sich ihr Herzschlag verlangsamte. Aber kalt war ihr immer noch.

Ute ließ sich von dem Mut ihrer beiden Mitstreiter nicht beeindrucken. Sie ging wieder die Stufen hoch.

»Ist mir zu kalt«, verkündete sie.

Stine schüttelte den Kopf. Die Kälte schnitt ihr in die Arme und Beine. Sie horchte in sich hinein. Nicht das leichte Anzeichen eines Schwindels. Sie fühlte sich wunderbar erfrischt und energiegeladen. Jan tauchte neben ihr auf.

»Schwimmen wir einmal bis zum Anschlagbrett und zurück?«, fragte er.

Stine nickte. *Hoffentlich kommt er jetzt nicht auf die Idee und macht daraus ein Wettschwimmen.* Positiv überrascht stellte sie aber fest, dass Jan sich ihr anpasste und mit ihr im gemütlichen Brustschwimmstil in Richtung Brett schwamm.

»Ist es für dich als Südafrikaner nicht eine Überwindung, bei der Kälte zu schwimmen?«, wollte sie wissen.

»Der Atlantik am Bloubergstrand ist meistens auch nicht besonders warm.« Als er Stines fragenden Blick sah, ergänzte er: »Das ist der Strand nördlich von Kapstadt. Von da kann man südlich die zwölf Apostel und den Tafelberg sehen.«

»So ein Panorama haben wir hier natürlich nicht.«

»Stört mich nicht. Mir gefällt es hier gerade ziemlich gut.« Jan schaute Stine an.

»Wieso hat es dich denn nach Kiel verschlagen?«, wechselte Stine das Thema. Zum einen, um davon abzulenken, dass sie schon wieder rot wurde, zum anderen, um Jan und diese ominöse Koinzidenz in Bezug auf Südafrika besser einschätzen zu können.

»Beruflich. Ich arbeite in der Logistik.«

Das konnte jetzt viel heißen.

»Ach, eine Freundin von mir arbeitet bei einem großen Logistiker in der Hafencity in Hamburg. In der Seefracht.«

»Ja, so etwas in der Art«, kam die ausweichende Antwort. Jetzt wechselte er das Thema. »Aber was hat dich denn hierher nach Kiel verschlagen? Für mich klang es gestern im Stadtpark so, als ob du eigentlich in Hamburg wohnst?«

»Meine Tante ist kürzlich gestorben und ich helfe meinem Onkel Henri zurzeit in ihrem Café, bis er eine Nachfolgerin gefunden hat.« Das war nicht gelogen. Sie hatte Jan nur nicht erzählt, was ihr eigentlicher Beruf war.

Sie hatten mittlerweile das Anschlagbrett erreicht und machten sich auf den Rückweg zum Steg. Stine sah, dass sich Ute wieder angezogen und entspannt an die Holzwand gelehnt auf die Bank gesetzt hatte. Die beiden alten Damen waren verschwunden.

»So langsam ist es aber auch gut, wieder aus dem Wasser zu kommen«, verkündete Stine, als sie die Stufen hochging. Ihre Extremitäten und ihr Rücken kribbelte vor Kälte.

In ihrem Eifer, möglichst schnell aus dem Wasser zu kommen, rutschte sie auf einer der Stufen aus. Sofort war Jan zur Stelle und legte ihr stützend seinen rechten Arm um die Taille. Trotz der Kälte lief ihr bei der Berührung ein heißer Schauer über den Rücken. *Ich muss definitiv etwas an meiner Coolness tun, wenn ich mich wieder in das Dating-Geschäft stürzen will. Kann doch nicht sein, dass mir ständig heiß und kalt wird, wenn mich ein attraktiver Mann nur ansieht, geschweige denn anfasst.*

»Wollen wir noch einen heißen Kaffee bei mir im Café trinken?«, schlug sie vor.

»Klingt nach einer guten Idee.« Jan nickte zustimmend.

Als sie sich gerade trockengerubbelt hatten und wieder anzogen, klingelte Jans Mobiltelefon.

Nach einem kurzen Blick auf das Display nahm er ab und redete auf Englisch weiter.

»Worum geht es? ... Tut mir leid, es ist gerade ungünstig ... Ja, habe ich überprüft, aber ich konnte noch nicht feststellen, ob ... Sehe ich genauso. Die Lieferung kommt heute Abend ...

Was? Okay, dann muss ich umdisponieren.« Er legte auf und wendete sich an Ute und Stine.

»Tut mir leid, das war ein Kollege. Ich muss leider doch schon los. Das mit dem Kaffee müssen wir ein anderes Mal nachholen. Ich melde mich bei dir.«

Montagmittag, BKI Kiel

Als Stine das große Backsteingebäude in der Blumenstraße in Kiel betrat, war es fast Mittag. Sie hatte Henri nach dem ersten Ansturm der Gäste im »Achter de Slüüs« alleingelassen. Diesmal musste er ohne die Hilfe von Lilly auskommen, die sich immer noch die meiste Zeit in ihrer Wohnung aufhielt.

Nachdem Stine sich bereits am Empfang als Kommissarin ausgewiesen hatte, wurde sie ohne großes Zögern in Richtung des Büros des ermittelnden Oberkommissars geleitet. Es ging durch beeindruckende Gänge mit großen Rundbögen.

Man merkt, dass ich hier in einem alten Gebäude bin. Viel schöner als die geschichtslosen Räume unserer Polizei in Alsterdorf.

Das Büro wiederum erinnerte sie mit seiner Einrichtung wieder an ihres in Alsterdorf, welches sie sich mit einem Kollegen teilte. Auch hier entsprachen die Computer nicht dem neuesten Stand der Technik und die Bürostühle machten einen eher abgewetzten Eindruck.

»Frau Kollegin, nehmen Sie doch Platz.« Oberkommissar Jäger erhob sich hinter seinem Schreibtisch und kam auf Stine zu.

Sein Händedruck war für seine massige Gestalt erstaunlich schwach. Wie ein Stück rohe Putenbrust lag seine große Hand weich und feucht in Stines. Sie musste sich beherrschen, sich nicht die Hände an ihrer Jeans abzuwischen, bevor sie sich auf einen der Bürostühle setzte.

»Mein Kollege ist gerade los und holt uns Döner. Wenn ich gewusst hätte, dass Sie jetzt kommen, hätte ich ihn gebeten, Ihnen auch einen mitzubringen.«

»Alles gut, ich habe gerade im Café ein Sandwich gegessen«, winkte Stine ab.

Sie gehörte auch in Hamburg nicht zu der Fraktion, die mittags teilweise mit Blaulicht und entgegen jeglicher Verkehrsregeln in der benachbarten Dönerbude an der U-Bahnstation einfielen, um sich die tägliche Dosis an Fleisch zu besorgen.

»Café? Ach, stimmt ja, das hatten Sie ja angegeben. Sie arbeiten zurzeit in Holtenau im Café.« Er scrollte am Rechner durch seinen Bericht, um die entsprechende Stelle zu finden. »Danke, dass Sie heute noch einmal hergekommen sind. Ich gehe davon aus, Sie haben schon gehört, dass die Obduktion von Herrn Anders ein paar Ungereimtheiten zutage gefördert hat?«

Eine sehr umständliche Art, mir zu sagen, dass sie mittlerweile nicht mehr von einem natürlichen Tod ausgehen.

»Sie schließen Fremdeinwirkung nicht mehr aus, richtig?«

»Es wurde eine hohe Konzentration an Herzglykosiden, also Digitalis im Körper festgestellt. Die Befragung seiner Schwester hat ergeben, dass das Opfer keine Herzmedikamente zu sich nahm, die die erhöhte Konzentration hätten erklären können.«

»Haben Sie schon einen Hinweis, wie das Digitalis zugeführt wurde?«

»Von Kollege zu Kollegin verrate ich es Ihnen: Wir haben im oberen Bereich des Nackens eine Einstichstelle gefunden.«

»Also Mord?«

»Davon gehe ich mittlerweile aus. Deswegen haben wir Sie und auch sämtliche anderen, die am fraglichen Tag in der Nähe waren, zu weiteren Befragungen hierher bestellt. Aber selbstverständlich behandle ich Sie nicht als Verdächtige.« Er zwinkerte Stine gutmütig zu.

»Gibt es denn einen Anhaltspunkt, wann das Gift injiziert wurde? Leonhard war nicht mehr auf dem Steg, als ich zum Helmtauchen kam. Der Täter müsste ihn bereits vorher getroffen haben.«

Stine ging in Gedanken durch, wer alles auf dem Steg gewesen war, als sie an dem Morgen angekommen war. Eigentlich alle außer ihr, wenn sie richtig überlegte. Hatte nicht Leif sogar erwähnt, dass ein älterer Herr losgeschwommen war, als sie kamen? Im Nachhinein betrachtet musste das Leonhard gewesen sein. Das weitere Gespräch mit dem Oberkommissar bestätigte ihre Vermutung. Aber welcher der Anwesenden kannte Leonhard?

»Sie wissen sicher schon, dass Herr Anders viele Jahre in Südafrika gelebt hat, bevor er wieder nach Kiel kam?«, fragte der Oberkommissar.

»Lilly, seine Schwester, hat es mir erzählt. Vermuten Sie hier einen Zusammenhang?« Stine fiel Jan wieder ein, der sich heute Morgen nach dem ominösen Anruf so abrupt von ihr verabschiedet hatte. Auf den ersten Blick war er wirklich der Einzige, der eine Verbindung zu Leonhard haben konnte. Aber konnte das sein? Es half nichts; sie musste erfahren, ob Jan zu den Verdächtigen gehörte, bevor sie sich auf weitere Treffen einließ.

»Zumindest ist auf den ersten Blick Südafrika ein gefährlicheres Pflaster als Kiel. Hier haben wir es sehr selten mit derartig raffinierten Morden zu tun, sollte es denn einer sein.«

»Sie wissen, dass ein Südafrikaner auf dem Steg war?«

»Sie meinen Jan Habana? Das ist Zufall, wir haben es überprüft. Machen Sie sich darüber keine Gedanken.« Er winkte ab.

Das ist jetzt aber doch seltsam. Erst betont der das Thema Südafrika und jetzt wird die einzige Person, die nachweislich erst kürzlich von dort gekommen ist, einfach abgehakt?

»Mir wurde erzählt, dass Jan Habana bei einem Logistikunternehmen arbeitet. Haben Sie das überprüft?«

»Natürlich haben wir das, Frau Kollegin. Sie haben es hier nicht mit Anfängern zu tun. Ich sage Ihnen, das ist keine brauchbare Spur, vergessen Sie es einfach. Erzählen Sie mir lieber, wer alles auf dem Steg war, als Sie kamen.«

Die freundliche, onkelhafte Art des Oberkommissars war verschwunden. Jetzt musterte er sie mit zusammengekniffenen Augenbrauen, als hätte er nicht eine Kollegin, sondern eine nervige Zeugin vor sich. Stine fragte sich, warum er Jan so vehement verteidigte. Kurz hatte sie ein schlechtes Gewissen, als sie an die netten Stunden der letzten Tage mit ihm dachte. Müsste sie nicht eigentlich ihn gegenüber dem Oberkommissar verteidigen? Irgendwie war das hier gerade verkehrte Welt.

Die nächste halbe Stunde erzählte Stine Jäger nochmal haarklein, was und wen sie an dem Steg beobachtet hatte. Leider tat er ihr im Gegenzug nicht mehr den Gefallen und teilte sein Wissen mit ihr.

»Falls Ihnen in den nächsten Tagen doch noch etwas einfallen sollte, melden Sie sich bitte bei mir.«

Er schob ihr seine Karte über den Schreibtisch zu. Das »Frau Kollegin« kam nicht mehr über seine Lippen.

Es klopfte. Ein junger Mann mit blonden mittellangen Haaren, die er auf dem Kopf zu einem Man-Bun zusammengebunden hatte, steckte den Kopf zur Tür rein.

»Aaron, kommst du?«

Stine sah die zwei in Alufolien eingewickelten Pakete in seinen Händen. Die Dönerlieferung.

»Ich denke, wir sind hier jetzt auch durch. Oder, Frau Janssen?« Jäger schob seinen Stuhl zurück und stand auf.

Als Stine nach kurzem feuchtem Händeschütteln wieder vor seiner Bürotür stand, ließ sie sich den Verlauf des Gespräches durch den Kopf gehen. Die Stimmung war eindeutig gekippt, als sie Jan und die Verbindung nach Südafrika erwähnt hatte. Aber warum? Das machte doch überhaupt keinen Sinn. Für einen ihrer ehemaligen Kollegen, den man im

Präsidium nur den Verschwörungstheoretiker genannt hatte, wäre der Fall sicher klargewesen: »Der Oberkommissar und dieser Jan stecken unter einer Decke«, hätte er seine Theorie ins Spiel gebracht und sich darangemacht, etwaige Geldflüsse auf das Konto des Oberkommissars zu untersuchen. Kein Wunder, dass dieser Kollege nicht besonders beliebt gewesen und in den frühzeitigen Ruhestand versetzt worden war.

Stine schüttelte den Kopf. Eigentlich hatte sie den Fall »Leonhard« mit dieser Zeugenaussage heute abschließen wollen, aber durch das seltsame Verhalten des Oberkommissars war jetzt ihr Interesse geweckt. Was steckte nur dahinter?

Noch immer verwundert ging sie den Flur in Richtung des Ausgangs entlang. Kurz bevor sie den Eingangsbereich erreichte, lief sie in Jan hinein.

»Stine? Dann hätten wir ja zusammen fahren können. Ich wusste gar nicht, dass du heute auch hier bist.«

Als sie das freudige Lächeln auf seinem Gesicht sah, hatte sie sofort ein schlechtes Gewissen.

Wenn er wüsste, dass ich ihn vor einer halben Stunde als Hauptverdächtigen für den Mord an Leonhard präsentiert habe, würde er mich sicher nicht so ansehen ...

Laut sagte sie: »Du hast völlig recht. Aber dein Telefonat vorhin klang auch so, als ob du ein logistisches Problem hättest.«

»Logistisch?« Er zog überrascht die Augenbrauen zusammen.

»Ja, ich dachte, weil du in der Logistik ...« Stine kam sich blöd vor, weil ihr Wortspiel so danebengegangen war.

»Ach so, ja«, kam jetzt auch die lapidare Antwort. »Das hat sich ganz schnell erledigt, war falscher Alarm. Hast du denn jetzt Zeit, einen Kaffee mit mir zu trinken?«

»Tut mir leid, Henri ist alleine im ›Achter de Slüüs‹ und ich muss mich sputen, dass ich ihn ablöse. Ab 15 Uhr kommen die Nachmittagsgäste zum Kaffee und Kuchen, das wird ihn sicher überfordern. Wie wäre es, wenn du die nächsten Tage mal vormittags vorbeikommst? Erfahrungsgemäß ist bis elf Uhr nicht so viel bei uns los.«

»Das klingt doch gut. Morgen Vormittag habe ich frei, dann komme ich.«

Bis dahin habe ich noch genug Zeit, mich ein bisschen in Logistik schlau zu machen. Vielleicht reicht das schon aus, um festzustellen, ob er wirklich dort arbeitet oder es eine geschickte Tarnung ist.

Montagnachmittag, »Achter de Slüüs«

Mein Vater hat immer zu mir gesagt: ›Georgio mio, du müsse in deinem Leben einen Baum pflanzen und einen Sohn zeugen.‹ Ich denke, der alte Herr wird jetzt zufrieden mit mir sein.« George lachte dröhnend.

Als Stine das Café betrat, war es leer, bis auf Henri und George. Dieser lehnte an der Theke, den Rücken zur Tür. Wie immer hatte er ein weißes Hemd an, welches er in seine schwarze Trainingshose gestopft hatte. Henri stand mit Schürze und Handtuch bewaffnet hinterm Tresen. Als Stine sich näherte, drehte George sich um.

»Ich habe es gerade Henri erzählt: Weißt du schon, dass ich Vater von einem Sohn werde?« Er schob seine Brust vor.

»Das ist ja eine schöne Nachricht.« Stine fragte sich im Stillen, ob Georges Frau auch so glücklich darüber war, dass es kein Mädchen werden sollte. Wenn ihr Sohn auch nur annähernd nach dem Vater kam, würde es seine Frau in der Zukunft nicht einfach haben. »Wie geht es deiner Frau?«

»Sie wird mit jedem Tag unbeweglicher, aber ansonsten ist alles gut.« George deutete mit einer Handbewegung eine mächtige Bauchwölbung an.

Stine widerstand der Versuchung, ihm deutlich zu machen, dass er anscheinend auch einige Kilos im Verlauf der Schwangerschaft zugenommen hatte. Das weiße Hemd spannte deutlich über seinem Bauch.

»Wie war der Termin in der Blumenstraße?« wechselte Henri das Thema.

Stine fiel auf, dass er vor George nicht erwähnte, wo genau sie denn in der Blumenstraße gewesen war. Höchstwahrscheinlich wollte Henri vermeiden, dass er zu ihrem Besuch bei der Polizei auch wieder seinen Senf dazugab.

Aber George war nicht auf den Kopf gefallen. »Blumenstraße? Du warst beim BKI, stimmt's?«

Stine sah, wie Henri hinterm Tresen mit den Schultern zuckte. *Ich habe es zumindest versucht*, deutete sie die Geste.

»Gibt es irgendetwas Neues wegen Leonhard? Das klingt ja fast so, als ob es doch kein Unfall war, oder warum warst du da?« Georges kommende Vaterfreuden waren vergessen.

»Es gab noch ein paar Punkte zu klären. Alles nicht besonders interessant«, antwortete Stine ausweichend.

»Ach, erzähl doch mal.« Der Italo-Kanadier schien die subtile Botschaft, dass sie nicht über den Morgen reden wollte, geflissentlich zu überhören.

»Ich habe denen noch einmal genau geschildert, wie ich Leonhard gefunden habe und wer alles zu dem Zeitpunkt auf dem Steg gewesen war.«

»Haben sie dir denn, so von Kollege zu Kollegin, nicht verraten, ob sie jemanden verdächtigen?« bohrte George weiter.

Stine schüttelte den Kopf und schob sich hinter den Tresen. Wie einen Staffelstab übernahm sie die Schürze von Henri. Dieser verzog sich dankbar an seinen Lieblingstisch, dicht gefolgt von George, der sich anscheinend doch noch ein paar spannende Geschichten von Stines Besuch beim BKI erhoffte.

Stine ließ die elektrische Kaffeemühle ihre Arbeit machen und fing an, für Henri einen großen Milchkaffee, für George einen Kaffee und für sich einen Latte macchiato zuzubereiten.

Als sie das gut gefüllte Tablett gerade angehoben hatte, um zum Tisch der beiden zu gehen, stolperte sie über Victor, der es irgendwie geschafft hatte, unbemerkt hinter den Tresen zu gelangen.

Georges Kaffee, ohne die stützende Milchschaumschicht der anderen Getränke, schwappte über. Stine stellte das Tablett auf den Tisch und holte einen Lappen.

Mit Blick auf die braune Kaffee-Pfütze, meinte Henri: »Das erinnert mich an eine alte Geschichte von Leonhard. Daran habe ich seit Jahren nicht mehr gedacht.«

März 1961, irgendwo in der Ostsee

Dieser ›Doktor‹ scheint echt zu meinen, er sei etwas Besseres«, schimpfte Leonhard. »Der bildet sich tatsächlich ein, ich sei hier, um ihn zu bedienen.«

Henri klopfte seinem Kameraden auf die Schultern. »Ignorier den Kerl doch einfach. Als Reservist ist er doch eh nur ein paar Monate hier, dann sind wir ihn wieder los.«

»Du hast gut reden. Wenn es dir hier zu nervig wird, verschwindest du ja in deinen Maschinenraum. Ich kann dem nervigen Typen kaum ausweichen. Meine Funkbude ist einfach zu klein, als dass ich mich da die ganze Zeit verstecken kann.«

Die kleine Tür zur Kombüse öffnete sich und wie auf Bestellung betrat der »Doktor« den kleinen Raum. »Tiemann, Anders. Hier sind Sie also. Ich hatte eigentlich erwartet, dass alle auf ihren Posten sind, wenn das Boot ausläuft.«

»Und ich hätte erwartet, dass du dich verpisst«, flüsterte Leonhard und verdrehte die Augen.

Der Doktor, der diese Bemerkung anscheinend nicht mitbekommen hatte, wendete sich an Leonhard.

»Kann ich hier einen Kaffee bekommen?«

Henri blickte Leonhard an, in Erwartung einer deutlichen Ansage, in der wahrscheinlich so etwas wie »mach ihn dir selbst« vorkam.

Zu seiner Verwunderung flötete Leonhard: »Aber sehr gerne, Herr Doktor. Vielleicht auch mit Milch und Zucker?«

»Ja, danke. Aber bitte nur einen Löffel. Bringen Sie ihn mir in die Nock? Der Kommandant wollte mir etwas zeigen.« Der junge Reservist drehte sich um und ließ Henri und Leonhard alleine.

»›Vielleicht auch mit Milch und Zucker?‹ Ich hätte erwartet, du sagst ihm, er könne dich mal kreuzweise.«

»Ach, woher denn. Du kennst mich doch: Ich bin ein friedfertiger Mensch.« Leonhard goss großzügig Kaffee aus der metallenen Kanne, die auf der Herdplatte stand, in einen Becher. Dann nahm er einen Löffel Zucker und schüttete Milch dazu. »Jetzt wollen wir das Ganze mal umrühren. Nicht, dass der arme Doktor den ganzen Zucker auf dem Becherboden hat.«

Zu Henris Überraschung musterte Leonhard jetzt seinen Zeigefinger, der wie immer ölig-schwarz vom Einsatz an Bord war. Mit einem breiten Grinsen steckte er den Finger in den Becher und rührte damit um.

»Du hast einen Knall, Leonhard.«

»Warte erst mal, wie ich den Kaffee über das schwankende Oberdeck zur Nock bringe, ohne etwas zu verschütten.«

Kopfschüttelnd folgte Henri Leonhard, um zu sehen, welchen Streich er sich noch für den arroganten Doktor ausgedacht hatte.

Ehe er das Oberdeck betrat, nahm Leonhard einen großen Schluck des Milchkaffees. Den nun nur noch zu zwei Dritteln vollen Becher balancierte er ohne Probleme über das schwankende Deck.

Kurz bevor er zur Nock gelangte, spuckte er den Milchkaffee wieder in den Becher. Henri schaute seinen Kameraden mit einer Mischung aus Entsetzen und Bewunderung an.

»Erinnere mich beim nächsten Mal daran, dass ich mir keine Getränke mehr von dir in die Nock bringen lasse.«

Leonhard grinste breit und stieß die Tür auf..

»Herr Doktor, hier kommt Ihr Kaffee, mit Milch und exakt einem Löffel Zucker. Lassen Sie es sich schmecken.«

Dienstagvormittag, »Achter de Slüüs«

W ährend Stine das Café für die morgendlichen Gäste vorbereitete, dachte sie noch einmal an Henris Geschichte von gestern zurück. Was für ein Mensch war dieser Leonhard gewesen? Natürlich waren diese Streiche auf dem Schnellboot harmlos gewesen, aber sie konnte sich schon vorstellen, dass er sich damit keine Freunde gemacht hatte.

Und mit dem Gesetz schien er es damals auch nicht so genau genommen zu haben, wenn sie an die Schmuggelgeschichten dachte. Demnach hatte Leonhard es ausgenutzt, dass direkt neben seinem Funkraum das Lager für zollfreie Ware war. War er in seiner Zeit in Südafrika dort auch mit dem Gesetz in Konflikt gekommen? Stine hatte weder von Lilly noch von Henri erfahren können, was er denn nun genau beruflich gemacht hatte. Zumindest war sehr viel Geld dabei herausgekommen. Wer sagte denn, dass er mit dem Schmuggel nicht auch nach seiner Zeit bei der Marine weitergemacht hatte?

Ich muss zugeben, so langsam möchte ich auch wissen, was hinter dem Tod von Leonhard steckt. Vielleicht hat es ja sogar mit dem Kalten Krieg zu tun? Mord durch Gift würde ja zum FSB passen. Und dort gibt es sicher noch Strukturen, die bis zum KGB zurückzuführen sind.

Die Türglocke unterbrach ihre Gedanken. Jan hatte das Café betreten. Als er sie hinter dem Tresen erblickte, strahlte er sie an und wieder einmal merkte Stine, wie ihr bei seinem Anblick heiß wurde.

»Bin ich zu früh?« Er blickte sich in dem leeren Café um.

»Nein, alles gut. Es ist nur die Ruhe vor dem Sturm. In spätestens einer halben Stunde kommt Henri mit seinen Hundefreunden von der Morgenrunde zum ersten Milchkaffee des Tages vorbei.«

»Stimmt, jetzt erinnere ich. Ihm gehört das Café?«

Sie nickte. »Kann ich dir etwas zu trinken bringen?«

»Gerne einen doppelten Espresso, wenn es dir keine Mühe macht«, entgegnete er und lehnte sich an die Theke.

Routiniert drückte Stine auf den Starter der elektrischen Kaffeemühle und ließ exakt die richtige Menge gemahlener Bohnen in das Sieb rieseln. Mit dem Tamper drückte sie das Kaffeemehl zu einem festen Kaffeekuchen mit gleichmäßiger Oberfläche. Als sie kurz aufsah, bemerkte sie, dass Jan jede ihrer Bewegungen beobachtete. In einer, wie sie fand, fließenden Bewegung drehte sie sich um die eigene Achse, um den Siebträger in der gegenüberliegenden Espressomaschine einzuschrauben. Leider traf sie den Bajonettverschluss nicht wie gewünscht. Mehrfach musste sie den Träger lösen und wieder einschrauben, bis er saß. *So viel zu fließenden Bewegungen und Coolness*, dachte sie, als der Espresso langsam im goldbraunen Strom in die Espressotasse floss. Unter dem Blick dieser dunkelbraunen Augen war es ihr einfach nicht möglich, einen lockeren Eindruck zu machen.

»Zucker?« Sie stellte den Espresso, der ihr zumindest den Gefallen tat, mit einer in mehreren Brauntönen schillernden Crema zu glänzen, vor Jan ab.

»Nein, schwarz und bitter, so muss er sein.«

Er nahm einen großen Schluck und nickte anerkennend mit dem Kopf.

»Mein Freund Pieter wäre begeistert von deinem Espresso, so viel kann ich dir sagen.«

»Lebt der auch in Deutschland?«, nutzte Stine gleich die Möglichkeit, um vielleicht mehr über ihn zu erfahren.

»Nein, er ist in Südafrika. Leider.« Er zuckte mit den Schultern. »Aber er ist ein begeisterter Kaffeetrinker. Vielleicht kommt er mich ja mal besuchen und wir trinken hier zusammen einen Kaffee. Apropos Kaffee: Was machst du eigentlich, wenn dein Onkel einen Pächter gefunden hat? Suchst du dir dann ein anderes Café zum Arbeiten?«

Stine wurde rot. Das war jetzt wohl der Moment, wo sie Jan erzählen musste, was sie eigentlich machte. Oder?

»Dann werde ich wohl nach Hamburg zurückgehen. Ich habe mir eine Auszeit von meinem Job genommen.«

»Auszeit? Klingt nach einem stressigen Job.«

»Eher nach einem doofen Chef«, murmelte sie und verdrehte ihre Augen.

Jan ließ nicht locker. »Chefs können wirklich nerven.«

Wer versucht hier eigentlich gerade wen auszufragen?

»Was genau machst du denn, wenn du nicht gerade den weltbesten Espresso braust?«

Stine räusperte sich. »Ich arbeite bei einer Behörde. Ist hauptsächlich ein Schreibtischjob, langweilig. Nichts Spannendes.« *Das war ja noch nicht einmal gelogen. Hoffentlich belässt er es jetzt dabei.*

»Ich kann mir dich überhaupt nicht bei einem Schreibtischjob vorstellen.«

»Das war auch der Grund, warum ich eine Auszeit genommen habe«, lenkte Stine ihn wieder auf das Hier und Jetzt. »Das Café und der Umgang mit Menschen liegen mir einfach mehr.«

Das Thema mit ihren Schwindelattacken und den Ängsten, die damit verbunden waren, ließ sie aus. Außer ihren engen Freundinnen und Henri sollte niemand davon wissen. Wieder fiel ihr ein, dass sie dringend ihren HNO-Arzt anrufen musste.

»Du wirst hier sicher spannende Geschichten erleben.« Jan verzog das Gesicht, als ob ihm jetzt erst klar wurde, wie man seine Worte verstehen konnte. »Ich meinte natürlich nicht das Finden einer Leiche.«

»Damit habe ich hier auch nicht gerechnet. Passt doch mehr nach Hamburg. In der Alster und Elbe tauchen dort öfter mal Leichen auf.« *Habe ich jetzt zu lässig geklungen? Das Gespräch läuft echt nicht so, wie ich es mir vorgestellt habe.*

Jan musterte Stine, als sähe er sie jetzt zum ersten Mal.

»War Leonhard nicht der erste Tote, den du gefunden hast?«

»Doch, doch. Ich meine ja nur, es passt nicht nach Holtenau, wo jeder jeden kennt.«

»Das habe ich mir auch gedacht. Hast du einen bestimmten Verdacht, was dahinterstecken könnte? Der Oberkommissar hat mir erzählt, dass es kein natürlicher Tod war.«

»Das hat er dir erzählt?« *Was für ein unprofessionelles Verhalten war das denn? Hat der Kollege sie noch alle? Fehlt nur noch, dass er mit Jan seine Theorien diskutiert hat, nachdem er ja bei mir irgendwann abgeblockt hat.*

»Nun ja, nicht so direkt. Aber die Tatsache, dass wir alle noch mal einbestellt wurden, ist doch deutlich.« Jan strich sich durch die kurzen Haare.

Stine beschloss eine andere Taktik, um ihr Gegenüber auszufragen. »Ja, das hatte ich mir auch schon gedacht. Irgendwie komisch. Was glaubst du, was passiert ist?«

»Schwer zu sagen. Wenn es kein Herzinfarkt war, was wir wohl annehmen können, bleibt ja nur Gift. Schließlich hatte das Opfer keine offensichtlichen Wunden, als sie es geborgen haben.«

»Vielleicht eine eifersüchtige Frau?« bot Stine eine unverfängliche Theorie an.

»Gift, die Waffe der Frauen?« Jan zuckte mit den Schultern. »Möglich, aber wie alt war Leonhard? Siebzig? Achtzig? Ist da die Leidenschaft noch so groß, dass jemand mordet?«

»Unterschätz die Alten nicht. Wenn du wüsstest, was Henri für Geschichten von seinen Hundefreunden erzählt ...«

»Ach, erzähl mal.«

Stine beugte sich verschwörerisch zu Jan. Da klingelte die Glocke an der Eingangstür.

Dienstagmittag, »Achter de Slüüs«

Störe ich?« Henri ließ Victor von der Leine. Der kleine Hund nutzte die gewonnene Freiheit sofort, um Jan ausführlich zu beschnüffeln.

»Nein, überhaupt nicht.« Stine merkte, wie ihr die Hitze in den Kopf stieg. *Verdammter Mist. Ich hoffe, Jan sieht meinen roten Kopf nicht.*

»Sie müssen Henri, Stines Onkel, sein.« Jan stand auf und ging mit ausgestreckter Hand auf ihn zu.

»Der bin ich.« Henri schüttelte ihm die Hand. »Und Sie sind?« Fragend schaute er Stine über Jans Schulter hinweg an.

»Das ist Jan. Wir haben uns im Seebad kennengelernt.«

»Aber wohl nicht an dem Tag, an dem Leonhard gestorben ist?«

»Doch«, bestätigte Jan. »Aber manchmal haben solche Ereignisse auch etwas Gutes.« Er schaute zu Stine hinüber und zeigte wieder seine Grübchen.

Bevor Henri weiter auf dieses Thema eingehen konnte, wechselte Stine schnell zu etwas Unverfänglichem. »Wo ist denn der Rest der Bagage? Heute keinen Kaffee nach der Gassirunde?«

»Du kennst doch uns alte Leute. Der eine hat heute Morgen einen Arzttermin. Der andere wartet jetzt auf seine Tochter, um mit ihr in Kiel ein paar Einkäufe zu machen. Und der Dritte ist heute Morgen gar nicht erst gekommen, weil er ›Rücken‹ hat.« Henri schüttelte den Kopf.

»Das tut mir leid für dich.« Stine wusste, wie sehr er die morgendlichen Gespräche mit seinen Freunden beim Kaffee genoss.

»Ach, lass mal, Stinchen. Ich bin auch so glücklich. Seit du da bist, bin ich doch nicht mehr allein.« Er blickte von Stine zu Jan und wieder zurück. »Aber ich kann mir auch die Tageszeitung nehmen und mich bei mir auf den Balkon setzen, wenn euch das lieber ist.«

»Kommt überhaupt nicht infrage«, insistierte Jan zu Stines Überraschung. »Stine und ich hatten uns gerade über Leonhard unterhalten.«

»Der arme Leonhard.« Henri verriet mit keiner Miene, dass er durch Stine mittlerweile wusste, dass Leonhard nicht eines natürlichen Todes gestorben war.

»Kannten Sie ihn?«

Erneut überraschte Henri Stine mit Zurückhaltung: »Er war ein häufiger Gast hier im Café. Zusammen mit seiner Schwester Lilly.« Kein Wort über seine gemeinsame Vergangenheit mit dem Toten.

»Stine und ich haben gerade überlegt, wie Leonhard zu Tode gekommen sein könnte.«

Bildete sie es sich nur ein, oder lauerte Jan auf eine Reaktion von Henri? Stine wunderte sich, in welche Richtung das Gespräch driftete.

»Ich glaube, das fragt sich die Polizei gerade auch«, kam der trockene Kommentar von Henri. »Oder haben Sie Informationen, die die Polizei nicht hat?«

Mein Onkel Henri – aus ihm hätte ein guter Ermittler werden können.

»Ich habe den Stand meiner Beobachtungen, so gut es ging, mit dem Oberkommissar geteilt. Kann aber schon sein, dass mir in dem Gespräch mit Stine noch das ein oder andere einfällt, von dem ich gar nicht wusste, dass ich es weiß.« Jan schien es entweder nichts auszumachen, dass Henri anfing, ihn zu verhören, oder er betrachtete es als eine Art Spiel.

»Das klingt interessant.« Demonstrativ zog sich Henri einen Stuhl heran und ließ sich darauf nieder. »Entschuldigen Sie die Neugier eines alten Mannes, aber hier in Holtenau ist seit Jahrzehnten nichts mehr passiert. Von daher muss ich einfach hören, was Sie an dem Tag beobachtet haben.«

»Gerne. Würden Sie mir im Gegenzug erzählen, was für ein Mensch Leonhard Ihrer Meinung nach gewesen ist?«

Was passiert hier gerade? Wollen die beiden jetzt ernsthaft Theorien zu Leonhards Tod austauschen?

Henri nickte.

Stine zögerte kurz, dann kam sie hinter dem Tresen hervor, ging zur Tür des Cafés und schloss ab. Danach hängte sie das »Geschlossen«-Schild an die Tür.

Die beiden Männer musterten sie erstaunt.

»Ich denke, es sollte nicht jeder in Holtenau mitbekommen, was ihr hier besprecht.« *Und außerdem kann ich eurem Gespräch nur folgen, wenn ich nicht von Tisch zu Tisch laufen muss, um Gäste zu bedienen,* ergänzte sie im Stillen.

»Bevor wir aber zur Sache kommen, junger Mann, möchte ich doch wissen, wer genau Sie sind.«

»Mein Name ist Jan Habana. Ich bin aus Südafrika.«

»Aus Südafrika? Leonhard war jahrelang in Südafrika. Ist das Zufall?«

»Nein.«

Fast hätte Stine den Milchkaffee, den sie gerade für Henri zubereitete, verschüttet. Dieser zog die Augenbrauen hoch.

»Tatsächlich ist Leonhard der Grund, warum ich hier bin. Mein Auftraggeber hat durch ihn viel Geld verloren und mich gebeten, ihn aufzuspüren. Und damit hoffentlich auch das Geld. Aber leider ist er, bevor ich diese Dinge mit ihm klären konnte, ermordet worden.«

»Sie sind also Privatdetektiv?«

»Kann man so sagen.«

Das erklärt auch, warum der Oberkommissar meine Spur zu Jan als uninteressant abgetan hat. Ist es wirklich so einfach?

»Wieso hast du mir nicht erzählt, dass du Privatdetektiv bist?« Stine musste sich bemühen, nicht zu verletzt zu klingen.

»Du hast mir doch auch nicht erzählt, dass du Kommissarin in Hamburg bist«, konterte Jan.

»Woher weißt du ...? Wieso hast du nicht ...?« Stine stemmte die Hände in die Hüften und schaute ihn wütend an.

»Kinder, das tut doch jetzt nichts zur Sache«, ging Henri dazwischen. »Ihr habt beide, aus welchem Grund auch immer, dem anderen etwas verschwiegen. Aber wir halten fest, ihr seid beide in einem ähnlichen Metier tätig. Jetzt, wo wir das geklärt haben, können wir doch in Ruhe auf professioneller Ebene unsere Theorien zu Leonhards Ermordung austauschen.«

Dienstagabend, Lillys Apartment

D as heißt, ihr ermittelt jetzt zusammen, wer meinen Leonhard umgebracht hat? Das ist so wunderbar. Endlich passiert etwas!«

Lilly hatte nach Stines Ankündigung, dass sie abends mit Jan vorbeikommen würde, reichlich Rouge, Lidschatten und Lippenstift verwendet. Auf ihren schmalen, tätowierten Augenbrauen glitzerte ein rotes Herz. Aber auch diese »Kriegsbemalung« konnte nicht überdecken, dass sie nach Leonhards Tod wenig Schlaf gehabt und viel geweint hatte.

»Wir versuchen auf jeden Fall, im Rahmen unserer Möglichkeiten etwas herauszufinden.« Stine bemühte sich, die aufkommende Euphorie bei Lilly zu stoppen.

Sie und Jan hatten beschlossen, Lilly zu sagen, dass sie zusammen versuchen wollten, herauszufinden, was hinter dem Tod von Leonhard stecken könnte. Aber sie waren sich auch einig, dass sie nicht sofort erzählen wollten, dass Leonhard in Südafrika anscheinend in dreckige Geschäfte verwickelt gewesen war. So, wie Stine Lilly einschätzte, könnte sie so eine Information völlig missverstehen. Im schlimmsten Fall hätte sie das Gefühl, dass Stine und Jan ihr Böses wollten, und würde komplett dichtmachen. Zum Glück hinterfragte Lilly Jans Interesse an den Umständen zu Leonhards Tod nicht weiter.

»Mit weiblicher Intuition und so einem attraktiven Ermittler an deiner Seite«, Lilly warf Jan einen anerkennenden Blick zu, »wirst du diesen dicken Oberkommissar bestimmt alt aussehen lassen.«

Stine vermied einen Kommentar, konnte aber aus dem Augenwinkel Jans breites Grinsen sehen.

»Hast du mittlerweile eine Idee, wer etwas gegen Leonhard gehabt haben könnte?«

»Ich könnte euch jetzt erzählen, dass Leonhard mit jedem gut auskam, aber das wäre gelogen«, überraschte Lilly die beiden. »Nehmen wir zum Beispiel die Hundegruppe von deinem Onkel Henri. Wie oft hat Leonhard geschimpft, dass sie die Hinterlassenschaften der Hunde direkt vor dem Steg zum Seebad liegen lassen? Dabei ist es nur einmal passiert, dass Leonhard vor seinem morgendlichen Schwimmen in so eine braune Kack-Bombe getreten ist.« Lilly lachte. Wieder einmal wunderte sich Stine über die unverblümte Sprache der alten Frau.

»Hat er deswegen mit einem von Henris Freunden Ärger gehabt?« Sie konnte sich kaum vorstellen, dass die Hundehaufen-Geschichte eine heiße Spur war.

»Ich habe nur mal mitbekommen, wie er mit einem von ihnen länger diskutiert hat. Aber der Mann war so alt, dass er sich kaum auf den Beinen halten konnte. Er brauchte sogar einen Stock. Wie soll der denn meinen fitten Leonhard getötet haben?«

Stine wusste beim Erwähnen des Stocks, wen von Henris Freunden Lilly meinte, und musste ihr recht geben. Edgar war der Älteste der Truppe und auch der mit Abstand Tattrigste.

»Leonhard ist allerdings ziemlich laut geworden und hat Eddie – heißt er so? – vor allen anderen beleidigt und als Tattergreis bezeichnet.« Lilly schluckte. »Das war nicht nett von ihm. Wir werden doch alle alt.« Sie strich sich über die Augen. »Es wäre so schön gewesen, wenn Leonhard und ich die letzten Jahre hätten miteinander verbringen können. Wir zwei Alten zusammen hier im schönen Holtenau ...« Sie holte ein zerknülltes Taschentuch aus der Hosentasche und schnäuzte sich.

»Gab es sonst noch jemanden hier in Holtenau, mit dem Leonhard Ärger hatte?« Auch für Jan schien das Schieti-Fiasko nicht der Auslöser für den Mord zu sein. »Vielleicht jemand, der erst kürzlich hier aufgetaucht ist?«

Stine wusste, worauf Jans Frage abzielte. Im Moment schienen Leonhards Geschäfte in Südafrika, bei denen es, wie Jan ihr versichert hatte, um viel Geld ging, das wahrscheinlichste Motiv für einen Mord zu sein.

»Leonhard und dieser Taucher, der immer die Veranstaltungen im Seebad macht, verstanden sich nicht gut.«

»Du meinst Leif Küppers?«

»Ja, genau den meine ich.« Lilly nickte.

»Aber diese Veranstaltungen sind doch nur zweimal im Jahr«, erinnerte sich Stine an die Erzählungen von Leif. »Das hat Leonhard gestört?«

»Nein, Dummerchen. So schlimm war mein Leonhard nicht. Aber Leif und seine Frau haben in der Kanalstraße eine große Wohnung gemietet, die Leonhard vor einiger Zeit als Anlageobjekt, wie er es nannte, gekauft hat.«

»Wollte er ihnen kündigen?«

»Das weiß ich nicht so genau. Zumindest gab es Stress wegen irgendwelcher Dinge, die Leif dort lagerte. Leonhard meinte zu mir: ›Irgendwann fliegt uns das alles um die Ohren.‹«

Stine und Jan sahen sich überrascht an.

»Was meinte er damit?«

»Kann ich euch nicht sagen. Ich glaube ja, Leonhard hat übertrieben. Astrid, so heißt doch die Frau von Leif, war auf jeden Fall kurz danach hier bei uns mit einem großen Blech Kuchen, um die Wogen zu glätten. So eine nette Frau.«

»Also gab es keinen Ärger mehr?«

Irgendwie führten alle Geschichten von Lilly ins Nirgendwo.

»Ich denke nicht. Wenn doch, hat Leonhard es mir gegenüber nicht erwähnt.« Nachdenklich strich Lilly mit den knallrot lackierten Nägeln über ihre Augenbrauen. »Obwohl, da fällt mir ein, es gab noch mehr Ärger in der Seebadeanstalt!«

»Mit wem denn?«

»Da war eine junge Frau. Frag mich bitte nicht, wie sie heißt. Mit Namen habe ich es nicht so. Sie hat sich bei dem Verein des Seebades über Leonhard beschwert. Angeblich hat er sie belästigt.«

»Angeblich?«, hakte Jan nach.

»Was hätte Leonhard denn von so einem jungen Ding wissen wollen? Er hat ihr nur auf ›Altherrenart‹ ein Kompliment machen wollen. Was für schöne braune Augen sie hätte, oder so. Das Mädchen hat sich total aufgeregt. Wie diese Mädchen heutzutage so sind ...« Lilly schaute Stine an. »Dich meine ich natürlich nicht. Du bist anders.«

Sie war nicht sicher, ob das jetzt ein Kompliment oder eine Beleidigung war. Inwiefern war sie anders? Sollte das heißen, ihr würde ein älterer Herr keine Komplimente machen? Oder dass sie diese anders aufnehmen würde?

»Du weißt aber nicht, wer diese junge Frau war?«

»Wir haben sie einmal auf der Straße getroffen, bevor sie diese absurden Anschuldigungen aufgebracht hat. Leonhard hat uns kurz vorgestellt, aber ich habe den Namen vergessen. Sie muss auch einen Schlüssel für die Seebadeanstalt haben, denn dieser angebliche Vorfall hat sich frühmorgens etwa zwei oder drei Wochen vor Leonhards Tod ereignet.«

»Kannst du mir noch was zu ihr sagen? Wie sah sie aus?«

»Sportlich, schlank, mit einem blonden Pagenkopf. ›Bob‹ sagt man heutzutage, glaube ich. Aber nicht naturblond, würde ich sagen. Wenn du mich fragst, hat sie sich vom Friseur aufnorden lassen.«

Schwimmerin mit blonden Haaren und braunen Augen? Ist das möglich? Warum hat Karin nichts gesagt, als wir neulich morgen zusammen vor der Tür gesessen haben? Aber würde ich erzählen, dass ich eine Auseinandersetzung mit einem Toten hatte?

Später am gleichen Abend, Schleuseninsel

W as hältst du von Lillys Geschichten? Würdest du irgendjemanden als dringend tatverdächtig betrachten?« Stine nahm einen großen Schluck von ihrem Gin Tonic und schaute Jan über das Glas hinweg prüfend an.

Er lehnte sich in der Holzliege zurück und schwieg. Am kleinen Yachthafen, der auch zum Warten der Segler auf die Schleusung benutzt wurde, spielte der Wind mit den Wanden. Irgendwo schlug ein lockeres Fall klirrend gegen einen Mast. Die Lichter der Schleuse spiegelten sich im Wasser und ein Ladekran piepte von der Schleuseninsel herüber. Auch am Abend herrschte dort Betrieb.

Gerade als Stine sich fragte, ob Jan sie überhaupt verstanden hatte, antwortete er: »Auf Anhieb würde ich keinen der Verdächtigen, die Lilly heute genannt hat, als Mörder einstufen. Aber wir sollten sie alle überprüfen.«

»Ich behaupte aber mal, wir können Eddie, Henris Freund aus der Gassitruppe, ausschließen. Er ist über achtzig und alles andere als rüstig. Er trifft die anderen seit einiger Zeit nur noch auf der Wiese vor dem Seebad, weil er keine ganze Runde mehr zu Fuß schafft. Außerdem ist er auf einen Stock angewiesen. In der anderen Hand hat er die Leine von seinem kleinen Dackel. Wie soll er Leonhard Gift zugeführt haben?«

»Okay, dann nehmen wir diesen Eddie zunächst von der Liste. Was ist mit Leif? Ich habe ihn an dem Tag im Seebad erlebt. Eine beeindruckende Gestalt und ich könnte mir vorstellen, dass man sich mit ihm besser nicht anlegt. Zudem hatte er ein Abhängigkeitsverhältnis zu Leonhard, weil dieser sein Vermieter war. Ein unzufriedener Vermieter, wenn Lillys Bemerkungen stimmen.«

»Wir müssen herausfinden, was es ist, das Leif in seiner Wohnung lagert. Ich erinnere mich, dass Astrid, seine Frau, von ›Grabbeln‹ redete.«

»›Grabbeln‹? Sorry, das Wort kenne ich nicht. Dafür reicht mein Deutsch nicht aus.« Jan schaute irritiert.

»Grabbeln ist so etwas wie Rumwühlen und Anfassen. Sehr schwer zu beschreiben. Es ging dabei aber darum, dass Leif gerne Dinge vom Meeresboden auffischt und mit nach Hause nimmt. Astrid sagte etwas von ›Museum‹ und dass ich mir das einmal ansehen sollte.«

»Das klingt doch nach einer Einladung und einer wunderbaren Gelegenheit, mehr über Leif herauszufinden!«

»Astrid kommt fast jeden Tag bei mir im Café vorbei, seitdem wir uns im Seebad kennengelernt haben. Ich werde mich dann unauffällig bei ihr einladen.«

Stine zwinkerte Jan zu. So langsam machte ihr das Detektivspielen Spaß. Viel unterhaltsamer als ihre Schreibtischarbeit beim LKA 1 in Hamburg-Alsterdorf.

»Sehr gute Idee. Wir können übrigens die anderen Leute vom Helmtauchen von der Verdächtigenliste streichen. Der Oberkommissar hat mir erzählt, dass die sich alle schon zum Helmtauchen angemeldet hatten, bevor Leonhard aus Südafrika zurückgekehrt ist. Scheint eine eingeschworene Gemeinschaft zu sein, die sich alle halbe Jahr zum Helmtauchen hier in Holtenau trifft. Leif Küppers und seine Frau sind die Einzigen, die aus Holtenau kommen. Die anderen reisen teilweise hunderte von Kilometern an.«

»Mir war gar nicht bewusst, was für ein besonderes Ereignis dieses Helmtauchen ist.«

»Ich kannte das nur aus alten Filmen. Kann mir gut vorstellen, dass es nur was für Liebhaber ist und so ein Event lange geplant werden muss. Ist es für dich okay, wenn wir die Leute aus dem Seminar von der Liste streichen?«

»Ja, passt.«

»Kommen wir zu der Frau, die sich von Leonhard belästigt fühlte: Gift ist nun mal eine typisch weibliche Mordwaffe. Alleine dadurch, dass Frauen physisch meist unterlegen sind.« Stine dachte an Svenja, die auch auf einer dunklen Straße in St. Pauli nur durch ihre physische Präsenz die meisten Männer dazu brachte, einen Bogen zu gehen oder sogar die Seite zu wechseln. Aber trotzdem hatte Jan recht. Die kräftige Rugbyspielerin war eine Ausnahme.

»Ich glaube, ich weiß, von wem Lilly geredet hat. Es könnte meine Nachbarin Karin sein. Gerade vor ein paar Tagen hatten wir uns über Leonhard unterhalten und sie hat sogar zugegeben, dass sie ihn an dem Morgen getroffen hat.«

»Eine Mörderin, die mit einer Polizistin darüber redet, dass sie am Tatort war. Das spricht schon wieder dagegen.« Jan strich sich mit den Fingern über den sorgfältig gestutzten Dreitagebart.

»Karin ist ein sehr analytischer Typ. Wenn sie zu einem Mord fähig wäre, was ich nicht glaube, würde sie vielleicht genau das machen«, überlegte Stine laut.

»Bitte?«

»Ja, überleg doch mal. Über kurz oder lang wird eh herauskommen, dass sie mit Leonhard am Tag seines Todes gesprochen hat. Schließlich waren auch andere Menschen vor der Seebadeanstalt. Wenn sie das so offen vor mir erwähnt, geht doch jeder davon aus, dass eine Mörderin nicht so dämlich ist.«

»Eine sehr seltsame Art, sich aus dem Kreis der Verdächtigen zu streichen.« Jan schüttelte den Kopf. »Auf so etwas kann nur eine ...«

»... Frau kommen? Genau deswegen sind wir Frauen ja auch die raffinierteren Mörder.« Stine lachte.

»Dann muss ich mich wohl vor dir in Acht nehmen.« Jans dunkle Augen musterten sie.

Ein Rascheln und eine nasse Zunge an ihren nackten Beinen retteten sie aus ihrer Verlegenheit. Sie schaute sich um. Wo Victor war, konnte Henri nicht weit sein. Tatsächlich kam die große, leicht gebückte Gestalt ihres Onkels die Kanalstraße entlang.

»Es tut mir leid, dass Victor euch gestört hat.« Henri nahm Victor an die Leine und versuchte, ihn von Stine und Jan wegzuziehen. Dies stieß bei dem störrischen Rüden auf wenig Begeisterung. Mit aller Kraft stemmte er seine vier Beine in das Gras.

»Kein Problem. Wollen Sie sich nicht einen Moment zu uns setzen? Victor scheint ja auch gerne noch bleiben zu wollen.«

Stine wusste nicht, ob sie erleichtert sein sollte oder enttäuscht, dass Jan ihre Zweisamkeit so freimütig beenden wollte.

Henri zögerte. Wie immer war ihr Onkel darauf bedacht, niemandem zur Last zu fallen.

»Ja, setz dich zu uns. Ich habe aber leider nur zwei Gläser mit, sonst würde ich dir auch einen Gin Tonic mixen.« Stine machte eine einladende Handbewegung.

»Aber nur, wenn ich mich nicht mit euch auf diese komische Liege setzen muss. Da kommt doch kein Mensch meines Alters mehr heil hoch.« Henri ging drei Schritte weiter und setzte sich auf die drei Holzplanken, die übereinandergestapelt auf der Wiese lagen.

»Und, geht ihr gerade eure Mordtheorien durch? Wie war das Treffen mit Lilly?«

Stine setzte Henri kurz das Gespräch mit Leonhards Schwester auseinander.

Er nickte mit dem Kopf. »Ich kann mir gut vorstellen, dass Leonhard mit dem ein oder anderen Probleme hatte. Zudem hat er sich mit seinen Aktionen schon als junger Mann im Graubereich bewegt. Ich möchte nicht wissen, wie er nach der Grundausbildung sein Vermögen in Südafrika gemacht hat!«

»Heißt das, Sie kannten Leonhard von damals?« Jan richtete sich interessiert auf und rutschte auf der geschwungenen Liege nach vorne, um näher an Henri zu sein. Stine blieb nur der Blick auf Jans breiten Rücken.

»Hatte ich das noch nicht erwähnt? Ja, Leonhard und ich haben die Grundausbildung zusammen gemacht. Wir waren hier in Kiel stationiert. Beim Schnellbootgeschwader.«

»Sie sagten, er war damals kriminell?«

»Naja, so hart würde ich es vielleicht nicht ausdrücken. Viele von uns haben hier und da die Chance genutzt, mal etwas für die Familie aus den Ländern mitzunehmen, die wir im Laufe der Ausbildung besucht haben. Aber ich muss zugeben, Leonhard hat das doch im größeren Stil gemacht als andere. Ich erinnere mich an eine Geschichte, als es damals nach Kuba ging.«

»Kuba? Davon hast du noch nie erzählt.« Stine rückte jetzt auch auf die Kante, um ihrem Onkel einen vorwurfsvollen Blick zuzuwerfen.

»Darüber durfte ich auch viele Jahre nicht sprechen. Erinnert ihr euch noch an den Vorfall mit den Russen, als Kennedy Präsident der Vereinigten Staaten war?«

»Du meinst aber nicht den Vorfall in der Schweinebucht, oder?« Stine starrte Henri mit weit aufgerissenen Augen an. Sie hatte ja keine Ahnung gehabt.

»Nun ja.« Entschuldigend hob Henri seine Hände. »Doch, genau den meine ich.«

 # Marinestützpunkt Kiel, 21. Oktober 1962

Tiemann, hast du eine Ahnung, was das für ein Einsatz ist?«

»Glaubst du wirklich, dass ich hier im Maschinenraum etwas mitbekomme? Ich weiß nur, dass wir in Richtung Wilhelmshaven fahren. Mehr wurde mir nicht gesagt.«

»Komisch, dass wir unseren Tender nicht dabeihaben. Wozu haben sie die Dinger in den Dienst gestellt? Wenn es ein Einsatz in Richtung Großbritannien oder Frankreich sein sollte, würde ein Versorgungsschiff doch Sinn machen.« Leonhard kratzte sich am Kopf.

»Wenn du als Funker nicht weißt, was los ist, wie soll ich dir da helfen? Konntest du nicht ein paar Funksprüche auffangen, die Licht ins Dunkel bringen?«

»Fehlanzeige. Ich schau mal im Plot-Raum vorbei, vielleicht treffe ich Schulze.«

»Warum sollte dir unser Wachoffizier verraten, wo es hingeht? Nur für den Fall, dass er etwas weiß.« Henri sah Leonhard überrascht an.

»Ich habe ihm letzten Monat für seine Hochzeit eine Ladung feinste Austern aus Frankreich besorgt. Er schuldet mir noch was.«

»Austern? Lass mich raten: Du warst beim Landgang in Saint Malo wieder ›organisieren‹ und deswegen hat es vorne im Bug so fischig gerochen? Hast du wieder die lose Latte der Holzverkleidung im Heldenkeller benutzt?«

»Dir entgeht wirklich nichts, Tiemann. Falls du mal auf die Idee kommen solltest, etwas für deine Lieben daheim mitzunehmen: Verstecke es da, wo viele Leute sind. So kann es niemand mit dir in Verbindung bringen. Die Mannschaftsunterkünfte mit der alten Holzverkleidung sind Gold wert. Aber gut, dass du es sagst. Beim nächsten Mal werde ich die geruchsintensivere Ware doch wieder im Frachtraum verstecken.«

»Irgendwann wird dich unser Kommandant noch erwischen.«

»Da mache ich mir keine großen Sorgen.« Leonhard schaute auf einmal sehr interessiert auf seine Fingernägel.

»Sag jetzt nicht …« Henri schüttelte den Kopf.

»Feinster schottischer Whisky ist die beste Versicherung für den Schmuggler von Welt.« Leonhard grinste breit.

»Ich glaube, ich kenne keinen, der so kaltschnäuzig ist wie du.« Henri wusste nicht, ob er abgestoßen sein sollte, dass scheinbar jeder hier an Bord mit Leonhard Geschäfte machte, oder ob er Leonhard dafür bewundern sollte.

»Kann ich dir nicht auch mal etwas Gutes tun, Tiemann? Ich könnte mir vorstellen, dass ein süffiger Bordeaux genau das richtige Stöffchen für dich wäre. Es gibt bestimmt das eine oder andere Mädchen in Kiel, dass du mit so einem Wein auf amouröse Gedanken bringen könntest.« Leonhard lachte dreckig.

»Lass mal. Ich brauche solche Hilfsprodukte für mein Liebesleben nicht«, winkte Henri ebenfalls lachend ab.

»Hört, hört. Da möchte ich gerne demnächst mal Näheres erfahren. Aber jetzt schieb ich mal ab in Richtung Plot-Raum. Ich werde berichten …« Pfeifend verschwand die stämmige Gestalt von Leonhard in den Tiefen des Schnellbootes.

Henri wandte sich wieder dem stampfenden Motor zu.

Für ihn gab es kaum ein schöneres Geräusch als das Stampfen seines Viertakter-Motors. Fast zärtlich strich er über seine Maschine. Gerade hatte er die Temperatur des Kühlwassers geprüft, als Leonhard wieder den Maschinenraum betrat.

»Das ging ja schnell«, stellte Henri überrascht fest.

»Schulze ist so verschlossen wie die Austern, die ich ihm besorgt habe. Anscheinend ist was ziemlich Großes im Busch. Ich vermute, der Kommandant hat weder seinem Ersten noch dem Zweiten gesagt, worum es geht. Ich weiß nur, dass Wilhelmshaven nicht der Endpunkt der Reise ist.«

»Was schon zu vermuten war, schließlich sind wir mit neun anderen Schnellbooten unterwegs. Nach einem normalen Manöver sieht das nicht aus.«

Als sie vier Stunden später Wilhelmshaven erreichten, sahen sie die großen schwarzen Schatten zweier amerikanischer Transportschiffe am Kai liegen. Bevor sie sich fragen konnten, was das bedeutete, nahmen die Schnellboote Kurs auf die Spezialtransporter. Deren gewaltigen Luken öffneten sich und verleibten sich ein Schnellboot nach dem anderen ein.

»Das ist neu.« Leonhard und Henri standen nebeneinander an einer der Luken achtern und schauten dem Manöver zu. »Wenn ich es nicht besser wüsste, würde ich sagen, es geht über den großen Teich.«

Nachdem die Boote sicher im Rumpf der riesigen Schiffe verstaut waren, rief der Kommandant seine Mannschaft zusammen.

»Wir werden die nächsten Tage auf dem Transporter verbringen. Dabei wird es Kontakt mit den NATO-Kollegen geben. Macht mir keine Schande.«

Sein fester Blick traf Leonhard, der nach Henris Vorstellung schon die Geschäftsmöglichkeiten mit den Amerikanern durchging. Sicher gab es unter ihnen auch den einen oder anderen Anhänger von deutschem Bier, das sich gegen Zigaretten, amerikanischen Whisky oder Kaugummi tauschen ließ.

Die nächsten drei Tage auf hoher See vergingen mit Gerüchten, worum es bei dem Einsatz denn nun ging, und neuen Bekanntschaften auf dem Transporter schnell. Als sie in den Morgenstunden des dritten Tages die Bahamas passierten und die ersten schweren amerikanischen Kriegsschiffe am Horizont auftauchten, wurde es still an Bord. Sogar Leonhard, der normalerweise beim Anblick der Karibikinsel an Rum und Zigarren gedacht hätte, stand mit versteinertem Gesicht an Deck des Transporters und beobachtete die Szene vor sich. Der Kommandant beorderte seine Mannschaften auf die Schnellboote. Sie mussten sich bereit machen auszulaufen.

»Tiemann«, flüsterte Leonhard Henri zu. »Ich konnte vorhin ein paar Gesprächsfetzen auffangen. Die Russen haben auf Kuba Mittelstreckenraketen stationiert. Im Ernstfall können die sogar New York und Washington von dort in Schutt und Asche legen. Kennedy hat jetzt eine Seeblockade angeordnet.«

»Und was machen wir hier? Wir sollen ja wohl nicht Kuba angreifen, oder?«

»Nein, wir sollen Streife fahren und vor allem die großen schweren Kreuzer schützen.«

Die folgenden Tage waren Henri und seine Kameraden damit beschäftigt, sich daran zu gewöhnen, dass die Welt am Rande eines Atomkriegs stand und sie mittendrin waren. Aber Henri stellte fest, dass auch in so einer Situation irgendwann die Routine und Gewöhnung die Oberhand gewannen. Abends wechselten sie, außer der Notmannschaft, vom Schnellboot auf große amerikanische Schiffe, auf denen sie fast komfortabel essen und schlafen konnten. Morgens ging es wieder zurück auf das Schnellboot. Mit der Routine setzten auch Leonhards Geschäfte wieder ein. Irgendwie hatte er es geschafft, über die Versorgerschiffe der Amerikaner Rum von den Bahamas zu organisieren und auch sein Vorrat an amerikanischen Zigaretten, die er in seinen üblichen Verstecken im Frachtraum und im Heldenkeller verstaute, wuchs.

»Wenn ich Ende des Jahres mit der Marine fertig bin, weiß ich, was ich mache« erklärte er Henri stolz. »Den Schriftzug ›Anders Im- und Export‹ an einem der alten Lagerhäuser in der Hamburger Speicherstadt sehe ich schon deutlich vor mir.« Er schaute über seine Schulter, bevor er mehrere braune Plastikflaschen aus den Taschen seiner Uniform holte, und zwinkerte Henri zu. »Mit den richtigen Verbindungen, etwa in die Medizinbranche, wird das sicher klappen.«

»Was hast du da?« Henri versuchte den Schriftzug auf gelbliche Etiketten zu entziffern. »Dexedrine? Bist du verrückt? Das sind doch Amphetamine? Woher hast du die?«

»Aus der Krankenstation von dem amerikanischen Versorger.«

»Hast du sie gestohlen?«

»Nein, wie kommst du darauf? Ich sag ja, man braucht Verbindungen. Der leitende medizinische Offizier meinte, jetzt, wo Kennedy und Chruschtschow sich geeinigt haben, würden sie auch keine Aufputschmittel mehr für den etwaigen Kriegseintritt benötigen – er aber dafür ein paar Flaschen französischen Rotwein für sich und seine Familie zu Hause. Wie konnte ich ihm den Wunsch abschlagen?«

Mittwoch früh, »Achter de Slüüs«

Kommst du endlich auf einen Kaffee vorbei?« fragte Stine, als sie sich dem neuen Gast zuwandte.

Maik schaute sie zerknirscht an. »Es war die letzten Tage viel zu tun«, rechtfertigte er sich.

Sofort bekam Stine ein schlechtes Gewissen. Es war doch seine Entscheidung, ob er im Café vorbeikommen wollte oder nicht. Sie klang ja fast so wie eine ihrer alten Tanten, die ihr immer Vorhaltungen gemacht hatte, wenn sie sie mal im Heim besucht hatte. Mit dem Lamentieren über die untreue Nichte war dann meistens die halbe Besuchszeit verstrichen.

Stine nahm eine angewärmte Espressotasse von der Heizfläche der Maschine.

»Espresso schwarz oder macchiato?«

»Schwarz wie meine Seele.« Maik lachte und ließ sich auf einem der neuen Barhocker direkt am Tresen nieder. Stine hatte versuchsweise zwei davon besorgt, angelehnt an die italienischen und spanischen Cafés, wo der Gast auch gerne mal einen schnellen Kaffee direkt am Tresen trank. Diese Hocker wurden sofort von den Kunden angenommen, vor allem am frühen Morgen, wenn viele vor der Arbeit kurz im Café auf einen Espresso anhielten. Henri und Stine überlegten schon, noch zwei weitere Barhocker anzuschaffen.

»Ein paar Neuerungen hast du eingeführt, wie ich sehe.« Maik zeigte auf den großen Kühlschrank, der jetzt neben diversen Säften auch fermentierte Limonaden in allerlei exotischen Geschmacksrichtungen und Cider enthielt.

»Mittlerweile reicht es den Leuten nicht mehr, wenn man nur Wasser, Apfel- und Orangensaft anbietet. Basilikum-, Ingwerlimonade oder Rhabarberschorle müssen schon sein.«

»Cider auch?«

»Den muss ich zumindest dahaben, wenn eine meiner Freundinnen aus Hamburg zu Besuch kommt. Obwohl ich feststellen musste, dass die Holtenauer und auch ein paar Segler gerne einen eiskalten Cider genießen.«

»Wenn ich das gewusst hätte, wäre ich schon längst vorbeikommen. Früher konnte ich Cider nur im Ausland trinken.«

»Ich mache meistens gegen 18 Uhr zu, dann Aufräumen und ab 19 Uhr hätte ich Zeit für einen Sundowner ...« Stine neigte den Kopf zur Seite und grinste Maik an.

Dessen Gesichtsfarbe bekam einen rötlichen Einschlag. Er räusperte sich. »Das können wir gerne machen. Ich kann dir nur nicht versprechen, dass ich die nächsten Tage Zeit ...«

Jetzt war es an Stine, verlegen zu sein. »Ich wollte dich nicht unter Druck setzen, dass du mit mir einen trinkst. Es war nur ein Vorschlag, wenn mal Zeit und Gelegenheit ist.«

Bevor das Gespräch noch peinlicher werden konnte, betrat Lilly das Café. Dieses Mal hatte sie eindeutig wieder mehr Zeit und Mühe auf ihre Garderobe verwendet als die ersten Wochen nach Leonhards Tod. Sie trug eine pinke Marlene-Hose mit passendem Jackett und einem roten T-Shirt, auf dem in einem dunkleren Rot Minnie Maus abgesetzt war. Das Outfit wurde von einem ebenfalls pinken Fedora gekrönt, den sie sich keck seitlich auf den Kopf gesetzt hatte. Ihre Augen blickten überrascht, als sie Maik auf dem Barhocker am Tresen sah.

»Kennen wir uns, junger Mann?« Sie musterte ihn streng von oben bis unten und zog dabei ihre tätowierten Augenbrauen fast bis zur Hutkrempe hoch.

Maik vermied es tapfer, Lilly einer ebenso ausführlichen Musterung zu unterziehen.

»Ich bin noch nicht so lange wieder in Holtenau. Von daher vermute ich eher nein«, wiegelte er ab.

»Dann habe ich mich wohl geirrt« verkündete Lilly und zog sich den zweiten Barhocker heran. Bei dem Versuch, sich zu setzen, drohte sie mehrfach in Richtung Boden zu segeln. Nur mit Hilfe von Maik schaffte sie es schließlich, sich zu setzen. »Wer sich diese Art von Stühlen ausgedacht hat, gehört erschossen. Oder hast du sie einem Stripclub abgeschwatzt und sie waren Teil der Bühnenshow, Stine?«

»Tatsächlich habe ich sie gebraucht gekauft«, ging Stine auf Lilly ein. »Leider kann ich dir über ihr Vorleben aber nichts berichten, das war nicht Teil des Kaufvertrages. Möchtest du einen Latte macchiato wie immer?«

»Ja, bitte. Aber nicht mit dieser neumodischen kastrierten Milch. Als ich neulich in Eckernförde in einem Café war, gab es da doch tatsächlich keine anständige Kuhmilch. Das Mädchen hinter der Theke hat etwas von einem ökologischen Fußabdruck gefaselt und sie würden ausschließlich vegane Produkte haben. Dann bot sie mir Sojamilch oder Erbsenmilch an. Erbsenmilch? Ich trinke doch keinen grünen Milchkaffee ...« Lilly schüttelte den Kopf.

Stine verkniff sich die Bemerkung, dass Erbsenmilch nicht wirklich grün war, und fing an, Milch für Lillys Kaffee aufzuschäumen.

»Habe ich euch Turteltäubchen bei irgendetwas unterbrochen?« Lilly war fast wieder die Alte und nahm kein Blatt vor den Mund.

»Nein, nein, das ist es nicht.« Maik machte eine abwehrende Handbewegung. »Stine und ich kennen uns noch aus der Schulzeit und ich hatte versprochen, mal auf einen Espresso vorbeizuschauen.«

Stine wusste nicht, ob sie aufgrund seines deutlichen Widerspruches zu Lillys Annahme beleidigt sein sollte oder nicht.

»Alte Bekanntschaften sollte man pflegen«, ging Lilly sofort auf das Gehörte ein. »Die meisten meiner Freunde sind schon alt und klapprig, aber es ist immer wieder schön, sich über vergangene Zeiten zu unterhalten.« Langsam rührte sie mit dem langen Löffel in ihrem Latte Macchiato, der mittlerweile mit glänzendem Schaum vor ihr stand. »Apropos vergangene Zeiten: Leonhards Nachlassverwalter hat sich bei mir gemeldet. Er will in den nächsten Tagen ausführlicher mit mir sprechen. Sobald ich die Einzelheiten habe, sag ich dir und Jan Bescheid. Vielleicht finden wir dort Hinweise.«

»Hinweise? Was für Hinweise?« Maik schaute die beiden Frauen überrascht an.

»Nun ja, es ist eigentlich ni-«, wollte Stine schnell abwiegeln, um keine Gerüchte in die Welt zu setzen.

»Mein Leonhard ist ermordet worden«, platzte Lilly da schon raus. »Und Stine und ihr Freund Jan suchen den Mörder, da sich die Polizei so dämlich anstellt.«

»Wir schauen uns nur ein bisschen um«, versuchte Stine die Ankündigung von Lilly abzuschwächen. Aber es war zu spät.

»Mördersuche? Arbeitest du jetzt nebenbei als Privatdetektivin?«

Stine konnte Maiks Gesichtsausdruck nicht richtig deuten. War er amüsiert oder einfach nur überrascht? »Nein, tue ich nicht.«

»Ja, tut sie.«

Stine und Lilly hatten eindeutig eine konträre Meinung zu dem Thema.

»Hmm. Vielleicht sollte ich euch beide alleine lassen, damit ihr euch darüber klarwerdet.«

Eindeutig amüsiert, stellte Stine fest.

Maik trank den letzten Schluck Espresso und stand auf. »Wegen des Sundowners melde ich mich bei dir.«

»Ich wollte deinen Freund nicht vertreiben. Habe ich etwas Falsches gesagt?« Lilly schaute Stine reumütig an.

»Du solltest nicht jedem erzählen, dass Jan und ich uns ein bisschen umhören. Das ist kontraproduktiv. Zum Glück war das ja nur Maik. Ich kenne ihn; er ist kein Schwätzer und erst seit Kurzem wieder hier. Da ist die Gefahr, dass er es einem Bekannten erzählt, eher gering. Aber wenn ich mich mit ihm treffe, werde ich ihn trotzdem bitten, Stillschweigen darüber zu bewahren.«

»Es tut mir leid. Leonhard hat auch immer geschimpft, dass ich mein Herz auf der Zunge trage.«

Die Glocke an der Tür erklang und die große Gestalt von Leif betrat das Café.

Sofort wendete sich Lilly ihm zu. »Wie gut, dass ich Sie sehe! Ich erwarte heute oder morgen Post vom Nachlassverwalter meines Bruders. Der sagte mir, dabei wären Unterlagen zu der Wohnung, die Sie von ihm gemietet haben. Ich komme die Tage bei Ihnen vorbei, sobald ich Näheres weiß.«

»Äh, ja. Machen Sie das.«

Leif wirkte irritiert. Ob das an Lillys Erscheinung oder an ihren Worten lag? Ihm musste doch bewusst sein, dass Lilly jetzt seine neue Vermieterin war, oder nicht?

Während Stine für Leif einen Espresso Macchiato, seine übliche Kaffeevariante, vorbereitete, hoffte sie, dass Lilly diesmal schlauer war. Tatsächlich schien sie dazugelernt zu haben, denn sie erhob sich mit ihrem Getränk und schlenderte nach draußen an einen der Tische, sodass Stine jetzt mit Leif allein war.

»Wie geht es Astrid?«, wollte sie wissen, als sie ihm den Espresso hinstellte.

»Sie ist etwas gestresst. Viel Arbeit. Ich als Freiberufler habe es da einfacher. Kann mir meine Zeit gut einteilen.« Er nahm den filigranen Espressolöffel, der in seinen großen Händen fast komplett verschwand, und hob den Schaum vorsichtig unter den Espresso. Eine erstaunlich zarte Geste für einen Mann seiner Statur.

»Liegt eigentlich demnächst mal wieder so ein Helmtauchevent an?«, versuchte Stine ein Gespräch zu beginnen.

»Ich mache das nur zweimal im Jahr. Immer zum Anfang und zum Ende der Saison in der Seebadeanstalt. Wir wollen ja den Betrieb nicht stören. Ich hoffe nur, dass die Ereignisse beim letzten Mal nicht dazu führen, dass es gar nicht mehr stattfindet.« Mürrisch schaute er in seine Tasse.

»Aber es war doch nicht deine Schuld. Im Gegenteil, es war doch gut, dass die Leiche durch das Tauchen so schnell gefunden wurde.«

»Das hat Astrid mir auch gesagt. Aber es kommt nicht gut, dass die Polizei mich verhört hat, denke ich.«

»Aber es wurden doch alle verhört, die auf dem Steg waren. Auch Leute von der Seebadeanstalt.« Stine ertappte sich dabei, dass ihr dieser bärtige Mann leidtat. Das Helmtauchen schien ihm sehr wichtig zu sein und die Vorstellung, dass er jetzt die Möglichkeit in der Seebadeanstalt verlieren könnte, machte ihm eindeutig zu schaffen.

Stine musste unbedingt Astrids Einladung annehmen und sich die Wohnung ansehen. Vielleicht konnte sie dabei herausfinden, was Leonhard mit »fliegt uns um die Ohren« gemeint hatte.

Mittwochabend, Kanalstraße

V ictor, du dummer Hund! Wo steckst du schon wieder?«
Stine versuchte im spärlichen Licht der Straßenlaternen,
den kleinen Mischling zu finden. Wer konnte auch ahnen,
dass die Batterien des blinkenden Halsbandes gerade mitten in
ihrem Abendspaziergang den Geist aufgaben?

*Das Richtige wäre gewesen, du hättest in dem Moment Victor
sofort an die Leine genommen. Aber nein, du dumme Liese
dachtest ja, dass der Hund auf dich hört und beim ersten Rufen
wieder an deiner Seite ist.*

Victor war in der dichten Hecke verschwunden, die den
Bürgersteig von dem abgesperrten Bereich des Ufers bis zum
Fähranleger abtrennte. Dort standen jetzt, Mitte Oktober,
hauptsächlich leere Boots-Trailer, die sich mit der Reduzie-
rung der Temperaturen und Zunahme des stürmischen Wet-
ters schnell wieder mit den zugehörigen Booten füllen
würden.

Es raschelte in der Hecke. Das musste Victor sein. Stine
wusste, dass gleich ein kleiner Durchgang in der Hecke kommen würde, der zu einem der Werftzugänge führte. *Da ist es!*
Sie schlüpfte hindurch, um sich sofort mit der Jacke in den
Dornen von Brombeeren zu verfangen, die das Grundstück
der Werft begrenzten. *Einen besseren Schutz vor Einbrechern
gibt es nicht,* sinnierte Stine, während sie versuchte, ihre Jacke
zu befreien. Wieder raschelte es, aber von Victor keine Spur.
War er vielleicht irgendwo durch den Zaun und die Brombeeren geschlüpft und streunte jetzt zwischen den Trailern

umher? *Bitte nicht., Wie soll ich ihn dort wieder rausbekommen?*
Leise rief sie nach dem Hund. Aber der Mischling blieb verschwunden. Sie holte aus ihrer Tasche die Tüte mit seinen Leckerlis. Betont laut ließ sie die Tüte in ihrer Hand knistern. Nichts. Wieder einmal ärgerte sie sich, dass in Victors Mischung kein Labrador vertreten war. Diese gefräßigen Hunde konnte man aus hunderten von Metern mit der Aussicht auf etwas zu Fressen anlocken. Victor dagegen war sehr wählerisch und es war auch keine Seltenheit, dass er seinen Fressnapf zu Hause nur halb leerte. *Wieso hat Henri den Rückruf nicht geübt?*, suchte Stine jetzt einen anderen Schuldigen für ihr Problem. Angestrengt schaute sie in die Dunkelheit. Etwas bewegte sich zwischen den Trailern, die sie hinter dem kleinen Tor ausmachen konnte. Zu groß für einen Hund. Das musste ein Mensch sein. Wer trieb sich kurz vor Mitternacht dort herum? Das konnte doch kaum ein Bootseigner sein, oder?

Die Gestalt wirkte unförmig und riesig, als sie sich in Richtung des steinigen Ufers schleppte. Stine begriff, dass derjenige zwei große Sporttaschen oder ähnliches tragen musste. Über das Wasser drang ein Geräusch, wie Metall, das an Metall schlägt, herüber, als der Träger seine Last abstellte.

Ohne die Brombeeren weiter zu beachten, drängte sie sich dicht an das Gittertor. Was zum Teufel machte der Typ da? Egal, was es war; er hatte diesen entlegenen Ort und die Dunkelheit gewählt, um es zu tun. Probeweise drückte sie die Klinke des Tors herunter. Vielleicht hatte sie ja Glück und es war nicht abgeschlossen? Nein, kein Glück. Eher Pech, denn die rostige Klinke gab ein quietschendes Geräusch von sich, als Stine sie zurück in die Waagerechte gleiten ließ. Die große Gestalt am Wasser richtete sich auf und blickte in Richtung Tor. Stine machte einen Satz zur Seite hinter die Brombeerhecke. *Hoffentlich hat er meinen Schatten gegen das Licht der Laternen nicht gesehen.* Diesmal erwischte eine der Dornen ihr

Gesicht und sie spürte, wie es ihr warm die Wange herunter-rann. *Verdammter Mist. Jetzt blute ich noch alles voll! Die Sweatshirt-Jacke ist gerade frisch gewaschen.*

Sie horchte. Näherte sich jemand vom Ufer her ihrem Versteck? Vorsichtig reckte sie ihren Hals, um wieder durch das Tor zu schauen. Die Gestalt hatte wieder ihre Arbeit aufgenommen. Er schien etwas im Wasser zu versenken. Was konnte das sein? Und vor allem: Wer war das? *Vielleicht komme ich von dem kleinen Weg, der zwischen Streuobstwiese und Werft entlangläuft, an das Ufer? Von da könnte ich vielleicht ...?*

Sie kam nicht mehr dazu, weiter über ihre Möglichkeiten nachzudenken, denn eine kräftige Hand legte sich auf ihre Schulter.

»Du hast mich zu Tode erschreckt!« Stine musste sich beherrschen, Jan nicht in die Seite zu boxen.

Immerhin hatte er so viel Anstand, dass sich ein schuldbewusstes Grinsen im Schein der Laterne auf seinem Gesicht abzeichnete.

»Ich kann doch nicht ahnen, dass du es bist, die sich um diese Zeit zwischen Hecken und Brombeeren im Dunkeln herumdrückt. Was machst du überhaupt hier?«

»Ich gehe mit Victor Gassi.«

Jan schaute sich um. »Wie es scheint, hast du den kleinen Kerl verloren? Sehen tue ich ihn zumindest nicht.«

»Genau das ist das Problem. Er ist irgendwo dort zwischen Hecke und Brombeeren verschwunden und reagiert nicht auf Rufen. Als ich schauen wollte, ob er vielleicht auf dem Werftgelände herumstreunt, habe ich etwas gesehen. Oder vielmehr jemanden.«

»Leif, vermute ich.«

»Wie, Leif? Wieso denkst du das?«

»Als ich vor einer Viertelstunde die Kanalstraße auf meiner abendlichen Laufrunde entlanglief, kam er aus einem der Häuser. Ich wollte nicht stehenbleiben und ihn offensichtlich beobachten. Also bin ich ein Stück weitergelaufen, um hinter der Ecke zu drehen. Da war er aber verschwunden. Ich hatte mich schon gefragt, wo er abgeblieben ist. Als ich dann das Rascheln hinter der Hecke hörte, dachte ich erst, das wäre er. Aber dann habe ich dich gefunden.«

»Leif ist da unten mit zwei großen Taschen. Meinst du, er könnte da das Geld von Leonhard drin haben?«

»Wollen wir es rausfinden?«

»Eigentlich schon, aber ich muss erst wissen, wo Victor steckt.«

»Sieh es mal so: Wir suchen Victor, schauen uns dabei um und wenn uns jemand sieht, haben wir die perfekte Ausrede.« Jan schob Stine beiseite und begutachtete das Schloss des Tores. »Hmm. Das müsste gehen.«

Zu ihrer Verwunderung zog er ein Lockpicking-Set aus der hinteren Tasche seiner Laufhose und widmete sich dem Schloss. Wieso hatte er so etwas dabei? Hatte er vorgehabt, irgendwo einzubrechen? Das passte doch nicht zu der Aussage, er wäre auf seiner Joggingrunde gewesen?

Grübelnd betrachtete Stine Jan, dessen fester Po sich deutlich unter der engen Laufhose abzeichneten. Es klackte leise und Jan drückte das Tor auf.

»Lass uns Victor suchen.«

Leise schlich sie hinter ihm auf das Gelände. Zum Glück war der Boden sandig und verschluckte ihre Schritte. Aber gleichzeitig war er auch ein Problem, denn er bestand zum größten Teil aus hellem Sand, der das spärliche Licht des Viertelmondes reflektierte.

Stine duckte sich hinter einem der Trailer und versuchte dabei, Leif, der immer noch am Wasser mit seinen Taschen hantierte, nicht aus den Augen zu lassen. Jan drehte sich zu ihr um und deutete ihr an, dass er aus dem Schutz des Trailers in Richtung des kleinen Schuppens laufen wollte, der näher am Wasser war. Riskant. Das waren circa zwanzig Meter über das offene Gelände. Leif musste nur einmal kurz hochsehen, um den Schatten zu bemerken, der sich ihm näherte. Aber Jan hatte Glück und erreichte den Schuppen.

Er winkte Stine. Mit einem letzten Blick auf Leifs gebückte Gestalt setzte sie sich in Bewegung. Das war ein Fehler; sie hätte lieber auf sich achten sollen. Eine vorstehende Schraube am Trailer erwischte den Ärmel ihrer Sweatshirt-Jacke. Der Stoff riss, aber nicht, bevor der Trailer ein lautes Quietschen durch den Zug von sich gab. Leif blickte hoch und Stine ließ sich hinter den Trailer fallen. Hatte er sie gesehen? Sie riskierte einen Blick zwischen den Reifen hindurch. Sah es nur so aus, oder starrte er direkt in ihre Richtung?

Tatsächlich, er ließ von den Taschen ab und bewegte sich auf den Trailer zu. *Reiß dich zusammen, Stine. Man könnte meinen, du verfolgst hier einen Schwerverbrecher und riskierst dein Leben. Was soll passieren?*

Sie richtete sich auf und nahm die Hundeleine, die sie vorm Betreten des Geländes in ihrer Hosentasche gestopft hatte, wieder in die Hand. Zum Trailer gewandt rief sie: »Victor, du doofer Hund, wo bist du?«

Wieder legte sich eine Hand auf ihre Schulter, aber diesmal wusste sie, wer es war.

Donnerstagfrüh,
»Achter de Slüüs«

U nd Leif hat keinen Verdacht geschöpft?« Henri gab den dritten Löffel Zucker in seinen Latte macchiato.

»Wenn, hat er es sich nicht anmerken lassen. Ich habe die verzweifelte Nichte gegeben, die den Hund ihres Onkels verbummelt hat ...«

»Was du streng genommen auch hast.« Henri schaute sie mit einem Anflug von Vorwurf an.

»Ja, schon. Aber es ist doch alles gut ausgegangen.«

»Was nicht unbedingt an dir, sondern an Victor lag.«

»Soll ich die Geschichte nun zu Ende erzählen?« Stine liebte ihren Onkel, aber jetzt gerade nervte er sie gewaltig. *Das könnte damit zusammenhängen, dass er recht hat*, hörte sie ihre innere Stimme. *Victor hätte sonst was passieren können.*

»Nun erzähl schon weiter.« Henri tätschelte ihr versöhnlich die Hand.

»Leif fing sogar an, mit mir nach Victor zu suchen. Dabei vermied er es, mit mir in Richtung Wasser zu gehen. Kurz sah es nach dem idealen Moment aus, in dem Jan rüber zu den Taschen schleichen konnte.«

»Und was war jetzt in den verdammten Taschen?«

»Das haben Jan und ich leider nicht herausfinden können. Nachdem Leif mich gesehen hat und ich ihm erzählt habe, dass ich Victor suche, hat er die Beleuchtung auf dem Gelände angestellt. Es war dann so hell, dass Jan keine Chance hatte, unbemerkt zu den Taschen zu schleichen.«

»Das ist ärgerlich. Aber ganz ehrlich, kannst du dir vorstellen, dass Leif Taschen voller Geld versteckt?«

»Ich weiß es nicht. Aber sein Verhalten war schon etwas eigenartig.«

»Ich bin mir sicher, du und Jan, ihr werdet noch herausfinden, was Leif versteckt hat. Ich für meinen Teil habe ihn immer für harmlos gehalten. Ab und zu holt er alte Dinge aus der Ostsee, aber das ist auch alles. Das einzig Illegale dabei ist, dass er auch mal alte Munition herausfischt. Die Ostsee ist ja voll davon. Allein die Alliierten haben nach dem Zweiten Weltkrieg Tonnen dort versenkt.« Henri bückte sich und tätschelte Victors Kopf. »Und womit rechtfertigt meine Nichte sich, dass sie dich verloren hat? Wie gut, dass du so ein schlauer Hund bist, und den Weg alleine nach Hause findest.«

Tatsächlich hatten Henri und Victor bei Stines Rückkehr im Innenhof des Cafés gewartet. Sie vermutete, das war mehr der Tatsache geschuldet gewesen, dass Henri sich Sorgen um sie gemacht hatte, als dass er ihr hatte vorwerfen wollen, Victor verloren zu haben.

»Das würde erklären, warum Leonhard gemeint hatte, ›irgendwann fliegt uns das alles um die Ohren‹«, griff Stine die Erkenntnis mit der Munition auf. »Als Lilly gestern im Café ankündigte, sie würde demnächst vorbeikommen, hat er Panik bekommen und wollte die Munition loswerden. Sicher hat er Angst, Lilly könnte ihm und Astrid Wohnung kündigen.« Stine fühlte Erleichterung. Sie mochte Leif und Astrid und wollte sich nicht vorstellen, dass einer der beiden etwas mit Leonhards Tod zu tun hatte.

»Hältst du das für ein Mordmotiv?«

»Bei dem heutigen Wohnungsmarkt? Hier in Holtenau sind die Preise doch kaum anders als in Hamburg.«

»Das ist doch verrückt.«

»Warte noch zehn bis fünfzehn Jahre ...« Stine grinste.

»Das werde ich dann hoffentlich nicht mehr erleben.« Henri schüttelte den Kopf.

»Du hast natürlich recht, als Mordmotiv taugt es nicht. Allerdings muss er wegen des illegalen Besitzes von Munition mit bis zu drei Jahren rechnen.«

»Drei Jahre Gefängnis? Nicht schön, aber immer noch kein Grund für Mord, oder? Es sei denn ...«

»Es sei denn was?«

»Leif leidet unter Klaustrophobie und hat Angst, in einer Zelle zu sitzen«, vollendete Henri mit einem listigen Grinsen den Satz.

»Jemand, der sich als Hobby in einen Helmtaucheranzug zwängen lässt und in Wracks taucht? Kann ich mir absolut nicht vorstellen«, ging Stine auf Henris gewagte Hypothese ein. »Vielleicht gibt es noch mehr, was Leif verbirgt? Wenn er die Munition zum Beispiel wieder instand setzt und weiterverkauft, das könnte ein paar Jahre mehr im Gefängnis bedeuten.«

Sie wurden vor weiteren Spekulationen zum Aufwerten von Leifs möglichem Score an Gefängnisjahren bewahrt, als eine der alten Damen, die Stine aus der Seebadeanstalt kannte, das Café betrat.

»Könnten Sie mir einen Kaffee mit Milch bringen, Liebes?« Die alte Dame steuerte auf einen der runden Tische direkt am Fenster zu. Sie stutzte und drehte sich noch einmal zu Stine um. »Ich kenne Sie. Sie waren doch neulich in der Seebadeanstalt zum Schwimmen mit dem netten jungen Mann und ihrer Freundin? Die, die sich vor dem Baden gedrückt hat, richtig?«

»Ja«, bestätigte Stine. »Wir haben uns dort auf dem Steg gesehen.« Es war die alte Dame, die ihr Tipps gegeben hatte, wie sie am besten ins Wasser zu gehen hatte.

»Sie haben auch die Leiche von unserem Leonhard gefunden, stimmt's?« Die alte Dame hatte sich entschlossen, lieber direkt auf einem der Barhocker am Tresen Platz zu nehmen. Das Schwimmen in der Seebadeanstalt zahlte sich scheinbar aus. Anders als Lilly kletterte sie mühelos auf den hohen Stuhl.

»Ja, das habe ich.« Normalerweise hätte Stine jetzt das Gespräch abgebrochen, aber für ihre Nachforschungen ...
»Haben Sie Leonhard gekannt?«

»Im biblischen Sinne? Oder nur so?« Die Frau lachte leise. *Die alten Damen hier in Holtenau ticken irgendwie anders. Muss mit der Seeluft zusammenhängen.*

»Ach Kind. Wir waren doch alle einmal jung. Leonhard und ich kannten uns von früher, bevor er ins Ausland ging. Aber ich wusste, dass man vorsichtig bei ihm sein musste. Er war ein ziemlicher Schlawiner, wenn Sie wissen, was ich meine. Ähnlich attraktiv wie der junge Mann, mit dem ich Sie in der Badeanstalt gesehen habe.« Wieder das leise Lachen. »Leonhard hat so mancher Frau hier in Holtenau das Herz gebrochen. Es war gut, als er dann weg ging. So kehrte wieder Ruhe bei uns ein.«

»Gab es Probleme, als er wieder auftauchte?«

»Die eine oder andere von uns hätte ihm vielleicht gerne den Krückstock über den Kopf gezogen oder ein paar Abführtabletten in den Kaffee gebröselt. Aber wir alten Leutchen sind doch eher harmlos. Wenn man mal von Lilly absieht.«

»Aber Lilly hat sich doch bestimmt gefreut, dass Leonhard wieder da war?«

»Anfangs überhaupt nicht. Beim Sitzyoga hat sie überhaupt nicht mehr aufgehört, über ihn zu schimpfen. Sie wäre fast aus dem Kurs geflogen, hätte ich nicht ein gutes Wort für sie bei unserem Trainer eingelegt.«

»Warum war Lilly denn wütend?«

»Leonhard ist in den Siebzigern von einem Tag auf den anderen verschwunden. Keiner wusste, wo er hin war. Es hieß, er hätte Ärger gehabt. Vielleicht ein eifersüchtiger Ehemann? Zumindest war er weg und auch Lilly hatte keine Ahnung, wohin. Jahre hat sie nichts von ihm gehört. Irgendwann kam eine Postkarte. Dass es ihm gutginge und er würde sich wieder melden. Die nächsten Jahre kam immer zu ihrem Geburtstag ein kurzer Gruß. Kein Hinweis, wo er lebte; die

Karten waren aus aller Welt. Irgendwann fing er an, Geld zu schicken. Lilly war empört. Hat gesagt, das Geld rühre sie nicht an. Sie wisse ja gar nicht, ob da nicht Blut dran kleben würde.«

Komisch, das alles hat Lilly mir überhaupt nicht erzählt.

»Was hat sie mit dem Geld gemacht?«

»Erst Sparbuch, dann später auf Anraten ihres damaligen Mannes in Aktien gesteckt. Aber sie hat es nie für sich gebraucht. Meinte, irgendwann kommt der Tag und das Geld wird Leonhards Fehler wieder gutmachen.«

Noch etwas, das Lilly nicht erzählt hat.

»Und als Leonhard dann wieder auftauchte, war sie immer noch wütend.« Stine stellte den Kaffee mit einem Milchkännchen auf den Tisch.

»Ja, aber die Geschwisterliebe hat dann gesiegt. Sie haben sich sogar zusammen dieses Riesenappartement gekauft.«

»Ach, ich dachte, das Geld dafür wäre von Leonhard gekommen.«

»Nein, so ist es nicht. Es hatte nämlich nicht nur Leonhard Geld. Lilly hat ihre Ehemänner immer mit Bedacht ausgesucht, könnte man sagen. Sie ist gut versorgt.«

»Gab es denn jemand anderes, der sich auch darüber geärgert hat, dass Leonhard wieder zurück war?«

»Ich sag es mal so: Er hat unseren Alltag hier in Holtenau gehörig durcheinandergebracht. Wir haben unsere Rituale. Die eine Gruppe trifft sich morgens um sieben Uhr in der Seebadeanstalt für das erste Schwimmen. Die anderen gehen in der Woche gegen acht, am Wochenende um zehn Uhr mit ihren Hunden am Wasser lang. Wieder andere tauchen zweimal im Jahr mit Helm in der Seebadeanstalt. Mit allen hat sich Leonhard angelegt. Es hat ihn gestört, wenn wir Frauen morgens nicht nur geschwommen sind, sondern uns hinterher in der Seebadeanstalt hingesetzt und gequatscht haben. Es hat ihn gestört, wenn die Hundebesitzer sich morgens direkt gegenüber von seinem Appartement für den Gassigang getroffen haben. Es hat ihn gestört, wenn Herr Küppers mit seinen Tauchfreunden den halben Steg belegt hat. Sie hatten sogar am Morgen von seinem Tod noch eine Auseinandersetzung. Das habe ich auch der Polizei gesagt. Leonhard meinte zu Herrn Küppers: ›Wenn du so weiter machst, wirst du alles verlieren, was dir wichtig ist. Letzte Warnung.‹«

Okay, das bestätigt eigentlich nur das, was ich schon gehört habe. Leonhard war nicht unbedingt ein umgänglicher Mensch und er hatte eine Auseinandersetzung mit Leif, dachte Stine.

In der Tasche ihrer Schürze fing ihr Smartphone an zu vibrieren.

»Da möchte jemand etwas von Ihnen, mein Liebes.«

Stine nahm das Smartphone aus der Schürze. Ihr Arzt. Mist, sie hatte immer noch nicht angerufen. Aber wollte sie jetzt hier im Café den Anruf entgegennehmen? Sie leitete ihn auf die Mailbox um und drehte sich wieder ihrem Gast zu.

Laut sagte sie: »Ich hatte gehört, es gab auch ein Problem mit einer jungen Frau in der Seebadeanstalt.«

»Karin, meinen Sie?« Die alte Dame machte eine wegwerfende Handbewegung. »Da muss ich Leonhard tatsächlich mal verteidigen. Das Thema zwischen ihr und Leonhard ist ein bisschen aufgebauscht worden. Die jungen Frauen von heute können nicht mehr richtig mit Komplimenten umgehen, finde ich. Er hat sie nicht angefasst. Nur gesagt, dass sie eine tolle Figur hätte und die Kerle bei ihr sicher Schlange stehen, oder so ähnlich. Glauben Sie es oder nicht, ein bisschen erinnert mich Karin an mich, als ich noch jung war. Sportlich und eher Einzelgängerin. Auf die Karriere fixiert.«

Stine musterte die alte Dame verstohlen. Für ihr Alter machte sie tatsächlich noch eine sportlichere Figur als Lilly.

»Ich habe Leonhard auf jeden Fall dazu gebracht, sich bei Karin zu entschuldigen. Sie hatte also keinen Grund, den alten Kerl umzubringen, wenn das hinter Ihrer Frage stand, Liebes.«

Donnerstagnachmittag, Kanalstraße

Pass bitte auf dich auf.« Auf Henris Stirn hatten sich zwei tiefe Falten gegraben. Ihm passte es überhaupt nicht, dass Stine jetzt, bewaffnet mit einem Obstkuchen, bei Astrid vorbeischauen wollte. »Was willst du ihr überhaupt als Begründung sagen, warum du mit einem Kuchen vor der Tür stehst?«

»Mir wird schon etwas einfallen. Danke, dass du die Nachmittagsschicht übernimmst. Falls es dir zu viel wird, ruf Karin an. Sie hat heute Homeoffice und meinte, sie könnte zur Not einspringen.«

»Homeoffice ist also nur ein anderer Name für ›Arbeit schwänzen‹. Das hätte es früher nicht gegeben.«

Stine vermied eine Diskussion darüber, dass die Arbeitswelt heutzutage nicht mehr vergleichbar mit der vor fast zwanzig Jahren war, sondern zog stumm die Tür hinter sich zu.

Sie lief an dem Steg direkt neben der Schleuse vorbei, an dem Sportboote aller Art auf ihre Passage durch den Nordostsee-Kanal warteten oder festmachten, bevor sie für eine längere Tour auf der Ostsee verschwanden. Eigentlich wäre jetzt eine gute Gelegenheit, um ihren Arzt zurückzurufen.

Er hatte sich sehr kurzgefasst, als er auf ihre Mailbox gesprochen hatte: »Frau Janssen. Die Ergebnisse der Untersuchungen sind jetzt vollständig. Ich würde gerne mit Ihnen darüber reden. Bitte rufen Sie mich zurück oder noch besser: Vereinbaren Sie einen Termin bei meinem Praxispersonal.«

Was hatte das zu bedeuten? Stine hatte ein flaues Gefühl im Magen. Sie musste sich endlich mit diesem Thema auseinandersetzen. Was, wenn sie einen Hirntumor hatte? Eine kleine Stimme in ihrem Inneren sagte ihr: *Solange er es dir nicht gesagt hat, ist es auch nichts Ernstes. Außerdem werden die Schwindelattacken ja weniger.*

Der Anruf musste warten, jetzt ging es erst einmal um den Fall.

Der große Katamaran, der vor einiger Zeit noch am Tiessenkai gelegen hatte, hob und senkte sich in den Wellen, die der Wind gegen das Ufer drückte. *Ob man so ein Ding auch zu zweit segeln kann? Zumindest wird es eine Menge Arbeit machen,* dachte Stine, als sie das polierte hölzerne Teakholz betrachtete, mit dem das Cockpit ausgestattet war. Eine Frau mit kurzen blonden Haaren, in Jogginghose und Sweatshirt, begutachtete die Segel. Als sie Stine am Ufer sah, winkte sie fröhlich. Kannten sie sich? War das der weibliche Teil des niederländischen Pärchens, welches letzte Woche zum ersten Mal im Café gewesen war? Mit ihr hatte sich Stine nicht groß unterhalten. Ihr Mann war entzückt zum Kühlschrank gelaufen und hatte in Deutsch mit Akzent verkündet, wie großartig es sei, dass sie Cider hätten. Seitdem hatte er öfter im Café vorbeigeschaut, einen Cider getrunken und sich meistens noch zwei bis drei Flaschen mitgenommen.

Stine fiel ein, dass sie Henri bitten musste, zwei neue Kisten zu kaufen; der Cider-Vorrat ging langsam zur Neige und es sah so aus, als ob die beiden Niederländer noch länger blieben. Sie nahm sich vor, den Mann das nächste Mal nach dem Katamaran zu fragen und welche Länder sie schon bereist hatten.

Sie malte sich aus, wie es wohl wäre, wenn sie mit so einem Gefährt um die Welt segeln würde. Vielleicht einige Nummern kleiner, denn dieses Schiff musste ein Vermögen kosten. Ein kleines Schlafzimmer, Küche und ein überdachtes

Deck als Balkonersatz. Wäre das etwas? Sich auf wenige Dinge beschränken und um die Welt segeln?

Möchte ich alleine auf einem Segelboot sein? Was würde passieren, wenn ich einen Schwindelanfall mitten auf dem Atlantik in einem Sturm bekomme? Vielleicht ginge das mit dem richtigen Partner, aber alleine? Nein, dann lieber in einem Café mit all den netten und manchmal verrückten Gästen, die vorbeikommen. Da ist keine Zeit einsam zu sein.

Sie ging weiter und stand schon kurz darauf vor einem der alten, zweigeschossigen Häuser. Der braunrote Backstein war nicht einfach nur plan hochgemauert worden, sondern durch verschiedene Ebenen des Gesteins waren die Fenster mit darüberliegenden Rundbögen, Rosetten und anderen Zierelementen versehen. Sogar einen stilisierten Anker konnte Stine an der Fassade ausmachen. Sie ging durch das kleine Gartentor und dann die wenigen Stufen zum Windfang hinauf. Sie klingelte. Als sie drinnen Schritte hörte, hob sie den mitgebrachten Kuchen auf Brusthöhe.

Astrid, barfuß in einem gemütlichen grauen Kleid, öffnete ihr die Tür. Zu Stines Überraschung stand Maik neben ihr.

»Stine, wie schön, dass du vorbeikommst! Was machst du denn hier?« Astrid war genauso herzlich wie immer.

»Ich wollte mich bedanken, dass Leif mir gestern beim Suchen von Victor geholfen hat.« Stine versuchte, Maik nicht verwundert anzustarren. Was machte er hier?

»Das hat Leif schon erzählt«, meinte Astrid. »Aber ihr habt ihn nicht gefunden, oder?«

»Konnten wir auch nicht. Als ich nach Hause kam, saßen er und Henri im Innenhof vom Café und warteten auf mich.«

»Dieser Hund ist schlau«, verkündete Astrid. Erst dann besann sie sich, dass Maik immer noch neben ihr stand. »Stine, Maik? Ihr kennt euch, richtig? Maik will sich von Leif seinen Lungenautomaten warten lassen und hat ihn gerade vorbeigebracht.«

Maik schaute auf die Uhr. »Gerade? Ich wollte schon vor einer Stunde wieder zu Hause sein. Bei den Schätzen in Leifs Keller vergeht die Zeit wie im Flug.«

»Ich wusste gar nicht, dass du tauchst?« Stine war überrascht.

»Du weißt vieles nicht von mir«, entgegnete Maik. Ein schiefes Lächeln nahm den Worten ihre Schärfe. Er winkte kurz zum Abschied und verschwand.

Astrid machte einen Schritt zur Seite und ließ Stine herein. Ein leichter Geruch von etwas Verbranntem lag in der Luft. Stine fragte sich, ob das wohl mit Leifs explosivem Hobby zu tun hatte.

Der Flur war weiß gefliest, eine gemütliche Bank, geschmückt mit maritimen Kissen, stand in der Ecke. An den Wänden hingen Schwarz-Weiß-Fotos von Schiffen, alte Sextanten und Stundengläser. Auch im Wohnzimmer war die See allgegenwärtig. Ein polierter schwerer Schuh, ganz ähnlich den Schuhen, die Stine bei ihrem Helmtauchgang anziehen musste, diente als Türstopper für die Terrassentür. Ein Tauchhelm, ebenfalls sorgfältig instand gesetzt, thronte auf einer Anrichte. Allem Anschein nach war er zu einer Lampe umfunktioniert worden. Stine schaute sich genauer um und entdeckte auf der Anrichte und im großen Bücherregal mehrere auffällige Lücken. Ob hier ebenfalls instand gesetzte Munition oder andere detonierbare Devotionalien gestanden hatten, die bei Nacht ihren Weg in die Sporttaschen und dann zurück in die Ostsee gefunden hatten? Sie konnte sich immer mehr mit dieser Idee anfreunden. Jan würde es sicher nicht gefallen. Wo war nur das verdammte Geld?

»Erkennst du den Helm?« Stine zuckte zusammen. Leif war unbemerkt hinter sie getreten und wies stolz auf die ungewöhnliche Lampe.

»Sieht ein bisschen so aus wie der Helm, mit dem ich getaucht bin«, antwortete Stine vorsichtig. Für sie sahen die

Helme alle gleich aus. Kupferfarben, mehr oder weniger poliert, mit Ventilen und kleinen runden Scheiben.

»Gut erkannt! Ein Dräger DM40. Mit genau so einem bist du getaucht. Bei diesem hier sind aber tauchmäßig die Lichter aus, auch wenn man das so nicht meinen mag.« Er lachte.

»Stine hat dir Kuchen mitgebracht, als Dankeschön für deine Hilfe bei der Suche nach dem Hund.«

»Naja, war ja nicht erfolgreich. Ist das Vieh wieder aufgetaucht?«

»Ist er. Er wartete mit Henri vorm Café. Die ganze Sucherei hätte ich mir also sparen können. Trotzdem danke, dass du geholfen hast. War ja ein glücklicher Zufall, dass du so spät noch auf der Werft warst.« Stine ließ die unausgesprochene Frage, was Leif zu der Zeit denn dort gemacht hatte, im Raum stehen.

»Nun ja. Wenn man sich den ganzen Tag wie ich mit Kunden rumschlägt, ist man froh, wenn man abends Ruhe hat. Ich wollte eigentlich nachsehen, ob mein Trailer noch da ist, wenn ich in den nächsten Wochen mein kleines Boot aufs Land hole.«

Mhm. Wem willst du weiß machen, dass du dazu mitten in der Nacht, ohne Taschenlampe mit zwei großen Taschen auf dem Gelände herumlaufen musstest? Und das, wo man mit einem Handgriff das Gelände hell erleuchten kann? Stine ließ sich nicht anmerken, was sie von Leifs Begründung hielt.

Astrid klapperte in der offenen Küche mit Geschirr.

»Darf ich dir einen Espresso oder einen Latte macchiato anbieten? Ich muss dich aber vorwarnen, wir haben nur einen Vollautomaten und sicher nicht so gute Bohnen wie du im Café.«

»Es schmeckt bestimmt großartig, mach dir keine Gedanken. Gerne einen Latte. Hast du etwas zum Aufschneiden, dann mache ich den Kuchen fertig.«

Kurze Zeit später saßen sie im Grünen auf der gemütlichen Steinterrasse und genossen den Kuchen.

»Dieser Birnenkuchen ist großartig.« Leif schob sich ein großes Stück in den Mund. »Der ist mir im Café schon ein paar Mal ins Auge gestochen, bin aber bis jetzt noch nicht dazu gekommen, ihn zu probieren. Aber ich erinnere mich noch an den großartigen Apfelkuchen, den du zum Tauchen mitgebracht hast.«

»Ich verwende dafür das Obst von unserer Streuobstwiese. Daher wird dieser Kuchen immer separat angeboten, da ich sämtliche Einkünfte von dem Verkauf für den Erhalt und die Pflege der Streuobstwiese spende.«

»Das finde ich eine großartige Idee! Diese Streuobstwiese ist auch etwas Besonderes, was erhalten bleiben muss. Nicht nur, weil Astrid wunderbares Gelee aus den Äpfeln macht.«

»Aber nur ein paar Gläser jedes Jahr, wir wollen niemandem etwas wegnehmen«, beeilte sich Astrid zu sagen.

»Schön habt ihr es hier«, stellte Stine beim Blick durch den Garten mit seinen alten Bäumen fest.

»Ja, ich möchte auch an keinem anderen Ort der Welt leben. Wenn man abends hier draußen sitzt, hört man die Möwen, das Tuten der Schiffe, manchmal auch die Wellen der Ostsee. Und dieser Geruch nach Salz und Tang.« Astrid seufzte. »Es wäre schlimm, wenn wir das verlieren.«

Gespielt überrascht fragte Stine: »Steht das denn zu Debatte? Warum sollte Lilly euch aus der Wohnung haben wollen?«

»Nun ja, sie hat ...« Stine sah aus dem Augenwinkel, wie Leif seine Frau mahnend ansah. Astrid hörte mitten im Satz auf.

»Astrid neigt einfach zu Übertreibungen. Sie hat viel Stress auf der Arbeit und überträgt das dann auf alles andere«, wiegelte Leif ab.

»Ich weiß gar nicht, was du beruflich machst« stellte Stine fest.

»Ich arbeite in einer Apotheke in Kiel-Gaarden. Leider nicht im besten Viertel und daher sind die Kunden – wie soll ich sagen? – etwas speziell.«

»Ich sag ja, Astrid übertreibt. Kiel-Gaarden muss einem, der bei der Polizei in Hamburg arbeitet, wie ein Kindergarten vorkommen«, kam die nächste Spitze von Leif.

Die so gescholtene Astrid schluckte zu Stines Überraschung auch diese Äußerung ihres Mannes herunter und bot stattdessen noch einen weiteren Kaffee an.

»Sehr gerne. Aber bevor ich den nächsten trinke, muss ich erst mal etwas wegbringen.«

»Einfach durch das Wohnzimmer, den Flur entlang, dann die zweite Tür links«, wies ihr Leif den Weg.

»Bitte ignoriere die Unordnung im Bad. Wir haben leider kein Gäste-WC.«

Stine hörte noch Leif brummen: »Was sollte das schon wieder? Bei uns kannst du vom Boden essen, so ordentlich bist du. Ich glaube kaum, dass Stine im Bad etwas findet, was sie stört.«

Aber vielleicht finde ich etwas, was mich in dem Fall weiterbringt? Als Apothekerin hat Astrid Zugang zu allen möglichen Substanzen – bestimmt auch Digitalis. Jan sollte versuchen, über den Oberkommissar etwas herauszubekommen. Sicher haben die Kollegen das schon überprüft, oder?

Stine ging den mit hellen Flur entlang. Natürlich öffnete sie nicht nur die Badezimmertür am Ende des Korridors, sondern auch die beiden Türen rechts und links davor. Die eine führte sie in einen sehr aufgeräumten Hauswirtschaftsraum mit Bügelbrett, Staubsauger und Waschmaschine. Es gab nur ein paar halbleere Regale an der Wand, nichts, wo sich etwas verstecken ließ. Die andere Tür führte in ein großes Schlafzimmer. Auch hier herrschte Ordnung. Keine Tauchdevotionalien. Entweder hatte es eine Säuberung wie im Wohnzimmer gegeben oder Astrid hatte einen Deal mit Leif, dass sein

Hobby hier draußen bleiben musste. Nach der Anordnung der Gegenstände vermutete Stine Letzteres.

Gerne hätte sie einen Blick in die Schubladen geworfen, aber sie wollte nicht riskieren, dass ihre netten Gastgeber sie mit der Hand in Dessous oder ähnlichem fanden. Stine ließ den Raum hinter sich und öffnete die Badezimmertür.

Auch hier wurde das maritime Thema eingehalten. Blau-weiße Kacheln, die etwa einen halben Meter unter der Decke endeten. Die Tapete darüber war mit einer Zierleiste aus Muscheln verziert. Es roch angenehm nach Sandelholz. Stine sah sich um. Der kleine Medizinschrank links neben dem Fenster stach ihr ins Auge. Sie öffnete ihn. Man merkt, dass eine Apothekerin im Haus ist. Es gab nichts, was es nichts gab. Neben den haushaltsüblichen Packungen Aspirin, Diclofenac und Pflaster fanden sich auch stärkere Schmerzmittel wie Novalgin und Tetrazepam. Vorsichtig schob Stine die Fläschchen im Schrank hin und her. Sie entdeckte mehrere unbenutzte Spritzen und Kanülen. War damit das Gift appliziert worden? Gab es auch eine Flasche mit Digitalis? Das wäre doch zu einfach, oder?

Es klopfte an die Tür. Fast hätte sie eine der Flaschen, die sie gerade in der Hand hatte, um die Inhaltsstoffe zu studieren, fallen gelassen.

»Stine, alles in Ordnung? Ich wollte nur fragen, ob du den Latte macchiato auch mit Hafermilch nimmst, die Kuhmilch ist leider alle. Zur Not schicke ich aber Leif hoch zum Rewe, neue Milch holen.«

»Nein, Hafermilch ist völlig in Ordnung. Ich bin gleich da.«

Sie betätigte die Spülung und schloss leise während des Rauschens den Schrank.

Donnerstagabend, »Achter de Slüüs«

B ist du so weit?« Jan, ganz in Schwarz gekleidet, betrat den Innenhof des Cafés.

Stine, ebenfalls in Schwarz, zog gerade die Tür hinter sich zu.

»Beinahe«, antwortete sie und nestelte an dem Reißverschluss ihrer Jacke.

Sie hatte länger suchen müssen, bis sie ein dunkles Outfit beisammengehabt hatte. Neben ihrer schwarzen langen Laufhose hatte sie nur ein schwarzes enges Top mit einem unverschämten Ausschnitt aus Hamburg mitgenommen. Sie hatte es in einem Anfall von Wahnsinn bei einer Shoppingtour mit Ute gekauft und es noch nie angehabt. Warum sie es gerade nach Holtenau mitgenommen hatte, war ihr ein Rätsel. Darüber hatte sie ihre schwarze Sweatshirt-Jacke gezogen, um den freien Blick auf ihren Busen zu verbergen. Leider hatte sich der Reißverschluss verhakt, sodass sie ihn nicht komplett hochziehen konnte. es war keine Zeit geblieben, um diesen Fehler zu korrigieren, bevor Jan kam. Und jetzt, unter dem amüsierten Blick des Südafrikaners, war es quasi unmöglich, dies nachzuholen.

»Soll ich dir helfen? Ich bin gut mit Verschlüssen.« Er hob leicht die rechte Augenbraue.

Macht er sich lustig über mich? Na warte, ich bin cooler, als du denkst.

»Wenn du so gut damit bist, dann gerne.« Sie reckte ihm ihre Brust entgegen. Als sein warmer Atem ihre nackte Haut streifte, merkte sie, dass sie einen Fehler gemacht hatte. Ihre

174

Knie wurden weich. *Fehlt nur noch, dass ich ihm gleich halb ohnmächtig in die Arme sinke. Das hast du jetzt davon, wenn du einen auf cool machst!*

Jan begann an ihrem Reißverschluss zu ziehen. Aber bildete sie sich das nur ein oder zitterten seine Hände? Sie schaute auf und blickte direkt in seine braunen Augen.

»Stine, ich ...«

Jans Gesicht kam noch näher ... Da rumpelte es direkt in ihrem Rücken. Henri ließ die Rollläden im Wohnzimmer herunter. Der Moment war vorbei. Ohne weitere Probleme glitt der Reißverschluss hoch.

»Wir sollten los. Falls Leif noch mehr Dinge verschwinden lassen möchte, wird er sich bestimmt bald auf den Weg machen.« Stine öffnete das kleine Holztor zur Straße und ließ Jan vorbei, bevor sie es hinter ihnen beiden schloss.

Schweigend liefen sie die verlassene Kanalstraße entlang. Auf dem großen Katamaran war außer den Positionslichtern nur noch ein Fenster erleuchtet. Stine stellte sich vor, dass dahinter das Schlafzimmer mit einem großzügigen Bett war. Sie hatte vor einigen Jahren mit Henri die Bootsmesse in Hamburg besucht und war damals überrascht über die Größe eines dort ausgestellten Katamarans gewesen. Und dieses Schiff hier war noch deutlich größer.

Sie gingen an der Schleusenbrücke vorbei. Ein paar Kanadagänse, die auf der Streuobstwiese geschlafen hatten, hoben ihre schwarz-weiß gezeichneten Hälse. Zum Glück fühlten sie sich aber nicht so in ihrem Schlaf gestört, dass sie ihren durchdringenden Klageruf ertönen ließen. Dieser hatte Stine mehr als einmal zu Tode erschreckt, als sie die Äpfel und Birnen aufsammelte.

»Wir sollten den Trampelpfad zwischen Hecke und Zaun nehmen«, schlug Jan vor, als sie die Werft erreichten, auf der sie Leif gestern beobachtet hatten. »Ich gehe vorweg. Falls Brombeer-Ranken über den Weg hängen, biege ich sie weg, damit sie dich nicht wieder verletzen.« Er hielt kurz inne und strich mit dem Zeigefinger über den Cut, den Stine sich gestern an den Brombeeren geholt hatte.

»Sexy und fürsorglich?«, hörte sie Ute in ihrem Kopf sagen. »Den Mann solltest du dir warmhalten. So ein Prachtexemplar findest du so schnell nicht wieder.«

Das »Prachtexemplar« entfernte sich gerade von Stine und steuerte in Richtung Trampelpfad. Als sie hinter ihm hersetzte, blieb sie mit dem Fuß an einer unebenen Stelle des Weges hängen und fiel vorne über auf die Knie.

Verdammter Mist, tut das weh!

Ein Blick an sich herunter bestätigte ihre Befürchtung. Die Laufhose war kaputt. Ein großer Riss auf dem linken Knie.

Vielleicht ist es Glück, dass ich die Stelle als Personenschützerin nicht bekommen habe. So ungeschickt, wie ich bin, bin ich eine Gefahr für mich und andere.

Stine rappelte sich hoch. Hoffentlich hatte Jan das nicht gesehen. Er musste ja denken, sie sei ein dämliches Trampel, das nicht in der Lage war, sich vor Brombeeren zu schützen, und auch sonst eher durchs Leben stolperte. Sie versuchte den pochenden Schmerz im malträtierten Knie zu ignorieren und näherte sich Jan so geschmeidig wie möglich.

»Alles in Ordnung?« Er drehte sich um und musterte sie kurz. Zum Glück wanderten seine Augen nicht tiefer als bis zur Taille, sonst hätte er womöglich das verräterische Blitzen weißer Haut unter der Laufhose bemerkt.

»Ja, alles bestens«, flüsterte Stine. »Wieso glaubst du eigentlich, dass Leif heute wieder etwas versteckt?«

»Wir, oder besser gesagt, du und der nicht vorhandene Victor haben ihn gestern gestört. Er hat die Taschen nur kurz zwischen die Steine geschoben und ist dann zurück nach Hause. Ich kann mir kaum vorstellen, dass ihm das als permanente Lösung vorschwebt.«

Stine nickte. Das leuchtete ihr ein. Sie schlichen durch das Gebüsch, Jan vorweg und immer darauf bedacht, Stine vor den Dornen zu schützen. Wellen klatschten leise, als ein größeres Schiff aus dem Nord-Ostsee-Kanal Wasser in den kleinen Seitenarm drückte. Am WerftTor angelangt, blickte Jan hindurch, Stine schaute über seine Schulter. Nichts. Dort war niemand. Die Stelle, an der Leif gestern die Taschen abgelegt hatte, lag verlassen da. Waren sie zu spät?

»Lass uns ein Stück weiter gehen und schauen, ob Leif und Astrid zu Hause sind«, schlug Jan vor.

schon von weitem konnten sie sehen, dass bei den beiden noch Licht brannte. Also war mindestens einer von ihnen zu Hause. Als sie nur noch wenige Häuser entfernt waren, öffnete sich die Tür im Windfang. Die große Gestalt von Leif erschien. Dahinter bewegte es sich. Astrid?

Jan und Stine suchten Schutz hinter einem großen Land Rover, der auf der Straße fast direkt vor dem Haus geparkt war.

»Ich halte das für keine gute Idee«, hörten sie Astrid sagen.

»Denkst du, es ist besser, wenn wir es hierlassen?« Leif hielt einen schwarzen Plastikbeutel in der Hand, der auf die Entfernung große Ähnlichkeit mit den Schiti-Beuteln hatte, die Henri für Victor immer vorrätig hatte.

»Wir sollten zur Polizei gehen. Warum sollte jemand denken, dass wir Leonhard umgebracht haben?«

»Spätestens wenn er das hier bei uns findet, wird dieser Jemand genau das denken.« Er machte zwei Schritte die Stufen herunter.

Jan richtete sich hinter dem Land Rover auf und schnitt Leif den Weg zur Straße ab.

»Ich würde gerne einen Blick in diesen Beutel werfen.«

Freitagabend, Innenhof Café

Schon das Ergebnis gehört? Angeblich gibt es einen großen Unbekannten, der Leif und Astrid die Mordwaffe untergeschoben hat, und in den schwarzen Taschen ist nur alte, rostige Munition. Der Oberkommissar hat mich vorhin angerufen und von dem Verhör der beiden berichtet. Leif sagt, er hätte, kurz bevor wir kamen, den Müll rausgebracht und dabei die Tüte mit dem Digitalis und der Spritze gefunden. Er und Astrid hätten Panik bekommen. Eine sehr originelle Idee. Wer soll ihnen das glauben?« Jan nahm einen großen Schluck Gin Tonic, den Stine zur Feier des Erfolges gemixt hatte.

»Wir hatten Glück, dass wir gerade vorbeigingen, als Leif versuchte, es zu entsorgen. Sonst wäre es schwer gewesen, es ihnen nachzuweisen.« Stine versorgte Henri mit einem Kuba Libre, bevor sie sich mit ihrem Gin Tonic in den Deckchair fallen ließ.

»Klingt nach ›Kommissar Zufall‹«, stellte der krimifeste Henri trocken fest. »Aber in den Krimis, die ich lese, steckt am Ende meistens mehr dahinter. Wenn nicht, ärgere ich mich furchtbar, weil ich diesen Trick des Autors mit dem ›Mörder aus dem Hut‹ nicht leiden mag. Das heißt doch, ihm ist nichts Besseres eingefallen.«

»Zum Glück sind wir ja im echten Leben und nicht in einem deiner Krimis. Als Kommissarin kann ich nur sagen, es gab den einen oder anderen Fall, den ich oder Kollegen nur durch Zufall gelöst haben.« Stine drehte das Glas in ihrer Hand. »Ich erinnere mich da an einen Fall vor zwei Monaten ... Es gibt in Hamburg direkt an der Alster den Jungfernstieg, eigentlich eine gute Gegend mit teuren Geschäften.«

»Ich kenne den Jungfernstieg«, erwiderte Henri.

»Aber Jan vielleicht nicht?« Stine knuffte ihren Onkel in die Seite. »Na ja, wie auch immer. Am Jungfernstieg gibt es eine sehr schöne Terrasse hin zur Binnenalster. Leider treffen sich dort in den letzten Jahren viele junge Leute, die weniger an der Aussicht als am Feiern und letztendlich auch Ärger machen interessiert sind. Gelegentlich gibt es kleine Diebstähle, aber vor allem geraten unterschiedliche Gruppen ständig aneinander. Das geht bis zu Messerstechereien. Es wird viel Streife gefahren und kontrolliert, aber die Polizei kann leider nicht rund um die Uhr vor Ort sein.«

Jan nickte. »Das klingt ein bisschen nach Kapstadt und seinen Stränden. Wir haben an einigen von ihnen große Probleme mit Drogen und Gewalt. Und das vor der wunderschönen Kulisse des Atlantiks und des Tafelberges. Abends sollte sich keiner dort herumtreiben. Manche würde selbst ich nicht am Tag besuchen.«

»So schlimm ist es zum Glück in Hamburg noch nicht, aber schön ist die Situation definitiv nicht. Vor drei Monaten ist die Gewalt eskaliert und ein junger Mann lebensgefährlich mit einer Stichwaffe verletzt worden«, fuhr Stine fort. »Trotz sofort eingeleiteter Fahndung und Videoaufnahmen konnte der Messerstecher nicht gefasst werden. An seinem letzten bekannten Aufenthaltsort wurde er von meinen Kollegen nicht angetroffen.«

»Klingt wirklich wie bei uns. Nie sind sie da, wo sie sein sollen. Es ist wie das Suchen einer Nadel im Heuhaufen.«

Sprach da der private Ermittler aus Jan? Wieder einmal fragte sich Stine, was genau sein Job in Südafrika war. Und auch, wer genau hinter diesem ominösen Auftraggeber steckte. Vielleicht ergab sich in der nächsten Zeit die Möglichkeit, auch dieses Geheimnis zu lüften, jetzt, wo der Mörder gefasst war.

Sie setzte ihre Geschichte fort: »Vier Wochen später hat die Hochbahn einen Kontrollmarathon gestartet und hunderte von Schwarzfahrern erwischt. Einer von denen wollte sich nicht ausweisen und wurde aggressiv. Da haben sie die Polizei um Unterstützung gebeten. Und voilà, es war der Messerstecher.«

»Das heißt doch, dass viele Kriminelle so in ihren bewährten Mustern gefangen sind, dass sie immer den gleichen Weg wählen. Er hätte sich auch eine Fahrkarte kaufen können, aber nein, er wählt den üblichen Weg, den kriminellen«, sinnierte Henri.

Stine dachte über die Worte ihres Onkels nach. Eigentlich traf das nicht nur auf Kriminelle zu. Alle waren in ihren Mustern gefangen, hielten an der Vergangenheit fest und ließen sie Einfluss auf die Zukunft nehmen. Verstohlen schaute sie zu Jan hinüber. Auch er schien über Henris Worte nachzudenken. Er ließ den Gin Tonic in seinem Glas kreisen und schwieg.

Eine Fellnase stupste Stine an und riss sie aus ihren Gedanken. Victor hatte seine Leine im Maul.

»Ich glaube, deutlicher kann er uns nicht klar machen, dass er raus möchte.« Henri schaute auf die Uhr. »Es ist auch kurz nach elf Uhr, Zeit für Victors letzte Gassirunde. Wer sagt denn, dass nur Menschen ihre festen Strukturen haben?«

»Soll ich mit Victor gehen?«, bot Stine an, als sie sah, wie mühsam Henri sich aus dem Deckchair hochstemmte.

»Lass mal, min Deern. Es tut mir ganz gut, die alten Knochen vor dem Schlafengehen noch einmal zu bewegen. Wartet nicht auf mich. Ich werde nach der Runde schnurstracks ins Bett verschwinden. Morgen hole ich dann gleich in der Früh den Cider, versprochen.«

Samstag, später Vormittag, Seebadeanstalt

W ie lieb, dass dir diese Lilly Leonhards Schlüssel überlassen hat.« Ute saß auf einem der Liegestühle, die sie aus dem Lagerraum der Seebadeanstalt geholt hatten, und genoss die Sonne.

»Und was für ein Glück, dass wir so einen warmen Oktober haben. Ich hätte mir heute Morgen im Zug nicht vorstellen können, in der Ostsee zu schwimmen«, ergänzte Svenja.

»Wenn man das, was du da eben veranstaltet hast, als Schwimmen bezeichnen kann.« Ute lachte.

»Im Gegensatz zu euch mache ich in meiner Freizeit richtig Sport. Nicht mal eben eine kleine Runde laufen im Stadtpark oder um die Alster. Oder etwas Yoga am Morgen und einmal in der Woche mit dem Pferd ausreiten.« Dabei schaute sie Kirsten an, die vor einiger Zeit das Reiten für sich entdeckt hatte und den Freundinnen seitdem bei jeder Gelegenheit davon vorschwärmte. »Unser Trainer hat uns gestern Abend beim Circle wirklich hart rangenommen.« Svenja rieb sich die Schultern, die sie laut ihrer Aussage im Moment kaum bewegen konnte. Dementsprechend hatte sich ihr Schwimmen auch auf eine kaum vorhandene Beinarbeit beschränkt, zum Großteil unterbrochen von der Position »Toter Mann«.

»Ich wusste gar nicht, dass du Falk als deinen Trainer bezeichnest.« Ute lachte dreckig.

Svenja stutzte kurz. Als sie Utes Gedankengang gefolgt war, stimmte sie in das Lachen ein. »Ach, den Circle. Den gab es später zur Lockerung der Muskeln zu Hause.«

»Hört auf, ihr beiden. Wenn uns jemand hört ...«, ermahnte Stine mit Blick auf die beiden alten Damen, die etwa zehn Meter entfernt auf der Bank an der hölzernen Wand saßen und ebenfalls die warme Herbstsonne genossen.

»Die beiden können uns nicht hören. Und wenn, amüsiert es sie wahrscheinlich«, beruhigte sie Kirsten. »Sie waren auch mal jung und viele der alten Leute in meiner Praxis haben immer noch ein erfülltes Sexualleben.«

»Wirklich?« Svenja musterte die beiden Damen. »Das sind doch tolle Aussichten. Wenn ich mir Falk und mich in dreißig Jahren vorstelle ...« Sie kniff die Augen zusammen und schaute verträumt in den blauen Himmel.

»Bevor wir uns weiter dieser verstörenden Vorstellung von Svenja und Falk bei ihrer Lieblings-Freizeitbeschäftigung widmen, sollten wir uns vielleicht mehr um die frische Liebe kümmern.« Ute schaute Stine prüfend an. »Wie läuft es zwischen dir und Jan?«

»Och, Jan und ich haben letzte Woche zweimal Leif observiert und am Ende konnten wir ihn als Mörder von Leonhard überführen.«

»Hmm, ist Observieren irgendetwas Schweinisches, was ich noch nicht kenne?« Svenja hatte die Aufmerksamkeit vom Himmel und ihren Falk-Fantasien wieder ihren Freundinnen zugewandt.

»Ich glaube, was Stine uns sagen will, ist, dass sie im Fall ›Jan verführen‹ nicht einen Schritt weitergekommen ist«, analysierte Kirsten.

»Nun ja, es gab so ein paar Momente ...«

»Wirklich? Erzähl!«

Allgemeines Liegenrücken folgte und schon war Stine umzingelt von den gespannten Gesichtern ihrer drei Freundinnen.

»Vorgestern hatte ich ein etwas gewagtes Top zur Observation an und der Reißverschluss meiner SweatshirtJacke klemmte ...«

»Du raffiniertes Stück! Das muss ich mir merken.« In Utes Stimme war jetzt Bewunderung zu hören.

Kurz überlegte Stine, ob sie ihren neu gewonnenen Ruf als Femme Fatale auf dem Altar der Wahrheit opfern sollte, entschied sich aber dagegen. *Das werde ich sicher noch bereuen.*

»Seine Lippen haben fast meine Wange gestreift, als er sich über mich beugte.« Stine versuchte sich an einer möglichst übertriebenen Wortwahl.

»Oh, mir wird heiß.« Ute fächelte sich theatralisch Luft zu. »Was ist dann passiert?«

Rumpelnde Rollläden, dachte Stine, als sie sich an den intimen Moment zurückerinnerte. Laut sagte sie: »Das überlasse ich jetzt eurer Fantasie.«

»Du Spielverderberin!« kam es von Ute.

»Erst Antäuschen und dann in die andere Richtung passen.« Svenja war ebenfalls nicht begeistert.

Nur Kirsten schwieg und musterte Stine nachdenklich. *Ihr kann ich nichts vormachen. Sie ahnt wahrscheinlich schon, dass das auch schon das Ende der Erotik an dem Abend war.*

»Wie geht es jetzt weiter? Der Mörder ist gefasst. Heißt das, dass Jan wieder nach Südafrika abdüst?«, fragte Ute, die sich scheinbar damit abgefunden hatte, dass sie keine weiteren Einblicke in den Verlauf des Abends bekommen würde.

Stine merkte, wie sich Druck in ihrem Magen aufbaute. Ute sprach das an, was sie seit gestern befürchtete. Nachdem Henri mit Victor zur Gassirunde aufgebrochen war, war die Stimmung zwischen ihr und Jan gekippt. Zunächst hatten sie beide schweigend an ihren Drinks genippt. Kurz fühlte es sich gut an, so nebeneinander zu sitzen und die Geräusche der nahen See und der Schleuse auf sich wirken zu lassen. Aber irgendwann war der Moment versäumt, wo einer von ihnen diese Stille locker überwinden konnte. Stine hatte angefangen, nervös auf ihrem Stuhl hin und her zu rutschen. Was sollte sie nur sagen? Aber Jan war der Erste gewesen, der das Schweigen brach.

»Dein Onkel ist wirklich ein kluger und netter Mensch.«
Aus seinem Mund klang es beinahe überrascht. Was hatte er
erwartet? Stine hatte das seltsame Gefühl, als müsste sie den
abwesenden Henri verteidigen.

»Es gibt kaum jemanden, mit dem ich lieber zusammen-
sitze. Ständig hat er spannende Geschichten zu erzählen.«
Hoppla, klang das jetzt wie ein Vorwurf in Richtung Jan? So
hatte sie es nicht gemeint.

»Finde ich auch. Wir sollten das bei Gelegenheit wiederho-
len. Ich würde gerne noch mehr Geschichten von ihm und
Leonhard hören. Vor allem die Story mit der Schweinebucht!
Wahrscheinlich müsste das eine oder andere Geschichtsbuch
umgeschrieben werden, wenn das alles wahr ist.«

»Warum sollte das nicht wahr sein?« Stine richtete sich
auf und funkelte Jan an.

»Oh nein, so war das nicht gemeint. Es ist nur meine
Erfahrung, dass viele Dinge aus der Vergangenheit anders in
Erinnerung bleiben. Das eine oder andere Detail wird verklärt
oder über die Jahre im Geiste umgeschrieben. Deswegen ist es
ja bei Cold Cases auch so schwer, verlässliche Zeugen zu finden.«

»Willst du damit sagen, sie haben nicht vor Kuba gelegen,
sondern er ist in Wahrheit vor Helgoland Streife gefahren?«

»Shit, Stine. Das wollte ich nicht sagen. Es geht nur um die
kleinen Details. Lass uns nicht streiten, bitte.«

Natürlich hatte Jan recht gehabt und sie hatte seine Bemerkungen unnötigerweise aufgebauscht. Auch Jans Versuch, das
Thema in Richtung Rugby zu wechseln – er hatte ein wichtiges Spiel am Wochenende – war nicht mehr hilfreich. Der
Abend war verdorben. Normalerweise hätte sie vorgeschlagen, dass sie mit ihren Freundinnen nachmittags in
Kiel-Schreventeich die Jubeleinheit für sein Heimspiel
machen würde, aber ihr war die Lust vergangen. Als der Gin
Tonic sich neigte, erhob sich Jan aus dem Deckchair.

»Brauchst du noch Hilfe beim Aufräumen?«

»Passt schon. Ich wünsch dir viel Glück morgen. Svenja, Ute und Kirsten kommen mich über das Wochenende besuchen.«

»Dann grüß deine Freundinnen von mir. Wir sehen uns.« Und weg war er.

Sollte sie ihren Freundinnen von diesem letzten Treffen erzählen? Kirsten würde sagen, dass sie unbewusst diesen Streit provoziert hatte, um nicht zu viel Nähe zuzulassen. Schließlich war es abzusehen, dass Jan bald wieder nach Südafrika verschwinden würde – auch wenn immer noch jede Spur des Geldes fehlte. Utes Hilfe wäre sicher, ihr wieder diese Dating-App nahezulegen, damit sie endlich lockerer wurde. Svenja dagegen würde sofort beschließen, dass sie heute Nachmittag zum Rugbyspiel fuhren.

»Da du auf meine letzte Frage nicht geantwortet hast, meine Süße, gehe ich davon aus, dass du selber nicht weißt, wie es jetzt mit Jan weitergeht. Dann konzentrieren wir uns einfach auf die Gegenwart: Was macht er dieses Wochenende?«, fragte da auch schon Ute mit schiefem Grinsen.

»Oh, das kann ich dir sagen!« meldete sich Svenja. »Die Kieler Adler haben heute ein Heimspiel gegen Münster. Wir könnten also wunderbar in Schreventeich nachmittags das Spiel ansehen und hinterher im Stinkviertel weggehen.«

»Stinkviertel? Klingt ja nicht so einladend.« Ute rümpfte die Nase.

»Wir könnten auch zur Ü30-Party im Orange gehen«, schlug Svenja vor. »Schließlich hat Stine heute frei, weil Onkel Henri den Laden schmeißt. Das müssen wir doch ausnutzen.«

»Wieso kennst du dich eigentlich in Kiel so gut aus?« fragte Kirsten.

»Falk hat in Kiel studiert. Ab und zu treffen wir uns noch mit alten Kommilitonen, die hier hängengeblieben sind. Und diese Ü30-Partys sind echt Kult. Weniger verstaubt als in Hamburg in der Fabrik oder im Curio Haus.«

»Ich mag verstaubt«, stellte Stine fest.

»Das wissen wir. Genau darum sind wir hier, um dich auf neue Gedanken zu bringen.«

Bevor Stine sich rechtfertigen konnte, hörte sie ein vorsichtiges Räuspern neben sich. Eine der alten Damen hatte ihr Sonnenbad beendet und stand nun direkt neben ihrer Liege.

»Es tut mir leid, wenn ich Sie und Ihre Freundinnen störe, aber wo ich Sie gerade sehe ...«

Es war die Sitzyoga-Freundin von Lilly, die neulich im Café gewesen war, stellte Stine fest. Sie hatte sie bis eben nicht erkannt, was auch der Tatsache geschuldet war, dass die alte Dame bei ihrer letzten Begegnung eine bunte Strickjacke, Bluse und eine beige Hose getragen hatte. Jetzt stand sie ihr in einem schlichten schwarzen Badeanzug gegenüber, der viel braune Haut und für das geschätzte Alter erstaunlich viele Muskeln zeigte.

»Kein Problem. Ich hoffe, wir haben Sie nicht mit unseren Gesprächen gestört.«

»Wir waren auch einmal jung. Uns stört man nicht so leicht.« Das Lächeln, was sich auf dem gebräunten, mit feinen Falten durchzogenen Gesicht abzeichnete, bestätigte, was Stine schon geahnt hatte: Die Akustik in der Seebadeanstalt war sehr gut.

»Lilly hat mir erzählt, dass Herr Küppers und seine Frau wegen des Mordes an Leonhard verhaftet wurden. Sie und dieser reizende junge Mann, der hier auch ein paar Mal schwimmen war, hätten die beiden – wie sagt man? – überführt, richtig? Ist das wahr?«

»Äh, nun ja ... Eigentlich darf ich nichts dazu sagen.«

»Unsere Frau Kommissarin darf das nicht, aber wir«, unterbrach Svenja vergnügt. »Der Tauchlehrer ist wegen des Mordes verhaftet worden. Leif heißt er, keine Ahnung, wie sein Nachname ist.«

»Verstehen Sie mich bitte nicht falsch. Natürlich möchte ich, dass der Schuldige für den Mord in unserer schönen Seebadeanstalt gefunden wird. Und ja, ich selbst habe ja auch nicht gut über Herrn Küppers und seine Probleme mit Leonhard gesprochen. Aber sind Sie wirklich sicher, dass Sie den Richtigen haben?«

Sonntagmorgen, »Achter de Slüüs«

E rinnere mich bitte das nächste Mal daran, dass ich Tequila Shots nicht vertrage, wenn ich wieder mit der zweiten Reihe Sturm von den Kielern mithalten möchte.« Ute versteckte ihre verquollenen Augen hinter einer Sonnenbrille, während sie missmutig an einem doppelten Espresso mit einem Schuss Zitrone nippte, den ihr Stine als Katerhilfe kredenzt hatte.

»Ich habe euch gewarnt. Rugbyspieler sind trinkfest.« Im Gegensatz zu den anderen hatte Svenja ihren Appetit an diesem Morgen nicht eingebüßt und biss in ihr getoastetes portugiesisches Croissant. Der geschmolzene Käse und die Tomate quollen heraus und tropften vor ihr auf den Teller. »Hmm, ist das lecker! Ich glaube, ich werde davon noch einen zweiten verdrücken. Heute Abend ist wieder Training.«

»Mit Falk als Trainer oder im Stadtpark?« Kirsten lächelte müde über ihren Latte macchiato.

Bevor die Freundinnen wieder in die Themen von gestern abgleiten konnten, klingelte die Türglocke und der männliche Teil des niederländischen Pärchens trat ein. Diesmal musterte Stine ihn genauer. Er trug ein schlichtes schwarzes T-Shirt, welches beeindruckende Oberarme mit mehreren Tattoos freigab. Sein Gesicht war braun gebrannt und wurde von einer großen, platten Nase beherrscht – leicht schief und mit einem deutlichen Knick im Nasenrücken. Eigentlich so, wie Stine es von Kampfsportlern und dem ein oder anderen Rugbyspieler kannte. *Vielleicht hat er mal den Baum des Segels ins Gesicht*

188

bekommen oder er ist ein ehemaliger Boxer? Die Niederländer sind ja eine Kampfsportler-Nation, sinnierte sie.

»Unser Cider-Vorrat ist wieder aufgefüllt«, begrüßte sie den Segler und zwinkerte Henri zu, der an seinem Stammplatz hinten in der Ecke mit Latte macchiato und einer Zeitung saß.

»Das klingt doch gut.« Der Mann holte zwei Flaschen Cider aus dem Schrank und steuerte auf Stine und die Kasse zu.

In diesem Moment stolzierte Lilly in einem fast bodenlangen babyblauen Wollmantel hinein. Der Mann hielt in seiner Bewegung inne. Für einen Augenblick schwebten die beiden Flaschen über der Theke, als er Lilly musterte. Weder verriet seine Mimik, was er von ihremAuftritt hielt, noch blieben seine Augen lange an den unter dem Mantel hervorblitzenden schwarzen Lederhotpants und den Netzstrumpfhosen hängen. *Bei der Beherrschung: Bestimmt Kampfsport. Boxer starren sich vor dem Kampf ja auch stundenlang ohne Regung in die Augen,* legte Stine sich fest.

»Du und Jan, ihr seid mir die Liebsten! Endlich kann ich wieder in Ruhe schlafen.« Lilly kam mit ausgebreiteten Armen auf Stine zu. »Der Oberkommissar hat mich heute Morgen angerufen. Hat so getan, als ob die Verhaftung sein Verdienst gewesen wäre. Pff, dass ich nicht lache.! Ohne euch würde der Mörder immer noch frei herumlaufen.«

Stine seufzte. Diskretion und Lilly vertrugen sich einfach nicht. Zum Glück wirkte der Segler nicht so, als ob ihn etwas beunruhigen und damit von seinem Cidergenuss abbringen konnte. »Entschuldige mich, aber ich muss noch erst den Herren abkassieren.« Stine lächelte ihn entschuldigend an.

»Ich würde gerne noch einen Americano trinken«, verkündete er zu ihrer Überraschung und ließ sich auf einem der Barhocker nieder.

Lilly hatte mittlerweile Stines Freundinnen bemerkt und winkte ihnen fröhlich zu. »Ihr gehört bestimmt zu Stine? Henri hat mir gestern erzählt, dass er wegen euch den Barista spielen musste. Habt ihr Mädels es wenigstens richtig krachen lassen?«

»Aber sowas von!« stieg Svenja sofort ein – etwas zu laut und zu nah am Gehör von Ute, wie man an ihrem schmerzverzehrten Gesicht ablesen konnte.

Kirsten lächelte nur. *Wahrscheinlich versucht sie sich gerade an einer Analyse von Lilly*, dachte Stine.

»Süße, machst du mir meinen üblichen Latte?« Sie versuchte den Barhocker zu erklimmen.

»Wollen Sie sich vielleicht zu uns setzen?« schlug Kirsten vor, sichtlich in Sorge um Lillys Knochen, nachdem diese mehrfach vom Hocker gerutscht war.

»Was hast du für reizende Freundinnen!« stellte sie fest und ging zum Tisch. Svenja räumte ihren Rucksack von einem der Korbsessel und die alte Dame ließ sich hineinplumpsen. »Das ist doch bequemer als diese Folterinstrumente an der Theke. Ihr seht aber etwas mitgenommen aus«, bemerkte sie nach kurzer Musterung der drei. »Eine anstrengende Nacht?«

Ute und Kirsten überließen es Svenja, die Einzelheiten zu schildern.

»Ach ja, Tequila Shots. Wenn man dazu nicht genügend Wasser trinkt oder vorher ein paar Stück Butter isst, kann das ein unangenehmer nächster Morgen werden«, bemerkte Lilly fachkundig. »War Jan auch dabei? Ist ja ein echtes Sahneschnittchen. Ich hab Stine schon gesagt, den soll sie nicht von der Bettkante schubsen. Sonst düst er ab nach Südafrika und sie hat nichts von diesem Törtchen gekostet.«

Svenja verschluckte sich an ihrem Croissant. Utes Augenbrauen schossen hinter der Sonnenbrille in die Höhe und überflügelten den Brillenrand. Das fürsorgliche Lächeln auf Kirstens Gesicht war verschwunden. Alle drei mussten erst diese geballte Portion »Lilly« verarbeiten.

Stine verkniff sich ein Grinsen. *Hätte ich sie vorwarnen sollen? Dann wäre mir dieser Moment womöglich entgangen, also nein.*

»Nun, ja ...« Svenjas Stimme war belegt. Sie schluckte. »Wir haben Jan beim Spiel gesehen, aber er zog es dann doch vor, nach Hause zu fahren. Wir sind mit ein paar anderen Rugbyspielern losgezogen.«

»Ich habe auch mal einen Rugbyspieler gekannt. Sehr ausdauernd. Er hat mir erklärt, das läge daran, dass sie so weite Strecken auf dem Feld zurücklegen müssten.«

Utes Espresso verfehlte die Speiseröhre und ergoss sich begleitet von einem erstickten Husten vor ihr auf dem Tisch.

»Oh, Entschuldigung. Das ist mir unangenehm.« Sie sprang auf und lief zu Stine. »Hast du ein paar Servietten für mich?«, fragte sie und ergänzte leise: »Hättest du uns nicht vorwarnen können? Nach deinen Schilderungen hätte ich ja eine schillernde Persönlichkeit erwartet, aber Lilly ist ...«

»... sicher nicht vergleichbar mit deiner oder meiner Mutter, die ungefähr das gleiche Alter haben müssten, oder?«

Ute nickte.

»Ich bin so froh, dass Leonhards Mörder gefasst ist. Habe ich das schon gesagt?« Lillys Stimme krächzte durchs Café. »Jetzt habe ich auch die Ruhe, mich dem Aufräumen von Leonhards Sachen zu widmen. Gestern ...« Sie hielt inne und betrachtete Maik von oben bis unten, der gerade ins Café kam. Als er in Richtung Stine ging, stieß sie Ute in die Seite und flüsterte, für jeden im Café hörbar: »Das ist eine alte Flamme von Stine. Wenn der schicke Südafrikaner nicht anbeißt, kann sie ja auf ihn zurückgreifen. Manchmal sind die unscheinbaren Männer eh die besseren. Sie sind so bemüht, wenn ihr wisst, was ich meine. Mit der richtigen Anleitung klappt es mit ihnen auch ganz gut.« Sie lachte laut.

Maik brachte das Kunststück fertig, keinerlei Regung auf seinem Gesicht zu zeigen. Mit ein bisschen Glück hatte er es vielleicht doch nicht gehört? Obwohl, das konnte bei Lillys durchdringender Stimme doch kaum sein.

Stine lächelte ihn an. »Ein doppelter Espresso? Zum Mitnehmen oder hier trinken?«

»Ich trinke ihn gerne hier. Es scheint ja eine lustige Gesellschaft zu sein und vielleicht lerne ich mit der ›richtigen Anleitung‹ noch etwas dazu.« Er grinste und zog sich den Barhocker neben dem Niederländer heran, der noch an seinem Americano nippte und nebenbei auf sein Smartphone starrte.

»Wo war ich?« Ein erneutes, durchdringendes Krächzen. »Ach ja, Leonhards Sachen. Habe ich erzählt, dass der Nachlassverwalter einen Schlüssel für ein Bankschließfach und einen Brief von Leonhard für mich hat? Der Mann rief mich Freitag an. Hat behauptet, er hätte die Anweisung von Leonhard, damit zwei Wochen zu warten, damit ich mich etwas beruhige. Als ob ich mich beruhigen müsste.« Demonstrativ trank sie einen großen Schluck Latte macchiato. Ihre Hände zitterten und ohne den Schaum als Bremse hätte sie eine caramelfarbene Pfütze auf dem runden Tisch hinterlassen.

Leonhard kannte seine Schwester doch ganz gut. Stine dachte an die aufgelöste Lilly der letzten Zeit.

»Tatsächlich hat der Mann erwartet, dass ich zu ihm fahre, Schlüssel und Brief abhole und anschließend das Bankschließfach ausräume«, fuhr Lilly fort. »Da habe ich ihm erst einmal Bescheid gestoßen. Eine alte Dame kreuz und quer durch die Stadt zu schicken. Der hat sie doch nicht alle!« Sie schaute in die Runde.

»Da haben Sie völlig recht.«

»Das kann er nicht von Ihnen verlangen.« Ute und Svenja waren der gleichen Meinung.

»Dieser Paragraphenhengst hat natürlich rumgedibbert. Es wäre schwierig mit der Bank und so. Er wisse nicht, ob seine Vollmachten ausreichen würden. Ich habe ihn gefragt, ob er möchte, dass ich meinen alten Freund von der Morgenpost anrufe und ihm erzähle, was hier abgeht. So einen Zirkus mit einer alten Frau in Trauer zu veranstalten, geht doch gar nicht.«

»Schlauer Schachzug«, lobte Svenja.

»Genau, Schätzchen. Wenn nichts mehr hilft, hilft die Klatschpresse. Da knicken sie alle ein. Hat immer funktioniert.«

Ich muss wirklich herausfinden, was Lilly früher gemacht hat.

»Und er bringt Ihnen jetzt tatsächlich die Sachen nach Hause?« fragte Ute, sichtlich beeindruckt.

»Fein verpackt in Kartons. Dienstag nach Feierabend.«

Montagfrüh, »Achter de Slüüs«

Lustlos füllte Stine die große elektronische Kaffeemühle mit der hellen Espressoröstung der kleinen städtischen Rösterei. Beim Blick durch die Fensterfront sah sie George, mit den obligatorischen Mülltüten beladen, vorbeischlurfen. Stine seufzte. Es war wieder Alltag. Das Wochenende mit ihren Freundinnen war viel zu schnell vergangen und hatte Leere hinterlassen. Diese fühlte sich besonders schlimm an, weil Jan in den Gesprächen der Freundinnen zwar ständig anwesend, aber im echten Leben erstaunlich abwesend gewesen war. Und das, obwohl sie sogar auf dem Rugbyfeld die Jubeleinheit gemacht hatten. Oder war das der Grund? Fühlte er sich von ihr verfolgt? Wirkte sie zu bemüht?

Ich bin wirklich kein Experte im Dating. Stine seufzte und faltete die Aromatüte mit den restlichen Bohnen, um sie unter der Theke im Schrank zu verstauen. *Bestimmt wirke ich auf ihn total verzweifelt und die Bemerkungen und Blicke von Ute und Svenja helfen da auch nicht. Im Gegenteil. Wer mag es, so begutachtet zu werden?*

Es war gut, dass sie gestern beschlossen hatte, ihn erst einmal aus ihren Gedanken zu verbannen. Daher hatte sie auch, zur Überraschung von Svenja und Ute, die Einladung von Maik angenommen. Anscheinend hatte dieser sich gestern durch Lillys Bemerkungen beflügelt gefühlt und ein gemeinsames Abendessen bei sich zu Hause vorgeschlagen. Kirsten hatte nur wieder ihre Augenbraue hochgezogen und sie gemustert.

194

Stine stopfte die Tüte ganz nach hinten im Schrank. *Ja, Maik ist einen Versuch wert. Er ist lieb, ich kenne ihn schon ewig und er war immer verschossen in mich. Warum soll ich also auf Jan warten? Wenn er doch Interesse hat und das nicht nur eine vorübergehende Schwäche war, meldet er sich schon. So mache ich es.*

Sie schloss die Schranktür mit einem lauten »Peng«, richtete sich auf und blickte direkt in Jans braune Augen.

»Äh, was machst du denn hier?«

»Die Tür stand offen und ich sah dich hinter der Scheibe herumräumen. Da dachte ich … Soll ich besser wieder gehen?«

»Nein, nein. Es ist nur …« Sie strich ihre Hände, die auf einmal von einem feuchten Film bedeckt waren, an Helgas Schürze ab. »Ich habe zwar noch nicht offen, aber möchtest du einen Kaffee trinken?«

»Aber nur, wenn du dich mit mir raus in den Hof setzt und einen mit mir zusammen trinkst.« Da war wieder dieser Charme, den er anscheinend aus- und anknipsen konnte, wie es ihm gerade passte. Er setzte sich auf einen der Barhocker.

»Hattest du ein schönes Wochenende mit deinen Freundinnen? Ihr kennt euch schon lange, stimmt's?«

»Oh ja, gefühlt schon ewig. Jetzt, wo ich hier in Kiel bin, sehen wir uns leider viel zu selten.«

»Das hatte ich mir gedacht. Ich vermisse meine Freunde zu Hause auch. Deine trinkfeste und essensfreudige Svenja erinnert mich stark an Clyde. Und Kirsten mit ihren durchbohrenden Blicken gibt einem das Gefühl, als ob sie einen ständig analysiert – genau wie mein Freund Pieter. Sie spielen übrigens auch beide Rugby wie ich. Pieter ist unser Captain.« Das war das erste Mal, dass Jan so viel Persönliches von sich preisgab. Vielleicht war er doch nicht genervt von ihr, sondern hatte ihr nur die Zeit mit ihren Freundinnen geben wollen?

»Sicher werdet ihr es feiern, wenn ihr euch wiedertrefft.«

»Aber das wird noch etwas dauern. Mein Auftrag hier ist noch nicht erledigt«, verkündete Jan und streckte die langen Beine in seinen zerschlissenen Jeans von sich. Dabei zeichneten sich deutlich die muskulösen Oberschenkel unter den engen Hosen ab.

Stine musste an ihr Date heute Abend mit Maik denken. Hatte sie ihn überhaupt schon einmal in Jeans gesehen? Meistens trug er Stoffhosen, oft sogar Anzüge, wenn sie ihn hier in Holtenau traf.

»Er wirkt, als hätte er einen Stock verschluckt«, war Utes treffende Bemerkung gewesen, als sich Maik nach dem Aussprechen der Einladung verabschiedet hatte.

Hoffentlich wird der Abend heute nicht peinlich. Zur Not schiebe ich das Café vor und sage, ich müsse früh raus, wenn es unangenehm wird.

»... Aufzeichnungen, wo das verdammte Geld abgeblieben ist und mit wem er zusammengearbeitet hat.«

Stine tauchte aus möglichen Fluchtszenarien für den heutigen Abend auf. Was hatte Jan gerade gesagt? »Du redest von Leonhards Komplizen?«

»Ja, die ganze Zeit.« Jan zog die Augenbrauen zusammen. »Alles okay? Ich habe den Eindruck, du bist mit den Gedanken woanders?«

»Nein, nein. Alles gut. Aufzeichnungen von Leonhard, sagst du?« Stine fiel Lillys Ankündigung von dem Brief und dem Bankschließfach wieder ein. Vielleicht hatte Leonhard dort wichtige Hinweise auf den Verbleib des Geldes und seine Komplizen versteckt. Sie holte Luft, setzte an, Jan davon zu erzählen.

Seine Hand legte sich auf ihre. »Ein Gutes hat es. Ich muss noch hierbleiben.«

Ich werde Lilly fragen, ob ich die Unterlagen mit ihr sichten kann. Wenn etwas Relevantes für Jan dabei ist, kann ich es ihm immer noch erzählen. Solange ...

»Was ich dich schon seit einigen Tagen fragen wollte: Ich habe online einen Metzger in Deutschland gefunden, der Boerewors macht. Die Lieferung soll heute kommen. Ich würde dich sehr gerne heute Abend zu einem echten Braai einladen.«

»Braai? Was genau ist das?«

»Die südafrikanische Variante eines Grillabends. Nur dass wir uns in Südafrika nicht unbedingt an Tageszeiten halten. Mein Kumpel Clyde liebt es, sonntags schon ab dem späten Vormittag den Grill anzuschmeißen und Gäste mit Bergen von Fleisch zu versorgen.«

»Klingt gut und ich würde auch gerne. Aber heute Abend kann ich leider nicht.«

»Oh? Alles klar, ist auch sehr kurzfristig. Die Wurst müsste aber auch bis morgen noch gut sein. Passt es dir denn morgen Abend?«

»Ja, sehr gerne. Soll ich Cider mitbringen?«

»Eigentlich wollte ich mich zur Abwechslung auch um die Getränke kümmern.« Jan lachte. »Ich habe ein paar Flaschen Pinotage von meinem Lieblingsweingut, ›Allesverloren‹, organisiert. Aber etwas Cider zwischendurch zum Durstlöschen ist eine gute Idee.«

Er scheint das ganze wirklich schon länger geplant zu haben. Und ich Idiotin habe heute Abend ein Date mit Maik. Das ist unfair allen beiden gegenüber, schimpfte Stine mit sich. Laut fragte sie: »Wo genau soll ich denn hinkommen?«

»Ich habe eine Ferienwohnung im oberen Teil der Kastanienallee. Mit kleiner Terrasse und Grill. Leider nur ein Gasgrill und keine Holzkohle, aber immerhin. Sehen wir uns dann morgen um 19 Uhr? Passt dir das?«

»Das klingt perfekt.«

Die Türglocke ging und George, jetzt ohne Mülltüten, betrat das Café.

»Darf ich dich schon um einen Americano und ein Croissant bitten, Stine? Meinem Weib geht es heute Morgen nicht sonderlich und sie war noch nicht in der Lage, uns Frühstück zu machen.«

Stine verkniff sich die Bemerkung, dass es durchaus auch möglich wäre, dass George mal für beide das Frühstück machte.

»Gerne. Setz dich schon mal drüben an den Tisch. Henri kommt bestimmt auch gleich.«

Aber anstatt sich an den Tisch zu setzen, schlenderte George betont locker in Richtung Stine und Jan.

Er streckte Jan seine Hand entgegen.

»Hi, mein Name ist George, George Caruso. Ich bin ein Nachbar von Henri und Stine. Ich glaube, wir kennen uns noch nicht.«

Jan schüttelte freundlich die dargebotene Hand und stellte sich kurz vor.

»Ich habe gehört, dass Sie und Stine wegen des Mordes an dem alten Leonhard nachforschen.«

Jan sah Stine erstaunt an. Sie zuckte nur mit den Schultern. Es war kein Wunder, dass beinahe jeder in Holtenau Bescheid wusste. Sie hatte mehrfach mitbekommen, wie Lilly diese Tatsache lauthals erwähnte.

Jan blickte George interessiert an. »Ja, das tun wir. Haben Sie vielleicht etwas beobachtet?«

Über Georges blasses Gesicht ging ein Leuchten. Stine konnte sich vorstellen, was er dachte: »Endlich jemand, der mir zuhört.«

»Ich bin überzeugt davon, dass es mit Leonhards Vergangenheit bei der Marine zu tun hat. Hat er Ihnen von der Invasion der Schweinebucht erzählt?«

Jan nickte. Stine hörte auf, die Bohnen für den Americano zu mahlen, um zu hören, was George zu sagen hatte.

»Henri hat doch erzählt, sie seien vor Kuba Streife gefahren, um die amerikanischen Kriegsschiffe zu bewachen«, begann dieser.

»Ja, schon. Aber ich verstehe nicht ganz …«

»Ich bin mir sehr sicher, dass damals von den Amerikanern das Projekt ›Rainbow‹ fortgesetzt wurde.«

»Projekt ›Rainbow‹? Das sagt mir nichts.« Jan sah hilflos zu Stine hinüber.

»Haben Sie schon einmal von dem ›Philadelphia-Experiment‹ gehört? Es sollten Schiffe durch ein starkes magnetisches Kraftfeld unsichtbar gemacht werden.«

Stine konnte sich dunkel an einen alten Film erinnern, der davon handelte. Eine klassische Verschwörungstheorie. Typisch George.

»Aber was hat das mit Leonhard zu tun?« fragte Jan nach.

»Wie sonst erklären Sie sich, dass bis heute niemand weiß, dass die deutsche Marine mit ihren Schnellbooten damals vor Ort war? Doch nur, wenn sie optisch unsichtbar gemacht worden sind. Genau wie bei dem Philadelphia-Experiment. Natürlich haben die Amerikaner diese riskante Technologie an den Deutschen ausprobiert.«

George ist heute gut in Form, dachte Stine. *Ich bin gespannt, wie er bei der Geschichte jetzt den Bogen zu dem Mord bekommt.*

Sie konnte auf Jans Gesicht ablesen, dass er gerade überlegte, ob George ihn auf die Schippe nahm oder einfach völlig gaga war.

»Und darum wurde Leonhard umgebracht?«

»Haben Sie sich nie gefragt, wie Leonhard zu seinem Vermögen gekommen ist? Er hat als Überlebender des Experiments sein Wissen an den KGB verkauft.«

»Und die CIA hat ihn jetzt in Holtenau aus Rache getötet?«

»Aber natürlich nicht. Das wäre doch verrückt.«

Das wäre verrückt? Stine musste sich zusammenreißen, um nicht laut zu lachen.

»Das war der FSB. Leonhard war all die Jahre untergetaucht. Als er hier in Holtenau wieder auftauchte, hat der FSB dafür gesorgt, dass er als Zeuge der alten Sowjet-Ära verschwindet. Klassisch, wie bei dem Regenschirmmord. Jemand wird ihm das Gift wie beiläufig verabreicht haben.«

»Aber die Einstichstelle, die man gefunden hat, war nicht am Fuß oder Bein.« Zu Stines Überraschung ging Jan auf Georges Theorien ein.

Als sie ihn ansah, konnte sie aber das Blitzen in seinen Augen sehen. Amüsierte er sich?

»Ein alter Herr trifft ihn vor der Seebadeanstalt, stolpert, muss sich bei Leonhard abstützen und ›zack‹, die Injektion ist verabreicht.«

Stine musterte George finster. Wollte er damit etwa sagen, dass Henri etwas damit zu tun hatte?

»Schau mich nicht so böse an, Stine. Henri war doch an dem Tag im Café, um dich zu vertreten. Nein, ich denke, man müsste sich den Rest der Gassirunde mal genauer ansehen. Edgar zum Beispiel. Er hat in Ostdeutschland gelebt und ist nur ein paar Jahre älter als Leonhard. Wenn Sie mich fragen, müsste man ihn überprüfen.«

Jan schlug George auf die Schulter, sodass dieser fast seinen Americano verschüttete. »Eine sehr interessante Theorie! Ich werde sie bei Gelegenheit mal mit dem Oberkommissar durchsprechen.«

Stine konnte sich gut vorstellen, wie Jäger darauf reagieren würde, und drehte sich um, damit George sie nicht lachen sah.

»Ich muss jetzt leider los. Stine, wir sehen uns dann spätestens morgen Abend«, hörte sie Jan noch sagen, dann klackte die Tür des Cafés.

Montagabend,
Hayßenstraße

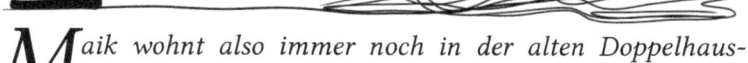

Maik wohnt also immer noch in der alten Doppelhaushälfte seiner Großeltern.

Stine schob die knarrende Gartentür auf. Sofort fühlte sie sich in ihre Kindheit versetzt, als Maik sie das letzte Mal zu seinem Geburtstag eingeladen hatte. Sie war gerade in die dritte Klasse gekommen und hatte mit einer ähnlichen Feier gerechnet, wie sie ihre Freunde in Hamburg veranstalteten. Meistens wurde im Garten oder der Umgebung eine Schnitzeljagd veranstaltet. Hinterher gab es selbstgemachte Brezeln und Früchtetee. Wenn das Wetter schlecht war, stellte ihre Mutter den großen Korb mit alten Karnevalsverkleidungen ins Kinderzimmer oder es wurde Topfschlagen und ähnliches gespielt.

Bei Maik saßen die Geburtstagsgäste um den geschmückten Esstisch im Wohnzimmer. Vor dem Kuchenessen musste er seine Geschenke am Tisch nacheinander auspacken und sich bei jedem der Kinder bedanken. Seine Großmutter kam dann mit einem großen Geburtstagskuchen und nach dem Essen wurde »Mensch ärgere dich nicht« oder der Würfelbecher zum Kniffeln herausgeholt. Meistens endeten diese Geburtstagspartys nach zwei, maximal drei Stunden. Stine sah Maik noch vor sich, wie er die Gäste an dem Gartentor entließ. Jeder von ihnen froh, wieder nach Hause zu kommen. Er enttäuscht, dass alle so früh aufbrachen.

Wie würde es heute sein? Lebten Maiks Großeltern eigentlich noch? Hatte er etwas von ihnen erzählt?

Stine stieg die drei Stufen zum obligatorischen Windfang hinauf und sah zwei Klingelschilder: »M. Wolfhart« und »T. Wolfhart«. *Also scheint zumindest ein Teil seiner Großeltern noch zu leben und mit Maik in einem Haus zu wohnen.* Sie klingelte. Hinter der in die alte, grün gestrichene Eichentür eingelassenen Glasscheibe mit Gitter ging das Licht an. Stine konnte einen großen Schatten erahnen, kurz darauf öffnete Maik die Tür.

»Stine, wie schön, dass du da bist.« Er trug ein hellblaues Hemd mit Krawatte.

Er ist wie aus der Zeit gefallen, dachte Stine. *Jan wird mich morgen wohl eher in Jeans und T-Shirt empfangen. Unsere Väter hätten zu einer Verabredung mit einer Frau Hemd und Krawatte angezogen, aber unsere Generation?*

Von dem kleinen Flur mit den braunen Fliesen gingen zwei Türen ab. Durch die größere, geöffnete wies Maik ihr den Weg. Fast erwartete Stine die gleichen Möbel und die hellbraune Auslegeware seiner Großeltern vorzufinden. Aber Maik hatte den Teppich herausgerissen und alte Dielenböden waren zum Vorschein gekommen. Die Möbel waren nicht antik, aber auch nicht richtig modern. Sie wirkten eher wie die Ausstellungsware eines großen deutschen Möbelhauses, welches mit witzigen Spots im Fernsehen für Kundschaft warb. Eine helle Naturholzvitrine mit rechts und links angeschlossenen Sideboards beherrschte die dem großen Fenster gegenüberliegende Wand des Wohnzimmers. In der Vitrine konnte Stine eine beeindruckende Sammlung diverser Alkoholika ausmachen. Ansonsten befand sich im Wohnzimmer noch ein Esstisch mit vier gut gepolsterten Stühlen und zwei Sofas, die unterschiedlicher nicht sein konnten. Das eine war mit braunem leicht abgewetztem Leder bezogen. Zerknautscht, massig aber dennoch einladend stand es rechts neben dem Fenster. Das andere war ein kleiner Zweisitzer mit einem hellen Bezug, der über und über mit bunten Schmetterlingen bedeckt war. Als würde ein alternder Westernheld mit einer französischen Lebedame zusammenleben, standen sich die beiden gegenüber. Stines Musterung dieser kontroversen Sofas hatte vielleicht einen Moment zu lange gedauert. Maik räusperte sich.

»Du wunderst dich über die beiden Sofas? Ist eine lustige Geschichte. Als ich wieder zurück nach Holtenau gezogen bin, ist meine Großmutter in den ersten Stock umgezogen, um mir hier Platz zu machen. Ich hatte meine Möbel vorausgeschickt; dabei war auch die Ledercouch. Die alte Dame hat es so organisiert, dass die Wohnung fertig eingerichtet war, als ich kam. Aber weil sie meine alte Couch so schrecklich fand, hat sie mir das Schmetterlingssofa gekauft. Es wartete schon auf mich, als ich ankam. Lustig, oder? «

»Ähm, ja.«

Stine fand es weniger lustig, eher übergriffig von der alten Dame. Einem erwachsenen Enkel so ein Sofa ungefragt in die Wohnung stellen? Maik musste seine Großmutter sehr lieben, wenn er das so hinnahm. Oder er war es seit Kindertagen gewohnt, dass seine Großeltern das letzte Wort hatten. Sie schaute sich weiter um. Mehrere Familienfotos standen auf den beiden Sideboards. Sie trat einen Schritt näher. Das Schwarz-Weiß-Foto von Maiks Großvater, etwas jünger, als Stine ihn in Erinnerung hatte, war mit einem schwarzen Band verziert. Neben ihm, in einem schlichten silbernen Rahmen, stand ein Foto von Maiks Mutter in Schwesterntracht. Stine hatte sie nie kennengelernt. Sie war ein paar Jahre nach Maiks Geburt gestorben.

»Ein hübsches Foto von deiner Mutter«, bemerkte Stine.

»Da hatte sie gerade ihre Ausbildung an der Schwesternschule hinter sich. Kurz danach hat sie meinen Vater kennengelernt und ist schwanger geworden.«

»Ein Foto von deinem Vater sehe ich hier gar nicht.«

»Das gibt es nicht. Er hat sich verdrückt, als meine Mutter schwanger war. Sie hat nie versucht, ihn zu finden. Meinte, ohne ihn wäre sie besser dran. Außerdem waren ja meine Großeltern da und haben geholfen.«

»Wie traurig, dass deine Mutter so jung gestorben ist.«

»Sie hatte es nicht einfach. Junge Frau ohne Mann, aber mit Kind. Gab schon Gerede in Holtenau. Sie musste schauen, wie sie genug Geld verdiente.«

»Was hat sie beruflich gemacht?«

»Sie war Krankenschwester. Hat nicht viel verdient und, naja, sie hat einige falsche Entscheidungen getroffen. Letztendlich war alles zu viel für sie. Den Rest kennst du ja«, wiegelte Maik ab.

Eigentlich kenne ich den Rest nicht, aber es klingt nicht so, als würde er darüber sprechen wollen. Stine deutete auf das Bild von Maiks Großvater. »Du siehst ihm sehr ähnlich.«

»Findest du?« Maik trat an das Sideboard und schaute das Bild seines Großvaters an. »Habe ich nie so wahrgenommen, aber vielleicht hast du recht. Das liegt wohl daran, dass mir die Ähnlichkeit nicht bewusst war, weil er in seinen letzten Jahren so dünn und kränklich war.« Mit einem Anflug von Selbstironie strich er sich über den Bauch. »Das kann man von mir ja nicht gerade behaupten.«

»Wann ist dein Großvater gestorben?«

»Vor etwa zwei Jahren. Für den alten Herren war es das Beste. Er hat sich sehr gequält in den letzten Jahren. Bauchspeicheldrüsenkrebs. Es war ein Segen, als der Herr ihn zu sich genommen hat. Zum Glück passierte es, als ich gerade im Urlaub hier war, so konnte ich meiner Großmutter beistehen.« Er wies auf den mit einer weißen Tischdecke, Platzsets, Tellern und Gläsern gedeckten Tisch. »Ich wusste nicht genau, was du essen möchtest, deswegen habe ich uns sowohl Rot- als auch Weißweingläser hingestellt. Wenn du möchtest, kann ich dir auch einen Aperitif mixen.« Er zeigte zu der Vitrine. »Ich hätte einen Martini Rosso oder Bianco für dich. Oder doch lieber einen Campari mit O-Saft?«

»Hättest du vielleicht auch einen Gin Tonic für mich?«
Stine wies auf eine Flasche klassischen London Dry Gin, den
sie zwischen den ganzen Sherrys und Martinis erspäht hatte.

»Ich muss mal schauen, ob ich noch Tonic Water im Keller
habe, aber dann gerne.« Er ließ sie alleine.

Neugierig schaute sich Stine weiter im Zimmer um. Es gab
nur wenige Bücher; die meisten waren zum Thema Mechanik,
Thermodynamik und Anlagenbau. Stimmt, Maik hatte ja
Maschinenbau studiert. Romane schien er eher weniger zu
lesen. Es gab nur ein paar Bücher von Asimov, weitere von
Stanisław Lem. Stine meinte sich zu erinnern, dass ihr Vater
diese Bücher auch gelesen hatte.

Gerade hatte sie ein Buch zur Pflanzenkunde unter all den
Werken entdeckt und wollte es herausholen, als Maik wieder
in der Tür erschien, verschiedene Flaschen mit Bittergetränken
ken unter dem Arm.

»Ich habe auch noch Bitter Lemon und Ginger Beer gefunden
den«, verkündete er.

»Großartig. Wenn du möchtest, kann ich dir einen ›Dark
and Stormy‹ mixen.« Stine hatte vor ein paar Wochen ein
Buch über Drinks zwischen Helgas Büchern gefunden und
suchte jetzt Gelegenheiten, das neue Wissen anzuwenden. In
einem Café, welches um 18 Uhr schloss, war das leider kaum
möglich.

»›Dark and Stormy‹? Klingt spannend, was ist das denn?«

»Ein Rum-Cocktail mit Ingwerbier. Ist vielleicht nicht der
ideale Aperitif, aber wir sind ja niemandem Rechenschaft
schuldig. Ich würde dann auch einen mittrinken.«

Als sie zusammen in der Küche den Cocktail zubereiteten,
blitzte wieder Stines alter Freund unter Maiks steifer Fassade
hervor. Er zauberte noch eine etwas schrumpelige Ingwerknolle hervor und bemühte sich, davon hauchdünne Scheiben
als Deko zu schneiden, während Stine den Cocktail mixte.
Dabei hielt er ihr lachend die Scheiben vor die Nase, damit sie
prüfen konnte, ob sie auch dünn genug waren.

Als sie gerade mit ihren Cocktailgläsern wieder aus der Küche gehen wollten, stoppte er sie.

»Moment, wir haben noch nicht entschieden, was wir essen wollen.« Zu ihrer Überraschung öffnete er den Tiefkühler und holte verschiedene Tupperschüsseln, alle sorgfältig beschriftet, heraus.

»Wir könnten Spaghetti mit Thunfisch-Bolognese essen oder Reis, klassisch mit Königsberger Klopsen oder mit Hähnchencurry. Da hätte ich aber nur noch eine Portion übrig.«

Völlig verdattert schaute Stine auf die Tupperschüsseln. Bot er ihr ernsthaft vorgekochtes Essen an? Kochte er das Essen vor, oder schlimmer noch, seine Großmutter?

»Hmm. Thunfisch-Bolognese klingt super.«

»Sehr gute Wahl. Meine Großmutter macht sie mit Chili, du wirst es mögen. Ich setze gleich die Spaghetti auf.« Als wäre diese Art der Essensgestaltung bei einem Date die natürlichste der Welt, öffnete er zwei der Tupperdosen mit der Aufschrift »Thunfisch-Bolognese« und gab sie in einen mittelgroßen Topf. Dann setzte er in einem größeren Topf Salzwasser für die Spaghetti auf.

Wenigstens die werden frisch gekocht, dachte Stine, während sie abwesend an ihrem Drink nippte.

Nach dem Essen, was zugegeben nicht schlecht geschmeckt hatte, bot Maik Stine an, ihr den Rest der Wohnung zu zeigen.

Bei einem anderen Mann in ähnlicher Situation hätte sich der »Rest der Wohnung« mehr oder weniger aufs Schlafzimmer beschränkt, aber Maik öffnete die Tür zu seinem Schlafdomizil nur kurz, um Stine dann ins Arbeitszimmer zu bringen.

Es war voller großflächiger Fotos, einer Weltkarte mit vielen Stecknadeln und der überdimensionalen Karte einer Hafenstadt. Stine erkannte auf den Fotos Athen, Lissabon, Hongkong und Kapstadt.

»Bist du dort überall gewesen?«

»Ja, und noch in einigen mehr, wie du vielleicht an der Karte siehst.« Maik deutete stolz auf die Stecknadeln in der Weltkarte. »In den Städten mit den Fotos habe ich eine Zeit lang gelebt.«

»Wie cool. Du warst sogar in Hongkong und in Kapstadt?«

»Ja, am meisten gefallen hat mir aber Kapstadt, deswegen auch die Karte.« Er holte einen Stift von seinem Schreibtisch und verlängerte diesen mit einer Handbewegung zu einem Zeigestock. »Hier siehst du den Tafelberg und dort ist die Victoria and Alfred Waterfront. Wunderbar zum Einkaufen. Ich hatte das große Glück, dass ich nicht weit davon in einem modernen Appartementgebäude untergebracht war.« Ein erneutes Tippen mit dem Stock. »Und hier siehst du …«

Als Stine knapp zwei Stunden später die Wohnung verließ, schwirrte ihr der Kopf. Sie lachte. Was war das heute für ein Tag gewesen. Erst die aberwitzigen Verschwörungstheorien von George und jetzt das.

Das war das seltsamste Date, was ich je hatte. Wenn ich das erzähle, denkt jeder wahrscheinlich, ich hätte mir das alles nur ausgedacht.

Dienstag, spätabends, Kanalstraße

Das Fall des großen Katamarans klirrte leise im Wind, als Stine an der Yachtliegestelle vorbeikam. Diesmal war es dunkel an Bord, die Niederländer schienen schon zu schlafen. Der große Mast zeichnete sich wuchtig vor den Lichtern der Schleuse ab. Der Steg aus Metallgittern knarrte leise. Es musste doch noch jemand wach sein. *Bestimmt ist einer der Segler auf dem Weg von den Waschräumen zurück zum Schiff,* dachte Stine. *So ohne Licht würde ich wahrscheinlich in der Ostsee landen, weil mein Fuß irgendwo hängen bleibt. Aber ich bin auch kein Segler, der es gewohnt ist, nachts vom Schiff zum Waschraum zu schlurfen.*

Als sie die Müllcontainer für die Segler und den Ticketautomaten für den Nordostseekanal passierte, sah sie eine dunkle Gestalt. Kurz überlegte sie, ob sie Hallo sagen sollte, stellte dann aber überrascht fest, dass die Gestalt regungslos stehen blieb. Wollte derjenige nicht, dass sie ihn bemerkte? Bevor sie sich weiter darüber Gedanken machen konnte, näherte sich ihr eine weitere, aber sehr viel kleinere Gestalt von der Straße her. Im Schein der nächsten Straßenlaterne erkannte sie Astrid. Wortlos starrten sich die beiden Frauen an. Stine wusste nicht, ob sie erleichtert oder besorgt sein sollte, dass Astrid wieder auf freiem Fuß war. Was war mit Leif? Auch aus der Haft entlassen? Wenn ja, warum wusste sie nichts davon?

»Du wunderst dich wahrscheinlich, warum du mich hier antriffst.« Astrids Stimme klang belegt. »Ich konnte eindeutig nachweisen, dass ich zu keinem Zeitpunkt in der Nähe von

Leonhard Anders gewesen bin und ihm so auch nicht das Gift verabreichen konnte.«

Stine schwieg. Was sollte sie auch darauf erwidern? Astrid beglückwünschen?

»Leif hat leider nicht so viel Glück wie ich. Er sitzt immer noch in U-Haft. Ich verstehe nicht, wie du uns das antun konntest! Du warst bei uns zu Besuch, hast mit uns gegessen. Oder war das auch schon ein perfider Trick, um uns auszuspionieren?« Astrid kniff ihre Augen zu Schlitzen zusammen und starrte Stine wütend an.

»Astrid, es tut mir wirklich leid, aber Leif und du ...«

»Leif und ich was? Wir waren Mieter von Leonhard und es gab zwischendurch mal Ärger zwischen uns. In welcher Welt ist das ein Mordmotiv? Hattest du noch nie Ärger mit deinem Vermieter?«

»Doch schon, aber das Digitalis und die Spritze ...«

»Echt jetzt? Wieso sollten wir diskutierend draußen vor unserer Tür stehen, um dann die Mordwaffe zu entsorgen? Zwei Wochen, nachdem Leonhard gestorben ist? Hast du dir mal Gedanken gemacht, dass unsere Mülltonne von der Straße für jeden einfach zugänglich ist? Und wie wunderbar der Mörder in unserer Mülltonne die Beweise entsorgen konnte?«

»Nun ja, es ist wirklich nicht besonders ...«

Wieder unterbrach Astrid, die sich allmählich in Rage redete: »Besonders schlau? Willst du das sagen? Für wie bescheuert hältst du Leif und mich eigentlich? Kommt dir nicht in den Sinn, dass du und dieser Jan mit eurer Schnüffelei den Mörder auf die großartige Idee gebracht habt, uns den Mord unterzuschieben? Einige wussten, dass Leif beim ›Grabbeln‹ gerne mal alte Schätze aus dem Zweiten Weltkrieg mit nach Hause bringt und Leonhard deswegen Stress gemacht hat. Stell dir vor, Leif selbst hat sich an dem Tag des Helmtauchens noch bei seinen Tauchkumpels darüber beklagt. Das konnte doch jeder auf dem Steg mitbekommen.«

Soll ich Astrid jetzt sagen, dass die Justiz den wahren Schuldigen finden und verurteilen wird? Ich weiß doch selber, wie oft es nicht dazu kommt. Und wie oft der Falsche angeklagt wird.
Stine schwieg.

»Na, Frau Kommissarin, was sagst du jetzt dazu? Leif hat sogar bei der Polizei zugegeben, dass er ein paar seiner Fundstücke wieder in der Ostsee entsorgt hat, nachdem das mit Leonhard passiert ist. Das war der Abend, als dir Victor weggelaufen ist. Macht ihn das zum Mörder? Aber was rede ich denn? Er wäre nicht der Erste, der wegen falscher Indizien verurteilt wird. So ist es doch, oder?«

»Astrid, es tut mir leid.«

»Wenn es dir wirklich leidtut, dann suchst du weiter! Es muss doch einen Weg geben, nachzuweisen, dass uns jemand die Mordwaffe in die Tonne gesteckt hat.«

Wieder klackerte die Fall. Stine schaute auf den Steg. Dort waren Kameras. War es möglich, dass einige von ihnen Teile der Straße abdeckten? Vielleicht hatte Astrid recht und jemand hatte sich an dem Müll zu schaffen gemacht.

»Am Steg sind Kameras. Vielleicht … Kannst du in etwa zeitlich einschränken, wann das Digitalis bei euch im Müll gelandet ist?«

»Wie meinst du das?«

»Hast du vielleicht tagsüber einmal Müll rausgebracht oder es war vorher die Müllabfuhr da?«

»Leif bringt meistens den Müll raus, deswegen hat er auch den Beutel entdeckt. Lag ziemlich prominent oben auf, als er den Deckel öffnete. Aber lass mich mal überlegen … Ich hatte zum Mittag Apfelpfannkuchen gemacht, da rief meine Freundin an.«

Stine fragte sich, was das jetzt mit dem Thema zu tun hatte.

Astrid fuhr fort: »Beim Telefonieren habe ich komplett vergessen, dass ich die Pfanne mit dem Apfelpfannkuchen auf dem Herd hatte, bis ich es gerochen habe.« *Das erklärt den verbrannten Geruch, den ich am Nachmittag noch bemerkt habe,* dachte Stine. *Ein simples Küchenmissgeschick und keine vor sich hin schwelenden Handgranaten aus dem Zweiten Weltkrieg. Manchmal ist die Erklärung so einfach.*

»Ich musste alles entsorgen und die Pfanne einweichen. Da es so roch, bin ich gleich mit der Pfanne raus zum Müll und habe dort alles reingeschmissen.«

»Aber doch bestimmt in die Biotonne?«

»Nein, aufbereitete Lebensmittel tue ich immer in den Müll. Habe mal gelesen, die sollen nicht in die Biotonne«, widersprach Astrid.

Okay, das mache ich immer anders. Aber warum sollte ich das jetzt mit Astrid diskutieren?

»Du hast recht, da war noch kein Beutel. Sonst hätte ich den Pfannkuchen da ja draufgeschmissen.«

»Und wann genau war das?«

»Das weiß ich nicht mehr so genau.«

»Du sagtest doch, du hättest mit deiner Freundin telefoniert? Dann kannst du doch in der Anrufliste sehen, von wann bis wann ihr telefoniert habt.«

»Du hast ja so recht!« Hektisch holte Astrid ihr Handy aus der Hosentasche. Sie wischte über das Display. »Hier ist es. Telefoniert haben wir bis 14:05 Uhr. Dann muss ich spätestens um 14:10 Uhr an der Mülltonne gewesen sein.«

»Und wann hat Leif die Tüte entdeckt?«

»20:20 Uhr«, kam es wie aus der Pistole geschossen. »Ich habe ihn nach der Tagesschau rausgejagt, weil der Müll so roch.«

Astrids empfindliche Nase war sicher des Öfteren ein Ärgernis für den gemütlichen Leif, aber in diesem Fall vielleicht ein Segen.

»Das ist doch ein Anfang.«

»Heißt das jetzt, du glaubst uns? Ich kann dir gar nicht sagen, was das für mich bedeutet.« Astrid packte Stines Arm und drückte ihn.

»Ich kann dir nichts versprechen. Letztendlich liegt es bei Oberkommissar Jäger und dem zuständigen Staatsanwalt, was sie daraus machen«, versuchte Stine, Astrids Euphorie zu dämpfen. »Mein Vorschlag wäre, dass ich zunächst versuche, an die Aufnahmen der Stegkameras zu kommen. Es ist ja auch nicht gesagt, dass dort viel von der Straße gezeigt wird und man etwas erkennen kann. Zumindest haben wir es mit einem Zeitraum zu tun, der nicht in der Nacht liegt. Also besteht die Chance, dass wir etwas sehen können. Aber ich kann nichts versprechen, hörst du?«

»Allein, dass du es versuchst … Es ist die letzten Tage hier in Holtenau wie ein Spießrutenlauf für mich. Die meisten wechseln die Straßenseite, wenn ich komme. Beim Rewe an der Kasse versucht sogar die Kassiererin, mir nicht in die Augen zu sehen.«

»Bitte erzähl aber niemandem von unserem Gespräch. Falls der Mörder noch auf freiem Fuß ist, könnte er so vorgewarnt werden«, mahnte Stine sie zum Abschied.

Als sie Astrid, die jetzt deutlich beschwingter in Richtung zu Hause verschwand, nachsah, knarzte der Steg wieder.

Stine zögerte. Sollte sie runtergehen und nachschauen? Sie drehte sich in Richtung Steg. In ihren Ohren fing es an dunkel zu brummen und das Geländer der Treppe vor ihr begann zu schwanken. Oh nein, bitte nicht jetzt! Stines Hand tastete in ihrer Jackentasche nach dem Pillendöschen. Mist, es stand auf ihrem Nachttisch. Ich muss zurück nach Hause, bevor der Schwindel schlimmer wird. Langsam und vorsichtig drehte sie sich wieder in Richtung Straße und schlug den Weg zum Café ein. Der Schatten, der sich hinter dem Toilettenhäuschen geduckt hatte, löste sich und schaute ihr hinterher.

Dienstagfrüh, »Achter de Slüüs«

D u willst damit sagen, euch hat die ganze Zeit jemand belauscht? Das ist ja gruselig.« Utes Stimme am anderen Ende der Leitung klang weniger erschreckt als freudig aufgeregt, als Stine ihr von dem gestrigen Abend erzählte.

»Ich hatte total vergessen, dass da jemand auf dem Steg gewesen ist, als ich Astrid sah. Sie tat mir so leid.«

»Das kann ich verstehen. Es muss doch furchtbar für sie sein, wenn der ganze Ort sie meidet.« Ute, die in einer Kleinstadt aufgewachsen war, kannte die Mechanismen in solch kleinen Orten zur Genüge. Sie hatte mal gesagt, der Nachbar wüsste bereits, dass sie gleich aus dem Haus ginge, bevor sie überhaupt das Bedürfnis verspürte, das zu tun. So genau war jeder im Ort unter Beobachtung.

Aber genau das müsste hier auch helfen, dachte Stine. *Irgendjemand muss etwas beobachtet haben. Wir haben uns viel zu lange darauf ausgeruht, dass uns Leif als Täter unter die Nase gerieben wurde.* Je länger Stine über ihr Gespräch mit Astrid nachgedachte, desto sicherer war sie, dass der Mörder von Leonhard noch auf freiem Fuß war. *Eigentlich muss ich heute Abend mit Jan darüber reden. Aber würde das den Abend ruinieren?*

»Wie war denn dein Date mit Maik? Davon hast du noch gar nichts erzählt«, unterbrach Ute, gewohnt neugierig, ihre Gedanken.

Als Stine von der weißen Couch mit den Schmetterlingen und den Tupperwaren mit Essen erzählte, brach Ute in Lachen aus.

»Das klingt richtig spooky. Wenn ich das gewusst hätte, hätte ich dich davon abgehalten, die Einladung anzunehmen. War er denn als Kind auch schon so komisch?«

»Na ja, er war immer etwas steif, das erinnere ich. Seine Mutter habe ich nie kennengelernt und es macht sicher etwas mit einem Jungen, wenn er von seinen Großeltern großgezogen wird.«

»Unsere Kirsten könnte uns dazu wahrscheinlich Romane erzählen«, stimmte Ute zu. »Aber trotzdem hätte ich erwartet, dass er sich, nach all den Jahren im Ausland, von seinen Großeltern abnabelt. Wie hat er denn in Hongkong und Kapstadt überlebt? Hat seine Großmutter ihm Essenspakete geschickt?«

Stine und Ute kicherten bei der Vorstellung.

»Ich kannte mal einen Typen im Studium, der ist am Wochenende nicht nur mit dreckiger Wäsche, sondern auch mit dreckigem Geschirr nach Hause gefahren, damit seine Mutter das für ihn abwäscht«, setzte Stine noch einen drauf.

»Ist nicht wahr! Spätestens da muss sich eine Mutter doch fragen, was sie falsch gemacht hat. Und solche Männer werden dann auf uns losgelassen.«

Die nächste Viertelstunde gaben Stine und Ute abwechselnd ihre seltsamsten Männergeschichten zum Besten.

»Ich würde ja gerne weiter lästern«, Stine wischte sich die Lachtränen aus den Augen, »aber in nicht mal fünf Minuten öffnet das Café und ich habe noch nichts vorbereitet.« *Und eigentlich hatte ich kurz noch beim HNO anrufen wollen, um einen Termin zu vereinbaren. Das Brummen in meinen Ohren hat seit gestern Abend nicht mehr aufgehört. Wenigstens ist der Schwindel nicht so stark ausgefallen, wie die Male davor.*

»Kein Problem. Ich muss mich auch für die Arbeit fertig machen.« Ute machte eine Pause. »Wollen wir hoffen, dass du mit dem schnittigen Fallback heute Abend mehr Spaß hast.«

»›Fullback‹«, korrigierte Stine ihre nicht Rugby-affine Freundin.

»Was auch immer, Hauptsache schnittig. Tu nichts, was ich nicht auch tun würde!« Lachend beendete Ute das Telefonat.

Stine ging die Treppe runter ins Café und wählte beim Gehen die Nummer der Arztpraxis. Ein Tonband ging an, welches ihr mitteilte, dass sie außerhalb der Sprechstunden anrief. Mist, sie musste es später versuchen.

Sie öffnete die großen Flügeltüren und löste die Ketten, mit denen die Deckchairs über Nacht gesichert wurden. Ihre Tante Helga hatte immer darauf vertraut, dass in Holtenau nichts passierte. Aber Stine hatte, mit ihren Erfahrungen aus Hamburg, gleich zu Beginn mit Henri im Baumarkt eine lange Kette gekauft, um die Außenmöblierung in der Nacht zu sichern. *Tante Helga hätte auch nie erwartet, dass im beschaulichen Holtenau ein Mord geschieht und der Mörder höchstwahrscheinlich unter uns frei rumläuft.*

»Brauchst du noch Hilfe?« Henri betrat den Innenhof, die Tageszeitung locker unter den Arm geklemmt, Victor an der Seite.

»Gerne! Wenn du einmal in den Getränkekühlschrank guckst und die fehlenden Getränke auffüllst ... Ich glaube, wir brauchen wieder Cider.«

»Diese Südafrikaner trinken uns den ganzen Vorrat leer«, stellte Henri fest.

»Du meinst die Niederländer, oder?«

»Nein, Südafrikaner. Die mit dem großen Katamaran. Hast du nicht gesehen, dass sie unter der Saling die südafrikanische Flagge gehisst haben?«

»Nein, ich habe nicht darauf geachtet oder es im Dunkeln nicht gesehen«, rechtfertigte sich Stine.

»Ab Sonnenuntergang wird die Flagge auch meistens eingeholt. Genauso, wenn die Besatzung während der Flaggenzeit das Schiff verlässt«, klärte der ehemalige Marineoffizier seine unwissende Nichte auf.

»Die beiden sind Südafrikaner? Das ist doch ein komischer Zufall.«

»Ich habe mir keine Gedanken darüber gemacht. Vermutest du einen Zusammenhang zu Leonhard?« Henri schüttelte den Kopf. »Ich Idiot, ich hätte es wirklich eher erwähnen sollen. Aber es war für mich so selbstverständlich, dass du auch weißt, dass es Südafrikaner sind, dass ich nichts gesagt habe.«

»Hast du eine Ahnung, seit wann die beiden hier in Holtenau sind? Ich erinnere mich auf jeden Fall, dass sie am Tag von Leonhards Tod mit ihrem Katamaran am Tiessenkai gelegen haben.«

»Der Hafenmeister müsste wissen, wie lange sie schon hier sind. Er ist Edgars Sohn. Soll ich ihn fragen?«

»Meinst du, er könnte mir auch die Aufzeichnungen von der Kamera am Yachthafen vom letzten Donnerstag besorgen?«

»Wozu brauchst du die?«

»Gestern habe ich festgestellt, dass die eine Kamera auf dem Steg einen Teil der Kanalstraße abdeckt. Astrid und Leif sagen, jemand hätte ihnen die Spritze und das Digitalis in die Mülltonne gesteckt.«

»Moment. Heißt das, du glaubst auch nicht mehr, dass es Leif war? Ich wollte ja nichts sagen, aber mir kam die Geschichte gleich komisch vor. Leif und Astrid leben hier schon einige Jahre und gerade Leif ist doch eher der gemütliche Typ. Dass der einen Mord wegen einer Wohnung und seinem Hobby begeht ...«

»Warum hast du denn nichts gesagt?«

»Du und Jan schient euch so sicher, da wollte dein alter Onkel nicht dazwischenfunken. Ist ja auch nur so ein Gefühl, dass etwas anderes dahinterstecken könnte.« Er legte die gefaltete Zeitung auf seinen Stammplatz. »Ich treffe Edgar in einer halben Stunde zur Morgenrunde. Dann frage ich ihn gleich. Oder soll ich das lieber unterlassen, weil ihr ihn nach

Georges Geschichten nun doch zum Kreis der Verdächtigen zählt?« Er lachte.

Stine grinste und schüttelte den Kopf.

»Alles klar. Mit etwas Glück hast du heute Abend schon alle Informationen. Obwohl, ich könnte mir vorstellen, dass du heute andere Dinge mit Jan zu besprechen hast, oder?« Henri zwinkerte ihr zu.

Dienstag, früher Abend, Yachthafen

M oin, mein Vater und Henri haben mir gesagt, ich soll dir auf dem kleinen Dienstweg helfen.«

Stine ertappte sich dabei, dass sie Andreas, den Hafenmeister des kleinen Yachthafens, ausführlich musterte. Er strahlte so eine ruhige Freundlichkeit aus und war auf angenehme Art unauffällig: leicht schütteres dunkelblondes Haar, das durch den permanenten Kontakt mit der Seeluft von hellblonden Strähnen durchzogen war. Dazu ein Dreitagebart. Ute würde sagen, in »kussfreundlicher Länge«. Das bedeutete bei ihr, dass man nicht ständig mit rotem Kinn herumlief, weil die Leidenschaft, gerade am Anfang der Beziehung, zu groß war. Unter dem blauen Poloshirt mit der Aufschrift »Hafenmeister« auf der linken Brustseite zeigte sich der gemütliche Ansatz eines Bauches.

»Die beiden alten Herren meinten, du ermittelst wegen des Toten in der Seebadeanstalt?«

Edgar und Henri. Von wegen nur Frauen klatschen. Wem haben sie noch davon erzählt? Wahrscheinlich weiß es ganz Holtenau, inklusive des Mörders.

»Ermitteln ist ein starkes Wort. Ich habe nur Lilly, der Schwester des Toten, versprochen, dass ich mich ein bisschen umhöre«, wiegelte Stine ab.

»Du bist Kommissarin in Hamburg, richtig? Kenne ich ganz gut. Bevor ich hier Hafenmeister wurde, habe ich dort einige Jahre gelebt. Schöne Stadt, aber mir fehlte die Ostsee.« Sein Handy klingelte. »Entschuldige, da muss ich ran gehen. Bin im Dienst.« Er wandte Stine den Rücken zu und nahm den Anruf entgegen. »Andreas, Hafenmeister Yachtanleger Holtenau hier. Wie kann ich helfen? ... Ja, wir haben Plätze für Gastlieger. Wann genau wollt ihr kommen? ... Morgen Mittag. Passt, da habe ich ein Plätzchen für euch frei. Ich muss euch nur daran erinnern, dass ihr maximal vier Tage hier liegen dürft. Am Eingang zum Nordostseekanal sind die Bootsplätze heiß begehrt. Wir sehen uns dann morgen.« Er legte auf.

Eine von Stines Fragen war damit eigentlich beantwortet, aber es passte nicht zu ihren Beobachtungen mit dem Katamaran der Südafrikaner. Die waren doch mehr als vier Tage hier in Holtenau. Wie konnte das sein?

»Entschuldige, aber ich habe eben ein bisschen zugehört. Stimmt es, dass die Schiffe maximal vier Tage hier festmachen dürfen? Dazu gibt es keine Ausnahmen?«

»Ich müsste jetzt sagen: ›Nein, es gibt keine Ausnahmen.‹ Aber seit etwa zehn Tagen weiß ich, dass es doch Ausnahmen gibt.« Andreas machte eine Kopfbewegung in Richtung des Katamarans.

»Wie kann das sein?«

»Es sieht so aus, als ob es hochrangige Verbindungen in die deutsche Marine gibt. Ein Anruf bei meinem Chef, danach wurde mir gesagt, dass der Katamaran von der Viertage-Regel ausgenommen ist. Keine Nachfragen meinerseits erwünscht.«

»Hast du eine Ahnung, wer genau dahintersteckt?«

»Ganz ehrlich, ich habe zu viel Spaß an meinem Job, als dass ich mir darüber den Kopf zerbrechen will und am Ende noch jemanden auf die Füße trete.« Andreas zuckte mit den Schultern.

Wahrscheinlich kann ich bei dieser Einstellung auch meine nächste Bitte vergessen, dachte Stine. Laut fragte sie: »Ich habe gesehen, dass zwei Kameras am Steg angebracht sind und eine von ihnen Teile der Kanalstraße abdeckt. Wäre es möglich, die Aufzeichnungen für letzten Donnerstag zwischen 14:00 und 20:30 Uhr anzusehen?«

Andreas stöhnte. »Das ist auch wieder etwas, was mich den Job kosten könnte. Aber du bist Henris Nichte, also frage ich: Warum willst du das wissen?«

Stine beschloss, mit offenen Karten zu spielen und erzählte Andreas von ihrem Gespräch mit Astrid und dem ermittelten Pfannkuchen-Dilemma-Tagesschau-zu-Ende-Zeitfenster.

»Hieße das, mit der Information könntest du vielleicht Leif, den alten Schwerenöter, entlasten?«

»Du kennst Leif?«

»Wer kennt den nicht? Wie oft hat er sich für mich in den Helmtaucher geschmissen und hat schnell mal was hier vorm Steg rausgeholt? Oder er entfernt mir ein paar der nervigen Muscheln unter Wasser, die nichts als Ärger machen, weil sie die Taue mit ihren scharfen Kanten kaputtmachen. Für ihn ist das Spaß und ich spare mir den Papierkram, wenn ich nicht extra die Schleusentaucher anfordere. Der Typ ist total hilfsbereit und in meinen Augen hat die Polizei einen Riesenfehler gemacht. Lass uns gleich gegenüber in mein Büro gehen, da können wir zusammen draufschauen.«

Stine sah auf die Uhr. Sie hatte noch etwa eine Stunde Zeit, bevor sie bei Jan eingeladen war. Zu wenig, um acht Stunden Material durchzusehen, selbst im Schnelldurchlauf. Schade, sie hätte Jan gerne ein paar Ergebnisse präsentiert. Aber vielleicht war es auch besser, wenn sie heute Abend mal über andere Themen sprechen konnten.

»Ich habe heute leider nur eine Stunde Zeit. Ich befürchte, das reicht nicht. Wäre es für dich okay, wenn ich morgen oder übermorgen, wenn es dir wieder passt, noch mal vorbeikomme? Ich würde dann auch etwas für die lange Zeit vorm Rechner mitbringen. Magst du Bier oder Cider?«

»Das klingt doch nach einem Plan! Ich hätte morgen Abend noch nichts vor. Wenn du willst, kann ich uns auch eine Kleinigkeit kochen. Ich wohne nämlich im gleichen Haus und an meinem großen Fernseher können wir die Aufnahmen eh besser begutachten als am kleinen Bildschirm im Büro.«

Das klingt fast so, als hätte ich schon wieder ein Date, dachte Stine. *Ich hoffe nur, ich muss morgen mein abendliches Menü nicht wieder aus beschrifteten Tupperdosen auswählen.*

Dienstagabend, Kastanienallee

Komm gleich in den Garten hinterm Haus«, stand auf dem Post-It, welches an dem Klingelschild mit der Aufschrift »Ferienwohnung« angebracht war.

Als Stine den mit unebenen grauen Steinplatten gepflasterten Weg rechts am Haus entlang Richtung Garten ging, strömte ihr der würzige Duft von Grillgut entgegen. Sie hörte Stimmen. *Stimmen? Habe ich etwas missverstanden?* Stine schaute an sich herunter. Sie hatte wieder das enge schwarze, weit ausgeschnittene Top angezogen, welches sie neulich schon bei der Observierung mit Jan getragen hatte. Dazu eine enge schwarze Jeans und eine schwarze halbdurchsichtige Bluse, die sie locker über der Taille geknotet hatte. Sollte sie nochmal zurück –

»Stine, wie schön, dass du da bist.« Jetzt war es eindeutig zu spät, ihre Kleiderwahl durch einen kurzen Abstecher nach Hause zu ändern. »Nimm dir einen Cider und komm zu uns.« Jan deutete auf eine große Schüssel mit Eiswürfeln und Ciderflaschen. Neben ihm am Grill stand ein mittelgroßer, bulliger Typ in Jogginghose und T-Shirt. Er musterte Stine von oben bis unten und blieb mit einem verträumten Blick deutlich länger an ihrem Ausschnitt hängen.

»Das ist Dachpfanne. Er spielt erste Reihe Sturm und hat mir eben meine Laufschuhe vorbeigebracht, die ich nach dem Spiel letztes Wochenende in der Umkleide vergessen hatte.«

Bildete sie es sich nur ein, oder sollte das schiefe Lächeln auf seinem Gesicht eine Art Entschuldigung für den weiteren Gast sein?

»Dachpfanne? Das ist aber ein seltener Spitzname.«

Der Bulle lachte. »Ich bin hauptberuflich Dachdecker und irgendwann hat einer aus der gegnerischen Mannschaft nach einem Scrum gemeint: ›Du hast ja Pranken wie Dachpfannen. Ich dachte, du zerreißt mir das Trikot. ‹« Er ballte eindrucksvoll seine großen Hände zu Fäusten, um die Geschichte zu unterstreichen. »Seitdem heiße ich ›Dachpfanne‹«.

Stine nickte nur und nippte an ihrem Cider. Sie trat an den Grill und bewunderte die großen, zu Schnecken gewundenen Bratwürste. »Die sind ja riesig«, stellte sie fest.

»Für einen Südafrikaner muss es beim Braai immer viel Fleisch sein. Mein Kumpel Clyde veranstaltet fast jedes Wochenende einen Braai und könnte mit den Fleischmengen eine fünfköpfige Familie einen Monat durchfüttern. Ich war so glücklich, dass ich die Boerewors hier bekommen habe, dass ich wahrscheinlich auch übertrieben habe.« Jan deutete mit dem Kopf in Richtung einer großen weißen Styroporbox, die bis oben mit Grillware gefüllt war.

»Das würde für das ganze Team reichen«, stellte Dachpfanne mit fachkundigem Blick auf den Berg an Würsten und Fleisch fest.

Wenn Jan jetzt auf die Idee kommt, auch den Rest seiner Mannschaft einzuladen, bin ich aber ganz schnell weg.

»Wenn du für morgen Abend einen Grill organisierst, bringe ich die Reste für den Sundowner nach dem Training mit«, bot Jan stattdessen an.

»Krieg ich hin. Ich pack meinen großen Gasgrill auf den Wagen. Wollte eh mit dem Transporter kommen, weil ich für den Coach ein paar Dinge besorgt habe.« Dachpfanne schaute kritisch auf die Wurst, die Jan fachkundig gewendet hatte. »Meinst du, sie ist schon so weit? Das Zeug riecht so gut und ich habe echt Kohldampf.« Erwartungsvoll hielt er Jan einen großen Teller hin.

Stine seufzte leise. Es sah ganz nach dem zweiten missratenen Date in zwei Tagen aus. Wobei natürlich noch zu klären war, ob dies überhaupt ein Date war.

»Zwei Boerewors sind so weit. Stine, wollen wir uns eine teilen?« Jan hievte die zweite Wurst auf einen Teller, nachdem er Dachpfanne versorgt hatte.

»Gerne. Bin gespannt, wie sie schmeckt.« Stine versuchte sich die Enttäuschung über den bisherigen Verlauf des Abends nicht anmerken zu lassen. *Stell dir einfach vor, du hängst nach dem Rugbytraining mit der Mannschaft ab, und bring dich in die Stimmung*, motivierte sie sich. Sie ließ sich mit den Männern am Gartentisch nieder.

»Bist du ›Prop‹ oder ›Hooker‹?« wollte Stine von Dachpfanne wissen. »Bei den Händen würde es sich ja anbieten, wenn du auch die Einwürfe machst.«

»Nicht nur sexy, sondern auch Rugbyexpertin? Mensch Jan, du bist ja ein Glückspilz!«

»Stine hat früher selbst Rugby gespielt. Bei St. Pauli Rugby«, klärte Jan seinen Teamkollegen auf.

Die nächste Stunde verging sehr kurzweilig mit Cider und Rugbygeschichten. Es wurde langsam dunkel und Jan holte mehrere Kerzen raus, die er auf den Tisch stellte.

Dachpfanne erhob sich. »Leute, das wird mir hier jetzt zu romantisch und für einen flotten Dreier habe ich heute nicht die richtige Unterbüx an.« Er lachte dröhnend, verabschiedete sich und verschwand in die Dunkelheit.

Stine und Jan starrten sich kurz an, dann fingen beide laut an zu lachen.

Jan wischte sich die Tränen aus den Augen: »Tut mir leid, Stine, aber Dachpfanne kam vorbei und sein Magen fing sofort laut an zu knurren, als er die Boerewors sah. Jeder ist zum Braai willkommen. Mein Vater würde mich enterben, wenn ich einem Besucher nichts vom Braai anbieten würde.«

Stine hob die Hände. »Alles gut. Dachpfanne war doch sehr kurzweilig. Ich stell mir gerade vor, Svenja wäre hier gewesen. Die beiden hätten einander mit ihren Geschichten hochgepusht.«

»Das bestimmt! Aber ganz ehrlich, ich bin froh, dass wir jetzt alleine sind. Entschuldige mich mal einen Moment.« Jan verschwand über die kleine Terrasse ins Haus.

Stine drehte die halbleere Flasche Cider in ihrer Hand. Was kam jetzt? Vielleicht doch noch ein romantischer Abend – oder musste Jan nur kurz auf die Toilette?

Ein paar Minuten später erschien er wieder in der Tür, eine Decke locker über die rechte Schulter gehängt, zwei Weingläser in der linken Hand, eine Flasche Wein in der rechten.

»Es wird doch schon etwas kalt gegen Abend. Da dachte ich, ich bringe dir eine Decke mit. Die Bluse und das Top sind vielleicht etwas dünn für einen Holtenauer Herbstabend draußen.« Sein Blick verlor sich kurz in ihrem Ausschnitt.

Stine war auf einmal gar nicht mehr kalt. Sie fühlte sogar leichte Schweißperlen an ihrer Oberlippe, als Jan die Decke vorsichtig um ihre Schultern legte. Er goss den Wein in die Gläser und reichte ihr eines.

»Das ist ein Shiraz aus dem Swartland, von ›Allesverloren‹.«

»›Allesverloren‹? So heißt das Weingut?«

»Ja, es ist eines der ältesten Weingüter im Swartland. Tatsächlich wurde es im siebzehnten oder achtzehnten Jahrhundert, ich weiß es nicht so genau, einmal komplett bei einem Überfall niedergebrannt. Als die Besitzer es wieder aufbauten, haben sie es ›Allesverloren‹ genannt, zum Gedenken an den Überfall und den Verlust.«

»Das ist eine traurige, aber auch schöne Geschichte.«

»Dann lass uns auf das Schöne anstoßen, das aus dem Verlust entstanden ist.« Die Gläser klirrten leise und fanden ihr Echo in dem Gesang eines Rotkehlchens, das sich oben auf der Ginsterhecke positioniert hatte und anfing, die einsetzende Nacht zu besingen.

Jan beugte sich zu Stine. Sie schloss die Augen und ihr Telefon fing an »Islands Call« zu spielen.

»Was zum Teufel? Die irische Rugby-Hymne?« Jan richtete sich wieder auf und starrte Stine mit weit aufgerissenen Augen an, während sie versuchte, das Handy aus ihrer Gesäßtasche zu fummeln.

»Das war Svenjas Idee«, stammelte sie entschuldigend. Endlich hatte sie das Handy in der Hand. Das Display verriet ihr, dass der Anruf bereits auf die Mailbox umgeleitet worden war. Die angezeigte Nummer sagte Stine nichts.

»Willst du kurz die Mailbox abhören?«, bot Jan an. »Vielleicht ist es George mit einer neuen Theorie?«

»Ach lass, das kann warten. Wenn es wichtig ist, ruft derjenige auch nochmal an. Außerdem kenne ich die Nummer nicht.«

Das Rotkehlchen beendete seinen Gesang und mit ihm flog auch die romantisch aufgeladene Stimmung davon. Sie nippten beide an ihren Weingläsern.

»Der Wein schmeckt sehr gut«, versuchte Stine das Schweigen zu brechen.

»Freut mich, dass er dir schmeckt. Ich hätte dir auch gerne einen Pinotage oder einen Chenin Blanc serviert, war mir aber nicht sicher, ob du solche Weine magst. Sie sind typisch für Südafrika, aber nicht jeder mag sie. Wenn du möchtest, verrat ich dir meinen Weinhändler«, griff Jan das unverfängliche Thema auf.

»Wie kommt es eigentlich, dass du so viel von Wein verstehst?«

»›Viel verstehen‹ ist übertrieben. Aber das liegt auch wieder an Clyde. Seine Frau hat vor einiger Zeit mal mit ihm eine Tour zu einigen Weingütern im Swartland gemacht und dabei haben die beiden ihren Weinkeller gut gefüllt. Da Clyde während der Tour den Fahrer machen musste und so Josephine, seine Frau, fast nur in den Genuss der Weine kam, hatte er einen gewissen Nachholbedarf, als er wieder zu Hause war.

Als Josephine ein Wochenende ihre Tochter in Stellenbosch besucht hat, hat Clyde für Pieter und mich den Weinkeller geöffnet. Das war ein echtes Gelage, sag ich dir! Für Clyde war danach ›Allesverloren‹. Josephine war stinksauer, da wir fast alles leer getrunken haben.« Jan lachte. »Ich glaube, er musste fast zwei Wochen auf der Couch im Wohnzimmer schlafen. Aber besser als das Jahr zuvor. Da hat Josephine ihn rausgeschmissen, weil er seinen gut bezahlten Job einge-tauscht hat, um wieder mit Pieter zu arbeiten. Der arme Pieter musste Clyde für mehrere Wochen bei sich wohnen lassen, bis Josephine ihren Ehemann wieder ins Haus und in ihr Bett ließ. Eine Zeit, die richtig schlecht für unsere Leber und auch schlecht für das Scoring unseres Rugbyteams war.«

»Deine Freunde möchte ich wirklich gerne kennenlernen.«

»Sie würden dich lieben.« Diesmal fanden Jans Lippen ihr Ziel.

Gleicher Abend, Kanalstraße

W as meinst du, Victor, wollen wir noch einen Spaziergang machen?« Henri beugte sich zu dem kleinen Mischling und hakte die Leine ein. Der Schwanz des Hundes betätigte sich, voller Vorfreude über eine Extrarunde, in der Zwischenzeit als Staubklopfer an Henris Hose.

»Ich möchte nur wissen, was so dringend ist, dass Lilly nicht bis morgen auf Stine warten kann.« Er blickte hinaus ins Dunkel. Im Schein der Laternen versuchte er zu erkennen, ob es draußen regnete. Aber der Asphalt schien trocken zu sein. Wenigstens etwas. Mit Hund und Schirm bei Regen war nicht seine bevorzugte Art des Spaziergangs.

Als er von der Kanalstraße in die Holtenauer Reede einbog, blieb er stehen. Das Anschlagbrett der Seebadeanstalt zeichnete sich gegen den vom Mondlicht in Silber getauchten Himmel ab. Henri dachte an Leonhard und ihre gemeinsame Zeit auf der »Panther«. An die eigentlich harmlosen Späße, die sich Leonhard erlaubt hatte. Die kleinen und später großen Schmuggeleien.

Das verschwundene Geld war immer noch nicht wieder aufgetaucht. Aber allem Anschein nach betrachtete dieser Oberkommissar den Fall als gelöst. Zumindest war er seit Leifs Verhaftung nicht mehr in Holtenau aufgetaucht.

Von der Schleuse her ertönte das tiefe Brummen eines Schiffshorns und riss Henri aus seinen Gedanken. Er setzte seinen Weg zu Lillys Wohnanlage fort. Das Gittertor der Anlage war immer noch kaputt und öffnete sich, als Henri leicht dagegen drückte. Kopfschüttelnd schaute er zu Victor.

»Ich möchte nicht wissen, was Lilly und die anderen Bewohner hier an Wohngeld zahlen, und trotzdem bekommt es die Verwaltung nicht hin, das Tor zu reparieren.«

Über den mit Hagebutten gesäumten Weg näherten sie sich der hell erleuchteten Eingangstür. Henri klingelte und wartete. Kein Summen. *Dafür, dass Lilly es am Telefon vorhin so dringend gemacht hat, lässt sie sich jetzt ziemlich Zeit*, grummelte Henri vor sich hin.

Im Treppenhaus ging das Licht an. Ein junger Mann mit knallgelben Kopfhörern auf den Ohren erschien und öffnete die Tür. Ohne Henri zu fragen, was er wollte, ließ er ihn ein und verschwand pfeifend in die Nacht.

Abermals schüttelte Henri den Kopf. *Die Jugend von heute. Ich habe noch gelernt, dass man fremde Leute nicht einfach ins Haus lässt oder zumindest fragt, zu wem sie wollen.*

Er ging weiter zum Fahrstuhl. Von Stine wusste er, dass dieser direkt in Lillys Reich fuhr, wenn man den richtigen Code eingab. *Ich hoffe nur, ich überrasche Lilly nicht bei irgendetwas.* Er musste an ihre Erzählung über ihre Spitzenwäsche im Bad denken. *Warum habe ich Idiot nicht darauf bestanden, dass Stine sich morgen um alles kümmert?* Er starrte auf das Bedienfeld des Fahrstuhls. *Verdammt, wie war nochmal der Code?* Irgendein Feiertag und 42, so viel wusste er noch. Er tippte »241242«. Nichts passierte. *Nicht Weihnachten.* Es war etwas anderes gewesen. Er durchforstete seine Gedanken. Stine, die ihm erzählte, der Code hätte was mit Halloween zu tun und er, der entgegnete, das sei so ein amerikanischer, neumodischer Quatsch. Genau, der Reformationstag. Das war es: »311042«. Der Fahrstuhl setzte sich in Bewegung.

Langsam öffnete sich die Fahrstuhltür und gab den Blick auf Lillys Reich frei. Die indirekte Beleuchtung der Küche und zwei große, mit bräunlichem verspiegeltem Glas versehene Lampen auf der Fensterbank beleuchteten die große Wohnküche nur schwach. Zögerlich betrat Henri die Wohnung.

»Lilly? Ich bin es, Henri. Wo bist du?«

Stille. War Lilly vielleicht beim Warten auf ihn eingeschlafen? Er wollte weiter in den Raum in Richtung des Flures, der sich gegenüber der Küche im schwachen Licht abzeichnete. Ein deutlicher Ruck an der Leine störte ihn. Er blickte hinunter und stellte überrascht fest, dass Victor mit hoch erhobenem Schwanz, den Blick in Richtung Küche, innegehalten hatte. Der Mischling fing leise an zu knurren.

»Was hast du?« Leichtes Unbehagen kroch langsam Henris Rücken hoch. Irgendetwas stimmte nicht. Er blickte sich um und sah die Lichtschalter direkt neben der großen silbernen Espressomaschine.

Wahrscheinlich ist es nur diese schummrige Beleuchtung, die Victor und mich nervös macht. Wenn ich hier alles hell erleuchte, sieht es schon besser aus. Und vielleicht wacht dann auch Lilly, wo immer sie gerade ist, auf.

Henri ließ Victors Leine fallen und ging zu den Lichtschaltern. Nach mehreren Fehlversuchen erstrahlte die Küche und das Wohnzimmer in hellem Licht.

»Siehst du, Victor? Jetzt können wir auch etwas sehen.«

Triumphierend wollte sich Henri zu seinem Hund umdrehen, da wechselte Victors verhaltenes Knurren zu einem lauten Bellen. Henris Kopf schoss herum und er spürte, wie etwas Schweres an seinem Ohr vorbeisauste und mit einem lauten Scheppern auf der Arbeitsplatte zerbarst. Überrascht blickte Henri auf das blau-weiße Scherbenmeer, dass sich über die Granitplatte verteilt hatte. Am Rande seines Gesichtsfeldes tauchte eine große schwarze Gestalt auf. Instinktiv duckte sich Henri, in Erwartung eines weiteren Angriffs. Eine weitere Vase flog, aber auch diese verfehlte ihr Ziel. Henri stand jetzt mit dem Rücken zur Wand, die Gestalt fixiert. Sie kam näher und entsetzt bemerkte Henri, dass der massige Mann ihn um fast einen Kopf überragte. Henri klammerte sich an die Granitplatte. Gedanken schossen durch seinen Kopf.

Wo ist Lilly? Was will der Kerl? Und was kann ich jetzt tun?

Victors Bellen war in ein lautes helles Jaulen übergegangen. Henri tastete blind hinter sich über die Arbeitsplatte, um etwas zu seiner Verteidigung zu finden. Er zuckte zusammen, als die Scherben in seine Finger schnitten. Unter der Platte fanden seine Hände eine Schublade. Er tastete hinein: *Ein dicker Griff. Hoffentlich ein Messer.* Mit seiner rechten Hand zog er das Ding heraus, streckte es drohend dem Koloss entgegen. Eine große Käsereibe schob sich zwischen ihn und den Angreifer. *Oh mein Gott, das darf doch nicht wahr sein.* Henri schleuderte die Reibe gegen den Kopf des Mannes. Dieser schüttelte sich kurz und war mit einem weiteren Schritt bei ihm. Große Hände schlossen sich um Henris Hals. Er trat und wandte sich, die Hände ließen nicht von ihm ab. Es rauschte in Henris Ohren und ein durchdringendes, hohes Piepen erklang.

Auf einmal wurde sein Kopf ganz leicht. Ein grauer Schleier senkte sich über ihn, da sah er etwas Schwarz-Braunes durch die Luft fliegen. Mit einem dumpfen Schrei ließ der Mann von ihm ab und fing an, die rechte Hand zu schütteln, in die sich Victors Zähne tief eingebohrt hatten. Es blieb Henri keine Zeit. Verzweifelt drehte er sich wieder um. Die Espressomaschine blitzte im grellen Licht. Er hob das Ding hoch und ließ sie auf den Kopf seines Gegners heruntersausen. Der Angreifer sackte in die Knie. Der Moment reichte Henri, um endlich einen Messerblock zu entdecken und ein großes Schneidemesser herauszuziehen. Dem Mann vor ihm war es jetzt gelungen, Victors Zähne aus seiner Hand zu lösen. Leicht schwankend stand er auf und blickte auf das große Messer in Henris Hand. In der Ferne ertönten Sirenen. Ansatzlos drehte sich der Mann um und lief in Richtung Fahrstuhl. Henri war nicht in der Lage, ihm hinterherzusetzen, immer noch pfiff und zischte es in seinen Ohren. Ohne noch einmal zurückzublicken, verschwand der Mann mit dem Fahrstuhl nach unten.

Immer noch benommen blickte Henri sich um. Victor war hinter der Kücheninsel verschwunden und hatte nach seinem heroischen Angriff wieder begonnen zu jaulen. Langsam ging Henri in Richtung seines Hundes. Da tauchten zwei Beine, bekleidet mit einer Netzstrumpfhose und einem schwarzen mit Spitze gesäumten Morgenmantel, am Boden liegend auf.

Mittwochfrüh, »Achter de Slüüs«

Hallo? – Bist du das Stine? – Hallo? – Wo steckst du denn? Wird das jetzt aufgenommen oder muss ich noch irgendeinen Knopf drücken? Ich hoffe, ich mach das so richtig: Lilly hier. Bitte ruf mich an, ich habe jetzt Leonhards Sachen. So viele Fotos und Papiere. Was er alles aufgehoben hat ... Ich hatte ja keine Ahnung. Eine Sache wird dich sicher interessieren. Ich versuche gleich nochmal Henri zu ...« Die Zeit für die Mailbox war abgelaufen und Lillys Stimme wurde unterbrochen.

Also war das Lillys Festnetznummer. Mist, dass ich sie nicht eingespeichert hatte. Oder vielleicht doch nicht?

Stine dachte an den gestrigen Abend zurück. Wie wäre er verlaufen, wenn sie gesehen hätte, dass der unbekannte Anrufer Lilly war? Hätte sie aus Neugier abgehoben? Oder Jan hätte sie gedrängt, zurückzurufen und dann hätten sie nicht ...

Sie konnte immer noch seine Hände auf ihrer Haut spüren. Seinen warmen Atem, der ihr leicht in den Nacken blies. Seine Lippen ... Eine warme Welle zog vom Bauch aus über ihren Körper. Stine schloss die Augen. Dieses Gefühl hatte sie lange nicht mehr verspürt. Wärme, Freude, gepaart mit Unsicherheit. *Was bedeutet die letzte Nacht? Und wie geht es jetzt weiter? Kommt er heute vorbei? Ruft er an? Oder, im schlimmsten Fall, meldet er sich vielleicht gar nicht?*

Muss ich darüber jetzt nachdenken? Früher habe ich doch auch nur genossen und nicht an morgen gedacht. Wieso kann ich das jetzt nicht mehr? Kirsten würde mir wahrscheinlich etwas von emotionaler Reife, seelischem Ballast früherer Erfah-

rungen und ähnlichem erzählen. Verdammter Mist. Jetzt nichts zerdenken. Bleib im Hier und Jetzt.

Stine öffnete die Augen wieder. Gegenüber in Heikendorf färbten die ersten Strahlen der Sonne den wolkenlosen Himmel langsam rosa. *Sonne? Verdammt, dann ist es gleich acht!*

Das »Hier und Jetzt« bedeutete, dass sie schleunigst das Café für den morgendlichen Ansturm vorbereiten musste. Eigentlich hätte sie noch mit dem Kaffeelieferanten telefonieren müssen. Die letzte Röstung ihrer Hausmarke war viel zu dunkel gewesen. Eine hellere Röstung mit mehr fruchtigen Aromen würde besser passen. Stine beschloss, den Anruf aufzuschieben, bis Henri da war. Dann würde sie auch gleich versuchen, endlich jemanden beim HNO zu erreichen. Deren Sprechzeiten passten eindeutig nicht zu ihren Arbeitszeiten. Das wäre dann auch die passende Zeit, um Lilly zurückzurufen. Sie ließ das Smartphone in ihre Schürze gleiten. Ihr Onkel könnte sich im Notfall um die Bestellungen kümmern, während sie telefonierte. Der alte Herr hatte die letzten Wochen ein gutes Gespür für die Espressomaschine entwickelt und zauberte einen wunderbar feinporigen Schaum.

Wenn er so weiter macht, braucht er mich am Ende des Herbstes gar nicht mehr und kann das Café auch selbst mit ein paar Aushilfen betreiben. Am Ende wird er mich gar nicht vermissen, wenn ich wieder hinter meinem Schreibtisch im Präsidium klebe ... Jetzt denke ich schon wieder an die Zukunft, ermahnte sich Stine. *Hier und Jetzt. Espressomaschine an, Tassen vorwärmen, Bohnen in die elektrische Kaffeemühle füllen, den frischen Kuchen aus der Küche holen und in die temperierte Glasvitrine stellen.*

Zehn Minuten später wischte sie sich die Hände an der Schürze ab und öffnete die großen Flügelfenster zum Innenhof. Feuchte, salzige Seeluft strömte ins Café. Möwen begrüßten mit ihrem Geschrei den neuen Tag. Stine lächelte. Das Hier und Jetzt war großartig.

»Ist das Café schon geöffnet?«

Ein älteres Ehepaar stand vor ihr. Sie mit einer gewagten Kombination von knielangen, kirschroten Bermuda mit neonrosafarbener Windjacke und passendem Fahrradhelm unter dem Arm. Er hatte sich für das dezent beige karierte Bermudamodell entschieden, verlieh seinem Outfit aber Leuchtkraft durch eine neongelbe Sicherheitsweste, die er über sein weißes Hemd gezogen hatte.

»Wir sind seit heute Morgen um sieben unterwegs und brauchen unbedingt einen Kaffee.«

»Dann kommen Sie herein.« Stine trat einen Schritt beiseite und machte eine einladende Handbewegung.

Sie hatte gerade die Bestellung aufgenommen, da betrat Henri das Café, um den Hals einen dicken grauen Schal gewickelt. Überrascht bemerkte Stine, wie langsam und vorsichtig ihr Onkel ging. Wie in Zeitlupe ließ er sich auf seinen Lieblingsplatz sinken.

»Ist alles in Ordnung mit dir? Bist du erkältet?« Sie sah die geröteten Augen. Als sie nähertrat, entdeckte sie Einblutungen am Kinn und kleine rote Punkte rund um Henris Augen. »Um Gottes Willen, was ist mit dir passiert?«

»Du solltest mal den anderen sehen«, kam es müde von ihrem Onkel. »Er hat eine Espressomaschine an den Kopf bekommen. Seine Blutergüsse sind bestimmt schlimmer als meine.« Er grinste schief, dann wurde er ernst. »Ich war gestern Abend noch bei Lilly und habe einen Einbrecher überrascht. Leider konnte ich nicht verhindern, dass er Lilly niedergeschlagen hat.«

Kraftlos ließ Stine sich auf den Stuhl neben Henri sinken. »Sie hat mich angerufen, ich hätte abnehmen sollen.«

Er begann ihre Hand zu tätscheln. »Dann hättest du womöglich den Einbrecher überrascht. Und wer weiß, wie es dann ausgegangen wäre. Ich hatte Glück, dass ich Victor dabeihatte. Wenn der Kleine sich nicht in den Mann verbissen hätte, hätte er kaum von mir abgelassen. Nur so bekam ich die Chance, mich zu verteidigen.«

»Was ist mit Lilly?«

Henri schüttelte den Kopf. »Sie war noch bewusstlos, als der Rettungsdienst kam. Mich haben sie auch mitgenommen, um mich zu versorgen. Aber als ich mit dem zweiten Wagen im Krankenhaus ankam, war Lilly schon weggebracht worden. Ich hatte keine Chance mehr, nach ihr zu sehen. Hab mich dann selbst entlassen, weil ich keine Lust auf das Krankenhaus hatte.«

»Warum hast du mich nicht angerufen?«

»Was hättest du denn tun sollen? Bist du Ärztin? Siehst du. Ich habe mir ein Taxi bestellt und bin nach Hause. Victor und ich haben dafür nach der Aufregung etwas länger geschlafen. Ich denke mal, demnächst wird hier auch die Polizei auftauchen und Fragen stellen.«

Henri behielt recht. Eine halbe Stunde später betrat ein sichtlich schlecht gelaunter Oberkommissar Jäger das Café.

»Herr Tiemann, ich habe gehört, Sie haben gestern Nacht bei Frau Anders einen Einbrecher in die Flucht geschlagen? Können Sie mir Genaueres sagen? Die Wohnung gleicht ja leider einem Schlachtfeld, da wären ein paar erhellende Worte von Ihrer Seite hilfreich.«

Entsetzt hörte Stine zu, wie Henri die Einzelheiten des Angriffs schilderte.

»Haben Sie eine Idee, wer der Angreifer gewesen sein könnte?«

»Tut mir leid. Er trug eine schwarze Strumpfmaske. Das Einzige, was ich sagen kann, ist, dass er größer als ich und sehr massig war.«

»Dick?«

»Nein, eher sportlich massiv, würde ich sagen.« Henri rieb sich den Hals.

»Wenn Ihnen noch etwas einfällt, melden Sie sich bitte bei mir.« Jäger stand auf, zögerte kurz und drehte sich wieder zu Stine und Henri. »Frau Janssen, wir haben gesehen, dass Frau

Anders nicht nur die Nummer Ihres Onkels, sondern auch Ihre Nummer gestern Abend gewählt hat. Wissen Sie, worum es ging?«

Anstatt einer Antwort spielte Stine dem Oberkommissar die Aufnahme ihrer Mailbox vor.

Er schüttelte den Kopf. »Das klingt wirklich sehr kryptisch. Eine Ahnung, was sie damit meinte?«

»Leider nein. Haben Sie denn etwas in Lillys Wohnung gefunden?«

»Zumindest keinerlei Fotos und Papiere aus Herrn Anders Nachlass, wenn Sie das meinen. Muss der Einbrecher mitgenommen haben. Da müssen wir wohl warten, bis Frau Anders uns Auskunft geben kann. Wollen wir mal hoffen, dass sie überlebt.«

Mittwochnachmittag, Städtisches Krankenhaus

Ein weißer verwinkelter Flur, dessen Kälte ein gnädiger Architekt mit Elementen aus Rot und Grau durchbrochen hatte. Weiße Schiebetüren mit kleinen Fenstern, hinter denen die Intensivmediziner um das Leben ihrer Patienten kämpften.

Stine folgte der Schwester in Blau, die sie in der Besucherschleuse abgeholt hatte. Zu ihrer Verwunderung hatte es bei dem Krankenhauspersonal wenig Überzeugungsarbeit gefordert, als sie um die Besuchsmöglichkeit auf der Intensivstation bat. Lilly hatte keine lebenden Angehörigen mehr. Niemand, der sie auf dem schweren Weg, der vor ihr lag, begleitete. Dementsprechend positiv hatte der Oberarzt reagiert, als Stine angerufen und darum gebeten hatte, Lilly besuchen zu dürfen. Der Oberarzt hatte ihr erzählt, wie wichtig für die Patienten der Kontakt zu ihrer gewohnten Welt war; wie schwierig es war, nicht abzuleiten, wenn überall nur unbekannte Gesichter, Geräusche und Gerüche um sie herum waren.

Die Schwester schob eine der Schiebetüren auf. Das leise Zischen des Beatmungsgerätes war das einzige Geräusch im Raum. Es roch intensiv nach Desinfektionsmittel. Mitten im Zimmer stand das Bett, daneben und dahinter unzählige Monitore. Aus einer Art Regal kamen Schläuche, die alle ihren Weg in die kleine verlorene Person zwischen den weißen Kissen und Decken fanden: Lilly. Ihre Arme und ein Großteil des Gesichts waren bandagiert. Die wenigen freien Stellen waren überdeckt mit verkrustetem Blut.

»Warum sind die Arme bandagiert? Sie sagten doch, sie wäre am Kopf verletzt?«

»Das stimmt auch. Frau Anders hat ein Schädel-Hirn-Trauma erlitten. Aber durch die Intensivbehandlung kommt es bei Patienten zu Schwellungen. Wir machen Lymphdrainagen, um sie zu mindern«, klärte die Schwester sie auf.

»Ach Lilly, es tut mir so leid, dass ich dich gestern nicht zurückgerufen habe.« Stine drückte vorsichtig die bandagierte Hand. Tränen quollen in ihre Augen.

Die Schwester verzog leicht das Gesicht. Stine erinnerte sich wieder an das Gespräch, das sie draußen in dem Besucherraum an der Schleuse gehabt hatten: »Auch wenn die Patientin nicht ansprechbar ist und wie in diesem Fall im Koma liegt, kann es immer sein, dass sie etwas mitbekommt. Umso wichtiger ist es, ihr positiv und zuversichtlich entgegenzutreten. Weinende Angehörige und Freunde am Bett sind eine zusätzliche Belastung, die die Heilung gefährden können.«

Stine atmete tief ein und schluckte die Tränen herunter. Wenn der Abend gestern anders ausgegangen wäre, könnte auch ihr Onkel hier liegen.

»Ich soll dich ganz lieb von Henri grüßen. Er hat die Schicht im ›Achter de Slüüs‹ übernommen und sagt, er weiß gar nicht, wie er das ohne dich schaffen soll. Er und die ganze Gassi-geh-Gang denken alle an dich.«

Die Schwester nickte zufrieden, prüfte noch einmal die Monitore und ließ dann Stine alleine.

»Heute Morgen war ein sehr farbenfrohes Touristen-Pärchen bei mir im Café. Der weibliche Part hatte aber nicht dein Gespür für Farben und Kompositionen. Es hätte dich amüsiert, es zu sehen.«

Die nächste Viertelstunde plapperte Stine über belanglose Dinge, ihre Augen fest auf Lillys blutverkrustetes Gesicht gerichtet. Während sie versuchte, ihrer Stimme einen positiven Klang zu geben, spielten die schlimmen Gedanken in ihrem Kopf Fangen: *Hätte ich es verhindern können, wenn ich*

nicht so selbstsüchtig gewesen wäre und ihren Anruf nicht igno-
riert hätte? Ich habe Henri in Gefahr gebracht. Was, wenn Lilly
stirbt? Kann ich mir das verzeihen? Wie kann ich überhaupt
darüber nachdenken, mit Jan zusammen zu sein, wenn ich das
hier vor Augen habe? Lilly zwischen diesen Schläuchen. Das
Zischen des Beatmungsgerätes.

Ein leises Scharren brachte sie zurück aus ihren Gedanken.
Die Schwester schob die Tür auf.

»Frau Anders, Sie haben wirklich viele Freunde. Eine weitere Dame möchte Sie besuchen.« Sie redete mit Lilly, als sei
diese bei Bewusstsein. An Stine gerichtet fuhr sie fort: »Da ist
eine ältere Dame, die sagt, sie sei eine gute Freundin von Frau
Anders. Sie hat ihr persönliche Sachen mitgebracht und ich
denke, der Besuch könnte sehr wichtig für Frau Anders sein.«

Kurz wusste Stine nicht, ob sie erleichtert sein sollte, dass
sie das Krankenzimmer verlassen konnte, oder angefasst, da
die Schwester den Besuch der älteren Dame anscheinend als
wichtiger für Lilly empfand als den ihren. Als sie die Schwester über die Besucherschleuse in den kleinen Warteraum
begleitete, saß die alte Dame aus dem Seebad, Lillys Sitzyoga-Freundin, auf einem der hellen Plastikstühle. Sie hatte
eine große pinke Umhängetasche dabei, die Stine meinte,
schon einmal bei Lilly gesehen zu haben. Als sie den Raum
betrat, kniff die alte Dame die Augen zusammen und musterte
Stine feindselig.

»Sie! Sie wagen es, Lilly hier zu besuchen?«

»Ich dachte, es wäre ...«

»Mir ist egal, was Sie dachten. Wenn Sie nicht gewesen
wären, wäre Lilly doch gar nicht hier! All diese Nachforschungen wegen Leonhard, das Rumgestocher in seiner Vergangenheit. Lilly hätte es längst unterlassen, wenn Sie sie
nicht dazu ermutigt hätten!«

»Aber das war doch gar nicht ...«

»Die Toten soll man ruhen lassen. Das war schon immer
so. Und die, die weggegangen sind, sollten auch wegbleiben.

Lilly ist es besser ergangen, als Leonhard weg war. Ihr Bruder ist damals bei Nacht und Nebel abgehauen, hat eine andere seine Schuld büßen lassen. Und jetzt muss wieder eine Unschuldige für das alles büßen.«

»Lilly hat mich doch gebeten, zu helfen«, rechtfertigte sich Stine.

»Haben Sie denn geholfen? Der Falsche wurde verhaftet, wegen Ihnen. Sie wollten nicht auf mich hören. Erinnern Sie sich nicht, was ich Ihnen im Seebad erzählt habe? Leif Küppers ist ein Schlawiner, aber ein Mörder? Ich habe es Ihnen damals auf die freundliche Art gesagt. Das war mein Fehler. Sehen Sie es endlich ein? Wäre ihr Onkel nicht aufgetaucht, wäre Lilly jetzt tot, da bin ich mir sicher.« Die alte Dame stand auf, Lillys pinke Tasche fest an sich gepresst. »Aber das ändert nichts daran, dass ich Sie für schuldig halte. Lilly hätte sich vorsichtiger verhalten, wenn Sie und Ihr Freund nicht diesem unfähigen Oberkommissar Leif als den Mörder präsentiert hätten.«

»Aber das Gift ...«, protestierte Stine leise.

»So ein Blödsinn! Für wie dumm halten Sie uns Holtenauer eigentlich? Entsorgen mitten in einer Mordermittlung das Gift in der eigenen Mülltonne? Ich habe das auch zu Lilly gesagt, aber sie wollte ja nicht auf mich hören. Das alte Mädchen hat schon immer ihr Herz auf der Zunge getragen. Sie hat doch jedem erzählt, dass sie Leonhards Nachlass in diesen Tagen bekommt. Was weiß denn ich, was für dunkle Geheimnisse Leonhard aus Südafrika mitgebracht hat? Er war schon immer ein ...« Sie ließ den Satz in der Luft hängen. Scharf stieß sie die Luft aus und trat einen Schritt auf Stine zu. »Glauben Sie mir endlich? Der Mörder ist immer noch auf freiem Fuß und jetzt hat er versucht, sich auch Leonhards Schwester zu holen. Aber auch Henri sollte sich in Acht nehmen. Wer sagt denn, dass der Mörder ihn jetzt nicht auch zum Schweigen bringen will?«

Mittwochabend, vorm Café

E s ist viel zu kalt, um hier so draußen zu sitzen.« Henri kam in den Innenhof, Decken über dem Arm und zwei mit dampfender Flüssigkeit gefüllte Becher in den Händen. Er drückte er ihr einen der Becher in die Hand und stellte den zweiten auf den Tisch. Dann beugte er sich vor und schlug eine der Decken um Stines nackte Beine.

»Trink, das wird uns guttun.«

Der scharfe Geruch von Alkohol kribbelte in Stines Nase. Sie räusperte sich und fühlte ein verräterisches Kratzen im Hals. Die Kälte forderte bereits ihren Tribut. Sie nahm einen Schluck. Tränen schossen ihr in die Augen, als die warme Schärfe von Rum ihre Kehle runterfloß.

»Was ist das?«

»Ein Rum-Grog. Die Freund-Mischung von Leonhard. So wie wir sie zusammen in kalten Nächten auf der Ostsee getrunken haben. Du wirst sehen, das wärmt von Innen und vertreibt jede anfliegende Erkältung.«

»Und wahrscheinlich tötet es auch jeden lebenden Organismus im Umkreis von Kilometern nur durch diese Dämpfe ab.« Obwohl es Stine nach dem Besuch im Krankenhaus schlechtging, musste sie ihren Onkel angrinsen. »Wieviel Rum ist in so einer Freundschaftsmischung?«

Henri machte eine abwehrende Handbewegung: »Das willst du nicht wissen. Erinnere mich nur bei Gelegenheit daran, dass wir wieder Rum nachkaufen sollten. Die Flasche mit dem sechs Jahre alten Kubaner ist fast alle.«

Als Stine die Flasche vorgestern das letzte Mal für einen Lumumba im Café geöffnet hatte, war sie noch zur Hälfte gefüllt gewesen. Das erklärte den scharfen Geruch des Grogs. Henri ließ sich auf dem zweiten Deckchair nieder und nahm einen großen Schluck Grog. »Teufel, das ist wirklich eine anständige Mischung. Sollte alle bösen Geister vertreiben, nicht wahr?«

Stine murmelte zustimmend und nahm einen zweiten Schluck. Diesmal ließ sie den Grog kurz in ihrem Mund, bevor sie ihn langsam in den Magen gleiten ließ. Wärme breitete sich im Körper aus. Dankbar schaute sie ihren Onkel an, der in seinem Stuhl, den Becher fest mit beiden Händen umschlossen, in Richtung der Schleuse schaute.

»Eigentlich muss ich diejenige sein, die dich umsorgt. Wie geht es dir?«

»Außer einem leichten Kratzen im Hals, gut. Nichts, was der Grog nicht vertreiben kann.«

»Du könntest jetzt neben Lilly im Krankenhaus liegen. Ich darf gar nicht daran denken!«

»Tue ich aber nicht.« Henri beugte sich vor und tätschelte kurz Stines Hand. »Lass uns nicht mehr über mich reden.«

Die Abendstimmung tauchte die gesamte Bucht in ein Zartrosa. Einzelne dunkle Wolken tupften den Himmel. Laut schnatternd näherte sich eine große Schar von Gänsen. Wie eine große Pfeilspitze bewegte sich die keilförmige Formation über den abendlichen Himmel. Als viele kleine schwarze Punkte näherten sie sich und unterbrachen mit ihrem trompetenartigen Geschrei die Abendstille. Die Vorboten des Herbstes.

Sie schwiegen noch eine Weile, nachdem die schnatternden Gänse verschwunden waren, und beobachteten einen großen Frachter, der sich für den Eintritt in den Nordostseekanal bereitmachte.

»Bist du jemals den Kanal entlanggefahren?«, wollte Henri wissen.

»Nein, leider noch nie.«

»Ich weiß gar nicht, wie oft ich ihn in den Jahren, als ich hier stationiert war, gefahren bin. Aber seltsamerweise danach nie wieder. Als die Grundausbildung vorbei war, bin ich weggegangen. Habe noch mehr von der Welt gesehen. Südamerika, Afrika, später war ich jahrelang in Frankreich und Portugal stationiert. Als ich wiederkam, hat mir das kleine Holtenau gereicht. Das war jetzt meine Welt. Sie war schön so, wie sie war. Bis ...« Er schwieg.

Stine fielen wieder die Worte der alten Dame ein. Die, die weggegangen sind, sollten auch wegbleiben. Das traf doch nicht auf ihren Onkel zu? Seine Wurzeln waren in Holtenau und er hatte dem Ort nichts Böses gebracht. Anders sah es mit Leonhard aus. Sein Zurückkommen hatte etwas in diesem Ort ausgelöst. Hatte er das Böse mitgebracht? Oder hatte er eine alte Wunde geöffnet, deren Eiter über die Idylle quoll und alles vergiftete, was in seine Nähe kam? Die alte Dame hatte noch etwas gesagt. Stine konnte sich nicht mehr erinnern. Sie war gefangen von der Angst um Henri und der Trauer um Lilly gewesen. Vielleicht half es, darüber zu reden, und es fiel ihr wieder ein.

»Lilly geht es sehr schlecht. Ein schweres Schädel-Hirn-Trauma, hat man mir im Krankenhaus erzählt. Sie liegt im Koma und die Ärzte können nicht sagen, ob sie wieder aufwacht und wenn ja, ob sie die Alte wird.«

»Lilly ist zäher, als wir denken. Wenn es jemand schafft, dann sie.«

»Ich müsste als Polizistin abgebrühter sein, aber mir geht das Bild von Lilly mit all den Schläuchen nicht aus dem Kopf. Das Zischen der Geräte und die Vorstellung, dass du ...«

»Es ist nicht deine Schuld.«

»Wenn ich Lillys Anruf angenommen hätte und Jan und ich ...«

»Heißt es nicht, dass ihr Lilly gerettet hättet. Sie sagte, sie hätte mich unmittelbar nach dir angerufen. Ich bin maximal zehn Minuten später los.«

»Das sagst du nur, um mein Gewissen zu erleichtern. Nein, ich hätte nicht so egoistisch sein dürfen!« Stine merkte, wie ihr die Tränen in die Augen stiegen. »Und die Idee, dass Leif der Mörder von Leonhard sein könnte, ist absurd. Wäre er nicht verhaftet worden, wäre Lilly vorsichtiger gewesen.«

»Das sehe ich nicht so. Außerdem wissen wir nicht, warum Lilly überfallen wurde. Ist dir mal in den Sinn gekommen, dass es auch ein ganz normaler Raubüberfall gewesen sein könnte? Lilly hat ihren Reichtum immer deutlich zur Schau gestellt. Gerade letzte Woche ist ihr beim Bezahlen im Café ein Fünfhundert-Euro-Schein aus dem Portemonnaie gepurzelt. Dabei hat sie so ein Theater darum gemacht, dass es wirklich jeder mitbekommen hat.«

»Nein, nein. Das glaube ich nicht. Lilly ist in all den Jahren in Holtenau nicht überfallen worden. Warum gerade jetzt?«

»Das wissen wir nicht. Wir müssen abwarten, bis sie aufwacht, und bis dahin bringt es nichts, sich die Schuld zu geben. Was sagt Jan denn dazu?«

Stine zuckte mit den Schultern. Der schöne Abend mit Jan war so weit weg. Sie mochte nicht daran denken.

»Es bringt Lilly nichts, wenn du dich jetzt bestrafst.«

Warum ist Henri nur so verdammt einfühlsam? Warum stimmt er mir nicht zu, dass jetzt nur Lilly zählt?

»Ich kann das nicht. Außerdem hat Jan auch nicht angerufen«, kam es trotziger von Stine, als sie wollte.

»Er wird sich schon melden. Oder er hat mitbekommen, dass du dich heute Abend mit Andreas triffst.« Der Anflug eines Lächelns war im schwachen Licht der Laternen erkennbar.

»Ich treffe mich mit Andreas? Verdammt, das habe ich total vergessen! Wie viel Uhr ist es denn?«

»Gleich acht.«

»Ach du Sch...« Schuldbewusst schaute sie ihren Onkel an, der nur lässig abwinkte. »Ich hoffe, er hat nichts vorbereitet. Ich muss sofort absagen.«

»Meinst du nicht, dafür ist es etwas sp...«

»Islands Call« hallte durch den Innenhof. Auf dem Display erschien »Andreas«.

Ich bin noch nicht mal zu spät und er ruft schon an? Etwas ungeduldig, der junge Mann. Stine schob den grünen Hörer auf dem Display zur Seite.

»Andreas, gut, dass du anrufst. Vielleicht hast du von dem Überfall auf Lilly gehört ... Ja, Henri geht es gut. Er hat den Angreifer in die Flucht geschlagen ... Ach ja, Edgar ... Du kannst vielleicht verstehen, dass ich heute Abend ... Wie? Was ist passiert? ... Wann hast du es bemerkt? ... Du solltest die Polizei ... Ist vor Ort. Okay, dann sprechen wir uns morgen.«

Henri setzte sich im Deckchair auf. »Was ist da los? Wieso Polizei?«

»Im Hafenmeister-Büro ist eingebrochen worden. Andreas hat es erst vor einer halben Stunde bemerkt, als er die Bänder von den Überwachungskameras holen wollte, die wir uns heute Abend ansehen wollten.«

»Was ist gestohlen worden?«

»Sein Laptop, die kleine Kasse mit den Einnahmen der Tagesgäste und sämtliche Aufzeichnungen der Kamera.«

Donnerstagvormittag, »Achter de Slüüs«

Edgar hat uns heute Morgen alles erzählt«, berichtete Henri, als er mit Victor von seiner Gassirunde zurückkam. »Die Täter müssen gewusst haben, dass gestern Wartungsarbeiten an den sanitären Einrichtungen geplant waren und Andreas rund um die Uhr beschäftigt und demnach nicht im Büro war.«

Stine drapierte den getoasteten Bagel mit Rucola, Walnüssen und Ziegenfrischkäse auf einem Teller, dann schob sie ihn zu Maik hinüber, der vor ihr am Tresen saß. Er war heute früh überraschenderweise aufgetaucht und hatte, anstatt nur einen Kaffee zu trinken, ein Frühstück bestellt.

»Es hingen schon Tage vorher Zettel an den Herren- und Damentoiletten auf dem Steg«, informierte sie Maik, nachdem er ein großes Stück von dem Bagel abgebissen hatte. Eine Spur von Frischkäse blieb in seinem rechten Mundwinkel hängen. »Wieso ist das wichtig? Und was für Täter?«

»Es ist im Hafenmeister-Büro eingebrochen worden«, teilte Henri ihm mit. »Hast du davon noch nichts gehört?«

»Nein. Ich war von gestern bis heute früh unterwegs. Deswegen hatte ich auch nichts zum Frühstücken zu Hause«, klärte er Henri und Stine mit einer Geste in Richtung Bagel auf.

Stine dachte an die gefüllte Kühltruhe mit der Tupperware. Sie hätte erwartet, dass Maiks Großmutter auch für einen vollen Kühlschrank und frisches Brot sorgte, damit ihr Enkel nicht verhungerte. Aber vielleicht hatte er auch einfach mal keine Lust auf Hausmannskost.

»Wurde jemand verletzt?« fragte Maik nach.

»Nein, dabei nicht. Aber vorgestern Abend wurde Lilly Anders überfallen und schwer verletzt. Sie liegt im Krankenhaus«, brachte Henri ihn auf Stand. Seine Rolle an dem Abend verschwieg er.

»Ist das die exaltierte, ältere Dame mit den bunten Klamotten? Meine Güte, es ist ja richtig was los bei uns in Holtenau.«

Stine musterte Maik mit hochgezogenen Augenbrauen. Dieser schien ihre unterschwellige Kritik an seinem saloppen Tonfall zu spüren.

»Sorry, ich meinte es nicht so. Wie geht es denn Lilly, kommt sie durch?«

»Die Ärzte haben wenig Hoffnung. Sie liegt im Koma.«

»Das ist schlimm. Der Einbruch beim Hafenmeister und der Überfall ... Waren das die gleichen Täter?«

Stine zuckte mit den Schultern. »Schon möglich. Die Polizei ist auf jeden Fall dran.«

»Bestimmt welche von außerhalb, die aufs Geld aus waren. Ich habe in letzter Zeit öfter komische Gestalten hier rumlungern sehen.«

»Das solltest du der Polizei erzählen«, stellte Henri fest. »Bestimmt sind die über Hinweise dankbar.«

»Mach ich, wenn ich sie sehe.« Maik stellte den leeren Teller auf den Tresen und verabschiedete sich. Henri und Stine blieben alleine im Café zurück.

»Die Stine, die ich kenne, würde jetzt Himmel und Hölle in Bewegung setzen, um den Einbruch und den Überfall auf Lilly aufzuklären. Sie würde sich fragen, ob es einen Zusammenhang gibt.« Henri stand mit verschränkten Armen vor Stine und musterte sie kritisch.

»Die Stine, die du kennst, hat durch ihre voreiligen Schlüsse wahrscheinlich Lilly dazu gebracht, sich in Gefahr zu begeben. Ich bin raus aus der Nummer. Hier bin ich nur eine Cafébesitzerin. Und machen wir uns nichts vor: In Hamburg bin ich doch nur eine Schreibtischkommissarin und keine Ermittlerin.« Stine drehte Henri den Rücken zu, um sich demonstrativ dem Ausräumen der kleinen Geschirrspülmaschine zu widmen.

»Stine Janssen, man dreht seinem alten Onkel im Gespräch nicht einfach den Rücken zu! Ich will jetzt wissen, was mit dir los ist.« Henris Stimme hatte einen harten Unterton, den Stine überhaupt nicht von ihrem Onkel kannte.

Sie drehte sich ihm wieder zu und strich sich durch die Haare. »Entschuldige bitte. Ich habe dir nicht alles von meinem Besuch gestern im Krankenhaus erzählt.« Sie berichtete von ihrem zufälligen Treffen mit Lillys Sitzyoga-Freundin und deren Vorwürfen.

»Das muss Inge gewesen sein. Mittelgroß, für ihr Alter ziemlich sportlich mit einem grauen Pagenkopf?« Er seufzte. »Das ist typisch für sie. Immer kümmert sie sich um andere. Sie hat es bestimmt nicht böse gemeint, glaub mir. Das war die Sorge um Lilly, die sie so hat reden lassen. Die beiden kennen sich schon, seitdem Inge mit Leonhard zusammen war.«

»Sie war mit Leonhard zusammen?« Dann hatte Inge also dem Charme von Leonhard in ihren jungen Jahren doch nachgegeben.

»Nur kurz, soviel ich weiß. Es war auf jeden Fall zu der Zeit, als Leonhard und ich noch in der Grundausbildung waren. Sie hat ihn mal am Kai in Empfang genommen. War ein echter Hingucker damals. Beim nächsten Landurlaub wartete aber eine andere auf ihn.« Henris Stimme war zu ihrem alten, beruhigenden Timbre zurückgekehrt. »Aber er war immer so ein Typ, der ›in jedem Hafen ein Mädchen‹ hatte, wenn du weißt, was ich meine. Vielleicht kommt es bei meinen Geschichten nicht so raus, aber er konnte sehr charmant sein, wenn er wollte. Die Frauen haben alles für ihn gemacht, aber er hat sich nie festgelegt.«

In diesem Moment fiel Stine wieder ein, was Inge erzählt hatte. »Weißt du etwas über den Weggang von Leonhard?

Inge erzählte so etwas, dass er bei Nacht und Nebel verschwand und eine Frau dafür büßen musste?«

Henri schüttelte den Kopf. »Da kann ich dir nicht helfen. Nach der Grundausbildung bin ich aus Holtenau weg und Leonhard und ich haben schnell den Kontakt verloren. Da er nicht wie ich bei der Marine geblieben ist, gab es kaum noch Berührungspunkte.«

»Hat er diese Im- und Exportfirma aufgemacht?«

»Kann ich nicht sagen.« Henri kratzte sich am Kopf. »Ich müsste mich mal bei Edgar und seinen Freunden umhören.«

»Das heißt, du weißt auch nicht, von wem Inge gesprochen hat?«

Anstatt einer Antwort grinste Henri nur.

»Was?« Stine schaute ihren Onkel konsterniert an.

»Na ja, für jemanden, der damit nichts mehr zu tun haben will, stellst du ganz schön viele Fragen.«

»Ich kann auch aufhören.«

»Das wäre dann aber die fünfjährige Stine, die aus dir spricht. Ich erinnere mich, dass du einmal fast einen halben Tag weder mit mir noch deiner Mutter gesprochen hast, weil du nicht mit deinen Freunden zu den Karl-May-Festspielen nach Bad Segeberg durftest.« Er lachte. Dann wurde er wieder ernst. »Stine, wirklich. Ich glaube, du hilfst Lilly und auch deinem Gewissen am meisten, wenn du versuchst, herauszufinden, was hinter all dem steckt. Dieser Oberkommissar Jäger glänzt doch hier nur durch Abwesenheit. Wenn wir darauf setzen, dass er den Fall aufklärt, können wir ewig warten. Das heißt aber auch, dass niemand hier mehr sicher ist.«

»Was ist, wenn erst durch mein Rumgestocher jemand in Gefahr gerät?« Stine war nicht überzeugt. »Ich möchte dich nicht auch in einem Bett mit lauter Schläuchen sehen.«

»Das wirst du nicht. Mein Victor ist der geborene Wachhund. Er würde sofort Alarm schlagen, wenn jemand bei mir einbrechen will. Aber du hast recht, vielleicht sollte ich mir noch eine schwere Espressomaschine anschaffen, die ich dem Einbrecher über den Schädel hauen kann.«

Gegen ihren Willen musste Stine grinsen.

»Habe ich dir erzählt, dass die Espressomaschine nicht meine erste Wahl war? Als Erstes habe ich dem Einbrecher eine Reibe an den Kopf geschmissen.«

»Du hast was? Ist nicht wahr!«

»Oh doch. Leider konnte ich nicht sehen, ob ich mit der Aktion den Einbrecher verwirrt habe. Er hatte schließlich eine Strumpfmaske auf.«

Stine lachte laut auf.

»So mag ich dich viel lieber, min Deern. Wollen wir jetzt mit dem Trübsalblasen aufhören und uns wieder dem ›Ermittlergeschäft‹ widmen? Schließlich haben wir jetzt eine gute Chance, den Einbrecher zu fassen. Wir müssen einfach jemanden mit einer Beule am Kopf suchen. Habe ich diesem Oberkommissar übrigens auch erzählt. Er hat mich nur verwundert angesehen. Schien nicht so, als ob er auf das Naheliegendste von alleine gekommen wäre.«

»Außerdem müsste der Täter auch Bissspuren von Victor in der Hand haben«, bemerkte Stine.

»Könnte sein, muss aber nicht. Er hatte dicke Handschuhe an, wenn ich mich recht erinnere. Aber die Espressomaschine sollte Wirkung gezeigt haben. Wir müssen in den nächsten Tagen verstärkt auf Verletzungen bei möglichen Verdächtigen achten. Also, was meinst du? Der Überfall auf Lilly, der Einbruch bei Andreas ... Der gemeinsame Nenner bei all dem ist doch der Mord an Leonhard, oder sehe ich das falsch?«

»Wenn wir nur die Kameraaufzeichnungen hätten ... Dann könnten wir vielleicht sehen, ob letzten Donnerstag ein Verdächtiger die Kanalstraße in Richtung Astrid und Leif gegangen ist.«

»Hattet du und Jan denn noch andere Verdächtige, bevor ihr Leif mit der Spritze erwischt habt? War da nicht unsere

Nachbarin Karin wegen des Zwischenfalls in der Badeanstalt?«

»Mhm.«

»Nicht sehr überzeugend, richtig?«

»Es muss etwas anderes sein. Tiefergehend.«

»Womit wir wieder bei Leonhards Vergangenheit wären.«

»Wir wissen immer noch nicht, was Leonhard in Südafrika gemacht hat.«

»Es gibt nur eine Person, die uns darüber mehr berichten könnte.« Stine seufzte.

»Dann ruf ihn endlich an.«

Donnerstagabend,
»Achter de Slüüs«

W ieso hast du mir nicht erzählt, dass Lilly den Nachlass von Leonhard ausgehändigt bekommen hat?« Jans dunkle Augen funkelten Stine an, aber diesmal lag keine Zärtlichkeit in seinem Blick, sondern Wut.

»Wir hatten doch Leif mit der Mordwaffe ertappt. Wie konnte ich ahnen, dass es wichtig war?«

»Ist dir einmal die Idee gekommen, dass sehr viel mehr hinter diesem Fall steckt als ein Taucher, der illegal alte Schrottmonition aus der Ostsee birgt?«

Stine war sprachlos. Was sollte das?

»Heißt das, du denkst schon die ganze Zeit, dass Leif nicht der Mörder ist? Wieso hast du dann zugelassen, dass er verhaftet wird?«

»Natürlich musste er verhaftet werden, als wir ihn mit der Spritze gesehen haben.«

»Aber du dachtest da schon, dass jemand anders der Mörder ist? Bist du verrückt?«

»Nein, aber im Gegensatz zu dir bin ich weniger emotional.«

»Vor zwei Tagen hat dir das Emotionale an mir noch gut gefallen.«

»Stine, das ist doch etwas anderes. Bitte lass uns das nicht vermischen.«

»Zu spät! Ich frage mich gerade, was ich überhaupt von dir weiß. Die Geschichten von deinen Freunden, Clyde und Pieter. Dein Rugbyspielen. Ist das alles gelogen?«

»Oh nein. Pieter und Clyde sind Freunde von mir. Meine besten sogar. Und du hast mich doch Rugbyspielen gesehen. Glaubst du wirklich, ich tue nur so?«

»Das heißt gar nichts. Wenn du sagst, du hast nie an Leifs Schuld geglaubt: Sollte seine Verhaftung nur dazu dienen, den wahren Täter in Sicherheit zu wiegen?«

Jan fixierte den Boden.

»Ich war heute Mittag im Krankenhaus. Lilly ringt dort mit dem Tod. Und mein Onkel Henri könnte jetzt neben ihr liegen. Ist dir das völlig egal? Wenn wir gewusst hätten, dass der Mörder noch frei ist, hätte das nicht passieren müssen. Kannst du damit leben?«

»Es war nicht abzusehen, dass sie in den Fokus gerät. Ich gebe dir recht, ich habe die Lage falsch eingeschätzt.«

»Nicht abzusehen? Mir wirfst du vor, ich sei zu emotional. Was ist mit dir? Du bist kalt wie ein Fisch!«

»Glaub mir, es tut mir furchtbar leid um Lilly. Und ich bin froh, dass Henri nichts Schlimmes passiert ist. Aber gib doch zu: Wenn ich das mit dem Notar und den Hinterlassenschaften von Leonhard gewusst hätte, hätte ich sie schützen können.«

»Willst du mir jetzt die Schuld geben?« Stine spürte, wie ihr Tränen in die Augen stiegen. Wie konnte Jan das sagen?

»Stine, ich wollte nicht …« Er griff nach ihrer Hand, doch Stine schüttelte sie ab und stand auf.

»Es ist mir egal, was du wolltest. Vielleicht sollten wir diese Unterhaltung jetzt beenden.«

»Ein Mörder läuft frei rum!«

»Du denkst doch nicht ernsthaft, ich würde mit dir zusammen wieder auf Mördersuche gehen?« Stine, die mit in die Hüften gestemmten Armen vor Jan stand, ließ die Arme sinken. »Ich weiß nichts von dir. Du kennst mich, kennst meinen Onkel, meine Freunde. Aber du erzählst mir so gut wie nichts. Vor allem nichts Genaues über Leonhards Vergangenheit in Südafrika. Was, wenn dort wirklich der Schlüssel liegt? Wie sollen wir gemeinsam den Mörder finden, wenn du das alles vor mir geheim hältst? Am Ende muss ich noch feststellen, dass du überhaupt kein Privatdetektiv bist.«

Jan knibbelte an dem Etikett seiner Ciderflasche. Sie hatten sich diesmal im Café getroffen, damit auch wirklich niemand durch zufälliges Vorbeigehen etwas mitbekommen konnte.

»Jan, hast du mir was zu sagen?« bohrte Stine nach.

Er stoppte seine Etikettabrissarbeiten. »Unter Umständen bin ich nicht ganz ehrlich zu dir gewesen.«

»Heißt?«

Er schluckte. Sein Adamsapfel hob und senkte sich. Als er endlich sprach, klang seine Stimme belegt. »Mein Name ist nicht Jan Habana.«

»Aha?«

»Ich heiße Jan Mulder.«

»Wieso hast du einen anderen Namen verwendet?« Stine zwang sich, ruhig zu bleiben.

»Ich arbeite verdeckt. Seit Jahren bin ich hinter Leonhard Anders her. Oder besser gesagt hinter Tau, dem ›Löwen‹.«

»›Tau, der Löwe‹?« Stine starrte Jan an. »Wer ist das?«

»Der große Boss einer Number-Gang aus Khayelitsha. Einem Township in Kapstadt.«

»Was?«

»Vor zwei Jahren haben wir fast die gesamte Gang zerschlagen, die ›Shot Caller‹ und einen Großteil der ›Soldiers‹ ausgeschaltet. Aber Tau ist uns damals entkommen.«

»Wer bitte ist ›uns‹?«

»›De Valke‹. Oder die ›Hawks‹. Wir sind eine Sondereinheit der SAPS. Ich bin als Captain für den Bereich des Organisierten Verbrechens zuständig.«

»Du bist Polizist? Wieso hast du mir das nicht erzählt?«

»Es ist eine verdeckte Ermittlung, Stine. Je weniger Menschen Bescheid wissen, umso besser.«

»Dem Oberkommissar hast du es aber erzählen können, richtig?« Stine fiel das vehemente Auftreten von Oberkommissar Jäger ein, als sie Jan als Verdächtigen ins Spiel gebracht hatte.

»Das habe ich, in Abstimmung mit meiner Vorgesetzten. Für meine Ermittlung hier muss ich mit den deutschen Behörden zusammenarbeiten. Jäger war zu Anfang ein echtes Problem, weil er mich verdächtigt hat. Erst nach einem Anruf meines Colonels hat er einer Zusammenarbeit zugestimmt. Es wäre unserer Sache nicht zuträglich gewesen, wenn man mich als Mordverdächtigen unter Beobachtung gestellt hätte. Tau hat auch hier Kontakte.«

»Aber als Leonhard ermordet wurde ...«

»... waren seine Hintermänner immer noch auf freiem Fuß. Und höchstwahrscheinlich auch für den Mord an ihm verantwortlich. Tau war ein schlauer Mann. Er hatte sich bei seinem Ausstieg abgesichert. Hat Daten über sein Netzwerk mitgenommen als Altersversicherung. Du musst verstehen, es ist ein großes Netzwerk, das Tau sich über die Jahre aufgebaut hat. Mächtige Personen aus Politik und Wirtschaft, Zwischenhändler, kriminelle Strukturen in Südamerika, Europa. Und den Anfang hat das Netzwerk hier in Holtenau genommen. Hierhin ist Tau als Leonhard zurück, als es ihm in Südafrika zu gefährlich wurde und er sich zur Ruhe setzen wollte.«

»Aber seine Mörder hat er mitgenommen.« Stine dachte wieder an das südafrikanische Segelpärchen.

»Oder sie waren schon da.«

»Du verdächtigst nicht ernsthaft jemanden aus Holtenau, einen südafrikanischen Gangsterboss umgebracht zu haben.«

»Leonhard hat seine Wurzeln hier.«

»Ja, seine Schwester Lilly.«

»Davon rede ich nicht.«

»Wovon dann?« Stine runzelte die Stirn.

»Die Jaguar-Klasse.«

»Ich versteh dich nicht. Du meinst die Schnellboote? Fängst du jetzt auch mit dem ›Philadelphia-Experiment‹ an?«

»Nein, das ist wirklicher Blödsinn. Es geht um den Verbleib der Boote. Sie wurden von der Deutschen Marine irgendwann in den Achtzigern außer Dienst gestellt, weil sie mit den Torpedogeschützen nicht mehr für Gefechte geeignet waren. Aber die Boote waren nicht nur schnell, sondern verfügten auch über eine große Reichweite. Die verbliebenen Boote sind teilweise an die Marine anderer Länder, aber auch an Privatleute verkauft worden.«

»Ich weiß immer noch nicht, worauf du hinauswillst.«

»Sie wurden benutzt, um nach dem Bürgerkrieg Waffen in Jugoslawien über das Mittelmeer bis nach Südamerika zu schmuggeln. Oder aber, um Drogen von Südamerika nach Europa und Südafrika zu bringen.«

»Südafrika? Du willst doch nicht etwa sagen ...?«

»Doch. Leonhard hat sich mindestens eins, wenn nicht sogar zwei Schnellboote seines alten Geschwaders gesichert. Du hast die Geschichten von deinem Onkel gehört: Leonhard hat schon bei der Marine geschmuggelt.«

»Ja, aber das war doch im kleinen Stil. Eigenbedarf oder für den einen oder anderen Kameraden gegen einen Gefallen.«

»Die Geschichte, die ich im Ohr habe, klang anders. Er hat Medikamente entwendet. Schon vergessen? Und genau das waren seine Anfänge in Südafrika: Opiate und Ähnliches aus Krankenhäusern und Hilfslieferungen abzweigen und verkaufen. Geh davon aus, dass er das schon in den sechziger Jahren begonnen hat.«

»Und die Schnellboote?«

»Hat er für den Aufbau seines Imperiums aus Waffen- und Drogenhandel genutzt. Schnelle Verbindungen über den Atlantik. Nachschub aus Südamerika sichern. Waffen aus der ehemaligen Sowjetunion über verschiedene Mittelmeerrouten. Aber ich bin mir sicher, er ist nicht allein auf die Idee mit den Schnellbooten gekommen. Er war ja nur der Funker an Bord, hatte keine Ahnung von den Maschinen. Er brauchte jeman-

257

den, der sich damit auskannte. Jemanden, der die Motoren und was sie leisten konnten, in- und auswendig –«

Noch bevor Jan seinen Satz aussprechen konnte, stieß Stine ihn in Richtung Tür. »Verschwinde sofort aus meinem Café!«

»Stine, sei doch vernünftig! Wenn du das in Ruhe überlegst …«

»Da gibt es nichts zu überlegen. Du sprichst von meinem Onkel, ist dir das klar?« Sie stemmte die Hände in die Hüften und baute sich vor ihm auf. »Henri hätte gestern sterben können, als er Lilly gerettet hat. Oder willst du etwa behaupten, er steckt hinter dem Überfall auf Lilly und hat das alles nur fingiert?«

»Natürlich nicht! Ich bin froh, dass es Henri gut geht, glaub mir!«

»Ich weiß nicht, was ich dir noch glauben soll. Wahrscheinlich war dein Verdacht in Bezug auf Henri auch der Grund, warum du hier immer vorbeigekommen bist und meine Nähe gesucht hast. Du wolltest ihn nicht aus den Augen lassen!«

»Ich gebe zu, zu Anfang war es so. Aber dann …«

»Aber dann was?« Stine blitzte Jan an. »Weißt du was? Es ist egal. Ich möchte dich nie wieder sehen. Halte dich von mir und meinem Onkel fern, verstanden?«

Donnerstag, später Abend, Henris Haus

I ch bin mir sicher, du hast ihn missverstanden.« Henri saß mit seinem dunkelblau-grün karierten Bademantel und den braunen Filzpuschen mit Stine an seinem Küchentisch. Sie war sofort aus dem Café zu ihrem Onkel gelaufen, um ihm von Jans Beschuldigungen zu erzählen.

»Wie kannst du so ruhig dabei bleiben? Jan hat dich quasi beschuldigt, Mitglied eines internationalen Verbrecherrings zu sein.« Stines Stimme überschlug sich fast vor Wut.

»Er traut einem altem Mann wie mir eine Menge zu.« Henri zwinkerte Stine zu. »Ich scheine einen ziemlich rüstigen Eindruck für meine fast fünfundsiebzig Jahre zu machen.« Er fasste sich an den Hals, an dem deutlich die Würgemale erkennbar waren. »Aber vielleicht sollte ich das Jagen von Einbrechern in Zukunft doch anderen überlassen.«

»Du nimmst das nicht ernst!«

»Nein, das tue ich nicht. Und das solltest du auch nicht. Ich weiß, dass ich nichts damit zu tun habe, und nichts und niemand kann mich damit in Verbindung bringen. Auch ein ›Valke‹ nicht. Ich habe übrigens schon mal von dieser Sondereinheit gehört. Ziemlich harte Jungs. In einer Dokumentation über Kapstadt und den Kampf gegen die Banden kamen ein paar von ihnen vor. Hätte nie gedacht, dass ich mal einen persönlich kennenlerne. Aber ich hätte auch nicht gedacht, dass mein alter Crewkamerad Leonhard ein Schwerverbrecher ist. Die Welt ist verrückt, nicht wahr?«

»Am Ende bewunderst du Jan noch? Er ist doch das Letzte. Hat mich die ganze Zeit belogen, mir etwas vorgespielt.«

»Na, na. Ich habe gesehen, wie er dich anschaut. Da ist gar nichts vorgespielt. Der Junge ist bis über beide Ohren verliebt.«

»Mir doch egal. Ich werde ihn nicht wiedersehen.«

»Was ist mit Leonhards Mörder und Lillys Angreifer? Willst du das jetzt alles Jan und diesem durch Abwesenheit glänzenden Oberkommissar überlassen?«

»Oh nein, das habe ich nicht gesagt!«

»Mir gefällt der Ausdruck auf deinem Gesicht nicht. Was hast du vor?«

»Ich werde Jan beweisen, dass er falschliegt.«

»Versteh mich bitte nicht falsch. Du bist Polizistin. Aber wenn es sich hier um Organisiertes Verbrechen handelt …«

»… denkst du, ist die Nummer für mich zu groß? Ich werde vorsichtig sein. Außerdem werde ich mir diesmal Hilfe von jemanden suchen, den ich fast mein ganzes Leben kenne.«

»Du erwartest doch nicht von mir, dass ich mich mit dir nachts im Gebüsch herumdrücke, oder? Mein Rheuma kommt mit der nächtlichen Feuchte nicht gut zurecht. Ich habe es schon ein paar Mal gehabt, dass ich kaum hochkam, wenn ich auf der letzten Gassirunde des Tages die Hinterlassenschaften von Victor einsammeln musste. Außerdem knacken meine Knie derartig laut, wenn ich versuche in die Hocke zu gehen, dass man das wahrscheinlich schon aus zwanzig Meter Entfernung hört.«

Gegen ihren Willen musste Stine lachen. Sie und ihr Onkel würden sicher ein seltsames Ermittlerpärchen abgeben.

»Notiert. Nächtliches Observieren werde ich nicht mit dir machen, lieber Onkel. Falls ich aber überfallen werde, sehe ich zu, dass du mit einer Espressomaschine oder einer Reibe bewaffnet in der Nähe bist.«

Jetzt musste auch Henri lachen.

»Vielleicht kannst du versuchen, über deine Gassi-geh-Connections mehr über Leonhards letzte Tage in Holtenau herauszufinden, bevor er damals verschwand.«

»Also glaubst du doch nicht mehr, dass der Mörder ihm aus Südafrika gefolgt ist? Ich dachte, das Seglerpärchen ist deine heiße Spur? Hast du übrigens Jan davon erzählt?«

Stine schüttelte den Kopf. »Dazu sind wir nicht mehr gekommen.«

»Und du wirst das auch nicht nachholen, so wie ich dich kenne?«

Statt einer Antwort verzog Stine nur ihren Mund.

»Du hast den Sturkopf von deiner Mutter. So viel ist klar.«

Sie machte eine abwehrende Handbewegung. »Um zu deiner Frage zurückzukommen: Ich halte es nach wie vor nicht für unwahrscheinlich, dass die Segler dahinterstecken. Kannst du dich erinnern, ob der Mann an dem Tag hier im Café war, als Lilly von dem Nachlass erzählt hat? Ich meine, mich daran zu erinnern.«

»Tut mir leid, das weiß ich nicht mehr.«

»Wir müssten schauen, ob er verletzt ist.«

»Wie willst du das anstellen? Ich hatte ja dem Oberkommissar schon davon erzählt, aber es hat ihn nicht sonderlich interessiert.«

»Wenn ich nur einen besseren Draht zu diesem Oberkommissar hätte. Dann könnte ich ihn vielleicht davon überzeugen, das mal zu überprüfen. Aber der Typ wird das wahrscheinlich genauso als fixe Idee abtun, wie meinen Verdacht gegen Jan.« Stine schüttelte den Kopf. »Hätte ich doch nur die Aufnahmen von der Kamera am Steg. Wenn ich nachweisen könnte, dass einer von den beiden in der fraglichen Zeit in der Nähe von Leifs und Astrids Wohnung gewesen ist. Außerdem bin ich mir sicher, dass jemand auf dem Steg war, als ich an dem Abend mit Astrid geredet habe. Es passt einfach zu gut zusammen.«

Henri schlug sich gegen die Stirn. »Verdammt, ich werde doch alt. Hab total vergessen, dass Andreas vorhin angerufen hat. Er konnte dich nicht erreichen, weil dein Handy ausgestellt war. Natürlich hätte ich ihm sagen können, er solle im

Café anrufen, aber ich wusste ja, dass du dort mit Jan bist. Dann hätte ich …«

»Was wollte Andreas?« unterbrach Stine ihren Onkel.

»Er hat irgendetwas von einer Cloud erzählt. So richtig verstanden habe ich ihn nicht. Aber es klang so, als ob die Aufzeichnungen noch woanders gespeichert sind.«

»In der Cloud!«

»Du weißt, was das ist?«

»Das sind großartige Neuigkeiten.« Stine schaute auf die große Küchenuhr. Kurz nach eins. Zu spät, um noch bei Andreas anzurufen. »Mit etwas Glück kann ich dem schlauen Captain Mulder demnächst einen viel besseren Verdächtigen präsentieren.«

Freitagfrüh,
Büro des Hafenmeisters

Ich versteh einfach nicht genug von Technik. Tut mir leid, Stine.« Andreas fuhr sich durch die blonden Haare. »Die Techniker, die gestern hier waren und meinen neuen Laptop eingerichtet haben, haben mich erst draufgebracht. Sie sprachen davon, dass sie einen Großteil der Daten aus der Cloud wieder herstellen können. Sieht so aus, als hätte mein System regelmäßig Backups in die Cloud gemacht.«

»Wie großartig!« Stine klatschte in die Hände. »Hast du dir schon etwas anschauen können?«

Andreas nickte. »Als ich dich gestern Abend nicht erreichen konnte, habe ich mich vor den Rechner geklemmt und bin alles durchgegangen. Wir hatten Glück, dass es kein Wochenende war. So war nicht allzu viel los. Ich habe mir die Zeitpunkte notiert, die ich mir mit dir ansehen wollte.«

Er zeigte auf einen Zettel auf seinem aufgeräumten Schreibtisch, auf dem er sorgfältig die Uhrzeit und die Personen notiert hatte. Stine nahm den Zettel in die Hand. Dort, wo Andreas jemanden eindeutig erkannt hatte, hatte er den Namen notiert. Ansonsten nur eine grobe Beschreibung. Stine scannte die Liste durch. Andreas hatte ganze Arbeit geleistet. Sie sah Henris Gassi-Gang, die zweimal aufgeführt war, Und sich selbst auf dem Weg zu Leif und Astrid. Sie stockte. Die nächste auf der Liste war Karin, die auf ihrer abendlichen Joggingrunde vorbeigelaufen war. Sollte sie die Nachbarin doch noch einmal überprüfen? Nein, das ergab wirklich keinen Sinn. Inge hatte ihr ja erzählt, dass das zwischen Leonhard und Karin geklärt war.

Sie schaute wieder auf die Liste. Am späten Nachmittag waren mehr Leute unterwegs gewesen. Viele Personenbeschreibungen ohne Namen tauchten auf der Liste auf. Am Abend hatte der aufmerksame Hafenmeister Jan und sie auf dem Weg zu Leif und Astrid erkannt.

Stine deutete auf einen der letzten Einträge: »›19:31:00 Uhr – Dunkle Gestalt, kräftig, mit schwarzem Kapuzenpulli – vom Steg in Richtung Kanalstraße, unterer Abschnitt.‹«, las sie vor.

»Ich denke, das ist der Mann von der ›Seeleeu‹, dem Katamaran. Er ist auch mittags einmal vom Boot runter gegangen, aber da in Richtung Tiessenkai. Viertelstunde später war er wieder da.«

»Da war er wahrscheinlich bei mir. Er kauft öfter mittags oder nachmittags Cider. Ist dir bei den beiden etwas aufgefallen?«

»Außer, dass sie gute Kontakte haben müssen? Das hatte ich dir ja schon erzählt. Nein. Eigentlich nicht viel. Sind die meiste Zeit auf dem Boot. Ab und zu schnappt er sich seine Tauchausrüstung und geht in die Ostsee.«

Wie viele Taucher gibt es hier eigentlich?, fragte sich Stine. Laut sagte sie: »Ist die Ostsee so interessant? Ich dachte immer, heutzutage sieht man da nicht mehr viel.«

»Das darfst du mich nicht fragen. Ich liebe den Sport über Wasser. Ich bade nur, wenn ich bei meinem Segelboot den Wind falsch eingeschätzt habe.« Andreas lachte. »Wenn du tauchen willst, musst du dich an Leif wenden.« Er stockte. »Okay, vielleicht nicht gerade jetzt.«

Aus einer plötzlichen Eingebung heraus fragte Stine: »Geht der Südafrikaner direkt hier am Anleger rein?«

»Oh nein. Das würde ich auch nicht zulassen. Keine Freizeittaucher im Bereich des Hafens.«

»Hast du eine Idee, wo er Tauchen geht?«

Andreas zuckte mit den Schultern. »Keine Ahnung. Ich habe ihn auch nur zweimal tagsüber mit den Klamotten gesehen. Könnte dir noch nicht mal sagen, in welche Richtung er verschwunden ist. Frag doch mal Maik. Soviel ich weiß, ist er hier auch schon mal getaucht. Vielleicht hat der eine Idee. Aber wieso ist das so wichtig?«

»Ich weiß es nicht.«

»Glaubst du, die Südafrikaner sind für den Tod von Leonhard verantwortlich?« Andreas' Augen weiteten sich.

»Es ist nur so ein Gefühl. Warum sollte jemand, der überall hinsegeln kann, ausgerechnet so lange in dem doch eher unspektakulären Holtenau abhängen? Tauchgebiete gibt es woanders bestimmt bessere. Hast du ihn zufällig gestern oder heute gesehen? War er verletzt?«

»Kann ich nicht sagen. Er trägt meistens dicke Sachen. Wollmütze, Ölzeug. Ich vermute, für einen Südafrikaner ist es hier im Herbst ziemlich kalt. Aber soll ich dich anrufen, wenn ich sehe, dass er wieder tauchen geht? Dann könntest du ihn beobachten«, schlug Andreas vor.

»Aber sei vorsichtig. Derjenige, der Lilly und Henri angegriffen hat, ist skrupellos.«

Freitagmittag,
»Achter de Slüüs«

Und du willst hinter diesem Mann her, wenn er tauchen geht? Wie stellst du dir das vor?« Henri sah seine Nichte verwundert an.

»Darüber habe ich mir noch keine Gedanken gemacht. Erst mal geht es nur darum, herauszufinden, wo genau er tauchen geht. Falls er etwas sucht.«

»Was sollte er suchen?«

»Jan hat mir erzählt, dass es ein großes Netzwerk um Leonhard herum gibt. Es gab einen Informanten mit einer hohen Position in der Organisation, der Jan den Tipp gegeben hat, dass sich Leonhard in den Ruhestand begibt.«

»Es fällt mir immer noch schwer, meinen alten Kameraden als großen Gangsterboss zu sehen.« Henris Stimme klang traurig. »Seitdem du mir das erzählt hast, frage ich mich, ob ich ihn nicht früher von dieser Schmuggelei hätte abbringen sollen. Was wäre passiert, wenn ich ihn an den Kommandanten verraten hätte? Dann hätte er seine Bestrafung bekommen, die Grundausbildung wäre abgebrochen worden, aber vielleicht hätte er durch diesen Schlag vor den Bug verstanden, dass er sein Leben in andere Bahnen lenken sollte.«

»Ich glaube nicht, dass das Leonhard gestoppt hätte. Wenn er so jung ins Gefängnis gekommen wäre, hätte er dort Kontakt mit den falschen Leuten gehabt. Das hätte seinen Abstieg in die Illegalität eher beschleunigt. Glaub mir, ich habe diese Fälle schon zu oft gesehen.« Stine strich ihrem Onkel über den Arm.

»Ein Gangsterboss kann aber doch nicht so einfach in Rente gehen, oder? In jedem Krimi fängt dann der große Kampf um seine Nachfolge an. Am Ende stirbt der Pate dann auch.«

»Der Informant sagte, Leonhard hätte sich abgesichert.«

»Das klingt nach dem alten Leonhard. Immer vorsichtig oder die richtigen Leute auf seiner Seite.«

»Jan behauptet, Leonhard hätte sämtliche Informationen über sein Netzwerk gespeichert. Die Namen seiner Lieferanten, seine Vertriebswege, die Personen, die für ihr Stillschweigen bezahlt wurden und vieles mehr.«

»Da werden viele Leute Angst haben, dass das nach seinem Tod in die falschen Hände gerät.« Henri grübelte. »Aber was ich nicht verstehe: Wenn ich eine dieser Personen bin, deren Name in den Datensätzen steht … Es macht doch keinen Sinn, Leonhard umzubringen, ohne dass ich diese Daten habe? Wer sagt denn, dass er nicht im Fall seines Todes dafür Sorge getragen hat, dass die Information ans Tageslicht kommt? Er hat ja nichts mehr zu verlieren.«

»Du meinst, seinen Nachlass für Lilly?«

Zu ihrer Überraschung schüttelte Henri den Kopf. »Nein, das wäre zu einfach. Ich habe dir doch erzählt, was Leonhard immer gesagt hat: ›Verstecke es da, wo viele Leute sind. So kann es niemand mit dir in Verbindung bringen‹. Ihm würde ich sogar zutrauen, dass er es hier im Café versteckt hat.«

»Aber damit würde er dich und mich in Gefahr bringen. Das würde er tun?«

»Der Leonhard, den ich kannte, hätte vielleicht gezögert. Er hat ja auch nie seine Schmuggelware bei einem Kameraden im Spind versteckt. Aber Tau, der Gang-Boss, muss ein anderes Kaliber gewesen sein.«

»Lass uns heute Abend, wenn das Café geschlossen hat, alles durchsuchen«, schlug Stine vor.

Die nächsten Stunden waren zäh. Am liebsten hätte sie das Café eher geschlossen, um Gewissheit zu haben. Aber gerade heute riss der Strom an Tagestouristen, die vor dem stürmischen Ostseewetter in das gemütliche Café flohen, nicht ab.

Kurz nach siebzehn Uhr war es endlich so weit. Zwei Mütter mit ihren Kinderwagen, die die letzten zwei Stunden das Schlafbedürfnis ihrer Sprösslinge genutzt hatten, brachen auf. Das Café war leer. Mit einem Seufzer schloss Stine die Tür hinter den beiden ab.

»Sollen wir anfangen?« Henri war voller Tatendrang. »Schade, dass wir Victor nicht als Spürhund verwenden können. Ich habe gehört, dass es bei der Polizei jetzt auch Datenspürhunde gibt.«

»Ja, wir müssen uns wohl auf unsere Spürnasen verlassen. An welchem Ort wäre Leonhard hier ungestört genug, um etwas zu verstecken?« Henri und sie schauten sich an und steuerten dann gleichzeitig die kleine Tür mit der Aufschrift »Toilette« an, die sich links neben dem Tresen befand.

Die Herrentoilette war übersichtlich. Eine Toilette, ein kleines Waschbecken mit Spiegel, eine Ablage für Reservetoilettenpapier, ein Körbchen mit Potpourri für den Geruch.

Sie öffneten den Spülkasten, durchsuchten das Potpourri, obwohl Henri das für ein sehr schlechtes Versteck hielt. Was wäre, wenn jemand die Trockenmischung austauschte? Stine blickte sich in dem mit braun-grauen Steinfliesen ausgelegten Raum um. Wo konnte hier noch ein Versteck sein? Sie schaute hoch zu der Lampe. War da ein Schatten hinter dem Glas?

»Ich hol mal schnell einen Stuhl aus dem Café. Dann können wir die Lampe abmachen.«

Fünf Minuten später wussten sie, dass die Lampe nicht dicht war und für ein paar dickere Stubenfliegen zur Todesfalle geworden war. Sie hatten sich durch die spitz zulaufende Form der Lampe in einem dunklen, halb verwesten Knäuel am Boden manifestiert. Das war also der Schatten, den Stine gesehen hatte.

»Vielleicht ist er einfach in die Damentoilette gegangen?«
schlug Henri vor. »Das wäre noch unauffälliger.«

Aber auch die Durchsuchung der zweiten Toilette brachte
kein Ergebnis.

Zwei Stunden später hatten sie jeden Winkel des Cafés
durchsucht. Außer ein paar Münzen, die dem ein oder anderen Gast scheinbar unbemerkt heruntergefallen waren, hatten
sie nichts gefunden.

»Es ist frustrierend!« stellte Stine fest. »Ich habe es für so
eine gute Idee gehalten.«

Henri kratzte sich am Kopf. »Wir machen einen Denkfeh-
ler. Es muss irgendwo sein, wo Leonhard jederzeit Zugriff hat.
Wenn das Café geschlossen ist, kommt er hier nicht rein.«

»Hast du mal die Mauer vor der Eigentumswohnung angesehen? Die vielen großen Steine? Vielleicht ist da einer
locker?«

»Willst du jetzt die ganze Mauer untersuchen? Nur auf
einen vagen Verdacht hin?«

Stine verzog das Gesicht. »Du hast recht, so kommen wir
nicht weiter. Wir brauchen etwas Konkreteres.«

»Dann lass uns den Feierabend einläuten. Victor muss
sowieso seine Runde gehen und ich alter Mann brauche dringend etwas zu essen.«

»Gute Idee. Geh du nur schon, ich schließe hier ab.«

Kurze Zeit später saß Stine mit einer dampfenden Tasse
Tee im Lesesessel in ihrer Wohnung. Mit der Ruhe, die jetzt
um sie herum herrschte, nahm sie das leichte Brummen wieder wahr, dass nach dem letzten Schwindelanfall nicht vollständig weggegangen war. Verdammt, sie hatte wieder nicht
in der Praxis angerufen.

Samstagfrüh, Schleusenbrücke

W enn du was gesagt hättest, hätte ich Kirsten und Svenja eingepackt und wir wären gleich heute Morgen in den Zug nach Kiel gestiegen.« Utes Stimme am anderen Ende der Leitung klang enttäuscht. »Aber jetzt ist Svenja übers Wochenende mit Falk zu einem Turnier gefahren und Kirsten wollte sich heute mit ihrer Lerngruppe treffen.«

»Lerngruppe?«

»Weißt du das denn nicht? Sie macht eine Weiterbildung zum Mental Coach oder so. Da ist sie doch seit Wochen dabei.«

Stine merkte, wie ihr Herz schwer wurde. Das Leben ihrer Freundinnen in Hamburg ging weiter und sie bekam nichts davon mit.

»Soll ich kommen und mit dir die Mauer untersuchen? Vielleicht fallen uns ja noch weitere spannende Stellen ein? Neulich in der einen CSI Folge haben sie den Speicherstick in einem alten Grab gefunden.« Utes Begeisterung, eine ihrer Lieblingsserien nachzuspielen, war fast greifbar.

»Ich dachte, du hast heute Abend ein spannendes Date mit deinem Arzt?«

»Der ist genauso verrückt nach Krimiserien wie ich. Er wird Verständnis haben, wenn ich dir helfe. Wenn ich ihm erzähle, dass wir uns auf dem Friedhof umschauen, ist er bestimmt begeistert. Vielleicht kommt er mit. Dann könnte er sogar –«

»Wie kommst du jetzt darauf, dass wir auf dem Friedhof suchen? Davon war doch gar nicht die Rede«, bremste Stine die Euphorie ihrer Freundin.

»War es nicht?« Jetzt war Ute eindeutig enttäuscht. »Okay, aber wenn wir nachdenken, fallen uns bestimmt noch andere Verstecke ein. Seine und Lillys Wohnung fällt aus, richtig?«

»Die hat derjenige, der Lilly überfallen hat, schon gründlich durchsucht.«

»Und es kann nicht sein, dass er da gefunden hat, was er suchte?«

»Henri ist sich sicher, dass Leonhard niemals etwas in seiner unmittelbaren Nähe verstecken würde«, klärte Stine Ute auf.

»Das muss ein schlauer Mann gewesen sein. Schade, den hätte ich gerne mal kennengelernt. Einen richtigen Gangsterboss.«

»Du wärst enttäuscht gewesen. Er war hier in Holtenau nur ein älterer Herr, der mit seiner Schwester spazieren ging, ab und zu einen Kaffee bei mir getrunken hat oder seine Runden in der Ostsee ...« Stine stöhnte. »Verdammt Ute, das ist es! Die Seebadeanstalt! Das ist der perfekte Ort. Er hatte einen Schlüssel, konnte also jederzeit hin. Sie ist vom Land durch ihre Konstruktion schlecht einzusehen und er kann außerhalb der Stoßzeiten gehen, wenn dort weniger Betrieb ist.«

»Uh, das klingt spannend. Ich könnte heute Nachmittag kommen und dann schauen wir uns alles an.«

Stine zögerte. Sie dachte an Lilly, an den toten Leonhard. Das hier war keine Krimiserie im Fernsehen und der Mörder von Leonhard war hemmungslos. Sie konnte es nicht mit ihrem Gewissen vereinbaren, ihre Freundin zu involvieren. Sie brauchte jemanden, der sich verteidigen konnte, der auch durch seine Physis einen möglichen Angreifer abschreckte.

Sie dachte an Jan. Von ihm hatte sie, seitdem sie ihn aus dem Café geschmissen hatte, nichts mehr gehört. Ein weiterer Beweis dafür, dass sie richtig gelegen hatte. Er hatte die Nähe zu ihr nur wegen der absurden Idee, Henri könnte Leonhards Komplize sein, gesucht.

Nein, die Komplizen waren sicherlich diese Südafrikaner. Das lag doch auf der Hand. Und die suchten genau wie sie die Daten von Leonhard.

»Stine, bist du noch da? Ich habe gerade einen Zug rausgesucht, ich könnte um …«

»Ute, sei mir nicht böse. Aber das hier ist zu gefährlich.«

»Ich wäre doch ganz vorsichtig.«

»Es ist keine Krimiserie im Fernsehen, meine Süße. Ich habe gesehen, was dieser Mörder mit Lilly gemacht hat. Und Henri hatte großes Glück, dass ihm nichts Schlimmeres passiert ist. Es wäre ein Albtraum, wenn dir etwas zustößt.«

Ute seufzte. »Vielleicht hast du recht. Aber du allein bist auch nicht sicher. Du musst Jan bitten, dich zu begleiten.«

»Das werde ich ganz bestimmt nicht.« Stine erzählte Ute von ihrem letzten Treffen mit Jan.

»Er ist ein verdeckter Ermittler? Wie spannend. Und dann verliebt er sich in seine Mordverdächtige …«

»Erstens bin ich nicht seine Mordverdächtige und zweitens ist er nicht verliebt. Er ist hinter Henri her.«

»Das ist doch total absurd. Dein Onkel? Okay. Das heißt dann wohl, das Jan raus aus dem Rennen ist. Er hat eindeutig einen an der Waffel. Hast du noch jemand anderes, der dir helfen kann? Was ist mit deinem Jugendfreund, diesem Maik? Mit seiner Statur wirkt er zumindest sehr wehrhaft, oder?«

»Vielleicht keine schlechte Idee. Er war beim Militär und außerdem kann er tauchen, falls wir auch unter dem Steg suchen müssten«, griff Stine Utes Idee auf.

»Na, dann ist er doch perfekt. Ruf ihn an. Aber halte mich auf dem Laufenden. Ich möchte genauso wenig, dass dir etwas passiert.«

Samstagnachmittag, »Achter de Slüüs«

Ich soll was mit dir? Nachts in der Seebadeanstalt einbrechen?«

»Das klingt schlimmer, als es ist«, versuchte Stine Maik zu beruhigen. Gleichzeitig ärgerte sie sich.

Sie hatte nicht bedacht, wie korrekt Maik war. Das Überschreiten von Regeln kam für ihn normalerweise nicht infrage. Sie erinnerte sich an eine Begebenheit als Kinder.

Damals hatte sie den Haustürschlüssel ihrer Tante vergessen und Maik gebeten, ihr eine Räuberleiter zu machen, damit sie in das geöffnete Fenster im ersten Stock einsteigen konnte. Er hatte sich strikt geweigert.

»Okay ich mach's.«

»Was?« Stine war überrascht. *So ganz ohne Überzeugungsarbeit? Er macht es einfach?*

»Ich helfe dir. Weil du es bist und um der alten Zeiten willen. Ist doch ein bisschen so, als ob wir wieder Räuber und Gendarm spielen, oder?« Maik lächelte Stine schief an.

Schade, dass unser Date so blöd gelaufen ist, dachte Stine. *Eigentlich ist er ein netter Kerl. Er hat noch nicht mal nachgefragt, als ich mich erst eine Woche nach dem komischen Date gemeldet habe. Dabei muss er mitbekommen haben, wie seltsam ich den Abend fand. Schließlich bin ich ja nicht lange geblieben.*

Vor ihrem heutigen Treffen mit Maik hatte sie überlegt, was sie ihm von Leonhard und den Hintergründen erzählen sollte. Er sollte so wenig wie möglich von Leonhards Vergangenheit erfahren. Daher hatte sie zusammen mit Ute überlegt, was ein guter Grund sein könnte, warum sie nachts in der Seebadeanstalt nach einem Datenträger suchte.

»Erzähl doch einfach, dass Lilly und Leonhard sämtliche ihrer Unterlagen digitalisiert haben und er eine Kopie versteckt hat«, hatte Ute ganz pragmatisch vorgeschlagen.

»Was für Unterlagen sollen das sein?«

»Na alles. Zeugnisse, Urkunden, Fotos, wichtige Briefe. Durch den Einbruch bei Lilly ist jetzt alles verschwunden und irgendwer braucht die jetzt, wo sie doch im Koma liegt.«

Stine hatte zwar nicht das Gefühl, dass Maik diesen Köder schlucken würde, aber sie hatte ihn dennoch Samstagnachmittag auf einen Kaffee eingeladen und ihm diese Version der Geschichte aufgetischt.

»Du musst dir vorstellen, die Einbrecher haben alle wichtigen Unterlagen mitgenommen oder zerstört. Wenn Lilly aufwacht, wäre es so wichtig, wenn sie diese Erinnerungen wieder hat. Vielleicht kann ich ihr auch alte Fotos ausdrucken und ins Krankenhaus bringen. Aus der Zeit, als sie und Leonhard noch jung waren und hier zusammen in Holtenau lebten. Glücklichere Zeiten.«

Zu Stines großer Überraschung hatte Maik ihr diese, wie sie fand, lahme Begründung abgekauft.

»Wann wollen wir uns treffen? Ich habe ein paar starke Taschenlampen, die kann ich mitbringen. Und mit etwas Glück kann ich sogar einen Schlüssel für die Seebadeanstalt organisieren. Ein Freund von mir hat einen. Der ist mir noch einen Gefallen schuldig und obendrein ist er nicht der Typ, der Fragen stellt.« Maik war in den Planungsmodus übergegangen. Er machte wirklich mit.

»Taschenlampen sind eine sehr gute Idee! Es sollte schon dunkel sein und auf jeden Fall nach der letzten Gassirunde. Wenn die alten Herrschaften uns am Seebad sehen, gibt es noch Stress.« *Vor allem mit Henri*, ergänzte Stine im Stillen. *Er würde nicht wollen, dass ich nachts im Seebad nach Beweisen suche.*

»Du solltest dich auf jeden Fall wetterfest anziehen. Es gibt aktuell eine Sturmflutwarnung«, ergänzte Maik und zeigte auf die Kanalstraße.

Georges nachmittäglicher Gang zum Müll mit den Unmengen an Verpackungen war anscheinend nicht ohne Spuren geblieben. Einige Plastikbehälter hatten ihren Weg aus einer der Tüten gefunden und verbreiteten fast Wild-West-Feeling, indem sie sich wie Sturmläufer vom Wind hin und her treiben ließen.

Sturm? Keine gute Voraussetzung für die Suche nach der Nadel im Heuhaufen im Seebad, dachte Stine. *Andererseits kommt niemand auf die Idee, bei dem Wetter rauszugehen. Wir werden also ungestört suchen können.*

Samstagnacht, Seebadeanstalt

Hier gibt es wirklich eine ganze Menge an möglichen Verstecken.«

Maik leuchtete die Unterseite der hölzernen Sitzbänke ab. Er hatte tatsächlich einen Schlüssel für die Badeanstalt organisiert, sodass ihnen die Kletterei vorbei an den Spießen im Gitter des Einganges erspart geblieben war.

Stine untersuchte gerade das weiß gestrichene Holzboot, welches wohl mehr als Dekoration denn als mögliches Rettungsvehikel an der Wand lehnte. Der Wind blies mittlerweile mit fast acht Windstärken von Westen, aber durch die Abdeckung der Landzunge von Heikendorf und Laboe war hier im Bad relativ wenig davon zu spüren. Nur der Wasserpegel stieg kontinuierlich, da das Wasser in die Förde gedrückt wurde. Mittlerweile waren sie nach zwei Stunden Suche fast am Ende des Steges angekommen. Die Durchsuchung der Waschräume, des Lagers für Liegen und anderes und der Umkleiden hatte keinen Datenträger zutage gefördert.

»Bist du dir sicher, dass wir einen Datenträger suchen?«

»Ziemlich sicher.«

»Es gibt noch tausend andere Orte hier in Holtenau, wo Leonhard ihn versteckt haben könnte. Am alten Leuchtturm zum Beispiel.«

Stine schüttelte den Kopf. »Das glaube ich nicht. Die Seebadeanstalt ist perfekt. Er konnte jederzeit hin. Außerdem ist der Zugang für andere beschränkt. Stell dir vor, du bist Leonhard. Du stehst hier auf dem Steg, vom Land aus kann man es nicht einsehen. Du bemerkst, wenn sich jemand von der Wasserseite nähert.«

»Du hast wahrscheinlich recht. Es ist das perfekte Versteck.« Maik richtete sich auf und sah sich um. Er ließ die Taschenlampe kurz über den Steg gleiten und malte Glitzerlichter auf dem ruhigen Wasser der Ostsee. »Bist du schon auf die Idee gekommen, dass er es im Wasser versteckt hat?«

Stines Blick folgte dem Strahl von Maiks Taschenlampe, die in Richtung der hölzernen Treppe, deren Stufen in die Ostsee führten, wies.

»Salzwasser ist doch so aggressiv. Wie soll das funktionieren?«

»Natürlich darf es keine metallene Box oder ähnliches sein. Aber eine Otterbox sollte auch unter Wasser schützen.«

»Eine Otterbox?«

»Zur Not tut es vielleicht auch eine gut verschlossene Tupperware. Ich würde den Datenträger zusätzlich in Plastik einwickeln.«

»Tupperware?« Irgendetwas klingelte bei Stine. »Ich habe was gesehen, lass mich überlegen.«

»Hier in der Seebadeanstalt? Beim Schwimmen?«

»Nein, jetzt fällt es mir ein. Es war beim Helmtauchen, an dem Tag, an dem Leonhard starb. Ich hatte die Orientierung unter Wasser verloren und bin zuerst anstatt Richtung Anschlagbrett in Richtung Steg gelaufen. Da war eine Plastikdose! Ich hatte noch gedacht: Warum muss überall immer Müll herumliegen? Aber wenn ich jetzt so darüber nachdenke: Die Plastikdose klemmte zwischen den vielen Muscheln an einem der Pfähle.«

»Wo genau?«

»Das weiß ich leider nicht. Ich erinnere mich nur, dass Leif sagte, ich wäre jetzt direkt unter ihnen, oder so.«

»Das heißt?«

»Sie standen mit ihren Geräten und den Sauerstoffflaschen auf der unteren Plattform.« Stine zeigte auf die zweite Ebene des Steges, welche durch ein paar Stufen erreichbar war und direkt links neben der großen Holztreppe lag.

»Dann sollten wir diesen Teil des Steges als erstes von unten absuchen.«

Zu Stines Überraschung holte Maik aus seiner großen schwarzen Sporttasche, die er mitgeschleppt hatte, eine Taucherbrille mit Schnorchel heraus. Er zog sich bis auf die Unterhose aus. Dann zauberte er ein Neoprenoberteil aus der Tasche.

»Nicht perfekt, aber es sollte zumindest ein bisschen die Kälte abhalten.« Maik spuckte in seine Taucherbrille und rieb. Als Stine ihn überrascht ansah, erklärte er: »Das ist für die bessere Sicht.« Er bückte sich und spülte die Brille mit Ostseewasser aus. »Ich versuche mich von der einen Seite zur anderen vorzutasten.«

»Aber wie willst du bei der Dunkelheit unter Wasser überhaupt etwas erkennen?«

Er zeigte auf die überdimensionale Taschenlampe, die er in der Hand hielt. »Das hier ist keine normale Taschenlampe. Sie ist wasserdicht und so ausgelegt, dass sie auch den Druck unter Wasser bei einem Tauchgang aushalten kann. Für die ein oder zwei Meter, die ich hier maximal runtermuss, wird sie also wunderbare Dienste leisten.«

Er hat tatsächlich an alles gedacht. Ich habe nicht erwartet, dass er die Mission »Leonhards Speicherstick suchen« so ernst nimmt. Vielleicht ist das seine Art mir zu zeigen, dass ich ihm wichtig bin? Wenn diese eigenartige Abhängigkeit zu seiner Großmutter nur nicht wäre ...

Langsam stieg Maik die Stufen hinunter. Aber schon beim zweiten Schritt rutschte er aus und klammerte sich im letzten Augenblick mit der rechten Hand am Geländer fest. »Mist, hier ist alles mit Algen bewachsen«, schimpfte er leise.

Stine leuchtete auf die Stufen vor ihm, um ihm zu helfen.

»Mach besser die Lampe aus! Sonst sieht uns noch jemand vom Ufer aus!« mahnte Maik. »Ich schalte meine Lampe auch erst an, wenn ich unter Wasser bin.«

Die nächste Viertelstunde verbrachte Stine in fast völliger Dunkelheit auf dem Steg. Sie saß auf der langen Bank, die mit einer hohen Rückwand als Sichtschutz versehen war, und horchte in die Nacht. Hier war es stiller und dunkler als in der Nähe des Kanals. Es gab kein Tuten von ein- oder ausfahrenden Schiffen. Keine Positionsleuchten, die grüne, rote und weiße Lichter auf dem Wasser tanzen ließen. Auch die Möwen hatten sich für die Nacht schlafen gelegt und die Stelle war weit von den Schlafplätzen der Gänse entfernt, die ab und zu die Nacht mit ihrem Geschnatter unterbrachen.

Ab und zu konnte Stine hören, wie Maik seinen Schnorchel mit einem leisen Zischen ausblies oder er sich wieder mit einem gedämpften Platschen unter Wasser gleiten ließ. Das Licht seiner Tauchlampe war kaum mehr als ein schwaches Irrlicht, welches sich durch die Ritzen des Holzsteges schob. Fröstelnd zog Stine den Reißverschluss ihrer Sweatshirt-Jacke bis zum Hals hoch. Der Wind wurde stärker. Mittlerweile schwappten die ersten Wellen auf die Zwischenebene. Wie froh sie war, dass sie nicht unter dem Steg nach der Tupperdose suchen musste. Für sie gab es nichts Schlimmeres, als bei Dunkelheit oder auch nur bei grauem Himmel den Kopf unter Wasser zu stecken. Schon als Kind hatte sie in solchen Situationen das Gefühl gehabt, das schwarze Wasser würde nach ihr greifen und sie in die Tiefe ziehen. Anders war es, wenn die Sonne schien. Dann machte es Spaß, auch mal unter Wasser zu schauen, was sich dort regte. Aber jetzt, hier, heute Nacht? Sie schüttelte sich. Die Schwärze der Nacht, der immer stärkere Wind, die einsetzende Kälte ... Hoffentlich kam ihr Schwindel nicht auf die Idee, sich zu melden. Wie gerne wäre sie jetzt zu Hause, mit einer großen Tasse dampfendem Tee und einem guten Buch in der Hand. Fast schon war sie versucht, sich eine der Decken aus dem Schuppen mit den Liege-stühlen zu holen, die sie vorhin entdeckt hatte.

Ein großer Schatten schob sich langsam von unten die Treppe hoch in Richtung Steg. Etwas Weißes blitzte in seiner linken Hand. Maik hatte die Tupperdose gefunden!

Er kam auf Stine zu, verstaute zunächst die große Taschen-lampe in seiner Sporttasche und setzte sich dann neben sie auf die lange Bank. Er atmete schwer, als er die Tupperware in ihre Hand gleiten ließ.

»Ist das die Dose, die du gesehen hast?«

Stine schaltete ihre Taschenlampe an und leuchtete vor-sichtig. »Du hast sie wirklich gefunden! Damit habe ich nicht mehr gerechnet. Hast du sie schon geöffnet?«

Maik schüttelte den Kopf. »Das wollte ich mit dir gemein-sam machen.«

Vorsichtig klappte Stine die vier Verschlüsse der Dose hoch, hob den Deckel und leuchtete hinein: Leer. Kein Daten-träger, nichts.

»Oh nein, ich dachte wirklich, wir haben es gefunden!« Stine merkte, wie ihr vor Enttäuschung fast die Tränen kamen.

Maik klopfte ihr tröstend auf die Schulter: »Es hätte wirk-lich das Versteck sein können. Ich dachte auch, die Dose wäre gefüllt, so geschickt wie sie zwischen den Muscheln ange-bracht war. Vielleicht war jemand vor uns da und hat den Speicherstick entfernt.«

Das Seglerpaar. Hatte Andreas nicht erzählt, er hätte den Mann mehrfach mit Tauchgerätschaften gesehen? War er auf die gleiche Idee gekommen wie sie und hatte den Steg abge-sucht? Wenn ihre Theorie stimmte, hatte er einen Weg gefun-den, Leonhard in der Seebadeanstalt zu töten. Als Taucher wäre es ihm möglich gewesen, Leonhard am Anschlagbrett aufzulauern und ihm unter Wasser die tödliche Spritze zu ver-passen.

Maik kratzte sich am Kopf. »Ich frage mich nur, wen diese Daten interessieren? Aber vielleicht haben ja auch Kinder beim Herumtollen am Steg die Dose entdeckt und fanden es witzig, die leere Dose wieder dort zu platzieren.«

»Glaubst du?« Stine runzelte die Stirn. War es so einfach? Aber wer hatte den Stick jetzt? Ein zehnjähriger Junge, der nicht wusste, was er damit anfangen sollte? Mit etwas Glück zeigte er seinen Fund den Eltern und diese gingen damit zur Polizei.

»Ist nur eine Vermutung. Du hast auf jeden Fall alles versucht, um Lilly zu helfen. Mach dir keine Vorwürfe.«

»Das tue ich aber. Ich hatte so gehofft, dass ich die Daten finde und damit auch den Mörder von Leonhard. Und denjenigen, der für Lillys Zustand verantwortlich ist.«

»Bist du denn sicher, dass der Überfall auf deine Freundin und Leonhards Tod zusammenhängen? Vielleicht war es auch nur ein simpler Überfall? Schließlich hat Lilly ihren Reichtum deutlich hier im kleinen Holtenau zur Schau gestellt«, warf Maik ein.

»Der Mörder hat versucht, Lilly umzubringen. Sie liegt im Koma und wird vielleicht nie wieder aufwachen! Wenn Henri nicht gekommen wäre, wäre sie wahrscheinlich schon tot!« Stines Stimme wurde so laut, dass Maik zusammenzuckte.

»Hast du mal daran gedacht, dass bei dem Überfall nur etwas schiefgegangen sein könnte? Die alte Dame kann auch ausgerutscht und mit dem Kopf unglücklich aufgeschlagen sein.«

Stine stand auf. »Lass uns nicht weiter darüber reden. Mir ist kalt und es hat keinen Sinn, hier weiter zu suchen. Das, was ich finden wollte, ist weg.«

Sie drehte sich um und stolperte im Dunkeln über Maiks schwarze Sporttasche. Durch den Schwung ergoss sich der halbe Inhalt über den Steg.

»Oh nein, das tut mir leid. Ich bin immer so ungeschickt.«
Stine bückte sich, um den Inhalt der Tasche wieder einzusammeln.

Sofort sprang Maik auf. »Lass nur, ich kann das auch ma...« Mitten im Wort hielt er inne, als sie sich wieder aufrichtete. In der Hand hielt sie einen Plastikbeutel mit einem schwarzen Datenstick.

»Maik, was ist das?«

Seine Stimme war völlig ruhig, ohne Emotionen. »Ich wünschte, du hättest das nicht gesehen.«

Samstag, später Abend, Henris Haus

Das schrille Klingeln des Telefons hallte durch das Haus. Henri schreckte von seinem Sessel hoch. Sein Buch und die Lesebrille fielen von seinem Schoss. Er versuchte sich zu orientieren. *Ich muss wieder auf dem Sessel eingeschlafen sein*, stellte er fest, während er verschlafen nach dem Telefon auf dem kleinen Beistelltisch tastete. Klappernd fiel es runter, um dem Buch und der Brille auf dem Boden Gesellschaft zu leisten. Es schrillte weiter und wurde jetzt lautstark von Victor unterstützt, der angefangen hatte zu jaulen.

Als Henri endlich das Telefon aufgenommen und die Annahmetaste gedrückt hatte, war er schweißgebadet.

»Ja bitte?« Er hatte nicht auf das Display geschaut, sondern hatte, nur um schnell das Klingeln abzustellen, hektisch den Anruf entgegengenommen.

»Henri, bist du das? Hier ist Inge.«

Jetzt erkannte er die leicht knarzende Stimme der alten Dame. Warum rief sie ausgerechnet ihn so spät am Abend an? Sie waren doch nicht wirklich gut bekannt.

»Ist etwas passiert?«, fragte er nach.

»Das kann man so sagen. Lilly ist aufgewacht!«

»Das sind großartige Nachrichten, aber ich verstehe immer noch nicht …«

»Wenn du mich ausreden lassen würdest«, unterbrach ihn die alte Dame spitz und führte damit Henri wieder deutlich vor Augen, warum sie in den Jahren in Holtenau nie wirklich Freunde geworden waren. »Lilly hat gleich nach dem Aufwachen nach deiner Nichte gefragt. Das habe ich zwar nicht verstanden, schließlich ist das Mädchen ja wohl hauptverantwortlich für Lillys Lage. Sie mit ihrem Rumgeschnüffel ... Aber Lilly hat insistiert, dass sie sie sprechen möchte.«

»Und warum rufst du dann nicht meine Nichte an? Wie spät ist es überhaupt?« Henri schielte rüber zu der kleinen goldenen Standuhr, die auf seinem Sideboard stand. Es war fast Mitternacht. Ihm ging das Gespräch mit Inge immer mehr auf die Nerven.

»Weil ich deine Nichte nicht erreiche. Ich bin sogar schon rübergelaufen und habe bei ihr sturmgeklingelt. Aber sie macht nicht auf.«

»Und mich rufst du an, weil ...?«

»Ich ja schlecht bei dir klingeln konnte. Wie sähe das denn aus, wenn eine Dame wie ich am späten Abend bei einem alleinstehenden Herrn an der Tür klingelt? Ich muss schon auf meinen Ruf achten.«

»Also rufst du mich jetzt von zu Hause an?« Henri verstand überhaupt nichts mehr. Er blickte in Richtung Schlafzimmertür. Am liebsten hätte er das Gespräch jetzt beendet und wäre ins Bett gekrochen.

»Machst du dir denn keine Sorgen, wo deine Nichte sich in der Nacht herumtreibt?« hakte Inge nach.

»Sie ist eine erwachsene Frau und obendrein Polizistin.«

Henri merkte trotz seiner Worte, dass sich Sorge in ihm breit machte. Stine hatte ihm versprochen, nichts anzustellen. Aber wo war sie? Im besten Fall hatte sie sich mit Jan versöhnt und die beiden verbrachten die Nacht miteinander.

»Weißt du denn, was genau Lilly von Stine will?« Er konnte sich kaum vorstellen, dass Inge nicht bei Lilly nachgefragt hatte.

»Sie sagte, sie hätte etwas in den Unterlagen gefunden, die sie vom Notar bekommen hatte. Leonhard hat alte Zeitungsabschnitte aufgehoben.«

»Was für Zeitungsabschnitte?«

Wieso ließ sich diese Inge jedes Wort aus der Nase ziehen?

»Es ging um die Verhaftung einer Krankenschwester im Jahr 1978. Lilly war über das Datum gestolpert. Es war exakt einen Tag, nachdem sie ihren Bruder das letzte Mal für Jahre gesehen hatte. Er ist in derselben Nacht abgehauen, in der die junge Frau verhaftet wurde.«

»Und Lilly vermutet einen Zusammenhang?«

»Die junge Frau hat im großen Stil Arzneimittel, vor allem Opiate und ähnliches aus dem Krankenhaus gestohlen. In dem Artikel war von Hintermännern die Rede, die bisher nicht gefasst wurden.«

Leonhard, dachte Henri. Er erinnerte sich an die Betäubungsmittel, die sein alter Crewkamerad bei den Amerikanern gestohlen hatte. Hatte sich Leonhard aus dem Staub gemacht, als es für ihn eng wurde und die Krankenschwester ihrem Schicksal überlassen? Er atmete tief aus. Der Leonhard, den er gekannt hatte, hätte nicht andere für seine Fehler büßen lassen. Was war nur aus ihm geworden?

»Steht etwas darüber in dem Artikel, wer diese Krankenschwester war?«

»Eine ›Conny P.‹ aus Kiel. Leonhard hat noch einen zweiten Artikel aufgehoben. Darin ist die Rede davon, dass diese Conny zu mehreren Jahren Freiheitsstrafe verurteilt wurde und sich in ihrer Zelle erhängt hat. Sie hinterließ einen einjährigen Sohn, der von seinen Großeltern aufgezogen wurde.«

Henri wurde schlecht. Im Kopf rechnete er nach. Er kannte einen Menschen in Holtenau, der von seinen Großeltern aufgezogen worden war. Konnte das zeitlich hinkommen? Stine hatte ihm von dem missglückten Date mit Maik und der Tiefkühlware seiner Großmutter erzählt. Er versuchte ruhig zu bleiben. Nach dieser Art von Date hieß es doch, dass Stine sich nicht bei Maik aufhalten konnte? Sicher war seine Annahme richtig und sie war bei Jan.

»Henri, ist alles in Ordnung?« knarzte Inge aus dem Hörer.

»Alles gut. Hast du vielleicht eine Idee, wer diese Conny P. gewesen sein könnte? Ob es einen Zusammenhang mit Holtenau gibt?«

»Darüber habe ich mir schon den Kopf zerbrochen. Ein paar von Leonhards Verflossenen kannte ich ja. Zwangsläufig.« Sie hüstelte. »Aber an eine Conny kann ich mich nicht erinnern.«

»Und es gab keine weiteren Hinweise?«

»Oh doch. Das Bild von einem Grabstein. Die Inschrift konnte Lilly mit ihren schlechten Augen nicht entziffern, aber sie war sich sicher, dass das Grab hier in Holtenau sein müsste. Die alte Dankeskirche war im Hintergrund zu sehen.«

Verdammt. Heißt das nun, dass es Maiks Mutter gewesen ist? Ich muss Stine so schnell wie möglich davon erzählen.

»Ist Lilly noch etwas aufgefallen?«

»Leider nein. An den Überfall kann sie sich kaum noch erinnern. Nur eine große, dunkle Gestalt, die sie überrascht hat, als sie sich über die Unterlagen beugte. An das Danach hat sie keine Erinnerung mehr. Ich habe ihr aber erzählt, dass du sie gerettet hast.« Zu Henris Überraschung knarzte Inges Stimme jetzt nicht mehr. Es klang vielmehr, als unterdrücke sie Tränen. »Das hast du großartig gemacht, Henri. Lilly will sich bei dir bedanken, sobald sie aus dem Krankenhaus raus ist. Wenn mir noch etwas zu dieser Conny einfällt oder Lilly ihre Erinnerung wieder bekommt, melde ich mich bei dir.«

Henri legte auf. *Groß und dunkel. Damit können viele gemeint sein. Leider auch der fast zwei Meter große Maik. Wo steckst du nur, Stine?*

Samstagnacht, Seebadeanstalt

Wieso hast du den Stick genommen?« Stine starrte Maik an.

Anstatt einer Antwort griff er in seine Sporttasche und holte eine Pistole heraus. Er richtete den Lauf auf Stine.

»Was machst du da?« In Stines Kopf ratterten die Gedanken. Was hatte sie übersehen? Was hatte Maik mit Leonhard zu tun?

Er seufzte. »Ich habe wirklich gehofft, ich kann mir den Stick schnappen und du gibst endlich Ruhe. Aber ich hätte es mir denken können. Auch bei Lilly wollte ich nur schnell die Unterlagen von Leonhard holen und dann weg ...«

»Ich Idiotin. Du bist bei ihr eingebrochen und hast versucht, sie umzubringen.« Stine lief es kalt über den Rücken. Wie hatte sie sich nur so in Maik täuschen können?

»Das war ich nicht! Als ich zu ihrer Wohnung wollte, war die ganze Straße abgesperrt, überall Polizeiautos. Ich bin nie in ihrer Wohnung gewesen. Denkst du wirklich, ich hätte der alten Dame etwas antun wollen?«

»Was ich sehe, ist, dass du hier mit einer Pistole vor mir stehst und mich bedrohst! Wie soll ich dir da glauben, dass du Lilly und Henri nichts getan hast?«

Maik zuckte mit den Schultern. »Ob du mir jetzt glaubst oder nicht, ist auch egal. Es war jemand anderes. Im Nachhinein wundert es mich aber nicht, so laut wie Lilly an dem Tag im Café davon gesprochen hat, dass sie den Nachlass von Leonhard nach Hause gebracht bekommt. Ich war sicher nicht der Einzige, der das mitbekommen hat.«

Stine versuchte sich an die Situation im Café zu erinnern. Ihre Freundinnen waren da gewesen. Und ja, auch Maik. Das hatte sie völlig verdrängt.

»Leonhard war kein netter Mann.« Maiks Stimme klang müde.

»Das weiß ich. Aber das gibt dir noch lange nicht das Recht, ihn umzubringen. Du hast ihn doch umgebracht?«

Er zuckte mit den Schultern. »Ist das jetzt noch wichtig?«

»Erkläre es mir. Warum hast du das getan?«

»Weil dieser Mann mein ganzes Leben vernichtet hat. Ich hätte der Sohn einer Mutter sein können. Aber stattdessen bin ich von meinen Großeltern großgezogen worden. Habe meine Mutter nie richtig gekannt. Wusstest du, dass sie starb, als ich noch nicht zwei Jahre alt war?«

Stine schüttelte den Kopf. Als Kind hatte sie immer angenommen, dass Maiks Großeltern seine Eltern waren. Etwas älter als normal, aber der Gedanke, dass sie es nicht sein konnten, war ihr nie gekommen. Später, als sie es erfuhr, war es kein Thema gewesen, über das sie mit ihrem Freund hatte reden wollen. Warum die unbeschwerte Stimmung in ihren gemeinsamen Sommern mit traurigen Erinnerungen belasten?

»Meine Großeltern haben mir nie die Wahrheit darüber erzählt, wie meine Mutter wirklich starb. Ich musste vierzig Jahre alt werden, bis ich erfuhr, dass sie nicht in einem Krankenhaus, sondern in einem Gefängnis gestorben ist. Schlimmer noch, dass sie sich dort das Leben genommen hat.«

»Das ist furchtbar.« Trotz der Pistole, die immer noch auf sie gerichtet war, spürte Stine Mitleid für ihren Freund. »Was ist passiert?«

»Sie hat in einem großen Krankenhaus auf der Intensivstation gearbeitet. Als alleinerziehende Mutter eines Kleinkindes konnte sie nicht viele Extraschichten machen, um sich mehr Geld zu verdienen. Es musste ja immer jemand auf mich aufpassen. Irgendwann fing sie an, Medikamente zu stehlen, um sie zu verkaufen. Als ich es herausfand, habe ich mich immer gefragt, wie sie das gemacht hat. Ich Idiot habe nie darüber nachgedacht, dass sie einen Komplizen gehabt haben musste.«

»Leonhard.«

»Als er hier in Holtenau vor einigen Monaten auftauchte, habe ich ihn kaum beachtet. Er ist mir eher aufgefallen, weil er meistens in Begleitung von Lilly war. Die kann man ja kaum übersehen. Selbst in einem nicht so kleinen Ort wie Holtenau würde sie immer aus der Menge hervorstechen. Erst später habe ich erfahren, dass Leonhard aus Holtenau kam. Sogar hier bei der Marine war. Wusstest du das?«

»Ja, das wusste ich. Er und mein Onkel Henri waren beide in Kiel bei der Grundausbildung stationiert. Sie waren im gleichen Schnellbootgeschwader. Sogar auf dem gleichen Boot.«

»Und dein Onkel wusste nicht, was Leonhard für ein Mensch war?«

Stine, die immer noch nicht genau wusste, inwieweit Maik in Leonhards Vergangenheit eingeweiht war, schwieg.

»Hat er damals schon geschmuggelt?«

»Ein bisschen hier und da. Aber nur für den Eigenbedarf und für die Mannschaftskameraden, um den einen oder anderen Gefallen zu bekommen.«

»Was wäre wohl passiert, wenn ihn damals jemand aufgehalten hätte?«, stellte Maik die gleiche Frage, die sich auch Henri schon gestellt hatte. »Vielleicht wäre meine Mutter dann noch am Leben.« Er strich sich durch die Haare, hielt die Pistole aber weiter fest auf Stines Brust gerichtet. »Weißt du, dass ich, solange ich denken kann, jeden Sonntag das Grablicht für meine Mutter anzünde? Am Anfang haben meine Großeltern mich mitgenommen und mir geholfen, das Streichholz über die raue Zündfläche zu streichen. Wir haben dann gemeinsam das kleine Glastürchen des Lichts geöffnet und mit der Flamme die Kerze entzündet. Irgendwann habe ich es alleine gemacht. Vor sieben Wochen war ich auch am Grab meiner Mutter. Aber als ich dort ankam, stand ein Mann davor, mit gesenktem Kopf.«

Sieben Wochen zuvor, Friedhof Holtenau

Der Zeiger der Uhr in dem wuchtig-gedrungenen Backsteinturm zeigte gerade acht Uhr, als Maik über den mit hellem Stein ausgelegten Vorplatz der Dankeskirche schritt.

Wie oft war er hier entlang gegangen? Als kleiner Junge sahen für ihn die knöchernen Zweige der beiden Bäume, die rechts und links das Eingangstor der Kirche säumten, wie die Finger zweier alter Hexen aus, die auf den kleinen Jungen zeigten, der keine Mutter mehr hatte. Der links hinter der Kirche liegende Friedhof war ein böser Ort, an dem seine Mutter gefangen gehalten wurde. Die großen Bäume, die auch im Sommer dunkle Schatten auf seinen Weg warfen, hatten in seiner Fantasie wie mächtige Riesen ausgesehen, die die Toten auf dem Friedhof bewachten.

Mittlerweile waren diese kindlichen Fantasien verschwunden, es gab keine Hexen und Riesen mehr. Aber immer noch lief ihm ein kalter Schauer über den Rücken, wenn er sich auf den Weg zum Grab seiner Mutter machte. Der Kies knirschte leise unter seinen Schuhen und irgendwo in einem der Bäume saß ein Rotkehlchen, das mit einer zwitschernden Strophe seines Morgenliedes den Tag begrüßte. Er wandte sich nach rechts, vorbei an der Gießstelle mit den aufgereihten bunten Kannen. Sein Großvater hatte irgendwann für den kleinen Maik das Spiel erfunden, dass er vor dem Betreten des Friedhofes raten musste, wie viele Kannen in welchen Farben dort hingen. Wenn er richtig geraten hatte, gab es nach dem Besuch des Grabes für den Jungen nicht nur einen großen Kakao in Ramms Gasthof, sondern auch ein Stück Schokoladenkuchen dazu. Seiner Großmutter hatte dieses Spiel meistens nur ein müdes Lächeln entlockt, aber sie hatte »ihre Männer«, wie sie den Großvater und Maik nannte, dieses kleine Spiel jeden Sonntag spielen lassen.

Auch heute erwischte sich Maik dabei, dass er zu den Kannen schielte. Zwei blaue, eine grüne und eine gelbe Kanne hingen über dem metallenen Ständer. Nur noch wenige Schritte und er war am Grab seiner Mutter, welches seit knapp zwei Jahren auch das Grab seines Großvaters war.

Als er um die nächste Biegung ging, konnte er die Stelle sehen. Allerdings stand dort zu seiner Verwunderung ein Mann in einer beigefarbenen Hose mit einem Pullover in derselben Farbe. Er war über den Grabstein gebeugt. Anscheinend versuchte er die Inschriften zu entziffern. Maik trat näher und der Mann drehte sich um. Er war braungebrannt mit weißen Haaren. Sein Gesicht war von tiefen Falten durchzogen und auf der Nase trug er eine Brille mit schmalem Goldrand. Jetzt erkannte Maik ihn. Er hatte den alten Herrn in den letzten Wochen ein paar Mal in Holtenau gesehen – meistens in Begleitung einer ziemlich exaltierten, alten Dame mit einem zweifelhaften Modegeschmack.

Maik spürte, wie ihn die harten Augen des Mannes von oben bis unten musterten. Der Fremde schwieg, ließ Maik näherkommen. Obwohl dieser Mann sicher vierzig Jahre älter als er sein mochte, strahlte er nicht die Ruhe und Gelassenheit aus, die Maik von anderen dieses Alters kannte. Stines Onkel Henri zum Beispiel. Nein, dieser Mann wirkte wie ein alter Löwe, der scheinbar träge vor der Antilope stand, seine Muskeln gespannt, die Beute fixiert. Bereit für den finalen Sprung, um das Beutetier zu erlegen. Maik merkte, dass auch er sich anspannte und zu seiner vollen Größe von fast zwei Metern aufrichtete. Das schien den Unterschied zu machen. Der alte Mann entspannte sich und die Andeutung eines Lächelns zeigte sich in den faltigen Mundwinkeln. Er drehte sich um, in Richtung Grabstein.

»Ich hätte früher kommen sollen.« Die Stimme des Alten war leise. Mit einer Hand, die mit dunklen Flecken übersät war und die ersten Verformungen durch Rheuma aufwies, strich er behutsam über den Grabstein.

Maik war verwirrt. War das hier ein Freund seines Großvaters? Altersmäßig kam das kaum hin. Sein Großvater musste bestimmt zehn bis fünfzehn Jahre älter gewesen sein. Oder sollte der Fremde am Ende seine Mutter gekannt haben? Maik hielt den Atem an.

»Bist du Cornelias Sohn? « Wieder musterten die harten Augen Maik. Aber diesmal meinte er einen Funken Wärme darin zu sehen. »Als ich dich das letzte Mal gesehen habe, konntest du dich gerade am Tischbein hochziehen. Wie alt warst du da? Vielleicht knapp ein Jahr.«

Maik wurde schlecht. Dieser Mann hatte seine Mutter gekannt. Ihn gekannt, als er noch ein Sohn war und nicht nur der Enkel.

»Wer sind Sie? Woher kannten Sie meine Mutter?«

Fieberhaft überlegte er, ob er den Mann früher schon einmal gesehen hatte. Irgendwo in seinem Hinterkopf war der Gedanke, dass er ihn kennen musste. Oder war das nur Einbildung, weil ihm der Fremde gerade von dem einjährigen Maik erzählt hatte?

»Ich kannte Cornelia in einem anderen Leben«, kam die kryptische Antwort. »Sie hätte mitkommen sollen, dann läge sie jetzt nicht hier in dieser Grube.« Das Gesicht des Alten verzog sich. »Aber du hast immer schon deinen eigenen Kopf gehabt, Cornelia. Ich hätte nur erwartet, dass du stärker bist.«

»Was meinen Sie damit?«

Anstatt zu antworten, musterte der alte Mann Maik. »Was weißt du über deine Mutter, Junge?«

»Was geht Sie das an?« Der Fremde war bestimmt niemand, dem Maik von seiner Mutter erzählen wollte.

»Sieh an. Da spür ich doch den alten Biss deiner Mutter. Haben deine Großeltern es also nicht komplett geschafft, dich zu verweichlichen.«

Maik bemerkte, wie ihm vor Wut das Blut in den Kopf stieg. Alter Mann hin oder her. Dieser Fremde hatte nicht das Recht, so über seine Familie zu sprechen.

»Wenn Sie weiter mit mir reden wollen, sollten Sie mir zumindest Ihren Namen nennen«, stieß er zwischen zusammengebissenen Zähnen hervor.

Der alte Mann zuckte gleichgültig mit den Schultern. »*Fair enough*. Mein Name ist Leonhard. Leonhard Anders. Du kennst mich vielleicht unter dem Namen Onkel Leo.«

Maik versuchte, in seinem Gedächtnis die Tür zu öffnen, die zu seinem Leben mit seiner Mutter führte. Die Tür, die fest verschlossen war, so oft er auch daran rüttelte.

»Der Name sagt mir nichts.«

»Dann haben deine Großeltern wirklich ganze Arbeit geleistet. Ich hätte es mir denken können. Ich wiederhole meine Frage: Was weißt du über deine Mutter?«

»Sie hat hart gearbeitet, um als alleinerziehende Mutter zurechtzukommen. Am Ende war es zu viel für sie.«

»Was bedeutet ›zu viel‹?«, kam es lauernd von Leonhard.

»Sie war krank und hat aus Versehen ein Medikament überdosiert. Daran ist sie gestorben.«

Maik erzählte dem alten Mann die Version, die er bis zu seinem zwanzigsten Lebensjahr geglaubt hatte. Niemand außerhalb seiner Familie sollte wissen, dass seine Mutter sich das Leben genommen hatte. Aber seine Stimme versagte. Hass gegen diesen Fremden, der ihn zwang, über den Tod seiner Mutter zu sprechen, stieg in ihm auf.

»Das haben dir deine Großeltern erzählt? ›Aus Versehen‹? Weißt du denn, wo sie gestorben ist?« Die Stimme des Alten war leiser geworden. »Wahrscheinlich sollte ich jetzt mein Maul halten.« Er drehte sich um und machte einen Schritt in Richtung Weg.

Maik packte ihn an der Schulter. »Erzählen Sie mir, was Sie von meiner Mutter wissen.«

Die dunklen Augen musterten ihn. »Dann werde ich dir jetzt eine alte Geschichte erzählen. Es ist fast vierzig Jahre her.«

Vierzig Jahre zuvor, Wohnung in Kiel-Gaarden

Leonhard, was willst du denn hier? Wir hatten doch gesagt, wir treffen uns nicht bei mir zu Hause.«

Cornelia hatte die Wohnungstür nur einen Spalt geöffnet. Hinter ihr konnte Leonhard das warme Licht der abendlichen Beleuchtung ahnen.

»Ich weiß, aber es ist wichtig. Lass mich rein.« Er trat einen Schritt auf die halbgeschlossene Tür zu.

Cornelia zögerte immer noch. Sie öffnete die Tür etwas weiter und streckte den Kopf raus. Das Treppenhaus des Neubaus, in dem sie und ihr kleiner Sohn seit einem knappen Jahr lebten, war leer.

»Hat dich jemand gesehen?«

»Nein. Jetzt mach hier kein Theater und lass mich endlich rein.« Leonhard schob seinen Fuß durch die Tür und drängte Cornelia mit seinem Körper zurück in die Wohnung. Jetzt erst bemerkte sie die große Tasche, die er bei sich hatte.

»Was ist da drin? Ich möchte nicht, dass Maik etwas von unseren Geschäften mitbekommt. Er ist noch so klein und unschuldig.« Cornelia versuchte vergeblich, Leonhard den Zutritt ins Wohnzimmer zu verwehren, das nur durch einen bogenförmigen Eingang vom Flur getrennt war. Der schwere dunkelgrüne Vorhang im Bogen war halb zugezogen.

»Keine Sorge. Ich glaube nicht, dass Maik durch meine Wäsche und ein paar Waschutensilien seine Unschuld verliert.« Leonhard zog den Vorhang beiseite.

»Wäsche? Willst du verreisen?«

»Von ›wollen‹ kann keine Rede sein. Deswegen bin ich hier.«

Er ließ sich auf einen der schweren Sessel mit dem dunkelroten und grünen Blumenmuster fallen. Erst jetzt bemerkte er Maik, der sich an dem Sofatisch mit den eingelassenen Kacheln festhielt und ihn mit weit aufgerissenen Augen anstarrte.

»Müsstest du um diese Zeit nicht schon längst im Bett sein, kleiner Mann?« Er hob die Hand, um Maik einen leichten Klaps zu geben. Vor Schreck ließ dieser die Tischplatte los, verlor das Gleichgewicht und fiel auf seinen Po. Er riss die Augen noch weiter auf und fing an zu weinen.

Cornelia bückte sich und nahm ihr Kind auf den Arm.

»Was soll das? Musst du ihn so erschrecken?«

»Habe ich doch gar nicht. Wenn ihn so etwas schon erschreckt, wie soll das dann werden, wenn er erwachsen ist? Du verweichlichst den Kleinen, Cornelia.«

»Er ist knapp ein Jahr alt! Ich möchte mal wissen, wie du in dem Alter warst.«

»Tut hier nichts zur Sache. Beruhig' deinen Kleinen endlich, sonst schreit er uns das ganze Haus zusammen.«

Ein paar Minuten später saß Maik, zufrieden an einem Zwieback knabbernd, auf dem Schoß seiner Mutter.

»Können wir jetzt endlich reden? Ich habe nicht viel Zeit.«

»Ja, was ist denn nun?«

»Einer meiner Verbindungsleute, der das Amphetamin in Hamburg weiterverkauft, hat sich seit Tagen nicht gemeldet. Ich habe nachgeforscht. Er ist vor zwei Tagen von der Polizei verhaftet worden.«

Cornelia umschloss mit ihrer rechten Hand die Armlehne. Ihre Knöchel wurden weiß. »Aber er kennt uns nicht, oder?«

»Mich schon. Und er weiß, dass ich eine Kontaktperson in der Universitätsklinik hier in Kiel habe.«

»Wieso weiß er das? Was hast du ihm erzählt?«

»Ich habe ihm gar nichts erzählt. Aber er ist nicht blöd und ihm ist klar, dass nicht ich derjenige mit freiem Zugang zu den Medikamenten bin. Außerdem wird die Polizei sicher die Spur des Amphetamins zurückverfolgen. Früher oder später stoßen sie dabei auf uns.«

»Was soll ich jetzt machen?«

»Abhauen, das ist die einzige Lösung. Morgen früh geht von Hamburg aus ein Frachter Richtung Kapstadt. Der Kapitän ist ein alter Crewkamerad von mir. Er nimmt uns mit.«

»Uns? Ich kann hier nicht weg.«

»Musst du aber, wenn du nicht im Gefängnis landen willst.«

»Das ist doch nicht möglich mit Maik. Wie soll das gehen, mit einem Kleinkind wochenlang auf einem Frachter unterwegs?«

»Mit ›uns‹ habe ich dich und mich gemeint. Der Junge muss hierbleiben. Gib ihn deinen Eltern. Die passen doch eh schon ständig auf ihn auf, wenn du Schichtarbeit im Krankenhaus machst.« Leonhard stand auf.

»Ich werde meinen Sohn ganz bestimmt nicht alleine lassen.« Cornelias Arme umschlossen ihren Sohn, der anfing vergnügt zu glucksen.

»Ist es dir lieber, ins Gefängnis zu gehen? Dann wächst dein Sohn auch ohne dich auf. Verdammt Cornelia, sei doch vernünftig.«

»Ich kann nicht, Leonhard. Mein Sohn braucht mich. Aber das verstehst du nicht.«

Er zog die Augenbrauen hoch und musterte Mutter und Kind schweigend. Dann zuckte er mit den Schultern und beugte sich hinunter zu der großen Tasche.

Er öffnete den Reißverschluss und fing an darin zu wühlen. Dann zog er ein großes Bündel Geldscheine heraus und drückte es Cornelia in die Hand.

»Ich habe befürchtet, dass du das sagst. Hier, nimm das. Gib es deinen Eltern. Sie sollen davon das kleine Haus in Holtenau kaufen, von dem du mir erzählt hast. Als Zuhause für sich und den Jungen. Und hoffentlich auch für dich.«

»Aber Leonhard ...« Cornelia starrte abwechselnd auf die Geldscheine und dann wieder auf ihn.

»Es tut mir leid, dass es so weit gekommen ist. Musst du mir glauben. Aber ich haue jetzt ab.«

Samstagnacht,
Henris Haus

Zwischen den Ritzen des alten Hauses pfiff der Wind. Henri starrte aus dem Fenster. Das Licht der Schleuse leuchtete rRot über die Ostsee und färbte die Schaumkronen in einem blassen Rosa. Henri schätzte, dass es mindestens neun Windstärken waren.

Wo zum Teufel ist Stine? Ich hoffe nur, sie ist nicht da draußen auf Mörderjagd. Vor allem nicht mit Maik, solange nicht klar ist, was für eine Verbindung es zwischen seiner Mutter und Leonhard gab. Wenn ich nur Jan erreichen könnte ...

Henri fasste einen Entschluss. *Ist doch egal, ob jetzt jemand denkt, dass ich ein hysterischer alter Mann bin. Hauptsache Stine geht es am Ende gut.*

Er ging die knarrende alte Treppe hinunter in die große Wohnküche, die fast die gesamte untere Ebene seines Hauses einnahm. Neben der Küchentür war der kleine hölzerne Schlüsselkasten. Er holte den Ersatzschlüssel für Helgas Haus heraus und öffnete die Eingangstür. Fast wäre ihm die Tür von dem Sturm aus der Hand gerissen worden. Er stemmte sich gegen den Wind und ging dicht an der Häuserfront hinüber zum Café. Stine und er hatten gestern Abend die schweren grünen Holzverschläge vor dem großen Café-Fenster fest geschlossen. *Eine gute Entscheidung*, stellte er mit dem Blick auf die umgestürzte Mülltonne der Nachbarn und den Unrat, der über die Straße gefegt wurde, fest. Ein Blick in Richtung Tiessenkai zeigte ihm, dass das Wasser stieg. Die Wellen schwappten bereits über die Steine. In Kürze würde der Kai nicht mehr passierbar sein. Wirklich kein Wetter, um draußen zu sein. Er öffnete die Tür zum Haus, ließ den Café-Raum links liegen und stieg die Treppe zu Stines Reich hoch. Auf sein Rufen reagierte niemand. Sie war wirklich nicht da. Er wusste, dass Stine an ihrem Kühlschrank eine Telefonliste hängen hatte. Er hatte mitbekommen, dass ihre Freundinnen sie das letzte Mal geneckt hatten, dass sie im digitalen Zeitalter eine ausgedruckte Telefonliste besaß. Aber Stine hatte nur pragmatisch gemeint: »Wenn mein Smartphone mal ausfällt oder nicht greifbar ist, möchte ich nicht feststellen, dass ich keine der Telefonnummern meiner wichtigsten Menschen auswendig kann.«

Henris Blick schweifte über den Kühlschrank. Ein großer pinkfarbener Zettel mit den Worten »Beim HNO Arzt anrufen« stach ihm ins Auge. Hatte Stine immer noch niemanden in der Praxis erreicht? *Wenn das hier vorbei ist, muss ich dafür sorgen, dass sie endlich einen Termin macht*, beschloss er. Direkt neben dem pinken Zettel hing die Telefonliste. Neben seiner Nummer standen dort die Telefonnummern von Stines Freundinnen. Kein Jan. Das wäre auch zu einfach gewesen.

Henri holte sein Mobiltelefon aus der großen Tasche seiner Strickjacke.

Stines Freundin Svenja meldete sich nach dem fünften Klingeln mit verschlafener Stimme: »Ja bitte, wer ist da?«

Zum Glück war die junge Frau nicht so vorsichtig wie er, der nie den Anruf einer unbekannten Nummer entgegennehmen würde. Oder war das der Tatsache geschuldet, dass es mittlerweile fast zwei Uhr nachts war?

»Hier ist Henri, Stines Onkel. Es tut mir furchtbar leid, dass ...«

Svenja unterbrach ihn. »Ist Stine etwas passiert?«

»Ich weiß es nicht«, antwortete Henri wahrheitsgemäß. »Aber sie ist nicht zu Hause und hier an der Küste spielt das Wetter gerade verrückt.«

»Die Sturmflut, richtig? Der Fischmarkt ist auch schon überflutet. Kirsten hat mir heute Abend ein paar Fotos geschickt.« Henri hörte im Hintergrund eine Männerstimme. »Es ist Henri, Stines Onkel. Er weiß nicht, wo Stine ist.« Svenja beantwortete anscheinend die Frage ihres Freundes.

»Haben Sie eine Ahnung, wo sie sein könnte?«, fragte Henri, wenig hoffnungsvoll.

»Nein, leider nicht. Soll ich die Mädels anrufen und nachfragen?«

Henri überlegte. »Sie haben nicht zufällig die Telefonnummer von Jan?«

»Sie glauben doch nicht, die beiden sind zusammen? Ich dachte, Stine hätte ihn ins Aus gekickt, nach dem, was er sich geleistet hat. Wäre typisch, wenn sie uns davon nichts erzählt. Stine macht bei ihrem Liebesleben immer dicht. Ich denke da an …«

»Ich möchte nur sicher gehen, dass es ihr gut geht«, unterbrach Henri ungeduldig Svenjas Ausführungen.

»Entschuldigung. Sie haben recht. Ich quatsche wieder zu viel. Moment … Schatz, kannst du an die Telefonnummer von dem Fullback der Kieler herankommen, diesem Jan? … Ja, jetzt. Es ist dringend … Gut, ruf Dachpfanne an … Ja, sofort!« Svenjas Stimme wurde wieder lauter. »Mein Freund Falk ruft einen seiner Rugbykollegen an. Mit etwas Glück haben wir gleich eine Nummer.«

»Das ist ganz wunderbar. Ich komme Ihnen sicher vor wie ein hysterischer alter Mann, aber …«

»Nein, alles gut. Wenn Stine in Gefahr sein könnte, müssen wir doch alles tun, um sie zu finden. Ich chatte parallel Ute und Kirsten an, vielleicht wissen die beiden etwas.«

Die nächsten Minuten schwiegen sich Svenja und Henri am Telefon an, während im Hintergrund Falk zu hören war, der mit seinem Rugbykollegen telefonierte.

Henri wollte gerade vorschlagen, dass sie ihn zurückrufen sollten, wenn sie etwas wüssten, da hörte er Falk sagen: »Du hast die Nummer? Großartig. Gib sie mir durch!«

Mit zittrigen Händen schrieb Henri die Telefonnummer auf Stines Telefonliste.

»Bitte sagen Sie mir Bescheid, wenn Stine in Sicherheit ist«, bat ihn Svenja. »Ich versuche weiter, Kirsten und Ute zu erreichen, ob die etwas wissen. Haben Sie Telegram oder Signal? Dann schicke ich Ihnen eine Nachricht.«

»Geht auch eine SMS? Ich komm mit diesem neumodischen Kram einfach nicht zurecht.«

Nachdem Svenja ihm versichert hatte, ihm auch per SMS oder Anruf alle Informationen zu geben, die sie herausfinden konnte, legte er auf.

Jan brauchte nur ein Klingeln, um den Anruf entgegenzunehmen.

»Ja, *asseblief*, bitte?«

»Hier ist Henri, Stines Onkel. Entschuldigen Sie, dass ich –«

»Was ist mit Stine?« Jans Stimme, die kurz verschlafen geklungen hatte, klang laut und deutlich durch den Hörer.

»Ich weiß nicht, wo sie ist, und es gibt ein paar beunruhigende Neuigkeiten von Lilly.«

»Ich bin in zehn Minuten bei Ihnen.«

»Ich bin unten im Café.«

Tatsächlich brauchte Jan kaum mehr als fünf Minuten. Als er an die Tür klopfte, dampfte sein Körper in der Kühle der Nacht. Er musste von zu Hause hierher gesprintet sein.

»Bitte sagen Sie mir, was passiert ist.«

Jans Stimme war gefasst, aber Henri sah die Unruhe in den dunklen Augen. *Egal, was zwischen Stine und Jan vorgefallen ist, der Junge sorgt sich um sie.*

Henri erzählte ihm von dem Telefonat mit Inge und seinen Schlüssen daraus.

»Meine Kollegen haben mir vor ein paar Tagen weitere Informationen zu Leonhard Anders' Tun in den Siebziger Jahren geschickt. Er hat hier in Kiel mit Medikamentenschmuggel angefangen und hatte eine Komplizin. Aber die ist im

Gefängnis gestorben.« Jan scrollte durch Bilder auf seinem Smartphone. Er hielt Henri ein Bild hin, das eine junge Frau in Schwesterntracht zeigte. »Cornelia Pries war ihr Name.«

»Habt ihr zu ihr noch mehr recherchiert?«

»Nein, haben wir nicht. Wir sind alle davon ausgegangen, dass der Mord an einem der Big Bosse der Townships mit seinen Verbrechen dort zu tun hat.« Jan stöhnte.

»Maik Wolfhart ist von seinen Großeltern aufgezogen worden. Ich glaube, Stine hat mal erwähnt, dass er von ihnen adoptiert wurde.«

»*Fok*!« Jan schlug mit der Faust gegen die Tür. Das Holz ächzte vorwurfsvoll. »Stine hat mir erzählt, dass sie Maik an dem Morgen vor der Seebadeanstalt getroffen hat. Wie konnte ich das übersehen?«

Henris Mobiltelefon brummte in seiner Jackentasche. Eine unbekannte Nummer. Egal, er nahm den Anruf entgegen.

»Hier ist Ute! Svenja hat mich angerufen. Stine ist verschwunden? Es ist meine Schuld, ich hätte es ihr ausreden sollen!«

»Was ausreden?«

»Sie wollte mit Maik in die Seebadeanstalt. Ich habe ihr noch die Ausrede geliefert, wie sie mit ihm nach Leonhards Unterlagen suchen kann, ohne dass er auf die Idee kommt, Fragen zu stellen.«

Samstagnacht, Seebadeanstalt

D u hast mir nie erzählt, was mit deiner Mutter passiert ist.« Stines Stimme zitterte. Sie wusste nicht, ob es der kalte Wind war, der ihr in die dünne Kleidung schnitt, oder die Geschichte, die sie von Maik gehört hatte. Zu allem Überfluss hatte das Brummen in ihrem Ohr wieder zugenommen und der Steg fing an, sich vor ihr zu drehen. Ein Schwindelanfall war das Letzte, was sie jetzt brauchte.

»Hast du mir nicht zugehört? Meine Großeltern haben mir zwanzig Jahre die Wahrheit verschwiegen. Wie hätte ich dir etwas erzählen können, was ich selbst nicht wusste?« Maik klang müde.

Stine versuchte ein Zeichen von Schwäche auszumachen. Eine Möglichkeit, ihm die Waffe zu entreißen und die Situation zu klären. Wenn sie etwas näher an ihn herankäme, könnte sie es versuchen. Sie trat einen Schritt auf ihn zu.

»Bleib, wo du bist!« Die Pistole war fest auf ihre Brust gerichtet. Sie blieb stehen.

Ich muss versuchen, an seine Vernunft zu appellieren. Ihm klarmachen, dass er keine Chance hat, wenn er mir etwas antut. Wie will er damit davonkommen? Ute weiß, dass ich mit ihm hier bin.

Laut sagte Stine: »Was willst du jetzt tun, Maik? Ich habe meiner Freundin gesagt, wo ich bin und auch mit wem. Wenn mir etwas passiert, wirst du zur Rechenschaft gezogen. Du wirst nicht vertuschen können, dass du mir etwas angetan hast.«

Maik starrte erst Stine, dann die Waffe in seiner Hand an, als sähe er diese zum ersten Mal.

»Ich will dir nichts antun, Stine. Aber ich brauche einen Vorsprung. Du sagst, deine Freundin weiß, dass du hier bist. So wie ich deine Freundinnen hier in Holtenau erlebt habe, wird sie spätestens morgen früh vor Neugier platzen. Sie wird wissen wollen, was du gefunden hast. Das heißt, bis dahin muss ich dafür sorgen, dass dich niemand findet.« Er schaute sich um.

»Ich könnte dich im Schuppen mit den Stühlen einsperren. Aber so wie ich dich kenne, würdest du in kürzester Zeit so viel Lärm machen, dass irgendjemand – und sei es auch nur ein Hundefreund, der nachts Gassi gehen muss – dich hört. Nein, das ist keine Option. Wenn ich doch nur ein langes Seil zum Fixieren mitgebracht hätte.« Maiks Blick glitt über die zwei großen Fender an der Garderobe der Seebadeanstalt. Zwei kurze geflochtene Seile hingen an den beiden großen Kunststoffkörpern, die dem Schutz von Schiffsrümpfen dienten und hier wohl eher dekorative Zwecke erfüllten. »Das sollte funktionieren. Binde die Seile los!« Er deutete mit dem Kopf in Richtung der Fender.

Der Boden schwankte, als sich Stine den Fendern näherte. Das Rauschen des Sturmes wurde immer mehr von dem tiefen Brummen in ihrem Ohr überlagert. Sie versuchte, tief und langsam zu atmen. Ihre Hand tastete nach dem Pillendöschen in ihrer Hosentasche.

»He, lass das. Halte gefälligst die Hände hoch!« Der Lauf der Pistole berührte sie und sie spürte die Kälte durch ihre SweatshirtJacke.

Stine ging im Kopf ihre Optionen durch. Maik war ein kräftiger Mann, aber sie musste versuchen, ihn zu entwaffnen. Ihre Auffrischung zur Selbstverteidigung war noch nicht so lange her. Sie ging die einzelnen Schritte durch. Sie musste die Waffe direkt in der Hand angreifen. Zuerst die Waffe nach unten drücken, damit Maik sie nicht treffen konnte, und dabei die Finger seiner Hand mit so viel Wucht nach oben drücken, dass sein Finger am Abzug bricht. Dann könnte sie die Waffe nehmen. Mit Glück wäre Maik so überrascht, dass der Kraftunterschied nicht relevant war. Außerdem konnte sie darauf hoffen, dass er aufgrund ihrer Freundschaft zumindest leicht zögern würde, bevor er abdrückte. Er hatte ja gesagt, er wolle ihr nichts antun. Ob ihr das mit dem immer stärker werdenden Schwindel gelingen konnte?

Sie begann, die Knoten an den Seilen zu lösen. Derjenige, der die Knoten gebunden hatte, hatte sich eindeutig mit Seemannschaft ausgekannt. Sie lösten sich einfach. Gerade wollte Stine sich mit den Seilen in der Hand zu Maik wenden, da spürte sie seinen Atem in ihrem Nacken. So nah war er ihr? Gleich würde sie ihre Chance bekommen. Sie setzte an sich zu drehen, um …

»Ich denke, das reicht jetzt«, hörte sie Maiks Stimme. Aus dem Augenwinkel sah sie noch, wie etwas auf sie niedersauste. Dann wurde es schwarz um sie.

Seebadeanstalt

Stine glitt langsam mit dem Rücken voran ins Wasser. Die Kühle prickelte auf ihrer Haut, als sie mit dem Körper in die Ostsee tauchte. Sie drehte sich um und fing an, in Richtung der offenen See zu schwimmen. Als sie nach rechts und links blickte, sah sie ihre Freundinnen Ute und Svenja, die neben ihr schwammen. Sie machte einen weiteren langen Zug, genoss die Wellen, die sie sanft umspülten. Der Schwindel war verschwunden. Auch in ihrem Kopf brummte es nicht mehr. Sie hörte die Möwen kreischen.

»Schwimm nicht so weit raus, Stine«, rief Svenja. »Wenn du weiter machst, bist du gleich ganz alleine.«

Verwundert stellte sie fest, dass Svenja recht hatte. Mit dem nächsten Schwimmzug verschwanden ihre Freundinnen von ihrer Seite, waren nur noch als kleine Punkte auf der Wasseroberfläche zu sehen. Dunkle Wolken schoben sich über den eben noch blauen Himmel und ein kühler Wind setzte ein.

Stine merkte, wie sie anfing zu frösteln. Sie versuchte sich umzudrehen, um zu ihren Freundinnen in Richtung Land zurückzuschwimmen. Es gelang ihr nicht. Ein Sog hatte sie erfasst und zwang sie weiter weg vom Ufer. Die Wolken über ihr färbten sich fast schwarz und auch das Blau des Wassers wich einem dunklen Grau. Langsam setzte das dumpfe Brummen in ihrem Ohr ein und die Wolken und das graue Wasser fingen an, um sie herum zu kreisen.

Sie riss den Mund auf, um nach Hilfe zu rufen. Wasser schwappte ihr in den Hals und sie musste husten.

Ihre Füße verfingen sich. Sie strampelte, um sie freizubekommen und weiter zu schwimmen. Etwas Metallenes blitzte unter der Wasseroberfläche und ein Mensch im Tauchhelm schob sich langsam hoch an die Wasseroberfläche. Sie starrte durch das kleine Sichtfenster, um zu erkennen, wer es war. Derjenige hob seine Hand aus dem Wasser und kurbelte die kleine Scheibe auf. Sie fiel mit einem leisen Klatsch ins Wasser. Aus dem Helm starrte sie Leif mit vorwurfsvollem Gesicht an.

»Jetzt wird es dir leidtun, Stine, dass du mich ins Gefängnis gebracht hast. Wenn ich jetzt hier wäre, könnte ich dir helfen. Aber so bist du allein.« Langsam senkte sich der Helm wieder unter Wasser. Leif schien es nicht zu interessieren, dass jetzt das Wasser eindrang. Noch im Untergehen hörte Stine ihn rufen: »Allein. Du bist allein.«

Leif tauchte ab und Stine starrte auf das Wasser, das jetzt beinahe schwarz war. Sie konnte nur noch die Arme bewegen und versuchte krampfhaft, über Wasser zu bleiben.

Vor ihr stiegen Blasen auf. Ein Kopf, diesmal ohne Helm, erschien. Ein Mann mit Taucherbrille und Schnorchel tauchte auf. Er nahm die Brille ab. Es war Jan.

»Siehst du, wohin deine Neugier dich gebracht hat?«, fragte er sie. »Keiner ist mehr hier. Alle sind verschwunden. Und am Ende wirst auch du verschwunden sein. Warum hast du mir nicht vertraut? Ich hätte dich beschützen können.« Noch bevor sie ihm antworten konnte, drehte er sich um, beugte den Oberkörper in Richtung Wasser und verschwand mit einem Beinschlag in der Tiefe. Auf der Wasseroberfläche entstand ein Strudel, der sich immer schneller drehte und sich nach unten in die Tiefe formte. Das Brummen wurde lauter. Wieder traf eine Welle Stines Gesicht. Ihre Sicht verschwamm, bis es komplett dunkel um sie wurde.

Als sie die Augen öffnete, war die weite Fläche der Ostsee vor ihr verschwunden. Schwarze Balken beeinträchtigten ihre Sicht. Die kleinen Ausschnitte der See, die sie noch sehen konnte, schwankten vor ihr. Zwischen dem lauten Brummen in ihren Ohren meinte sie ein Schiffshorn zu hören. Jetzt begriff sie: Sie war nicht zusammen mit den anderen in der Ostsee geschwommen. Es war nur ein Traum gewesen. Nur der Schwindel und das Brummen waren echt. Als sie versuchte, tief und langsam einzuatmen, um sich zu fokussieren, merkte sie, wie der saure Geschmack der einsetzenden Übelkeit in ihr aufstieg. *Ruhig bleiben*, ermahnte sie sich. Wenn sie sich jetzt übergeben müsste, würde das alles schlimmer machen.

Wo war sie? Sie konnte ihre Hände und Füße nicht spüren. Dennoch bemühte sie sich, ihren Geist darauf zu fokussieren, die Hände zu bewegen. Es gelang ihr nicht. Panik stieg in ihr auf und ihre Zähne fingen unkontrolliert an zu klappern. Sie würgte.

Oh Gott, was ist nur mit mir los? Ich bin im Wasser, so viel ist klar. Aber wo?

Maik fiel ihr ein. Er musste sie bewusstlos geschlagen und dann ins Wasser verfrachtet haben. Stine konzentrierte sich. Jetzt spürte sie, dass sie an Händen und Füßen gefesselt war. Der Wind blies ihr kalt ins Gesicht. Mit den gefesselten Händen versuchte sie zu tasten. Sie zuckte zurück. Etwas Scharfes hatte ihr unter Wasser in die Hand geschnitten. Der Schmerz machte ihr deutlich, dass sie wirklich nicht mehr träumte. Gleichzeitig führte er dazu, dass der Schwindel in den Hintergrund gedrängt wurde. Wieder schwappte eine Welle in ihr Gesicht. Stine versuchte Luft zu schnappen. Erst jetzt bemerkte sie, dass etwas in ihrem Mund steckte und das Atmen so nur noch durch die Nase möglich war. *Ich darf mich jetzt nicht erbrechen*, ermahnte sie sich. *Ich muss die Übelkeit bekämpfen. Wenn ich mit dem Knebel breche, ersticke ich.* So langsam und kontrolliert wie möglich atmete sie durch die Nase ein und aus. Ihr Herzschlag verlangsamte sich, die Welt um sie drehte sich etwas langsamer. Endlich war sie in der Lage, ihre Situation zu erfassen. Sie war in der Ostsee, gefesselt mit Händen und Füßen an einer Art Pfahl. Aber wo genau?

Stine kniff die Augen zusammen und starrte in die Dunkelheit. Zwischen den schwarzen Schatten sah sie einen Ausschnitt von Wasser. Schemen, teilweise beleuchtet, waren zu erkennen. In Gedanken versuchte sie diese mit ihrer inneren Karte in Einklang zu bringen. Sie musste unter dem Steg des Seebades sein, das war die einzige Möglichkeit. Maik hatte sie hier zurückgelassen. Hatte er bedacht, dass der Sturm das Wasser in die Bucht drückte? Mittlerweile umspülte es ihren Mund und stieg weiter. Wie groß waren ihre Chancen, dass sie jemand rechtzeitig fand? Die Einzige, die wusste, wo sie war und mit wem, war Ute. Und die würde sicher gerade selig in den Armen ihres Arztes schlummern und kaum auf die Idee kommen, vor morgen Vormittag bei ihr anzurufen, oder? Nein, von außen würde kaum Hilfe zu erwarten sein. Stine musste sich selbst befreien. Unter Wasser tastete sie wieder vorsichtig nach dem scharfen Gegenstand, an dem sie sich geschnitten hatte. Jetzt begriff sie, was es war. Die unzähligen Muscheln, die sie bei ihrem Helmtauchgang unter Wasser gesehen hatte. Waren sie scharf genug, um das Seil an ihren Händen zu durchtrennen? Sie versuchte, sich so zu positionieren, dass sie sich nicht noch mehr verletzte. Dann fing sie an, mit leichten Auf- und Abwärtsbewegungen über die scharfen Kanten der Muschel zu schaben. Ganz konnte sie ihre Hände nicht schützen. Die Muscheln schnitten in ihr Fleisch. Sie versuchte den Schmerz auszublenden, konzentrierte sich nur auf das Seil. Immer wieder spreizte sie versuchsweise die Hände, um zu prüfen, ob das Seil endlich nachgab. Die erste Welle schwappte in ihre Nase. Viel Zeit blieb ihr nicht mehr. Wieder spannte sie die Hände. Das Seil schnitt in die Handgelenke und gab endlich nach. Stine riss sich den Knebel vom Mund. Aber es war zu spät, um durch den Mund noch einatmen zu können. Das Wasser war bereits zu hoch. Sie riss an ihren Füßen, stemmte die Hände gegen den mit Muscheln bewachsenen Pfahl. Es war unmöglich. Wie eine feste Klammer umschloss das Seil ihre Knöchel. Es gab nicht nach. Selbst schreien konnte sie jetzt nicht mehr. Warum war sie nicht früher aufgewacht, hatte sich eher befreien können? Wie viele kostbare Minuten hatte sie verloren? Maik musste unter Wasser getaucht sein, um sie auch an den Füßen mit dem Pfahl zu verbinden. Die schwarze Wasseroberfläche kam immer näher. Wieder stieg die Panik in Stine auf. Sie schätzte, sie hatte nur noch zehn, vielleicht fünfzehn Minuten, bis sie nicht mehr durch die Nase atmen konnte. Sollte es das gewesen sein?

Sie dachte an Henri. Wie würde er damit zurechtkommen? Irgendwo in ihrem Kopf stieg der Gedanke an Jan auf. Hatte der Jan in ihrem Traum recht? Was wäre, wenn sie ihm von ihrem Verdacht berichtet hätte und mit ihm anstatt mit Maik in die Seebadeanstalt gegangen wäre? Die Frage war einfach zu beantworten. Dann würde sie nicht in den nächsten Minuten ertrinken. Was für Optionen hatte sie noch?

Stine starrte auf das Wasser. Dachte an die völlige Dunkelheit, die darunter lag. Es gab nur einen Weg. Sie holte durch die Nase so viel Luft wie möglich, dann ließ sie sich in die Dunkelheit sinken. Mit den Händen am Pfahl krümmte sie ihren Körper langsam in Richtung Füße. Endlich erreichte sie mit den Spitzen der rechten Hand das Seil, dass ihre Beine umschloss. Ihre Lungen fingen an zu schmerzen. Sie merkte, wie sich der Atemreflex immer schmerzhafter gegen ihr Zwerchfell drückte. Der Schwindel breitete sich wieder in ihrem Kopf aus. Endlich hatte sie den Knoten in der Hand. Sie ertastete eines der Seil-Enden und schob es langsam nach innen. Alles drehte sich in ihrem Kopf und die Übelkeit war wieder da. Ihre Finger drückten, zitterten, schoben, versuchten zu lockern. Gleich würde ihr Körper nachgeben, ihr Mund sich öffnen und das kalte Wasser in ihre Lungen lassen.

Samstagnacht, Seebadeanstalt

Jan rannte den Steg in Richtung der eisernen Eingangstür des Bades entlang. Die Holzplanken knarrten unter dem Stampfen seiner Füße. Er rüttelte an dem Tor. Verschlossen. Kein Zögern: Seine linke Hand umschloss das Gitter mit den Spitzen, das den Rahmen um das Tor bildete, um Unbefugten den Zutritt zu verwehren. Mit den Füßen stieg er über den weißen kniehohen Holzzaun, der den Steg säumte. Dann löste er den rechten Fuß und machte sich lang, um so viel Platz wie möglich zwischen seinen Körper und die eisernen Stacheln zu bringen. Er schwang seinen Körper herum und tastete mit dem rechten Fuß auf der anderen Seite nach Halt. Endlich erreichte er mit den Fußspitzen den Holzzaun, der sich auf der anderen Torseite fortsetzte. Als er den linken Fuß löste, um den restlichen Körper nachzuziehen, drückte ihn der Sturm gefährlich nah in Richtung der Spitzen. In einer von ihnen verfing sich seine Jeans. Er hörte das Reißen von Stoff, als er gegen den Widerstand zog. Sein linker Fuß fand Halt und mit einem Sprung landete er auf dem Steg hinter dem Tor. Es war naiv zu denken, dass jemand im Inneren der Seebadeanstalt ihn nicht gehört hatte. Jans Hand griff zu dem Holster, das er um die Schulter trug, und löste die Pistole daraus. Langsam schob er seinen Körper um die Ecke. Endlich hatte er im schwachen Licht, das von den Laternen der Straße und dem Wasser reflektiert wurde, eine schemenhafte Sicht auf den Steg. Aber Jan konnte niemanden sehen. Waren Maik und Stine noch da?

Der Wind pfiff zwischen den Ritzen der Holzkonstruktion. Die Wellen schlugen gegen den Steg. So laut die Natur auch gerade lärmte, so verlassen lag das Seebad vor ihm. Dennoch glaubte er nicht einen Moment, dass Stine in Sicherheit war. Er starrte auf die aufgewühlte See, dachte an den toten Leonhard. Jan lief zu den Stufen, die in Richtung Wasser führten. Etwas knackte unter seinen Füßen. Als er mit der integrierten Taschenlampe seines Smartphones hinunterleuchtete, sah er einen blauen rechteckigen Plastikdeckel. Was hatte das zu bedeuten?

Er richtete das Licht auf das dunkle Wasser. Weiße Schaumkronen spiegelten sich im Strahl der Lampe. Schritt für Schritt ging er die Treppe zum Wasser herunter. Ihm war egal, dass sich seine Jeans mit Wasser vollsog. Wenn Stine irgendwo da draußen war, brauchte sie seine Hilfe. Er drehte sich um und leuchtete unter den Steg. Das Wasser stand bereits so hoch, dass nur noch wenige Zentimeter der Pfähle, auf denen das Seebad errichtet war, herausragten. Er stutzte. Da war doch etwas? Ganz hinten rechts, am Ende, war ein dunkler Schatten. Das war kein Pfahl, kein Stück Holz – das war ein Mensch. Jan zögerte nicht mehr. Er warf das Smartphone auf den Steg und sprang kopfüber in die Wellen. Mit ein paar Zügen war er unter dem Steg. Er hatte sich nicht geirrt. Seine tastenden Hände fühlten die Nässe von vollgesogener Kleidung. Er griff danach, brachte sich in Rückenlage, um sich und die Gestalt aus dem Wasser zu manövrieren. Schlaff lag sie in seinen Armen. Rückwärts schob sich Jan auf die Treppe und zog sie hinter sich hoch. Das fahle Licht der Laternen reflektierte das Weiß des Gesichtes. Es war Stine. Regungslos lag sie in seinen Armen.

Ich bin zu spät. Sie ist tot, schoss es unbarmherzig durch seinen Kopf. Nein, das durfte nicht sein. Er legte sie vor sich auf den Steg, suchte ihren Puls. Nichts. Regungslos lag sie vor ihm. Jan überstreckte Stines Kopf und begann mit der Herzdruckmassage.

»Stine! Stine, hörst du mich?«

Immer wieder rief er ihren Namen. Erneut setzte er an und schob seine Lippen über ihre, um ihr Luft in die Lungen zu pusten. Kurz tauchte in seinem Kopf der Gedanke auf, wie warm und weich ihre Lippen noch vor ein paar Tagen gewesen waren.

Ich bin so ein Idiot. Wie konnte ich meine dämliche Idee, dass Henri etwas mit alledem zu tun hätte, zwischen uns kommen lassen?

Er hob den Kopf, um zum nächsten Intervall der Druckmassage anzusetzen. Da ergoss sich ein Schwall Wasser über seine Hand.

Sonntagfrüh, Seebadeanstalt

Ich dachte, ich hätte dich verloren.« Jan strich Stine die nassen Haare aus dem Gesicht. Sie saßen auf der langen Bank. Er hatte die Tür zu dem Schuppen mit Liegestühlen und Decken aufgebrochen und der zitternden Stine mehrere der Fließdecken umgelegt. Wie durch ein Wunder hatte das kleine Döschen mit den Tabletten gegen den Schwindel der Ostsee getrotzt und Stines Welt hatte aufgehört, sich um sie herum zu drehen. Die Übelkeit war noch da, aber so weit im Griff, dass sie keine Angst mehr hatte, sich gleich erbrechen zu müssen. Sie wusste, dass sie jetzt eigentlich mit Jan ins Krankenhaus zum Durchchecken fahren müsste, aber stattdessen lehnte sie sich an ihn und versank kurz in diesem Augenblick.

Er hatte sofort, als Stine versorgt war, Henri angerufen und Entwarnung gegeben. So wie Stine ihren Onkel kannte, würde er in den nächsten Minuten hier auftauchen. Aber es war jetzt keine Zeit zum Ausruhen oder für Familienzusammenführung, das wussten Jan und sie. Sie waren noch nicht fertig.

»Wir müssen Maik finden.« Stine rubbelte mit der Fließdecke über ihre Haare.

»Er wird kaum noch hier in der Nähe sein. Kein Mensch ist nach alldem so blöd und fährt zurück nach Hause.« Jan schüttelte den Kopf.

»Er hängt sehr an seiner Großmutter«, gab Stine zu bedenken.

»Ich gebe den Kollegen Bescheid, dass sie das Haus überwachen.«

Jan trat ein paar Schritte zur Seite und rief Oberkommissar Jäger an. Mit halbem Ohr hörte Stine zu, wie er den Kollegen über die Ereignisse der letzten Stunden aufklärte. Am Gesprächsverlauf konnte sie erahnen, wie überrascht der Kommissar über die Entwicklungen in dem Fall war.

Ein lautes Bellen erklang und ein braun-schwarzes Etwas schoss auf Stine zu. Victor drückte sich an ihre Beine. Henri, mit einer großen Sporttasche über der Schulter, kam auf den Steg.

»Tu das nie wieder.« Seine Stimme klang belegt und seine Hände zitterten, als er seine Nichte in die Arme nahm.

»Bestimmt nicht.« Sie gab ihm einen Kuss auf die Wange und merkte, dass auch sie, genau wie er, mit den Tränen kämpfte.

»Was ist denn genau passiert?«

Sie erzählte ihm von Maiks Geständnis und wie sie gefesselt an dem Pfahl im Wasser aufgewacht war.

»Ich hätte nie gedacht, dass Maik dich zum Sterben in der Ostsee lässt.«

»Ich bin mir gar nicht sicher, ob er das seine Absicht war.« Stine wollte immer noch das Gute in ihrem alten Spielkameraden sehen. »Er hat sicher das Hochwasser unterschätzt.«

»Oder deinen Tod billigend in Kauf genommen.« Jan hatte sein Telefonat beendet.

»Zum Glück bist du gekommen und hast Stine gerettet.«

»Das meiste hat Stine selbst getan«, stellte Jan richtig. »Sie hat ihre Hände befreit, ist runter getaucht und hat ihre Fußfesseln gelöst.«

»Aber dabei habe ich am Ende so viel Wasser geschluckt und bin ohnmächtig geworden. Wenn Jan mich nicht gefunden hätte, wäre ich tot.« Wieder stiegen ihr die verflixten Tränen in die Augen.

»Ich hätte nie gedacht, dass Maik ein kaltblütiger Mörder ist. Lilly hat auch nur mit Glück überlebt.«

»Maik hat mir erzählt, dass nicht er es war, der Lilly das angetan hat. Als er wegen der Unterlagen bei ihr einbrechen wollte, war das Haus schon von der Polizei wegen des Überfalls abgesperrt.«

»Und das glaubst du ihm?« Jan starrte Stine überrascht an.

»Was hätte er davon gehabt, mich anzulügen?«

»Darum kümmern wir uns später. Hat er dir erzählt, warum er überhaupt bei Lilly einbrechen wollte?«

»Sie hat im Café erzählt, dass Leonhards Nachlass zu ihr nach Hause gebracht wird. Ich vermute, er wollte sicher gehen, dass darin nichts enthalten ist, was auf eine Beziehung seiner Mutter zu Leonhard hindeutet.« Stine musste wieder husten.

»Wenn ich Maik zwischen die Finger bekomme ...« Henri ballte seine Hände zu Fäusten.

»Da sind wir schon zwei«, ergänzte Jan trocken.

»Wie genau habt ihr beiden denn gewusst, wo ihr mich finden könnt?«

Endlich hatte Henri die Möglichkeit, Stine zu erzählen, dass Lilly aufgewacht war.

»Vielleicht kann sie uns dann erzählen, was wirklich an dem Abend passiert ist.« Sie schaute auf die Uhr. Es war mittlerweile fast drei Uhr nachts. Im Kopf überschlug sie, wie viel Zeit seit dem Schlag auf den Kopf vergangen waren. Bestimmt fast zwei Stunden. Genug Zeit, um mit einiger Vorbereitung schon sonst wo zu sein. Welche Chance hatten sie, Maik noch zu finden?

Stine dachte wieder an den kleinen Jungen, der von seinen Großeltern großgezogen worden war und seine Mutter nie richtig gekannt hatte. »Ihr versteht es vielleicht nicht, aber mir tut Maik leid. Ein Kind, dass so früh die Mutter verliert, alleine bei seinen Großeltern aufwächst und bis zum Erwachsensein belogen wird. Ich sehe diesen kleinen Jungen vor mir, der seitdem jeden Sonntag auf den Friedhof ...« Sie stutzte. Konnte das sein? »Es ist Sonntag, richtig?«

Sonntagfrüh,
Friedhof Holtenau

Maik ließ das Streichholz über die raue Oberfläche des Heftchens gleiten. Die kleine orange Flamme neigte sich im Wind. Vorsichtig schirmte er sie mit der linken Hand ab und beugte sich hinunter zum Grablicht. Er öffnete das gläserne Türchen und zündete die Kerze an. Langsam schloss er die Tür und richtete sich auf. Sein Blick blieb an dem schlichten Naturstein mit den Namen seiner Mutter und seines Großvaters hängen. Er strich mit dem Zeigefinger über die Inschriften.

Es war vorbei. In dem Moment, in dem er Stine in der aufgewühlten Ostsee ihrem Schicksal überlassen hatte, hatte er eine weitere Grenze überschritten. Diesmal hatte er nicht aus Mitleid oder aus Hass gehandelt, sondern um sich zu retten. Aber warum? Was spielte das noch für eine Rolle? Wollte er so leben wie Leonhard, untertauchen und seine eigene Herkunft verleugnen, um sich weit weg eine neue Zukunft aufzubauen?

An dem Abend, als Stine bei ihm zum Essen gewesen war, hatte Maik kurz gehofft, dass seine Handlungen keine Konsequenzen hatten und sie eine gemeinsame Zukunft haben könnten. Aber er hatte ihre ungläubigen Blicke gesehen, als sie sein Leben, dass er sich im Schatten seiner Großeltern eingerichtet hatte, kennengelernt hatte. Diese Blicke hatten ihm deutlich gezeigt, dass Stine sich keine Zukunft mit ihm vorstellen konnte. Auf einmal sah er alles klar. Sah den verängstigten Jungen, der immer noch in diesem Körper steckte. Der sich nicht abnabeln wollte, sich Essen von seiner Großmutter kochen ließ. Sie sogar seine Einrichtung bestimmen ließ. Dieser Junge musste jetzt gehen. Zu lange hatte Maik das Leben des kleinen Jungen gelebt. Es wurde Zeit, das zu ändern.

Er holte den Datenstick aus der Tasche und nahm einen der großen glatten Steine, die seine Großmutter immer oben auf den Grabstein legte, wenn sie das Grab besuchte. Vorsichtig legte er den Datenträger auf die kleine Mauer neben dem Grab. Dann holte er aus. *Gleich sind die Daten, die womöglich meine Mutter und ihr Andenken belasten, vernichtet.* Der gestreckte Arm sauste in Richtung Mauer. Da schloss sich eine feste Hand um sein Handgelenk und verdrehte ihm den Arm. Verwundert blickte Maik auf und sah in die harten, dunklen Augen von Jan.

»Vergiss es!«

Hinter Jans breiten Schultern tauchte Stine auf. Maiks Herz machte einen Hüpfer.

»Du lebst!«

»Das verdankt sie nicht dir, du Idiot.« Jan knirschte vor Wut mit den Zähnen. Seine Hand hielt immer noch Maiks Handgelenk wie ein Schraubstock. Er ließ den Stein fallen.

»Ich wollte dir nichts antun, Stine. Bitte glaub mir.« Maik sackte auf den Kiesweg vor dem Grab.

»Das wird der Staatsanwalt entscheiden«, entgegnete Jan unversöhnlich.

»Es ist gut, dass es vorbei ist.« Maik schaute Stine an.

Ihre Wut auf ihn und alles, was er ihr angetan hatte, verschwand. Jetzt war er wieder ihr alter Freund, der sich beim Spielen die Knie blutig geschlagen hatte und sich die Tränen verkniff. Er tat ihr leid. Wie hatte es nur so weit kommen können?

Sie hockte sich neben ihn. »Die Polizei wird gleich hier sein.«

»Verzeih mir, dass ich dich gefesselt habe und du fast ertrunken wärst.« Maiks Stimme war leise, aber klar. »Aber ich bedauere nicht, dass ich Leonhard getötet habe. Er war kein guter Mensch.«

»Du hast mir noch nicht erzählt, wie du Leonhard töten konntest.«

3 Wochen zuvor, Seebadeanstalt

Maik schaute auf die Uhr. Ein paar Minuten vor acht. Gleich müsste Leonhard aus dem kleinen Tor auf der gegenüberliegenden Straßenseite kommen, ein Handtuch unter dem Arm, um seine morgendliche Runde in der Seebadeanstalt zu schwimmen. Die Gassirunde würde in den nächsten zehn Minuten am Lotsenhaus ein paar Meter weiter zu Ende gehen. Nach den alten Herrschaften und ihren Gewohnheiten konnte Maik durch seine Beobachtungen der letzten Tage beinahe seine Uhr stellen.

Er hörte das Tor knarren und Leonhard, gekleidet in einen mittelblauen Trainingsanzug, trat auf die Straße. Maik beugte sich über sein Fahrrad, das er zur Tarnung an den Fahrradständern vor der Seebadeanstalt angeschlossen hatte. Er hatte nicht seine übliche Kleidung an, sondern trug einen dunklen Kapuzenpullover, eine schwarze Laufhose und Turnschuhe. Wenn ihn jemand von den Häusern gegenüber der Straße sah, würde er wie einer der vielen morgendlichen Läufer wirken, die hier ihre Runden drehten. Aus den Augenwinkeln sah er, wie Leonhard über die Straße auf ihn zusteuerte.

»Guten Morgen, junger Mann«, begrüßte ihn der Alte. »Waren Sie schon schwimmen oder gehen Sie noch?«

Maik richtete sich auf. Leonhard konnte nun sehen, mit wem er sprach.

»Ach, du bist es, Maik. Hätte nach unserem Gespräch am Friedhof nicht gedacht, dass wir uns so schnell wiedersehen. Sorry, wenn ich vielleicht etwas hart mit dir war.« Leonhard trat auf Maik zu und klopfte ihm auf die Schulter.

Das läuft ja besser als erwartet. Er macht es mir nicht schwer. Maik verzog den Mund zu einem Lächeln. »Ich musste erst mal sacken lassen, was du mir erzählt hast.«

»Das glaube ich. Hast du mit deiner Großmutter darüber gesprochen?« Leonhard legte den Kopf schief und musterte Maik.

»Brauchte ich nicht. Es passte ja alles zusammen, was du gesagt hast.«

»Ja. Das tut es. Über die Jahre in Südafrika habe ich gelernt, dass es nichts bringt, die Menschen um sich herum zu verweichlichen, ihnen die Wahrheit vorzuenthalten. Auch wenn es manchmal wehtut. Dem Kind, dessen Mutter an einer Überdosis Tic stirbt, hilft es nicht, wenn du ihm erzählst, dass sie krank war. Es muss schnell lernen, um zu überleben und zu wissen, was gut und schlecht ist. Nur so kann es zu einem starken ›Soldier‹ heranwachsen. Irgendwann ist es dir dankbar, dass du ihm die Augen geöffnet hast und steht loyal an deiner Seite.«

Bildet sich Leonhard etwa ein, dass ich ihm dankbar bin? Das mag ja für seine Township-Gangster funktionieren, aber ich lasse mich doch nicht von ihm täuschen.

»Du scheinst einiges erlebt zu haben.« Eigentlich hatte Maik nicht vor, sich weiter Geschichten von Leonhard anzuhören, aber für das, was jetzt kam, brauchte er das Vertrauen des alten Mannes.

»Wer weiß, vielleicht erzähle ich dir mal davon. Bei einem guten südafrikanischen Port aus Boplaas.« Noch ein fast väterliches Klopfen auf die Schulter. Leonhard drehte sich halb zur Seite, in Richtung Eingang des Bades. Jetzt war der Moment.

»Warte kurz, du hast da was.« Maik zog mit seiner rechten Hand über die leichte Ballonseide des Trainingsanzugs.

Leonhard zuckte zusammen. »Autsch, was war das?« Er drehte sich wieder in Richtung Maik und schaute ihn aus zusammengekniffenen Augen an.

»Schiet, ich dachte, ich erwische sie noch rechtzeitig.« Maik zog bedauernd die Schultern hoch, dann öffnete er die linke Hand, während er die rechte langsam in die Tasche seiner Kapuzenjacke gleiten ließ. Auf der Handfläche lag eine tote Biene. »Sie ist auf deinem Rücken langgekrabbelt. Anscheinend habe ich sie erschreckt, als ich sie vertreiben wollte.«

Jetzt zuckte Leonhard mit den Schultern. »Bienengift ist ja nichts Schlimmes. In Südafrika werden ganz andere Dinge von den Zauberinnen, den ›Sangoma‹, verabreicht. Sowas hier bringt mich ja nicht um.«

Maik lächelte nur. *Wir werden sehen*, dachte er, als sich seine Hand in der großen Tasche des Pullovers um die kleine Spritze schloss, die die tödliche Dosis Digitalis enthalten hatte. Er würde in einer Stunde zurückkehren und schauen, ob sie Leonhard schon gefunden hatten. Nach seinem Herzanfall.

Eine Woche
nach Maiks Verhaftung

Der Himmel strahlte in einem intensiven Blau und die Strahlen der Herbstsonne malten weiße Glitzerbilder auf die blaue Ostsee. Der Sturm der letzten Tage hatte alle Wolken vertrieben und es wirkte fast so, als wäre der Sommer für einen kurzen Moment zurückgekehrt.

Stine ließ sich treiben. Die zwei Bahnen hin und zurück zum Anschlagbrett hatten gereicht, um ihren Kreislauf auf Hochtouren zu bringen. Sie spürte nichts mehr von der Kälte, die ihr beim Heruntergehen der Stufen durch die Beine in den Rumpf gestiegen war. Ganz leicht kribbelten ihre Hände und Füße. Aber das fühlte sich gut an. Es zeigte ihr, dass sie lebte. Sie dachte an ihren Termin mit dem Arzt und seine Diagnose zurück.

Ihr Schwindel hatte jetzt einen Namen: Morbus Menière. Er würde nicht mehr weggehen, soviel hatte sie verstanden. Stine musste lernen, damit zu leben, dass sich ihre Welt ab und zu aus den Angeln heben würde. Aber ihr Arzt hatte ihr Mut gemacht, gesagt, dass zwischen den Schwindelanfällen auch Jahre liegen könnten. Das tiefe Brummen in ihrem Kopf war erst mal wieder verschwunden und der Hörtest hatte nur ein paar Schwächen bei den tiefen Tönen offenbart. Henri hatte schon gescherzt, das wäre ja typisch, dass sie sich eine Krankheit ausgesucht hat, wo sie irgendwann seine tiefe Stimme nicht mehr hören konnte. Seine Augen hatten bei diesem Scherz nicht gelacht.

Anstatt der kleinen Tabletten hatte sie jetzt ein anderes Medikament verschrieben bekommen und zudem Vomex gegen die Übelkeit. Ihr HNO hatte aber betont, wie wichtig es war, dass sie Stress vermied und auch weiter ihren Gleichgewichtssinn und die Durchblutung förderte. Es wäre nicht sinnvoll, sich jetzt zu verkriechen. Stattdessen sollte sie der Krankheit entgegentreten und das Leben genießen.

Das führte Stine sich jetzt jeden Tag vor Augen, wenn sie das Café öffnete und die salzige Luft der Ostsee einatmete.

Als Jan heute Morgen mit einem kurzen Neoprenanzug in der Hand vor ihrer Tür gestanden hatte, hatte sie ihn zuerst für verrückt erklärt. Wenn sie irgendetwas nach den Ereignissen der letzten Woche nicht wollte, war es das salzige, kalte Ostseewasser an ihrer Haut.

»Es ist wichtig, dass du wieder ins Wasser gehst. Je früher, desto besser.« Er klang ein bisschen so wie ihr alter Ausbilder, als sie bei ihrem ersten Einsatz in eine Schießerei geraten war und er darauf bestanden hatte, dass sie gleich wieder Streife in Bergedorf fuhr. »Du wohnst an der Ostsee. Was hat es für einen Wert, wenn du Angst vor dem Wasser entwickelst?«

Am liebsten hätte Stine gesagt, dass sie ja nur vorübergehend an der Ostsee lebte. Spätestens in einem Monat ging es zurück nach Hamburg. Gut, da gab es auch reichlich Wasser, aber das würde man dann sehen.

»Ich hatte eigentlich gehofft, wir trinken gemütlich einen Kaffee zusammen und gehen dann spazieren.«

»Das können wir gerne danach machen! Komm, tu mir den Gefallen. Ich bin auch die ganze Zeit bei dir.«

Widerwillig packte Stine ihre Sachen und lief mit ihm zum Seebad. Dem Ort, an dem sie letzte Woche fast ertrunken wäre. Aber vielleicht hatte Jan recht und zudem wäre das Bad im kalten Wasser eine wunderbare Übung zur Durchblutung, wie es ihr der HNO nahegelegt hatte.

Als Jan das Tor aufschloss und sie um die Ecke bogen, sah Stine zu ihrer Überraschung Lilly in dem großen Strandkorb sitzen, den vor einiger Zeit schon Astrid mit ihrer Freundin genutzt hatte. Sie war dick eingepackt in Decken und schaute entspannt aufs Wasser. Ihr Gesicht war noch verquollen und die dunklen Schatten der Hämatome zeichneten sich unter ihren Augen ab. Als sie Stine und Jan sah, winkte sie ihnen zu.

»Wollt ihr etwa ins Wasser? Ich kann der Kälte ja nichts abgewinnen. Aber Inge hat mich mitgeschnackt, meinte, ich sollte mein verquollenes Gesicht in die Sonne halten.« Sie deutete aufs Wasser, wo ihre Freundin mit einer leuchtend pinken Badekappe schwamm.

»Ich wurde auch mitgeschnackt«, antwortete Stine und deutete auf Jan.

»Aber im Gegensatz zu Lilly wirst du ins Wasser gehen.« Das breite Lächeln auf Jans Gesicht zauberte wieder die zwei Grübchen hervor. Stine merkte, wie ihre Beine leicht nachgaben. Seit dem Morgen am Friedhof hatten Jan und sie sich kaum gesehen. Ihr war nicht klar, wie es weitergehen würde. Zurzeit wurde noch der Datenstick, den sie Maik abgenommen hatten, ausgewertet. Die Frage war, ob er genug Daten enthielt, um Jan zu helfen, Leonhards hinterlassenes Imperium zu sprengen.

Stine schüttelte den Kopf. Sie wollte jetzt nicht darüber nachdenken. Sie stellte die Sporttasche auf eine der Bänke im überdachten Bereich und fing an, sich auszuziehen. Wohl wissend, dass Jans Augen auf ihr ruhten, stellte sie sich mit dem Rücken zum Wasser, zog sich langsam das T-Shirt über den Kopf und streifte die Jeans von ihren Hüften. Als sie an dem Verschluss ihres BHs fingerte, spürte sie auf einmal Jans Atem in ihrem Nacken.

»Ich helfe dir.« Seine Finger strichen sanft über ihren Rücken.

»Lilly und Inge können uns sehen«, protestierte Stine schwach.

»Können sie nicht. Du stehst direkt hinter dem Strandkorb. Solange Inge im Wasser ist, sind wir geschützt.« Er schob die Träger des BHs von ihren Schultern, ohne auf eine Antwort zu warten. Seine Lippen streiften ihren Hals. Stine wurde abwechselnd heiß und kalt.

»Nur weil ich in diesem Strandkorb sitze und euch nicht sehen kann, heißt das nicht, dass ich nicht weiß, was ihr gerade macht!« Lilly lachte. »Aber lasst euch von mir nicht stören. Ich war auch einmal jung.«

Stine schob Jan von sich weg. Ihr Gesicht brannte. Oh Gott, war das peinlich. Bei Jan konnte sie keine Verlegenheit sehen – im Gegenteil: Er grinste wieder.

»Dir entgeht wirklich nichts, liebe Lilly«, rief er und trat in die Sonne neben den Strandkorb.

Hastig zog Stine ihren Bikini an und streifte den Shorty über. Er passte wie angegossen. Stine riskierte einen Seitenblick in die Milchglasscheibe, die zu dem Lagerraum gehörte. So schlecht sah sie in dem engen Anzug nicht aus. Die Blicke, die ihr Jan zuwarf, bestätigten ihren Eindruck. Er stand bereits an der Treppe, ebenfalls in einen dunkelblauen Shorty gekleidet, und wartete auf sie. Scherzhaft hielt er ihr die Hand hin.

»Mylady? Bereit für ein Bad in der Ostsee?«

Stine sah auf das Wasser. Es war weder dunkel noch grau und aufgewühlt wie vor einer Woche. Der Himmel spiegelte sich darin und ließ das Wasser azurblau schimmern. Ihr Blick wanderte zum Horizont, der heute festverankert, ohne Schwanken, vor ihr lag. Die Sonne glitzerte und nichts erinnerte mehr an den Moment, in dem sie nur wenige Meter weiter um ihr Leben gekämpft hatte. Stine atmete tief ein und nahm Jans Hand. Vorsichtig setzte sie einen Fuß vor den anderen. Das kalte Wasser umspielte ihre Knöchel. Die pinkfarbene Badekappe von Inge geriet in ihr Blickfeld.

»Denk dran, immer rückwärts reingehen!« Die alte Dame hatte keinen Shorty an. Nur einen schlichten schwarzen Badeanzug.

Kein Weichei wie ich. Bewundernswert.

Stine drehte sich um und ließ sich langsam in das Wasser gleiten. Ein eisiger Schauer durchfuhr sie. Sie drehte sich in Richtung Wasser, schwamm ein paar Züge und tauchte kurz unter. Dabei hielt sie die Augen fest geschlossen. Sie war noch nicht so weit, dass sie unter Wasser in die Dunkelheit schauen wollte. Als sie wieder hochkam, blickte sie in Jans warme braune Augen.

»Geht es dir gut?« wollte er wissen.

»Ja, mir geht es gut.« In dem Moment, als sie es aussprach, merkte Stine, dass das die Wahrheit war. Es ging ihr gut. In der Ostsee, an seiner Seite.

»Einmal zum Anschlagbrett und zurück auf Zeit?« rief sie übermütig und setzte zum Freistil an.

»Bin dabei!«

Jedes Mal, wenn Stine nach vier Schwimmzügen zur Seite blickte, war Jan neben ihr. Sie hatte den Verdacht, dass er bewusst langsamer schwamm, um bei ihr zu bleiben. Das tat ihr gut.

Als sie wieder an der Treppe ankamen, verspürte sie keine Kälte mehr. Sie legte sich auf den Rücken und schaute in den Himmel. Eine Hand umschloss ihre und Jan sprach aus, was sie dachte: »Ist das nicht schön?«

Sonntagmittag, »Achter de Slüüs«

S tine schloss die Tür zum Café auf. Ihre Arme und Beine kribbelten leicht, aber ihr war immer noch wohlig warm nach dem Bad. Am liebsten wäre sie mit Jan nach oben gegangen und hätte dort weitergemacht, womit sie im Seebad begonnen hatten. Aber etwas hielt sie zurück. Sie konnte noch nicht einmal sagen, woran es lag.

Als sie abgetrocknet und wieder angezogen gewesen waren, hatten sich ein paar Wolken vor die Sonne geschoben und Wind war aufgekommen. Das Sommergefühl wehte mit ihm davon. Es war wieder Herbst in Holtenau. Stine und Jan hatten beschlossen, aufzubrechen, obwohl sie das Seebad mittlerweile für sich allein gehabt hatten. Die beiden alten Damen hatten sich fröhlich winkend verabschiedet, bevor Jan und Stine das Wasser verlassen hatten.

»Soll ich uns erst einmal einen Latte macchiato machen?« wollte Stine wissen.

»Ich nehme einen Espresso. Du musst mir übrigens unbedingt verraten, was du für Bohnen nimmst. Ich hatte Pieter von deinem Espresso vorgeschwärmt und er als alter Kaffee-Junkie wollte das unbedingt wissen. Vielleicht kann ich ihm eine Packung mitbringen.«

Um Stines Magen zog sich ein festes Band. Es stellte sich dieses Gefühl ein, welches sie an Familiensonntagen als Kind gehabt hatte. Wenn sich die Onkel und Tanten mit Cousins und Cousinen aufmachten, nach Hause zu fahren, und so das Ende des Wochenendes einläuteten. Damals hatte sie sich dann immer völlig verlassen gefühlt, obwohl ihre Eltern bei ihr blieben. Aber diejenigen, die aufbrachen, hatte sie beneidet. Sie blieb zurück. Wann würde Jan sie verlassen?

»Ist alles in Ordnung mit dir? Du bist so still.« Jan hatte seinen Espresso mit zwei Zügen geleert und stellte die kleine Tasse vor sich ab.

»Nein, alles okay«, log Stine ihn an. »Ich dachte gerade daran, dass George mit seiner Theorie über den Tod von Leonhard gar nicht so falsch lag.«

»Das Philadelphia-Experiment?« Jan lachte.

»Nein, das natürlich nicht. Aber die Idee mit dem Regenschirmmord. Nur dass die Biene in Wahrheit eine todbringende Spritze war.«

»Etwas weit hergeholt, aber ich erkenne, was du meinst. Du solltest George davon erzählen, wenn er das nächste Mal hier auftaucht.«

»George hat jetzt sicher anderes zu tun. Seine Frau ist heute früh mit Wehen im Krankenhaus eingeliefert worden. Ich gehe davon aus, er platzt gerade vor Stolz, seinen Erstgeborenen auf dem Arm.«

»Ist sicher ein tolles Gefühl.«

Ein erneuter intensiver Blick aus dunklen Augen traf Stine.

»Gibt es eigentlich Neuigkeiten über die Daten auf dem Stick? Konnte er mittlerweile entschlüsselt werden?«

Jan zog die Augenbrauen zusammen und musterte Stine. Anscheinend wunderte ihn der Themenwechsel. »Eure IT hat ganze Arbeit geleistet. Ja, seit gestern können wir auf die Daten zugreifen.«

»Warum hast du mir das nicht erzählt?«

»Das wollte ich noch. Aber ich dachte, heute geht es mal nicht um die Arbeit.« Er streichelte über ihre Hand.

Sie zog die Hand weg, um die Espressotasse abzuräumen und in den Geschirrspüler zu packen.

Jan seufzte. »Also gut. Die Daten sind sehr aufschlussreich. Vor zwei Jahren ist uns ein ziemlicher Schlag gegen Leonhards Organisation gelungen. Wir hatten einen seiner ›Shot

Caller‹ festsetzen können und diverse ›Soldier‹. Aber Tau, der große Boss, war uns durch die Lappen gegangen.«

»Das hattest du bereits erzählt.«

»Stimmt. Ja, spätestens jetzt kann ich mit den Daten sagen, dass Leonhard Anders und Tau, der Löwe, zweifelsfrei ein und dieselbe Person waren. Er hat uns Daten über sein ganzes Netzwerk hinterlassen. Politiker, Industrielle. Du glaubst nicht, wer alles dort mit drinhängt. Viele prominente Namen. Im Detail bin ich noch gar nicht alles durchgegangen, sondern habe die Daten heute Morgen nach Kapstadt an meinen Boss, Colonel Dikela, geschickt. Es wird ein mittleres Erdbeben auslösen. «

»Hoffentlich wird sich dann vieles zum Guten wenden.«

»Meine Erfahrung ist: Dort, wo ein Boss verschwindet, tauchen in kürzester Zeit wieder neue auf. Mit neuen Beziehungen und neuen Politikern und Industriellen, die sich schmieren lassen. Es liegt so vieles bei uns im Argen. Dabei ist das Land so schön, nur die Menschen darin machen es kaputt. Wie gern würde ich dir mein Kapstadt zeigen. Den Bloubergstrand mit seinem weißen Sand. Den Blick auf den Tafelberg. Wenn wieder das Tischtuch aus Wolken über ihm ausgebreitet wurde …«

Und wie gerne würde ich das mit dir zusammen sehen, dachte Stine. *Jetzt kommt gleich der Moment, in dem er mir sagt, dass er seinen Flug bereits gebucht hat.*

Laut sagte sie: »Jeder kleine Erfolg ist ein Erfolg. Und es wird auch einige Politiker geben, die in Zukunft das Risiko scheuen, sich auf die falschen Männer einzulassen. Sie müssen damit rechnen, dass du und deine ›Valke‹ ihnen das Leben schwer machen.«

»Ich hatte überlegt, dass ich mir vielleicht eine Auszeit nehme, bevor ich in den Townships wieder auf Gangster-Jagd gehe.«

Stines Herz fing an zu klopfen. Bedeutete das vielleicht …?

Jans Telefon klingelte. Er holte es aus der Gesäßtasche seiner Jeans und blickte überrascht auf das Display.

»Das ist Pieter. Anscheinend hat er mitbekommen, dass ich gerade ziemlich guten Espresso getrunken habe. Ist es okay für dich, wenn ich kurz rangehe?«

Als Stine nickte, nahm er das Gespräch entgegen. »*Ahoy, Broe.* Hab gerade Stine gesagt, dass du ihren Espresso schätzen würdest ... Wie? Dikela hat dir die Daten von Tau gegeben? Das ist doch eigentlich nicht deine Baustelle?« Die Fröhlichkeit aus Jans Gesicht verschwand. »Nein, ich habe mir noch nicht alles durchgelesen. Wollte noch ein bisschen Urlaub machen. Es gibt doch nichts, was ihr nicht ohne mich lösen könntet ... Was? Nein, das glaube ich nicht. ... *Fok.* Das muss ein mieser Trick von Tau sein. Der Chief, niemals! ... Dikela hat ihn verhaften lassen? *Fok, fok!* ... Was für ein verdammter Mist ... Ja, ich komme runter. Wo ist er jetzt? In Goodwood? Da werden auch einige der Jungs einsitzen, die er zur Strecke gebracht hat. Wir dürfen keine Zeit verlieren ... Ja, ich melde mich, wenn ich den Flug habe.« Er legte auf. Schweigend starrte er auf seine leere Espressotasse.

»Was ist passiert?« Stine riss ihn aus seinen Gedanken.

»In den Unterlagen von Tau taucht der Name von Chief Smith als seine Verbindung zur Township Police auf.«

»Und du kennst ihn?«

»Er war Pieters und mein Ausbilder. Ich kenne ihn fast mein halbes Leben. Niemals würde er seine Leute verraten. Niemals.«

»Aber dein Chef scheint das zu denken?«

»Colonel Dikela ist meine Chefin. Etwas speziell und erst seit ein paar Jahren in Kapstadt. Sie kennt Smith nicht so, wie Pieter und ich ihn kennen.«

»Was wollt ihr jetzt tun?«

»Beweisen, dass es ein Fehler ist. Wenn sie ihn aus Goodwood nach Pollsmoor überstellen, ist das sein sicherer Tod. Goodwood ist schon kein reines Untersuchungsgefängnis mehr, weil alle anderen Gefängnisse hoffnungslos überfüllt sind. Auch dort wird Smith um sein Überleben kämpfen müssen.« Jan fuhr sich durch die Haare. Stine konnte seine Verzweiflung sehen.

»Dann flieg hin und hol ihn da raus!«

»Es tut mir so leid. Ich hatte eigentlich etwas anderes gehofft. Für uns beide …«

»Ich weiß.« Sie drückte seine Hand. »Aber dein Freund braucht dich. Lass mich wissen, wie es weiter geht.«

»Das werde ich! Und sobald der Fall gelöst ist und du die Zeit hast, kommst du zu mir nach Kapstadt.« Jan zog Stine an der Hand über den Tresen und küsste sie auf den Mund. »Und vergiss nicht, wo wir aufgehört haben.« Er drehte sich um und die Tür fiel hinter ihm ins Schloss.

Epilog

Das heißt, Jan ist jetzt auf dem Weg nach Kapstadt?« Utes Stimme am anderen Ende klang enttäuscht.

»Ja. Der Flug ging heute Mittag ab Frankfurt. Er war heute Morgen noch kurz im Café und hat sich verabschiedet.«

»Ich hatte so für dich gehofft, dass er noch dableibt.«

»Das hatte ich auch. Aber er muss seinem Freund beistehen.«

»Zeigt, dass er wirklich ein anständiger Kerl ist. Und diese Grübchen ...«

»Ich dachte, mit deinem Arzt läuft es so gut.« Stine lachte.

»Tut es. Aber das heißt nicht, dass ich mir andere Männer nicht ansehe. Vor allem, wenn sie so schick sind wie dein Jan.«

»Es ist bestimmt besser so. Selbst wenn er noch ein oder zwei Wochen hiergeblieben wäre ... Es hätte den Abschied nur verlängert.«

»Apropos Abschied. Was ist jetzt mit Maik?«

»Die Staatsanwaltschaft bereitet die Anklage gegen ihn vor. Es wird viel davon abhängen, was für einen Richter er bekommt. Vielleicht wird der anerkennen, dass Maik als Kind viel Unrecht geschehen ist.«

»Aber der Überfall auf Lilly? Die alte Dame halb totzuschlagen ...«

»Maik bleibt bei seiner Geschichte, dass er Lilly nicht überfallen hat. Solange ihm niemand beweisen kann, dass er in Lillys Wohnung war ...«

»Aber wer sollte es sonst gewesen sein? War er auch für den Einbruch beim Hafenmeister verantwortlich?«

»Er sagt Nein, aber hat kein Alibi für den Abend.«

»Dann war es am Ende nicht sein Gangsterleben in den Townships von Südafrika, das Leonhard zu Fall gebracht hat, sondern der Verrat an der Kieler Krankenschwester. Ist doch eine Ironie des Schicksals, oder?«

»Ja, wirklich. Gerade hatte ich diese südafrikanischen Segler verdächtigt, da stellt sich heraus, dass mein alter Freund Maik der Mörder ist.«

»Manchmal sind südafrikanische Segler halt nur südafrikanische Segler.« Ute lachte. »Apropos Südafrika. Eigentlich schade, dass du Jan nicht auf Dauer davon überzeugen konntest, in Deutschland zu bleiben. Svenja und Falk wären sicher begeistert gewesen, ihn für St. Pauli Rugby zu gewinnen.«

»Wieso St. Pauli Rugby? Er hat doch hier für Kiel gespielt.«

»Aber du bist doch ab übernächster Woche wieder hier in Hamburg. Also wäre doch folgerichtig der Verein seiner Wahl der FC St. Pauli«, widersprach Ute.

»Das würde ich jetzt nicht mehr sagen. Die Dinge haben sich geändert.«

Stine hatte ihr Ziel erreicht: die Lighthouse Foundation. Sie holte die ausgefüllte Postkarte aus ihrer Manteltasche und warf sie in den Briefkasten. Mit etwas Glück würde sie bald einen besonderen Schlüssel ihr Eigen nennen. Es war schon verrückt, was sich in den letzten Wochen geändert hatte. Mit Kirsten hatte sie vor ein paar Tagen gescherzt, dass ihre Welt sich erst komplett aus den Angeln heben musste, bis sie verstand, dass sie etwas ändern musste. Letztendlich musste sie dem Schwindel dankbar sein. Ohne ihn wäre sie heute nicht hier.

Als sie fröhlich pfeifend die Kanalstraße zurück in Richtung Café ging und sich ausmalte, wie sie sich nächstes Jahr mit ihren Freundinnen in der Seebadeanstalt sonnte, bemerkte sie nicht, wie der große Katamaran sich zum Auslaufen bereit machte.

»Beeil dich«, rief der Skipper seiner Frau am Steg zu, die gerade die Taue löste. »Wir wissen nicht, wie lange sie brauchen, bis unsere Namen in den Daten auftauchen.« Er nahm seine Wollmütze ab und rieb sich über die gelb-lila gefärbte Beule, die auf seiner Stirn prangte.

Hastig sprang die blonde Frau mit den gelösten Tauen auf das Deck des Katamarans. Dabei wäre sie fast über die große schwarze Sporttasche mit dem hellbraunen Zeichen der Springboks, der südafrikanischen Rugbymannschaft, gestolpert.

»Wolltest du die Tauchsachen nicht längst unter Deck verstaut haben? Du musst doch nicht jedem unter die Nase binden, dass wir hier nicht nur die schöne Aussicht auf die Schleuse bewundert haben, oder?«, schimpfte sie.

»Stell dich nicht so an. In spätestens zwei Wochen sind wir in der Karibik. Dort kennt uns keiner. Und wenn der Löwe aus seinem Grab noch so laut brüllt – niemand wird ihn hören.«

Hinweise

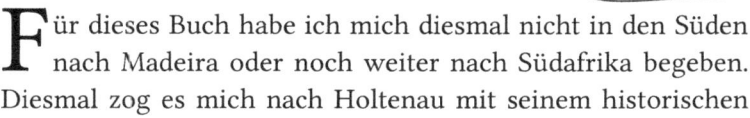

Für dieses Buch habe ich mich diesmal nicht in den Süden nach Madeira oder noch weiter nach Südafrika begeben. Diesmal zog es mich nach Holtenau mit seinem historischen Seebad.

Der Helmtauchkurs, den ich im letzten Jahr mit Volker Lekies, Ray, Michael und den anderen im Seebad machen durfte, hat mich zu der Anfangsszene dieses Buches inspiriert. Zum Glück habe ich keine Leiche am Anschlagbrett entdeckt. Aber ich durfte feststellen, wie furchtbar schwer so eine Helmtauchausrüstung ist und dass die Pfähle des Bades unter Wasser mit vielen scharfkantigen Muscheln übersät sind. Ein Umstand, der Stine das Leben rettete.

Wenn ihr nach dem Lesen des Buches ein paar Eindrücke vom Helmtauchen erhalten möchtet, schaut gerne auf meiner Webseite unter

https://www.joycesummer.de/am-grunde-der-ostsee/ vorbei. Dort könnt ihr sehen, wie glücklich eine Autorin nach überstandenem Helmtauchgang aussieht …

Meine Recherche für die Rugby-Spiele war auch nervenaufreibend, aber weniger wegen meines körperlichen Einsatzes, sondern wegen der tollen Spiele, die sich der FC St. Pauli im Stadtpark auf seinem Platz mit den anderen Mannschaften lieferte. Da war es zeitweilig nötig, dass wir Zuflucht bei Nils an der Bar im Vereinsheim suchten.

Ein paar kreative Anpassungen der Fakten habe ich aufgrund der Geschichte machen müssen. Tatsächlich sind die Liegezeiten im Yachthafen in Holtenau auf maximal vier Tage beschränkt. Ich wüsste nicht, dass diese Regelung für bestimmte Gäste außer Kraft gesetzt wird.

Der Drehschwindel, unter dem Stine in diesem Buch leidet, hat mich beim Schreiben auch heimgesucht. Zum Glück am Ende ohne die Diagnose Morbus Menière. Aber die Hilflosigkeit, die Stine angesichts ihres Schwindels immer wieder erleben muss, habe ich auch gespürt. Am Ende hat es mich dazu veranlasst, meiner Stine diese Bürde aufzuerlegen, damit sie daran wachsen kann.

Danksagung

An meinen Onkel Heinz Rhenisch, dessen Geschichten aus dem kalten Krieg und den verrückten Erlebnissen mit seinem Schnellbootgeschwader meine Fantasie befeuert haben.

An Nils Zurawski, Präsident des Hamburger Rugby-Verbandes und alter Schulfreund meines Mannes, der mal wieder geduldig Rugby-Fragen beantwortet hat. Wir sehen uns spätestens, wenn die Six Nations anstehen, zum Spiele Schauen im Vereinsheim.

An Herrn Gabor und die vielen netten Menschen der Seebadeanstalt Holtenau, die einer Autorin die unmöglichsten Fragen beantwortet haben.

An unseren lieben Freund Volker Lekies, der mir den Helmtauchgang ermöglichte, und seiner Frau Annette. Es war ein großartiges Erlebnis und vielleicht traue ich mich dieses Jahr im Frühjahr wieder in den Helm.

Mein Dank gilt auch meinen zwei neuen Testleserinnen: Bettina Schultz, die ich auf einer meiner Lese-Reisen mit Eva Almstädt in Mönchengladbach kennenlernen durfte. Ich freue mich schon auf die nächste Lesung bei dir, mit dem gemütlichen gemeinsamen Ausklang bei einem ordentlichen Gin Tonic.

Und Sophie Hausdorf, meiner alten Schulfreundin. Wie schön, dass unser Kontakt nicht zuletzt über unsere gemeinsame Begeisterung für Bücher wieder intensiviert wurde.

Auch grüße ich mit diesem Buch die wundervolle, schrille Lilly, die leider nicht mehr da ist. Ich bin mir sicher, sie sorgt auch da oben für Furore und mischt alles ordentlich auf!

Zum Schluss danke ich wieder meinem Liebsten. Dave Cobbler, ich freue mich auf die nächsten fünfundzwanzig Jahre mit dir und bin gespannt, wohin es uns verschlagen wird und was für tolle Geschichten du mir und deinen Lesern noch erzählen wirst.